不明嫌犯

UNSUB

梅格・嘉德納——著 尤傳莉——譯

MEG GARDINER

媒體名人盛讚

一本令人腎上腺素狂飆的小說。在這個系列的第一部小說中，新進的組毒組警探凱特琳・韓吉斯被調到兇殺組，追蹤一個虐待狂連續殺人兇手——先知者。……有《沉默的羔羊》和黃道帶兇手的影子。

——《波士頓環球報》（*The Boston Globe*）

凱特琳拚命想阻止殺人事件一再發生，逐漸變得奮不顧身，於是愈看到後面就愈難放下。粉絲們會很高興這本書的結尾開啟了一個續集……喜歡重口味恐怖情節的驚悚小說迷，一定會對這次毛骨悚然、節奏超快的閱讀經驗感到滿意。

——《舊金山紀事報》（*San Francisco Chronicle*）

一本極其驚悚的書，在很大程度上是因為作者巧妙使用了近距離的第三人稱敘事手法……《不明嫌犯》中的緊張感被大幅增強，是因為我們短暫探訪了先知者扭曲的心靈……

——文學網路媒體 Literary Hub

文筆流暢，引人入勝，尤其強調逐步升高的緊張感，對於這樣的故事來說是不可或缺的。

——《奧克拉荷馬人報》（*The Oklahoman*）

傑出的系列首作……節奏緊湊，一群討好的角色對抗一個可怕的壞人，這個壞人會在你的皮膚下爬行，害你睡不好。驚悚小說粉絲們會迫不及待等著看續集。

——《出版人週刊》（*Publishers Weekly*）

讓出位子吧，黃道帶兇手。受你所啟發的無數虛構連續殺人犯中，最新的一個可是個拚勁十足的厲害對手。

——《科克斯評論》（*Kirkus Reviews*）

根據真實的黃道帶兇手未解之謎，這部驚悚小說技藝高超，心理描繪錯綜複雜，足以跟傑佛瑞．迪佛的林肯．萊姆系列相媲美。

——《書單雜誌》（*Booklist*）

一如往常，嘉德納在人物塑造方面極為出色，她以主角凱特琳．韓吉斯——她的父親二十年前沒能抓住兇手——為中心，構築出一部厲害的心理驚悚小說。懸疑小說迷們應該把握機會，認識這位初登場的凱特琳……

——書頁網站（*BookPage.com*）

梅格．嘉德納為連續殺人犯小說這個次類型帶來了新貌。她的兇手主角是個惡魔，但是比大多數虛構的連續殺人犯更真實，因而更令人恐懼……嘉德納創造了一個有同情心、強悍但不苛刻的女警探……心理驚悚小說愛好者千萬別錯過《不明嫌犯》。

——《紐約書訊》（*New York Journal of Books*）

一個來自你噩夢中的兇手，以及不惜一切代價要阻止他的女主角，《不明嫌犯》緊抓住了你的心，不肯放手。這是一部無情的、扣人心弦的驚悚小說。

——Lisa Scottoline（暢銷書 *One Perfect Lie* 作者）

在《不明嫌犯》中，『睡眠破壞者』梅格．嘉德納再次施展她的邪惡把戲，這是一部令人振奮、眼睛一亮的連續殺人犯小說，像鐵道的導電軌一樣電力十足。這本書有她所有的特徵——複雜而令人信服的女主角、高潮迭起的刺激故事，以及優雅、簡潔的文筆。我昨晚一口氣讀完了整本書，今天還能保持清醒，只是因為義式濃縮咖啡和閱讀腎上腺素半衰期的效用。一部令人入迷且震撼不已的驚悚小說！

——Gregg Hurwitz（暢銷書 *The Nowhere Man* 作者）

《不明嫌犯》是一部令人著迷、難忘、高潮不斷的驚悚小說，始終緊緊抓住你。這是過去十年中最嚇人的一本書。

——Steve Hamilton（暢銷書 *Exit Strategy* 作者）

獻給 Shane Salerno

與怪物搏鬥的人，應留意自己不要在此過程中成為怪物。
當你凝視著深淵夠久，深淵也會回望你。

——尼采

一九九八年四月

她被喊叫聲吵醒，聽到她父親粗著嗓子朝電話大吼。

「聽我說，我們沒有幾天。我們只有幾個小時。」

黑色天空流入臥室窗內，暗影沿著天花板爬行。

「你還不明白嗎？就在他的訊息裡——水星隨著太陽升起。」

凱特琳蜷縮成一球，抱著她的熊寶寶。她知道水星（Mercury）是什麼意思。表示閃爍的星光和突發新聞，還有每個人都好害怕。一個屍袋送上驗屍處的黑色廂型車。兇手殺害第八人。水星表示你絕對不能閉上眼睛或轉過身去。因為他有可能在任何時間、任何地方攻擊你。❶

「他是在告訴我們，直截了當。等到太陽出來的時候，他就又要殺人了。」

而且她爸必須去阻止。

這就是為什麼梅克·韓吉斯愈說愈憤怒。為什麼他的襯衫骯髒、三天沒刮鬍子，而且回家一個小時了，都沒理會晚餐或金州勇士隊的球賽或她。為什麼他踱步時注視著牆面，還朝電話裡吼。

後門發出咿呀聲。「因為我辦這個該死的案子有五年了。我就是知道。」

凱特琳從床單底下溜出來，悄悄走向窗子。她父親已經走出後門，點了一根菸，氣沖沖地走過後院。他的手槍和警徽映出反光。他駝著背，這點嚇壞了她。他的話被風吹得模糊不清。

她躡手躡腳走出自己的房間。爸媽的臥室房門關著，媽媽睡著了。她溜進廚房，來到打開的窗邊，聽父親在說什麼。

「……我們研究證據。繼續研究，不能放棄。否則就有人會死。」

她停下。通往車庫的門開了一條縫。

家裡的規定是：除非父親同意，否則她絕對不准進入車庫。裡頭的工作檯上攤著他的各種檔案和資料。但是有時候他會讓她進去，幫他把紙張堆疊起來。她的胃打結，又朝廚房的窗子望去，看著後院。她看到了香菸發亮的紅光。

答案就在車庫裡。裡面有真相。她緩緩走向那扇門，偷溜進去。

她停下腳步，赤腳踩在冰冷的水泥地。牆上貼滿了照片。

一張張臉。肉。睜著的眼睛。參差不齊的刀痕。血。她的頭開始抽痛。

塑膠袋罩住一張尖叫的臉。咬痕。狗。在她視線的邊緣，星光搖晃著。割一刀。他用刀在那人胸部割一刀，一個死人，她死了。

一個聲音從她喉嚨冒出來。他在那女人身上割出一個圖像，火柴棒人形。是水星符號。

她緩緩轉了一圈，看到一些懸垂的腳。科學怪人般的縫線。一隻手臂上頭有潦草的字跡——絕望。她雙腿開始顫抖。割痕割痕割痕。割出水星符號。

❶ 英文裡的Mercury可以指羅馬神話中的信使之神墨丘利，或是以之命名的水星，字首須大寫。另字首小寫mercury則指汞，即水銀。

她暈眩地轉身。那些照片似乎猛撲又哀號著。惡魔，他，他——她雙手摀著嘴，但那聲音愈來愈大。

腳步聲奔過廚房，門轟然打開。「耶穌啊，不。」

她父親衝進來，張著嘴，雙眼灼熱。聲音一直從她喉嚨湧出，無法控制的尖叫。

他把她擁入懷中。「不要看，凱特琳。閉上眼睛。」

她把臉埋在他胸口。但是那些照片又叫又抓。她啜泣著，緊抓著父親，感覺到他的顫抖。兇手的手筆到處都是。信使墨丘利。先知者。

他們被團團包圍住。

1

春分

現在

手槍垂在身側，雙眼注視黑夜，凱特琳走向那棟房子。舊金山灣飄來的濃霧籠罩著地面。遮住星星，遮住他們的臉，也擋住他們的視線。

他們悄悄爬上階梯，來到寬闊的門廊。三月的寒氣緊黏著凱特琳的手臂爬行。門鈴旁有一張褪色的貼紙宣示著「耶穌拯救世人」，但凱特琳看不到任何證據。*不是今夜，她心想。*今夜，耶穌沒接到通知。

他們緊挨著前門旁，排成一列。在緊閉的窗簾內，一台電視機發出模糊不清的談話聲。情報單位估計裡面有六個人。*不過估計並不表示確定。*

凱特琳的心臟在防彈背心下跳得好厲害。背心裡還有一件T恤，下身是牛仔褲，腳上是工作靴。她的紅褐色頭髮塞在棒球帽下頭，整個人的神經已經轉為一種超高頻率，身上奔流的腎上腺素有如靜電般劈啪響，等待著指令。

突襲行動的指揮官李歐司舉起一隻拳頭。所有隊員定住不動。

李歐司是奧克蘭警察局的警佐，體格魁梧像個火爐，穿著一身黑色特戰服裝。他回頭看了一眼這個團隊：奧克蘭市警局、舊金山市警局、阿拉米達郡警局。凱特琳的背心上頭印著郡警局字樣，頭上的棒球帽則印著「緝毒組」。他們朝李歐司豎起大拇指示意。

行動之前這種懸而未決的時刻，總是令她覺得煎熬。那種滿懷期待，還有折磨人的不確定性。眼前這棟房子是兩層樓，悄悄散發著危險氣味。凱特琳緊貼著灰泥牆，手裡握著西格&紹爾（SIG Sauer）手槍。她背後那個姓馬斯騰的年輕阿拉米達郡警擔心地發出低哼聲。*拜託*，她心想。*耶穌今天晚上可能沒接到通知，但是我們在這裡。快點上吧*。

李歐司舉起他的半自動步槍，同時用力敲門。「*警察*。」

一隻狗吠叫。電視持續發出嗡響。李歐司又敲門。

屋裡射出一槍，把門廊轟得碎木片四濺。

凱特琳神經的靜電雜音逐漸變成一個清晰的音調。*我們上*。

在屋裡，腳步聲咚咚響。幾個男人的喊叫聲傳來。李歐司試了試門把。鎖住了。他朝後頭排在第四個的男子打了個手勢，那是個奧克蘭警察，手裡握著一把暱稱「小豬」的霰彈槍。

凱特琳準備好屋裡又要開槍了。那個奧克蘭警察赫爾耶走到門前，把「小豬」對著門鎖。那把削短型霰彈槍裡裝了破門彈，他從一吋外的距離開火。門鎖被轟進屋內，赫爾耶站到一旁。門邊開了。這把霰彈槍可以說是萬能鑰匙，任何鎖都對付得了。

李歐司說：「上，上。」他步槍抵著肩膀，帶頭進入屋內。

屋裡燈光黯淡，地板翹起。他們緊密而流暢地進入走廊。李歐司瞄準前方，然後是右邊。

「右邊安全了。」他說。

凱特琳走到左邊，平舉著手槍，檢查她的那部分區域。「左邊安全了。」

那走廊散發著硫磺和阿摩尼亞氣味。在屋子背面，破城槌撞開了後門。

馬斯騰走過她旁邊，檢查他的那部分區域。「安全了。」

他們緊跟在李歐司後面，每個人左手都搭在前一個人的肩上，走向通往客廳的寬闊門洞。李歐司指著前面。上。他進入客廳內。

「丟下。」他大吼。

一把槍嘩啦落在地板上。

凱特琳跟在他後頭進去，再度檢查自己那部分區域。李歐司又吼：「跪下。」凱特琳眼角看到有個人雙膝落地。她說：「左邊安全了。」李歐司把嫌犯旁邊的那把手槍踢開，步槍指著他，同時馬斯騰和赫爾耶掃視整個房間。

「全都安全了。」

在走廊前方，有幾個男人叫喊的聲音。腳步聲快跑來去。

李歐司指著凱特琳和馬斯騰，然後兩根手指比著自己的眼睛。「廚房，去。」

凱特琳回到走廊。在另外一頭，幾個男人抓起幾疊鈔票逃走，警察在後頭追。她走向廚房的門，平舉著手槍，手指搭在扳機上。她耳朵裡聽到自己的脈搏跳得好大聲。年輕的馬斯騰緊跟在她身後。

他的氣息吹在她脖子上。她一七八公分，比他高，那一刻也就成了他的盾牌。在另一個房間，有個人高喊著，撞上牆壁。

「安全了。」一個警察喊道。

阿摩尼亞的臭味在她喉頭發熱。到了門前，她停下，先躲著仔細聽，沒聽到廚房裡有任何聲響。馬斯騰的手抓著她的肩膀。她點頭示意：準備檢查這個房間。他的手捏了一下示意：我就在你後頭。他們一起往前。

她迅速進門，眼角打量著門和門框之間的縫隙，馬斯騰緊跟在後。她心臟狂跳，平舉手槍往右掃過。然後立刻往旁邊避開門口。門口是個致命漏斗，大部分子彈都會從那邊經過。

「右邊安全了。」

馬斯騰跟進。「左邊安全了。」

料理台上堆滿了髒盤子。餐桌上有一個錢秤、一些彩色的綁鈔紙帶，還有一堆現金。窗外吹進來濕黏的微風，二十元鈔票飄散在亞麻仁油地板上，形成一道軌跡。紗窗被往外推掉了，看起來是有人匆忙跳窗逃走。

凱特琳雙臂泛起一陣寒意。她討厭背對著門口。即使他們的團隊已經檢查過走廊，但她總覺得那道門就像是一張飢餓的嘴在她背後。

而且那扇窗開向黑暗。對於任何屋外的人來說，她和馬斯騰都是顯眼的靶子。

馬斯騰雙手握槍，指節泛白。他正在等著「全部安全」的指令。

在化學的臭氣之下，還潛藏著一股甜味。凱特琳望著外頭的黑暗，再看廚房角落的食品儲藏室，然後看著地板上的二十元鈔票。那道鈔票的軌跡並不是通向窗子。

馬斯騰走向餐桌。外頭的那條狗又開始叫了。

凱特琳舉起左手握拳。「停下……」

食品儲藏室的門忽然打開。一個男人衝出來。

他沒穿上衣，神志恍惚地朝餐桌撲過去。右手握著一把發亮的肉刀。凱特琳轉身瞄準他。

但是馬斯騰正好就在他後方，位於她的射擊線上。

那男人尖叫著，刀子往前戳。

她衝向他，一個飛撲，從他胸部擒抱住。他一身酸臭的汗味，二十元鈔票從他身上各個口袋裡跌出來。他們撞上餐桌，滑過桌面。他眼睛抽動，牙齒發黑，手指亂抓。她順勢翻身，帶著他摔到地板上。他尖叫得像是煙霧偵測器警報。

她推著他面朝下，拗著他的手腕制伏他，逼他頭貼著地板，同時一邊膝蓋壓著他的手肘。馬斯騰站在他上方，看著自己的胸部。那把刀插在他的防彈背心上。

李歐司舉著槍走進廚房來。他停下來，看著馬斯騰，以及被凱特琳壓制著、在一地破盤子和皺鈔票裡掙扎的那名男子。

馬斯騰把背心上的那把刀拔出來。「全部安全了。」

李歐司放低步槍。「那傢伙是從烤麵包機裡跳出來的？」

凱特琳用手銬把那男人的手腕銬住，拉著他站起來。「是冰毒仙女叮噹。」

李歐司口氣輕鬆，但是眼神很凝重。

「控制住了。」她說。

馬斯騰摸著自己的防彈背心皺了下臉，似乎肋骨有瘀傷。李歐司叫他把刀子裝入證物袋，把嫌犯帶去羈押。馬斯騰押走嫌犯時，赫爾耶出現在門口。

「整棟房子都安全了。」他說。

凱特琳跟著李歐司進入走廊。喊叫聲和奔跑聲停止了。客廳裡有三名男子被上了手銬，背靠牆坐在地上。舊金山警察局的警察正在清點那些冰毒的數量。她把手槍插回槍套裡，吐出一口氣。

上方傳來一個人聲。他們的腦袋全都轉向天花板。

李歐司指著凱特琳和赫爾耶。「樓上。兩個臥室。去。」

她腦袋裡的聲音快速旋轉，像是消防站的高音警報器。她沒問之前隊友們漏掉了什麼。只是再度拔出手槍，帶著赫爾耶走進骯髒的門廳。她的防彈背心感覺好沉重，雙手以戰鬥姿勢握著的手槍也是。到了樓梯底部，赫爾耶一手放在她肩上。穩住。然後他們兩人開始上樓。

那人聲變大，幾乎像哭聲。她和赫爾耶停在那扇門外。他們有隱藏處，但是沒有掩蔽物。要是裡面的人決定隔著三夾板朝他們開槍，那他們就沒處躲了。她設法放慢呼吸，然後點頭，赫爾耶捏了一下她的肩膀，接著她迅速進門，槍指著那聲音的來源。

「警察。不准動。」

那哭聲更大了。赫爾耶繞過她，手槍呈扇形掃過。

「停下。停下。」她舉起一隻拳頭，然後抓住赫爾耶的背心。「不要動。不要呼吸。手指離開扳機。」她垂下槍。「啊，老天。」

2

凱特琳進屋後關上門，上了鎖。她的腳步聲在硬木地板上迴盪。一盞桌燈為客廳帶來一片琥珀色的光。她伸手想卸下值勤腰帶，但是手指沒法解開那搭扣。她閉上眼睛，握緊拳頭。幾秒之後，她的顫抖減輕，這才解開腰帶，嘩啦一聲落在茶几上。

她的牛仔褲破了，一邊膝蓋腫起，因為之前在那棟破屋廚房裡撞上了地板。她的一頭紅髮亂糟糟。白色T恤下頭，肩膀上的那個子彈孔疤痕發痛。整個世界似乎一片明亮，以超音速運行。

從屋子後方，她那隻名叫「暗影」的狗朝她奔來。大耳朵警戒，舌頭下垂。凱特琳跪下，臉湊上那一身柔軟而豐盈的毛，讓那狗舔舐她的臉。她雙手的顫抖平息了。

她往後抽身，看著暗影明亮的雙眼。「你乖不乖呀？」

那狗吠叫兩聲後坐下，尾巴猛搖。牠很瘦，黑白兩色的腳。凱特琳揉揉牠的毛，然後哀嘆著站起身。

她跟著暗影到廚房，幫牠的水缽裝滿水。在這個有霧的夜晚，小屋裡顯得特別溫暖。這個獨棟的鄉村小屋位於奧克蘭的洛克里奇，院子外頭圍著尖木樁籬笆。屋後是柏克萊山。這一帶相當擁擠，兼容並蓄，有許多冷杉和蔓生的常春藤——這表示她在防火線之外很安全。如果有森林大火，至少要等到一路燒下山來，燒到她家這條路上。

她進入臥室，清理值勤手槍，放在梳妝台上。然後脫掉衣服進入淋浴間，沖掉頭髮裡的冰毒氣味和肩膀上的緊繃。洗完後，她穿上乾淨的牛仔褲和T恤，穿到一半時，聽到前門有人敲了一下，然後是鑰匙轉動門鎖的聲音。

她斜身探出房門口外，看到尚恩．羅林斯沿著走廊朝她走來。她鬆了口氣。

尚恩才剛結束監視勤務回來，這會兒雙眼直盯著她。他的步伐長而緩慢，靴子敲著地板。他一頭深色頭髮被風吹亂了，褐色的眼珠熱切。他的高祖父曾跟阿帕契的奇里卡瓦族原住民騎馬進入馬德雷山脈，凱特琳覺得尚恩一定是遺傳了祖先那種突襲者的眼神——面對嫌犯和車商時，他就會露出那種「少跟我鬼扯」的嚴厲目光。她覺得他是自己這輩子所看過最俊美的人。

那目光轉為微笑，他舉起一瓶龍舌蘭酒。

她笑著接過那個瓶子，湊到嘴上喝了一大口。她的胸口發熱，吐出一口氣。

「好極了。」

她非週末不喝酒的——只有碰到假日、勇士隊冠軍，還有值勤時開槍例外。

「還有別的。」他說。

「最好是這樣。」

他拉著她沿走廊來到廚房。料理台上放著一個褐色紙袋，是從附近塔可餅餐館帶來的。

「讚美耶穌啊。」凱特琳說。

他們沒費事去拿盤子，而是站在廚房中島旁，彎腰吃那些塔可餅，莎莎醬溢流出來。

「還有另外一個。」他說。

「我中樂透了嗎？」

「你上電視新聞了。」

他向來冷靜的聲音，這會兒帶了點激動。他從手機裡面找出一段影片。

「我怎麼也想不到，你從一棟破房子裡面帶出來的，會是一個嬰兒。」他說。

「你永遠不曉得進門後會發現什麼。」

手機螢幕亮起，是晚間新聞，而且沒錯，裡頭是她。

或許是緝毒任務小組把突襲行動透露給媒體。或許是有人報警聽到槍聲而引來記者。這會兒她忘了吃飯，以一種詭異的超然看著螢幕中的自己。

她走出那棟破房子的前門，手裡抱著一個大哭的嬰兒。螢幕上，她朝攝影機眨著眼睛，一副驚訝的模樣。當時她的確很驚訝。

她在那棟破房子的二樓門口，閃身進入臥室時，差一點就開槍了。到現在，她還能感覺到自己朝房間裡大吼時，手指扣在扳機上的壓力——然後忽然整個人完全僵住。

當時她看到那個才幾個月大的女嬰躺在地上，奮力想踢開身上那條破爛的毯子。窗戶大開，冷風吹進來。她兩隻小拳頭緊握著舉在紅色臉頰旁，兩條胖腿使勁踢著。於是凱特琳把手上的槍收進槍套，抱起那女嬰，震驚極了。

就像她在影片中的表情，驚訝得目瞪口呆。控制住了，她當時這麼告訴李歐司。其實完全不是那麼回事。

「這麼小的嬰兒，她還真是戰鬥力十足。我希望這是個好徵兆。」

「一定是個好徵兆。」尚恩說，「無論你身高是五十公分，還是一七八公分。」

她感激地看了他一眼，關掉手機中的影片，然後不小心看到自己映在窗玻璃上的鏡影。眼睛太熱了。她抓起那瓶龍舌蘭酒，又喝了一口。嚐起來不像第一口那麼辛辣了。

她一手攬著尚恩的腰，朝他掛在頸鍊尾端的警徽點了個頭，那是「菸酒槍炮及爆裂物管理局」的警徽。

「你下班了。」她說。

他把頸鍊拿下來，放在料理台上。然後他抱起她，也放在料理台上。她把他拉近，聞到他身上的肥皂和戶外的氣味。

「你今天晚上還有別的要給我嗎？」她問。

他微笑，看起來像個頑皮的承諾。她笑了，殘餘的壓力煙消雲散。她吻他。然後雙手繞住他的肩膀，又吻。他的手指探入她的頭髮，扶著她的頭往後傾，吻她的頸項。

車燈掃過窗子。她溜下料理台，攀在他身上，伸手要關上遮光簾。此時一個甩上車門的聲音傳來。

他們暫停，轉向窗子。在外頭，一輛阿拉米達郡警局的警車停在路邊。

他們看著彼此。警車出現從來不會是好預兆，即使是出現在一個警察的屋外。前門傳來沉重的敲門聲。

她打開門，外頭是寒冷的夜晚。

站在門口的那名便衣警探，看起來就像很多比較老的警察，認命做了一輩子，直到有人跟他們說退休時間到了。他下巴鬆垂，姿勢看起來無精打采，但嚴肅的表情顯示有事情出大錯了。

「凱特琳．韓吉斯警探。你得跟我走一趟。」

這趟車程花了漫長、不祥的一個小時，駛出市區，進入黑暗的鄉間。他們兩個人都沒講話。車頭大燈掃過空蕩的田野，最後轉了一個彎，進入一堆紅藍兩色的瘋狂泡泡，車子才終於停下。這段高速公路一片荒涼，閃爍的警燈照著玉米田。一架警方直升機在上方盤旋。一打警察正在玉米田裡走動。

凱特琳下了車，進入寒風中。在這裡，夜空一片清朗。才走了兩步，她就可以感覺到空氣中濃濃的緊張感。

她認出了站在路邊等著她的那個人，是兇殺組資深警佐喬．蓋舍里，背對著旋轉閃爍的警燈，大衣在直升機的下沉氣流中翻拍，看著她走近。他雙手垂在身側，呼出的氣息結成白霧。他身材瘦削而輪廓分明，一雙深陷的暗色眼睛，有狐狸的精瘦和機警。大家公認他調查案件很有條理，會耐心地盤問出嫌犯，一等他發現嫌犯的弱點，就會毫不留情使出致命絕招。

他仔細地觀察凱特琳走過來，打量著她。她深吸一口氣，回敬他堅定的目光。

「有個東西得讓你看一下。」他說。

凱特琳幾乎可以確定那個東西是什麼了。她在犯罪現場登記單上簽了名，準備好面對接下來的狀況。她以前見過屍體，在解剖室裡，在正面衝突過後的現場，還曾目睹一個丈夫躺在髒兮兮的廚房地板上，因刀傷而流著血，同時他太太奮力想掙脫手銬，一面尖叫，他活該，那個混蛋。死亡有無數形式，她都能應付。

他們推開沙沙作響的玉米莖前行，來到一片小空地。直升機的探照燈在上方掃視。蓋舍里讓到一旁，讓她看那片空地中央有什麼。

那是一名年輕女子。皮膚白得像紙，纏結的頭髮黏著乾掉的血。她是被勒死的。

勒死她的那條長鞭緊繞著她的脖子。她的手臂和臉上都有抽打過的紅腫鞭痕，一道道慘烈的紅色條紋。被鞭子抽打得破碎的襯衫敞開來，露出一個符號，是以發亮的釘子敲入她胸部所形成的。

凱特琳轉身彎腰，沉默地保持那個姿勢好一會兒，雙手撐在膝蓋上，閉起眼睛，逼著自己呼吸。

「警探。」蓋舍里說。

他的聲音聽起來好遙遠，彷彿她置身於地下一百呎的深井裡。空氣中有一股塵土味和鐵味。

不可能，她告訴自己。但她覺得自己曾有過的每一個夢魘，全都一口氣冒出來了。*他已經消失很久，有二十年了。*

她睜開眼睛，又轉身去看那個符號，好向自己證明那是真的。同樣的那個符號，敲入另一個被害人的身體。*他的符號。他的瘋狂。*

先知者。

被害人的臉滿是塵土，還有乾掉的淚跡。從釘子流出來那些細細的血痕，顯示釘入時她還活著。她不會超過二十五歲。

凱特琳凝視著那女人死去的雙眼。呆滯無神的藍。她可以感覺到蓋舍里就站在自己後頭，正在密切觀察她，看她的反應。她又閉上眼睛，免得要去看被害人的臉，但殘影已經烙印在她的視網膜。她的喉嚨發緊，暈眩的哀傷攫住了她。她努力把這一切情緒按捺下去，最後終於有辦法開口。

「另一具屍體呢？」

「聽我說，我們還不曉得兇手是不是他，」蓋舍里說，「有可能是模仿犯。」

「他打電話給死者家人了嗎？」

「打了。所以我們才會知道來這裡找她。」

把情緒封鎖起來，她心想。暫時別去想她的家人。先處理眼前的現場。

但是她沒辦法。她所知道有關先知者的一切，那些回憶全都回來了。比方他每次都殺害兩個人，把他們佈置成怪誕的場景，像是假人置身於地獄的櫥窗展示。比方他會把自己的簽名嵌入死者的皮膚：那個古老的記號代表墨丘利，他是羅馬神話的信使之神，也是帶領死者進入冥界的嚮導。他曾用美工刀把這個記號刻在一個被害人身上，然後在傷口注入水銀。

「他的訊息呢？」她問。

蓋舍里猶豫著沒回答。

「他向來會留下訊息的。」她說。

蓋舍里喊了附近一名警察，他帶著一個證物袋過來，抬高了讓凱特琳看。在厚厚的紅色封緘帶下方，透明塑膠袋裡頭，是一張白色的信紙。凱特琳閱讀著那份手寫的訊息。

這些年來，你以為我離開了。但是
地獄和天堂轉了又轉。
天使墜落，信使降臨，
你的傲慢被耙過，違抗結束。你
在憤怒中哀號，但是
二分點❷帶來了痛苦。它狠狠打擊，有如一場
颶風狠狠打擊。顫抖吧——你無法躲藏。

她緩緩閱讀完，又讀了一次，努力讓那些字不要在她眼前跳動。寒風吹得她周身發冷。但是二分點帶來了痛苦。

是他，沒有錯。

「這個星期是春天的開始。是春分。」她說。

只要是一九九三到一九九八年曾住在舊金山灣區的人，都知道這是什麼意思，因為這則新聞當時出現在每份報紙的頭版，每段廣播或電視新聞的第一則。

十一樁謀殺案，全都高懸未破。

一個不明嫌犯：後來大家習慣稱他為「先知者」。因為他，女性都躲在家裡，不敢獨自外出。因為他，父母們在天黑前就把子女帶回家裡，不讓出門。

有整整五年，全國最大的都會地帶之一活在恐懼中，害怕下一次新聞快報。等著先知者的下一個被害人出現。

直到他消失。

你無法躲藏。凱特琳又看了那張字條一次，感覺到玉米田裡每個警察的炯炯目光。他們都在觀察她。

「第二個被害人。」她說。

「這就是為什麼我們找了直升機來。但是到現在還沒發現別的屍體。」

在馬路上，另一個警探向蓋舍里招手示意。剛剛有一輛車停在路邊，是記者。一個灰髮男子正在試圖說服看守的郡警，想進入犯罪現場。蓋舍里沒再說任何話，只是垂著頭，大步離開。

凱特琳望著玉米田。她呼出的氣在夜寒中凍成白霧，在揮動的手電筒光線中飄蕩。直升機又低飛過去，吹得玉米莖窸窣作響。

她腦中回憶著那信紙上的字句。轉了又轉。她看著一排排玉米之間，黑色泥土被犁過而形成了一條條長長的犁溝。傲慢被耙過。那些犁溝延長至遠方的一個消失點，融入黑夜。

---

❷二分點 equinox，即春分或秋分。

她取下腰帶上的警用手電筒，又從牛仔褲口袋裡掏出橡皮筋。她把橡皮筋套在靴尖上，以標明自己的鞋印。然後她雙腳無聲踏過柔軟的泥土，循著犁溝緩緩往前走。一步接一步，手電筒的光線照著前方，她檢查每一吋土地是否有足印或擾動過的痕跡。等到她的呼吸終於平穩下來，她傾聽著黑夜。所有的人聲都在她後方。前面只有風聲和玉米莖的刮擦聲響。

到了這一排犁溝的盡頭，她暫停。往哪裡走？

她可以往公路的方向走，或是往玉米田內部深入。如果這是個遊戲，先知者會怎麼設計？

他喜歡測試和嘲笑。他既是直率、血腥的斧頭，也是尖利的棍子。她可以想像他把一個被害人的屍體丟在鄉間高速公路的中線上。無恥又怪誕——正是他最喜歡的那種風格。但要是他這麼做，即使是在凌晨兩點，這些群集的郡警局車輛和不斷飛行檢視的直升機，就一定會發現屍體的。

這片地面已經耙過了，她彎過那個角落，進入下一道犁溝，更深入玉米田。

到了犁溝盡頭，她又轉回頭，更深入玉米田中。警探和制服警員講話的聲音，警方無線電的刺耳聲響，直升機引擎的轟鳴，全都逐漸遠去了。她周圍只剩一片窸窣作響的黑暗。

然後，就在那一排犁溝的盡頭，她的手電筒照到了泥土上的一個閃光。她停著完全不動，想搞清自己看到了什麼。

在下一排犁溝的角落附近，一道銀色液體畫出了一個箭頭。

那箭頭在她的警用手電筒下發亮，清楚無疑。那液體在泥土上，沒有滲透下去，且似乎根本沒碰觸到泥土。在她手電筒的光線下，那液體像一面游移、蠕動的鏡子。那是汞，是水銀。

「蓋舍里。」她喊道，同時拔出手槍，轉向角落，在玉米莖中穿行。

第二個被害人就躺在前面。釘入胸口的銀色釘子上有乾掉的血。

蓋舍里穿過玉米田，腳步沉重地跑過來。他衝到她身後，猛地煞住腳步。

他不自覺地哼了好大一聲，瞪著看了好久，然後喊著鑑識人員。

「你從他的訊息中看出了密碼。」他對她說。

她點頭。雙眼無法離開躺在地上的那名年輕男子。

「兇手真的是他嗎？有可能嗎？」蓋舍里說。

碰到了先知者，任何事都有可能。她望著那被害人的臉。他頭往後仰，雙臂張開，那是釘上十字架的姿勢。他的一隻前臂上有個可怕的天使刺青。

「我真希望不是他。」她說。

蓋舍里注視著那被害人良久。然後開了口，似乎很無奈。「我得跟你父親談。」

「不行。」她脫口而出，口氣唐突得令自己意外。

「這事情很重要。」

「這個主意很糟糕。別把他扯進來吧。」

「如果你一起去的話，會有幫助的。」

她搖頭。「跟他講話不會有幫助，帶我去也不會有幫助。算了吧。」

「不管有沒有你，我們都一定會去找他談。有你在會比較好。」

寒風吹起她的頭髮，彷彿在黑暗中對她發出噓聲。

蓋舍里轉過身來面對她。「你父親當年是主責調查的警探，他的搭檔死了。現在沒有其他人了。」

3

蓋舍里的車在空蕩的高速公路上駛過奧克蘭，車頭大燈刺穿黑暗，輪胎發出的嗡響像是在凱特琳耳邊唸經：不，不，不。東邊的地平線染上了灰色。一個鼓脹的檔案夾放在後座，凱特琳知道裡頭裝了些什麼。她以前看過那個檔案夾。

「這個案子。」蓋舍里一手扶著方向盤，另一手摩挲自己的下頷。「蟄伏了二十年。不但冷掉了，還根本冷透了。」

凱特琳縮著身子，往旁邊靠著車門框，吸收著送氣口冒出來的暖風。她心想，蓋舍里很努力想誘導她幫忙。

他看了她一眼。「大部分目擊證人都死了。一半的證據都消失了。」

「搞丟了？還是被偷了？」

「很多人拿走當紀念。很病態沒錯，但是並不意外。」

她的震驚只持續了幾秒鐘。當然會有人拿走證物當紀念。一個連續殺人兇手像先知者這麼……應該怎麼形容？有名望？罪大惡極？人們想要他的片段。就像是想要碰觸一條通電索，感覺到裡頭蘊含的力量，但又不會被電到。

她覺得想吐，從骨子裡感到噁心。

玉米田犯罪現場位於該郡的一個非建制地區，由州政府管轄。所以阿拉米達郡警局才會被派去處理。

這是先知者的手法，向來如此。他精明又博學。就像本地另一個惡名昭彰的殺人犯「黃道帶兇手」，[3]他謀殺的地點遍布灣區各地。這表示會有好幾個執法單位參與，每一個單位都要捍衛自己的領土，要維護自己的聲譽。各單位之間的溝通雜亂無章。證物和調查紀錄都隱藏或忘記，從不分享。先知者的案子從來沒有主檔案，因為半打市警局或郡警局都在進行自己的調查。龐大的工作量和壓力，以及各單位間的較勁，導致了種種錯誤。

不是模仿犯。

蓋舍里瞥了她一眼。「怎麼了？」

「我認為是他。」

他的目光逗留在她身上一會兒，直到舊金山灣出現在視線中。優雅的弧形海灣大橋就在前方，聳立的橋塔在黎明前的天空發出白光。更遠些，舊金山的一座座摩天大樓沿著山坡往上排列，黑色的水面映出金光。

*他們不曉得，*凱特琳心想。*這個城市的夢魘回來了，而他們還不曉得。*

他們過橋時，太陽露出地平線。過橋後，他們往南朝波翠若丘行駛，穿過陡斜的街道，兩旁是擁擠的公寓大樓和貼了護牆板的維多利亞式房屋。隨著他們每駛過一個街區，那些住宅看起來就愈加破敗且缺乏維護。已經有幾個人朝巴士站走去，雙手插在大衣口袋裡。

蓋舍里轉了個彎，然後凱特琳指著。「就在那裡，右邊。」

他們停在路旁，眼前是一棟膳宿公寓，漆成難看的海沫綠。這是一棟迷人的維多利亞式房屋，要不是因為剝落的油漆和爆滿的垃圾桶，在舊金山這個逐漸改建得貴族化的地帶，應該會非常值錢的。這條街朝著海平面陡斜而下，盡頭的海灣裡點點白浪，在旭日中發亮。

這片景色令人驚嘆。但是跟凱特琳從小長大、位於核桃溪那棟整齊的農舍，卻是天壤之別。幸好蓋舍里半個字都沒說。

在屋子裡，晨光照耀下的一扇凸窗內，有個人影看著他們，在強烈的光線下模糊不清。等到他們爬上門前階梯時，那道沉重的前門打開了。

梅克．韓吉斯站在門廳的陰影裡。凱特琳舉起一隻手招呼。

梅克的手一直放在門把上，好像隨時可能把門在他們面前甩上。他瘦而憔悴，頭髮理得很短，像一頭豎起的白刺。他的藍色法蘭絨襯衫在胸部繃得緊緊的。凱特琳很好奇他是不是白天又跑去營建工地打零工了。他的眼神清澈，手上拿的那個馬克杯聞起來是裝了咖啡，而不是威士忌。

「韓吉斯警探。」蓋舍里說。

「我現在不是警探了。」梅克看著蓋舍里手裡拿的那個檔案夾，然後看向他女兒。「你們為什麼跑來這裡？」

這其實不是個問句，凱特琳知道。這是個挑戰。

---

❸ Zodiac Killer，美國一九六〇年代末期在北加州犯案多起的連續殺人兇手，曾寄出多封信件給舊金山灣區媒體，信中密碼多年難以破解，兇手身分亦始終成謎。曾有多部影視作品以此案為啟發或改編。

蓋舍里走近門檻。「我們發現了兩名死者。一男一女。」

梅克根本沒跟他打招呼，只是瞪著凱特琳。

她說：「是他。是先知者。」

梅克站在那裡一會兒，木然得就像個水泥塊似的。然後他轉身進入昏暗的走廊，讓門開著。

凱特琳咬緊牙，和蓋舍里跟著梅克沿著走廊往前，來到客廳。房子裡有一股油炸食物和空氣芳香劑的味道，像是麥當勞的廁所。

蓋舍里遞出那個厚厚的檔案夾。「這是你以前有關先知者的檔案。你的謀殺筆記，你所知道的一切。」

梅克斜著身子走到凸窗前，注視著窗外。外頭眩目的太陽照進來，背光的他看起來像是在發抖。

「那個檔案裡從來沒有『一切』，」他說，「他沒在檔案裡。他……」

他揮揮手，好像空氣中有煙霧，然後握著一拳放在額頭上。

「這就是為什麼我們需要你。」蓋舍里走上前，但梅克一副根本沒看到他的模樣。

凱特琳感覺到房間裡的靜電愈來愈強。如果梅克神智清醒的話，就一定可以觀察到他身上的一些韻律或節奏。但問題是，那些韻律，那些規則，老是變化無常。你永遠不曉得會是什麼觸發他。他們進入客廳還不到九十秒，她就已經覺得風暴即將來襲了。

蓋舍里說：「談談你沒有收進檔案裡的事情吧。比方印象、直覺。」

梅克搖頭。凱特琳知道他腦袋裡開始有幻覺了。

「他的被害者學是什麼？」蓋舍里問，「水星符號對他有什麼意義？我們得趕緊惡補。」

「我幫不了你們。」

「那就給我們你的私人筆記。隨便記下的紙張，便利貼之類的。」

「我都燒掉了，全都沒了。」梅克瞥了凱特琳一眼，然後看著地上，最後終於轉身面對她。

「這個案子會毀掉你的人生。你千萬不要碰。」

終於爆炸了。但不是梅克，而是她。

「你現在說這些，真的很容易。」她說。

梅克湊向她，兩手比劃著引號。「『支配與控制的夢想，與不明嫌犯內心的不足形成對比。』」他的聲音變得堅決。「支配與控制。支配與控制。我告訴過你，連續殺手不會放棄的。」

「就這樣？背出檔案裡的句子？拜託。」

蓋舍里打開檔案。「你警告說他的狀況會逐漸升級。你的判斷，是因為閱讀了這封信。他的手指沿著筆記上的字句劃過去。「『水星透過天空訴說。他控制了垂直。他控制了水平。他——』」

「你以為我光是從他這封信，就推斷出他的計畫？」梅克的太陽穴有一條靜脈搏動著。

「他隨著太陽升起。然後，在日出後現身！——他將會統治。在刻度七的時候，等著收聽你的訊息。你從這個訊息推出他的殺人時程，是怎麼推出來的？」

「從我的先知者解碼戒指。你聽說過了。我腦袋裡的電線可以聽到撒旦電台的廣播。」

凱特琳雙手握拳，又鬆開。

梅克張開雙手，馬克杯顫抖著。「升起，水星，七。星圖顯示，四月十八日早晨，水星是在太陽東南方七度從地平線升起。」他狠狠看了蓋舍里一眼。「那天他會殺人。每個人都應該看得出來，不光是瘋狂隊長而已。」

「爸。別說了。」凱特琳說。

他露出刻薄的微笑。「一下要我幫忙，一下要我別說。你要拿定主意啊。」

她指甲狠狠摳進手掌。「他會再殺人的。或許是在四月十八日。現在剩不到四星期了。」

「也或許不是。他很有耐心。二十年了——他說不定比死神更能等。」

蓋舍里把玉米田犯罪現場的照片攤在茶几上。「他不再等了。」

一時之間，梅克的嘴巴無聲嚅動著。眼裡閃出一抹狂野的亮光。

蓋舍里轉向他。「你恨這傢伙？那就幫我們抓到他。」

梅克大吼一聲，把馬克杯扔過房間，砸碎在牆壁上，咖啡四濺。「別給我看這些垃圾。」

他顫抖的手握成拳頭，面對蓋舍里。凱特琳趕忙衝到兩人之間，兩掌放在父親的胸口，把他往後推。

「老天在上，這件事不是針對你。你能不能專心一分鐘，認真想一想？」她說。

一個穿著浴袍和軟皮鞋的女人出現在門口。從她不悅的臉色看來，應該是房東。

「梅克。」她說。

他沒回應，只是從凱特琳面前退開，呼吸沉重，搔抓著前臂。

凱特琳說：「沒事的。我會清理乾淨，付錢賠那個杯子。」

那女人咕噥了幾句，又拖著腳步回頭沿著走廊離開。

梅克瞪著那些犯罪現場照片，痛苦得臉色發暗。凱特琳知道他心裡現在正在幻想著什麼恐怖場面。末日。墓園。他繼續搔抓著自己的手臂，把兩手袖子往上推，抓著自己的皮膚。

凱特琳轉過去面對他。「最新的兩個被害人。一個男人和一個女人，」都還很年輕，只是孩子，她心想。「在玉米田裡。釘子敲入他們身上時，他們都還活著。」

梅克的胸膛起伏。「我知道你在幹嘛。你想阻止我當年無法阻止的。修正這些事。如果你是這樣想，那麼你已經成為他的下一個被害人了。」

她臉紅了。「我說這些話的原因並不重要。我需要一點優勢。幫幫我。」

他嚴厲地看著她。「你要我做警察該做的事情。凱特琳，你已經不是九歲的小女孩。別裝可憐了。」

這些話像是一盆冷水潑在她身上。他身體前傾，字字清晰地說：「別碰這個案子。跑遠一點。你們抓不到他的。」

她瞪大眼睛，他袖子往上推的地方，露出兩隻前臂上顯眼的刺青。

「出去。滾。」他後退。

凱特琳也後退。「蓋舍里警佐，我們走吧。」

她大步進入走廊，沒再回頭看一眼，心臟跳得好厲害。

他是什麼時候有了那些刺青的？刺下的當時，他腦袋裡在想什麼？

梅克幾乎總是穿長袖衣服。她值勤時也是，因為她的雙臂也有痕跡。他右臂的刺青凱特琳，雖然讓她震撼又困惑，但是他左臂的刺青，給她的衝擊更大。

他到底是有什麼毛病？

那是個水星符號。

4

凱特琳快步下了那棟膳宿公寓的階梯，來到馬路上。她戴上太陽眼鏡以遮住雙眼。在她身後的門口，房東太太把她剛剛遞過去要賠馬克杯和清理地毯的現金塞進口袋。這個上午豔陽高照，但並沒有減損寒意，只是晒得她腦袋不舒服而已。頭痛已經隱隱成形了。她一整夜沒睡，再也無法對抗疲倦。她知道自己的臉一片漲紅。

蓋舍里正在講手機，靠著車子，沒有面對她。她花了一秒鐘，才明白他正在跟緝毒組的副隊長講話。

「……浪費時間，」蓋舍里說，「韓吉斯瀕臨精神崩潰了。」

她猶豫著邁出一步。那個老傷疤一直被撕開。往後也一直會是這樣的。她走到車旁，蓋舍里看了她一眼，似乎有點難為情，然後趕緊講完電話。此刻的空氣感覺上好熱。

「警佐，我想加入這個案子的調查。」她說。

他收起手機。「你想請調到兇殺組？」

「對，馬上。」

他又打量她，公然地，從頭看到腳。「你知道自己有多嫩嗎？」

「你查我的紀錄就知道了。」

她知道他會發現什麼：二十九歲。當了七年巡邏警員。在一場銀行搶案中，肩膀挨了一槍。升警探才六個月，但是在緝毒組第一次出任務，她就逮捕了「玻璃屋縱火犯」——一個冰毒的毒販，跑去對手的製毒工廠縱火。

蓋舍里繼續打量她。忘了她工作上自豪的成就，忘了她當警察的誓詞。眼前，她的紀錄中最重要的，就是梅克．韓吉斯的女兒。那就這樣吧。

「我很嫩沒錯。但是我有一樣是其他人沒法給你的。」她朝膳宿公寓點了個頭。「他的洞見。」

蓋舍里緩緩點了頭。「你可以張大眼睛，保持低姿態，同時好好學習兇殺組怎麼辦案嗎？」

「需要我做的任何事，我都可以辦到。」

他皺起嘴唇，看起來很謹慎，但或許願意試試看。「你們副隊長剛剛在電話裡也是這麼說。你的調職已經在辦理了。」

她的心跳加快。「我要從哪裡開始？」

「從以前的舊檔案開始。」

風轉向了，旋轉著吹向北方。感覺上像是在轉出一個大圈，掃過整個海灣。

先知者就在那裡。品味著，暴怒著，計畫著。凱特琳心想，梅克錯了。這回我們一定會阻止他。我們來逮你了，混蛋。

「沒問題，老大。」她說。

她進門時，尚恩正在等著她。他已經準備好要出門工作了，警徽掛在脖子上，葛洛克二二手槍插在臀上的槍套裡。熾熱的陽光照進廚房窗子。他幫她倒了一杯咖啡，但她放在料理台上，然後臉埋在他胸口。

他雙手抱住她。他們緊擁著站了一會兒。他等著，心裡明白。

「這一回，」她說，努力把心中的不確定感轉變為誓詞。「這一回我們會阻止他。」

「需要幫什麼儘管說，凱特琳。」

她把他抱得更緊。「就是這樣了。我們得讓他停手。這是我們唯一的機會。」

他往後傾，看著她的雙眼，點點頭。那是警察看著同業的姿態。

尚恩．羅林斯探員跟她交往兩年了。他知道為什麼她從來不提先知者這個名字。他知道那個名字是毒藥，在她的人生蝕出了一個大洞，讓她從小就成為一個旁觀者，而且促使她後來成為警察。他知道這件事對她的影響。

「我爸發生的事情，不會在我身上重演的。」她說，「案子歸案子。我的生活歸我的生活。兩者絕對不會混在一起。」

「我會要你堅守這個原則。」

「別擔心。」

他臉上的憂慮只是更加深。

他知道，當初她申請警察學院時，曾把誓詞寫在一本黃色橫格記事本上。奉獻。堅持。把工作留在警察局。最後一個是說得比做得容易。

「我發誓。」她說。

他不想顯露出害怕，只是雙手捧住她的臉。「要小心。」

「比起緝毒組，兇殺組根本是個禪風庭園。那裡的警探甚至很少超速。」

「這個案子可不一樣。」

就像很多警察，尚恩認為這個世界很危險，他只能盡力，確保他生命中的人——凱特琳、他三歲的女兒，以及他的前妻——的安全。他摸摸凱特琳肩膀上幾年前挨過子彈的傷疤。然後他一手放在她心臟上。

「小心點。懂嗎？」他問。

她點頭。她懂。*而且我有你，感謝老天。*「是的。現在我得去局裡了。」

下午四點，塞闊雅中學的走廊一片安靜。校車巴士都開走了。只剩少數幾支運動隊伍和無伴奏合唱團還在練習。但是這個位於普萊森頓市邊緣地帶的乾淨郊區校園，正在降低運轉速度。大部分區域裡，都只剩老師和看守人員。

在數學館的教室裡，史都華．艾克曼正在做最後的收拾。他開始擦白板，中間停下來，看著幾個九年級學生趁他不注意時寫上去的代數方程式。32A×36C＝68DD，然後畫了一對大乳房以表明這個笑話。

這些厚臉皮的猴崽子。至少他們有來上課。

他幾乎是傷感地擦掉那個圖。他知道，有太多他這個年紀——三十三歲——的男人，幽默感還停留在這類中學生的程度。他自己則是努力想當個完全成熟的大人。領尖有鈕釦的襯衫和卡其褲，除了星期五都一定打領帶。髮型是現在時興的短髮（他母親跟他保證是如此），蓄著文青風的鬍碴從來沒惹得校方公開抱怨過，可能要多虧他學生的考試成績好。他把一疊作業放進公事包裡，判定自己的前臂相當健美。這是在健身房練了三天的成果。好極了。

他懷著春天的心情。復活節週末快到了。

他闔上公事包，抓了他的鑰匙。他打開手機，發現快沒電了，於是看著桌上型電腦，覺得手指發癢。這些電腦是禁止個人用途的，刪除瀏覽紀錄功能無法使用。校方可以追蹤到他看過的每一個網站。

但是他感覺很好。感覺很幸運。感覺……拜託，啊，拜託……

就這麼一次，他決定。唔，應該是再一次。只用一分鐘。他靠向鍵盤，很快地查看了一個網站。

哇。他有一則來自星光六九的私人訊息。

他坐下來。好一張照片。

螢幕短暫閃爍。他兩手離開鍵盤，很好奇是不是哪裡接觸不良，或者是副校長室裡的羅瓦多太太在偷偷監控他，像個蘇聯國安會的小矮人縮在她黯淡的小隔間裡。螢幕又清晰了。

星光的訊息說：**銀溪公園明天晚上九點**。

他微笑著回覆：**準備大戰一場**。

出了校舍，他提著公事包甩動，神氣地把遙控車鑰匙對準自己的車，像〇〇七情報員似的動作敏捷。爬上他那輛日產Sentra車時，他激動得簡直發狂。

他關上車門，眼角看到一道閃光。在對街，有一輛黑色小卡車面對他停在那裡，引擎空轉著。駕駛人戴著太陽眼鏡，或者是……在用雙筒望遠鏡？

那輛小卡車開走了。

艾克曼跟在後頭駛入車陣。他甩掉那種詭異的感覺。要是那輛小卡車在前頭，就不可能是在跟蹤他。對吧？

他打開收音機，對於那輛小卡車的擔心一掃而空。〈戰歌〉的旋律傳出來。他調大音量，跟著一起唱。真是完美的時機。真是個好預兆。

5

阿拉米達郡警局的布萊伍德分局位於一條寬闊的郊區街道上，周圍是時髦的商業園區。凱特琳在早上七點半駛入警局的停車場，鎖好她那輛豐田Highlander休旅車，大步走向警局。起風了，吹得楓樹上的春日綠葉嘩嘩響。她剛淋浴過的頭髮還沒全乾，穿著合身的長袖白襯衫、牛仔褲、馬丁大夫鞋，戴著警徽，她的西格&紹爾P二二六配槍插在臀上的槍套裡。

一輛巡邏警車經過她旁邊，是線條流暢的道奇Charger車，駛向街道。她點頭招呼。走進警局大門時，櫃檯後頭那位拿著肉桂捲的平民職員朝她微笑。

「早安，佩姬。」凱特琳說。

「美女。」佩姬舔著大拇指的糖霜說。

這位小姐嗜甜如命。每回有民眾來報案時，她就會開心地招呼，帶著那種小貓咪的可愛和掠食性。她喜歡聽是什麼樣觸犯刑法的罪名讓民眾來到這裡。凱特琳覺得局裡應該調她去監理處幾星期，磨掉她的銳氣。

凱特琳按了密碼，通往辦公區的門開了。裡頭的開放式磚造結構和淺色木板，刻意製造出平穩情緒的效果。這點對她很管用，因為新警探必須迅速學習。她從小看著父親將點三八手槍插入身上的槍套，灌下濃烈的咖啡，然後衝出門去抓壞人，於是從幼稚園時代開始，她就立志要當警探。但是有時候，她覺得自己像是電影《奇愛博士》裡那個騎在氫彈上的牛仔。偵訊方法、保護證據的完整性、攻堅破壞技巧。拚了。

在辦公室另一頭，蓋舍里朝她吹口哨。從他熱切的雙眼看來，應該是喝了很多咖啡。「昨天夜裡又有一些檔案送來，放在地下室，你去搬上來。再過二十分鐘要開專案小組會議。」

第一名被害人在玉米田裡被發現的三十個小時後，局裡就組成一個專案小組。蓋舍里召集了一群警探，把局裡靠後方的一塊空間轉為戰情室。

一面牆上貼著地圖、側寫、舊時代的嫌犯速寫，還有犯罪現場照片。凱特琳看到那些新照片已經釘在牆上。玉米田、屍體、三組腳印（尺寸是男性十號）、水銀痕跡。一張接一張，像是天主教紀念耶穌受難的十字架苦路。她走到牆邊。

那是個先知者的聖殿。

一九九三年九月二十三日。紀賽兒·佛雷澤。被發現死亡，雙腕被釘在一根大樑上，屍體懸吊而下。小屋裡黃蜂群集，第一組趕到現場的人員幾乎看不見屍體。

一九九四年三月二十日。大衛·韋納。塑膠袋套住頭部窒息而死，棄屍於一處巡迴遊樂場內。一張犯罪現場照片顯示出遊樂場內的歡樂屋、棉花糖攤子、搭乘和遊戲類的設施——奇幻屋、鬼屋、滾球遊戲台——還有韋納的屍體。一張字條釘在他的襯衫上。這個符號象徵著過去、現在，與未來。

這就是兇手綽號的由來。一副先知者的口吻。他自認是先知者。一開始是一般民眾這麼稱呼，接著是媒體，最後連警方都這麼說了。

每個人都這麼說，只有兇手本人除外。他從來沒用過任何名字或稱號。只是會在訊息末尾畫上水星符號。

一九九五年三月二十一日。芭芭拉．葛茨。以刀刺死，棄屍於洗車場。

一九九六年四月十二日。海倫與貝瑞．金姆，第一對被謀殺的伴侶。重物擊打致死，棄屍於垃圾掩埋場。驗屍顯示，他們的屍體曾被野狗撕咬。

一九九七年四月二十六日。賈思婷與柯林．史賓塞。屍體從一輛載運石頭到工地的傾卸車後方滾出來。水星符號以釣魚線縫在他們的皮膚上。

警方沒公布駭人的細節，而凱特琳被搞得好幾個星期都睡不著，躺在床上聽著大風搖撼的樹木枝葉撞擊著屋頂。她童年時代就大半睡不好，至今依然。

一九九八年三月二十日。麗莎．朱。這名十來歲的少女被丟進一座汙水池內，身上以鐵鍊拴著一個停車場的水泥擋塊。兇手的訊息以不褪色墨水寫在她的前臂上。

凱特琳站在那張照片前，一段模糊的回憶逐漸變得清晰：她盤腿坐在電視機前，玩芭比娃娃，被新聞報導打斷了。一名表情凝重的女主播在說話，背景是一個以簡單線條繪製的男人像，頭上有兩隻惡魔角。「先知者又攻擊了，留下一個令人恐懼的訊息，寫在被害人的皮膚上：『無盡的憤怒與無盡的絕望。』」

然後是她父親低沉的吼聲：「耶穌基督啊，珊蒂──你讓孩子看電視新聞？」他衝過來關掉電視。「該死。」他按了一下固定在牆上的遙控器，然後大步走進廚房，凱特琳沒動，因為他的吼聲害她肚子痛。她聽到他拿起電話，等到她終於敢回頭看時，發現父親在廚房走來走去。「你看到了嗎？桑德斯，有人他媽的把消息洩漏給那些記者了。」

這會兒她搖搖頭，甩掉腦子裡那些童年的憤怒回憶。

一九九八年四月十八日。譚美與提姆・穆里澤斯。髑髏地墓園。

她凝視著那對年輕夫婦。蓋舍里迅速走過她旁邊。「凱特琳。快點去做事。」

凱特琳用手推車把新的證物箱推到戰情室，其他人已經在裡頭，等著要開會了。燈光刺眼，氣氛焦躁不安。

湯瑪斯・馬丁尼茲穿著一件保齡球衫，一頂軟氈帽在剃光的腦袋上往後推。他有那種海灘酒保的隨和神態，但是此刻那對眼睛充滿驚懼，完全不像是在兇殺組待了十年的老鳥。凱特琳覺得他的這個反應，應該跟他桌上的那張生活照——裡頭是他太太和四個女兒——有關。

她走進去時，他抬起下巴招呼。「小鬼。」

她忍著沒喊他阿公。他四十三歲，口氣溫暖。「警探。」

瑪麗．宣克林把一疊檔案放在會議桌上，排整齊，然後打量了凱特琳一眼。瑪麗是從奧克蘭的郡警局總部調過來的。三十來歲後段，以辦案手法嚴謹著稱。她的褐髮緊緊紮成馬尾，鮮紅色唇膏，那姿態讓凱特琳回想起童年時一個非常嚴格的幼女童軍隊長，也像一個她逮捕過的施虐狂。

「早安，警探。」凱特琳說。

「凱特琳。」瑪麗匆匆點了個頭。

蓋舍里大步走進來，把兩張新照片釘在牆上。是玉米田兩名被害人駕照上的放大照片。看到他們生前的模樣，凱特琳胸中發緊。

蓋舍里輕敲那個女人的照片。「梅樂蒂．詹姆斯，二十六歲。星期二晚上在聯合市失蹤。她是橄欖園餐廳的女侍，十一點時結束晚間值班。始終沒回到家。」

他拿出手機。「她先生在星期四晚上十一點十五分接到一通電話。當時剛好轉入答錄機，錄下了對話。」

他滑了一下手機，按了播放鍵。

在那段留言中，一個男人喘著氣說話，聽起來完全清醒且恐慌。凱特琳可以想像他抓著手機的模樣。

「梅樂蒂嗎？」他說。

另一個男人回答：「不，詹姆斯先生。不過我知道她在哪裡。」

會議室的每個人都直起身子。

「哪裡？你是誰？」詹姆斯問。

「我看到你的尋人傳單了。」

那聲音刺耳、粗嘎，而且沙啞。瑪麗冷冷看了馬丁尼茲一眼，他也看了她一眼，然後搖搖他的光頭，無聲咕噥了幾個字。凱特琳的皮膚發緊。

那是他嗎？二十年前，先知者曾經把自己的錄音寄給警方和電視台。這個聲音聽起來比她記憶中更低沉、更沙啞，而且很可怕。

那聲音說：「她在八十八號高速公路的這個地方。農田裡，瓜達露佩路東段。」

詹姆斯急忙說：「她沒事吧？你跟她說了話？」

「我現在正看著她。我想賞金——」

「她還活著。啊老天。你可以讓她聽電話嗎？」詹姆斯聽起來鬆了口大氣。

即使是現在，即使是已經太遲了，凱特琳都很想抓住他，打掉他手裡的電話。不要顯露出你鬆了口氣。不要顯露出希望，或是快樂。他就是故意要引誘你這樣，好給你接下來的打擊。

「大家都說她不可能還活著，但是我知道。」詹姆斯的聲音中滿是淚意。「告訴她——拜託，回家。我不在乎她為什麼離開，或是跟誰離開——」

「你的意思是，跟她一起跑掉的那個男人？」

詹姆斯又暫停——很震驚，或者是在控制自己。「我什麼都不會問。讓她待在那裡別動，我馬上趕過去。」

「別急。她不會離開的。」

一段錄音出現。「不。不要傷害我……」

那是個女人，在啜泣。

「別過來。啊，老天，把那個放下……」

她尖叫，然後又尖叫。

之前那個男子的聲音回來了。「她哪裡都不會去。我處罰過她了。」他暫停。「不客氣。」

詹姆斯猛吸口氣，然後開始大喊。同時他太太的尖叫聲充滿房間。電話斷線了。

蓋舍里關掉錄音檔。

「這狗娘養的，」馬丁尼茲說，「真夠狠的。」

瑪麗注視著梅樂蒂．詹姆斯的照片。在鮮紅色唇膏的對照下，瑪麗蒼白的臉充滿憤怒。「虐待狂。」

蓋舍里說：「那通電話的區域號碼六五〇，在灣區。拋棄式手機。而且我們的聲訊專家認為那個號碼只是中間的轉接站，電話是從另一個手機打出來的。他們正在查，不過很可能查不到源頭。」

凱特琳茫然注視著梅樂蒂．詹姆斯的照片，覺得自己的喉嚨好像塞著一個蘋果。那張駕照的大頭照融入梅樂蒂死時的臉，淚痕交錯且骯髒，死在農田裡。

那兇手的聲音近乎歡樂，裡頭隱隱帶著刺。男性，男高音的音色，或許是故意裝得沙啞，想掩飾。那些措詞，那種嘲弄。給你希望，拿著誘餌在你面前晃。

如果不是先知者，那就是一個有同樣病態欲望、喜歡延長他人痛苦的人。

凱特琳問：「聲紋比對呢？」

蓋舍里看了她一眼，又看著堆在她桌上的那些箱子。「裡頭有以前的舊錄音帶。去挖出來。」他的目光銳利。「把一切挖出來。在證據裡面尋找模式。找出新舊案子間的類似之處。」

她點點頭。

他指著男性被害人的照片繼續說：「理察．桑切斯。二十七歲。阿拉米達一家超市的收銀員。沒有人通報失蹤，沒有被通緝，可能跟梅樂蒂．詹姆斯有關。」

戰情室後方一個男人開口了：「電話錄音裡的那個聲音提到『跟她一起跑掉的那個男人』。」

那是他們的上司雷．小柄，他是這個分局的調查指揮官。

小柄認真而威嚴。五十來歲，日本裔美國人，他進入一個房間時，人們會稍稍後退，挺直肩膀。他炭灰色的西裝完美貼合著破城錘似的結實身軀，這會兒他慢吞吞走到牆邊，指著兩個被害人的照片。

「她是不是跟著他跑掉了？」他問。

蓋舍里說：「不是，但是她有可能跟他偷情。她在橄欖園的同事說桑切斯是常客，梅樂蒂曾公然跟他打情罵俏——有回他還去接她下班。我問了梅樂蒂的丈夫，他知道那些流言。但是他一再堅持，他唯一關心的，就是要逮住那個殺他老婆的兇手。」

「他一定很難受。」小柄說。

「梅樂蒂失蹤那一夜，理察．桑切斯去橄欖園餐廳買了外帶。我們懷疑兇手就在附近觀察他，然後跟著桑切斯回家。桑切斯始終沒進入他的房子。他的車停在車庫裡，車庫門拉下，遙控器不見了。我們認為兇手設法進了車庫，埋伏在那裡攻擊他。」

蓋舍里打開一個檔案夾。「初步驗屍報告出來了。兩個被害人都是被勒死的。脖子上的繩索痕跡跟長鞭符合。」

他把驗屍照片遞給小柄。「他們手腕、腳踝、臉部的擦傷，顯示他們被用膠帶綁起、封住嘴巴。每個被害人的衣服上都有另一個人的濺血痕。他們是靠在一起被鞭打的。」

小柄接過那些照片。雖然他什麼都沒說，但是臉色更凝重了。

馬丁尼茲搖頭。「真可惡。」

凱特琳覺得胃裡空蕩蕩。

蓋舍里說：「兩個被害人身上的工具痕，顯示是用釘槍把釘子打進他們的胸部。我們正在想辦法，看能否查出釘槍的廠牌和型號。」

「那些釘子呢？」小柄問。

「是四吋的一般框架鋼釘。大號釘杆，平頭釘帽，菱形釘尖。用於建築和框架，還有業餘木工。這些釘子到處都有得賣，不可能追溯出來源或販賣地點。」

「那鞭子呢？」

「很舊，或許有一百年了。我們正在查網路賣家，但有可能是兇手自己閣樓裡的舊東西。」

小柄掃視著牆上的照片。「水銀的痕跡呢？」

瑪麗以稍息的姿勢站著，雙手在背後交握。「我把樣本送去鑑識組的實驗室做化學分析了。純汞是一種銀色金屬，在室溫下是液態。溫度計、電子開關、日光燈裡面都含汞。但是在自然界，汞會存在於某些化合物或無機鹽類。要提煉出純汞，不是在家裡自己動手就能辦到的。而且汞的販賣有法令管制，在一般百貨五金行買不到。」

「他會是在哪裡弄到的？」

「有可能是在網路上買的。宣稱是化學課要用。只要能有個送貨地址就行。」她說，「或者他也可能是偷來的。」

小柄雙臂在胸前交抱。「他們有可能追蹤製造批號之類的嗎？汞裡面有含標籤物質嗎？」

凱特琳直起身子。「沒辦法。只有爆炸物規定必須含有化學標籤物質。像汞這種重金屬就沒有了。」她看著瑪麗。「實驗室會查汙染物和微物跡證嗎？」

瑪麗臭著臉。「不，他們只會找反式脂肪和人工甘味劑呢。廢話，當然會查。」她走過凱特琳旁邊，來到戰情室前方的會議桌。「關於汞，還有兩件事要注意。第一，汞有毒性。第二，如果不封好，汞會慢慢揮發掉。」

小柄轉向瑪麗。「你的意思是，我們的證物有可能會消失掉。」

「沒錯。」

凱特琳覺得臉頰發熱。蓋舍里狠狠瞪著她。

他轉向其他人。「還有一件事。梅樂蒂・詹姆斯和理察・桑切斯遇害的地方，是兇手有空間做一些事情的。」

他朝牆上的照片點了個頭。「那條長鞭有七呎，從濺血和鞭痕來看，鞭子是以高速擊中被害人的。兇手需要夠大的空間才能施展，而且不會被鄰居聽到。另外他使用了釘槍，幾乎可以確定他需要電源插座。這傢伙應該有一棟房子，或者他有管道可以找到一個工坊，在晚上沒人時使用。他執行這些謀殺，不會是在那種牆壁很薄的公寓裡頭。」

小柄望著那些驗屍照片，臉上似有隱隱的痛苦。

「如果他重複上回的週期，那麼在他再度殺人之前，我們只有四個星期了。做好準備，每一分鐘都很重要。」蓋舍里說，逐一看著小組裡的每一個人。「我們開始工作吧。」

凱特琳走向自己的辦公桌時，蓋舍里把她叫到一旁。他一臉不高興。

「警探。瑪麗・宣克林在兇殺組待了十年。你才待了一天而已。」

「我剛剛太過分了。我知道——我會保持低姿態，閉上嘴巴的。」

「從現在就開始。我們沒有時間可以浪費了。」他又朝那些箱子點了個頭。「去挖吧，而且要挖得深。快去。」

6

那個紙箱側邊的水漬就像一波泥浪。凱特琳打開蓋子時，一個蜘蛛窩湧出來。她抬起手用袖子抹過臉。在她的寫字板上，她又翻了新的一頁，準備開始記錄清單。她寫下第十三箱。

她從原始檔案中所整理出來的證據，都放在會議桌上。她已經整理了五個小時，覺得自己像是在召喚舊日鬼魂。

有些東西她以前看過——小時候在她家車庫裡的工作檯上。當時她父親說：「安靜，關上門。」然後讓她待在裡面。

第一批趕到命案現場的警察所寫的報告。警探們的報告。各個發現屍體的目擊證人的供述。被兇手抓去又設法逃離的那名少女的供述。

輪胎印的照片。一個九號鞋印的照片。第一宗命案現場的一張手繪地圖，是兇手畫的。

這件證物令她不寒而慄。

那張地圖被揉皺且有水漬，以工程師的精準筆法描繪。一個羅盤玫瑰指向北方。流暢的弧線和清晰的交叉直線畫出了街道。地圖裡有丘陵和樹木——或許是標示出藏匿的地方？——還有第一名死者死亡的那個公園。一條小溪。一條暴雨排水溝，標示出長度一二五呎。野餐區畫著幾張小桌子。遊樂場畫著鞦韆和溜滑梯。

寫在地圖上的標題字是「懲罰」。

字跡很清楚，深深刻在紙上。原子筆寫的，每個字母的轉角鮮明，往下傾斜。這張地圖是來自整件事的黎明時分，當時一切事情才剛起步，開始往恐怖的方向緩緩發展，當時沒有人知道有個連續殺人犯正在活動。

這些箱子是一個嘗試，想把持續不斷的地獄狀態加以歸類，但地獄是無法控制的。蓋舍里說得沒錯，這是個完全冷掉的案子。

她只需要稍微看一下原始的清單，就知道過去二十五年有多少證據消失了。送去某個地方存放。證物室淹水時毀損。遭到警察、鑑識人員，甚至聯邦調查局探員竊取。每個人都想要一小片傳說。

但是當她挖到第十三箱，找到寶物了：兩捲卡式錄音帶，標示著先知者來電。

只不過她沒辦法聽。因為分局裡沒有卡帶播放器。

她拿了兩捲卡帶，出門送到犯罪實驗室。開了三十分鐘車，來到奧克蘭市五八〇公路旁丘陵間一處尤加利樹環繞的建築群。凱特琳簽字交出卡帶時，鑑識檢驗師尤金．趙不感興趣的迅速接過去。然後他看到證物袋上的標籤。

「不是開玩笑吧？」

「完全不是。」

他吹了聲口哨。

「我需要——」凱特林話還沒說完。

「盡快。沒問題。難得一次，我是說真的。」

「謝了，尤金。」

開車回分局的路上，凱特琳覺得煩躁不安。調查需要勤勉。頑強、有耐心、不懈的勤勉。但是她腦袋裡彷彿有個節拍器在滴答響。一秒秒過去了。

在駕駛座上，她對著手機做語音查詢。「水星下次在早晨的天空升起是哪一天、幾點？」

「有趣的問題，凱特琳。」

手機不知道答案。她皺眉，遇到紅燈減速。前面的車是一輛紅色的豐田Camry。

她瞪著那車。「天殺的！」

手機說：「沒有必要說粗話。」

凱特琳轉入隔壁車道，跟那輛Camry並排停在紅燈前。那個駕駛人身體前弓，緊緊抓著方向盤。凱特琳按喇叭。那個駕駛人看過來時，凱特琳摘下太陽眼鏡，然後指著下一個街區的一處停車場。

她緊跟著那輛Camry開進停車場，然後跳下車。那輛車的駕駛人下了車，責備地瞪著凱特琳，然後走向她。那人一頭紅髮被午後的陽光照得火紅，襯衫上水滴形的渦紋形成一片洶湧的迷幻尖叫，靴跟狠狠敲著柏油路面。是綽號「颱風」的珊蒂——凱特琳的母親。

「你在跟蹤我嗎？」凱特琳問。

「我隨時想要，就可以開車經過分局。尤其因為你發瘋了。」

「我也很高興看到你，媽。」

「別去碰這個案子。它已經毀掉你父親了。」

凱特琳兩手一攤。「你向來就是用這個理由阻止我。『不要拿著剪刀跑；它毀了你父親。』『別去餵松鼠；它毀了你父親。』」她拍拍母親的肩膀。「放心，我不是老爸。」

珊蒂．韓吉斯狠狠看著凱特琳，然後輕輕握住她的手腕。珊蒂的碰觸帶來一股暖熱，流遍凱特琳的血管。感官的記憶。痛、溫暖、羞愧。她吸了口氣，硬逼著那個感覺過去。

珊蒂壓低嗓門。「這個案子以前傷了你，而當時你還只是在邊緣。要是你現在參與調查，那就等於是跳進火山口。」

一旦珊蒂咬住了什麼，她就不會鬆口。就是這種不放棄的精神，讓她在家裡有一個當巡警的先生和學步的女兒時，她自己還是讀完了大學。後來也幾乎讓她挽救了婚姻。這種精神還給了她力量，在那個漫長的黑暗夏天，硬拉著十五歲的凱特琳到海邊度過。

珊蒂又握住她的手腕一會兒，然後放開。她的目光始終緊盯著凱特琳的雙眼。

凱特琳說：「我不能袖手不管。有人會送命的。」她聽到自己聲音裡的哽咽，覺得好恨。「我們得終止這個狀況。」

珊蒂上前擁住她。「寶貝，不要。你是我唯一的女兒啊。」

「我愛你，」凱特琳說：「但是我得做我的工作。」

珊蒂微笑，那是受傷、害怕的微笑，然後她轉身離開。快走到她的車旁時，她抹掉淚水，從指尖彈掉，彷彿那是有毒的。

收音機裡的音樂發出強烈的節奏，史都華．艾克曼期待得嘴裡發乾，恰恰在九點左右，他駛入銀溪公園。黑暗讓他覺得危險，同時又有保護性。

進入公園的路狹窄又迂迴。他把手機放在一邊。他一身星光六九指定的打扮，希望如此。她兩個小時前才傳訊要求的，有那麼恐慌的片刻，她以為她傳訊是要取消這個約會了。但結果，她寫著：打扮得帥一點。我不會手下留情的。

一件皮革背心。這樣應該過關了，對吧？還有手套。反正皮革的總沒錯。機車靴是他上大學時買的，從盒子裡拿出來還是很新。不過希望不必穿太久。他的神經簡直要冒出火花。路旁加州櫟的枝葉斜伸到車道上方，他轉過一個彎，開向一片黑暗的峽谷。

一道尖銳的拍打聲震得車子搖晃。

「什麼……」

他減速。他撞到什麼了嗎？方向盤往左晃，黃色的胎壓警示燈亮起。他停車，一頭霧水下了車。

他走離車門幾步，好檢查整輛車。他看到了，困惑地停下來。不可能啊。他的前輪被射中了，那是……

「你在開玩笑吧……？」

從樹叢間，一個男人出現了。

前一刻還沒人，下一刻他就忽然在那裡。他的臉，他整個頭，似乎都沒了。艾克曼茫然了片刻，才明白那個男人戴著黑色滑雪面罩。那男人冷靜地舉起……

老天啊。

史都華·艾克曼拔腿就跑。他轉身衝向樹林。僵硬的機車靴踢起小石子，頭微仰，喘著氣。

不是真的，不是真的，不是真的，老天，不……

一陣哨音劃過空氣，射中艾克曼，把他轟倒在地。

耶穌啊。

在那詭異的片刻間，感覺上就只是一記重擊。然後開始痛，又利又深又不對勁。他想起身，但是辦不到。他明白自己犯了錯，剛剛不該朝樹林跑的。那裡太遠了，他只能靠兩腳，會讓他沒有武裝又脆弱。他應該朝另一頭，尋找掩護，跑向他的車子。

他沒聽到那男人，但感覺到他走過來，比之前離得更近。

快逃。事情嚴重了。疼痛擴散，痛得要命。在他的皮背心裡，有個暖暖的東西沿著他的肋骨積聚，滴到地上。

他的車。儘管受了傷，他還是轉身爬向他的車。「救命。」

那男人迅速走向他。「沒人會來救你的。」

他赫然出現在上方，像個幽靈。他的腳步似乎完全無聲。艾克曼往前爬。

那男人走到離他五碼處停住，站穩雙腳擺出某種姿態。他瞄準。「嗜血導致清算。你訂下了約會，就要付出代價。」

他射出另一記。艾克曼尖叫。幾隻烏鴉衝出樹林，飛入夜空。

7

剛過早上七點，史蒂夫．蘭瑟爾下了雙線道高速道路，駛過六松牧場的柵門。這個早晨風很大，碎雲散布在黎明的紅色天空。丘陵是一片豐饒的綠。他沒看到路上有任何人，也不期待會有。

他的福特F—二五〇小貨車載著一捆捆紫花苜蓿乾草。貨車隆隆駛過攔畜溝柵，經過幾棵櫟樹，駛上一座山丘，然後經過這個牧場以之命名的六棵松樹。他一手握著方向盤，另一手扶著放在腹部的旅行咖啡杯。他戴著一頂牛仔帽，身穿Burberry鋪棉夾克，收音機播放著灣區的通勤時間節目，卻斯和丁骨主持的。

「……七點零七分，今天是個大晴天，我們要陪你到達目的地。」其中一個人說，口氣歡樂得像是吃了太多興奮劑。另一個主持人竊笑。「無論你是想要度過或是下車都無所謂，反正有我們陪你。」他們錄音間的工作人員笑得像一群驢子。

蘭瑟爾永遠記不得哪個是卻斯、哪個是丁骨。無所謂，他收聽是因為這個節目讓他想起自己曾有二十年，早上都得塞在灣區的車陣裡，一邊聽收音機，一邊開車到他位於舊金山金融區的辦公室。這節目讓他想到當初自己辭職而接手家裡的牧場，真是個明智的選擇。現在他在這裡，離市區只有五十六公里，駛過的地景從十八世紀以來幾乎都沒有改變。最早從西班牙殖民地時代開始，這片牧場已經在他們家族裡傳承好幾個世紀。這是他繼承的家產，也是他的責任，而且他很愛。他聽著卻斯和丁骨，就等於是聽到自己自由的聲音。

「所以，今天我們要談談前兩天夜裡的那些謀殺案，」卻斯或丁骨說，「警方不肯多透露，但是人人都認為兇手就是先知者，獨一無二的那位。」

「他媽的真不敢相信啊，大哥。」

「你認為是他嗎？他都消失這麼多年了。」

「不是他，就是他的鬼魂，或是他轉世的化身。撒旦的子孫。」

「休息之後我們要開放接聽電話。你們認為呢？先知者回來了嗎？」

加州瘋狂。

開了三公里，他減速駛過小溪。溪水濺到輪圈，聲音悅耳。他又爬坡開到下一座山丘頂，然後微笑看著眼前廣闊的綠色谷地。

他慢下來。「怎麼搞的？」

馬都跑出來了。

那些阿拉伯馬在白色圍籬內的牧草地上，圍成小圈奔跑著。牠們應該關在展示馬廄的，尤其是這個季節，還這麼冷。但是——該死，那些馬跑出來了。看起來十匹都是。在那邊跺腳、轉身、驚跳。

他加速駛下山坡，駛向馬廄。是誰把牠們放出來的？是他女兒昨天晚上出門，忘了把馬廄門關好嗎？他掏出手機，查了女兒的號碼。

但是沒道理。他和妻子是昨天夜裡最晚走的。他們離開時，那些馬還好端端地關在馬廄裡。

他檢查確認過兩次。那些阿拉伯馬是驕傲而尊貴的品種，這片丘陵有一些野生動物。他絕對不會……該死。

他停在馬廄外的碎石子地上，下了車，讓引擎繼續運轉，卻斯和丁骨還繼續吱喳說個不停。

「那傢伙是個惡魔，但也同時是個謀略大師。他做的那些事情，害一堆兇悍的警察都尿褲子了。」

馬廄門關著。他走過牧草地柵門，大步邁向那些馬。先解決最重要的事：確保那些馬沒事。一定有什麼嚇到牠們了。

寒風刮過他的帽簷，差點把帽子吹跑了。他把帽子往下拉，同時走過結著露珠的青草。那些馬在轉身、快走、甩尾，雙眼發亮。而且牠們全身汗濕，背部和鼻孔都冒出蒸氣來。

該死，牠們跑出來有多久了？一整夜嗎？

在牧草地的另一頭有個飲水槽。那些馬都背對著水槽。其中一匹還轉身朝馬廄跑去，噴鼻搖頭。見鬼了，這是怎麼回事？

他小心翼翼地走近一匹小母馬。「別緊張，小妞。」他說，幸好沒被踢，也沒被踩踏，以牠們現在這樣的狀況，算是很幸運了。「別緊張。」

他小心翼翼伸出一隻手碰觸牠的脖子。牠瑟縮一下，他手放在那裡，開始撫摸。牠身上很熱，沒有受傷的跡象。據他所能看到的，所有馬都沒受傷。

風轉向了，吹下山丘，掠過飲水槽吹過來。那些馬發出嘶叫聲，聲音刺耳而警戒。牠們轉向背風的方向，像是羅盤的磁針在北半球指向北方，然後牠們突然掠過他奔跑，馬蹄聲轟隆。

「要命啊……」

蘭瑟爾獨自站在田野裡，覺得風突然比片刻之前冷了許多倍。他緩緩轉身，看著飲水槽。

他站在那裡許久。然後他回到福特車上，從槍架上拿了霰彈槍。

他再度注視著飲水槽，沒看到任何動靜。但是他遲疑著，不想穿越這片草地，去看飲水槽裡面的東西，即使他手上拿著一把雷明頓霰彈槍。他在彈倉裡塞了兩發子彈，緩緩走過去。

飲水槽的長度有將近三公尺，是鍍鋅鋼板製造的，容量有三百加侖。此刻裡頭的水拍打著飲水槽邊緣，被風吹起波紋。有個黑色的東西浮在水面上，不斷上下晃動。蘭瑟爾舉起霰彈槍，覺得顫抖不穩。耶穌基督啊。裡頭那個到底是什麼鬼？

他一步一步走近，中間暫停下來擦擦眼睛。離水槽二十碼時，他站住了。

一具屍體面朝下浮著。水被血染成深紅色。要命啊——原來風轉向的時候，那些馬都聞到了血腥味。

他握著霰彈槍對著飲水槽，看著顫動的松樹，看著茂密的矮樹叢，還有高高的山脊和林際線。他後退，轉身，跑向卡車，一路聽著被風扭曲的塞車節目主持人笑聲愈來愈大。

飲水槽裡的那個男人，穿著皮背心和機車靴，漂浮在自己的血中。他的身上插滿了箭。

一名體格健壯的年輕郡警接到九一一通報，趕到現場，他開著一輛雪佛蘭休旅車，車側印著金色的**聖華金郡警局**字樣。接下來一個小時內，又有兩輛休旅車和一輛警探的米色轎車沿著牧草地籬笆的小路停下。蘭瑟爾已經把馬趕到鄰接的一片草地，此時背靠著他那輛小卡車的前保險桿。在那個飲水槽前，穿著白色工作服的鑑識人員正忙著拍照，同時在地上鋪了一塊黃色防水布。

趕快把他弄出來就是了，蘭瑟爾心想。把他弄走，好讓我把那個飲水槽拖去垃圾場。然後他要放把火燒了牧草地，找個神父來這裡驅魔。要命，他根本是長老會教徒，居然會想找天主教的神父。

那些鑑識人員把屍體抬出飲水槽，放在防水布上。血水濺在其中一個警探的鞋子上，他急忙後退。一名郡警手背遮住嘴巴。然後每個人都站在那裡不動，像一棵棵松樹。他們所有人都瞪著屍體看。只有蘭瑟爾除外，他不自覺地走向其他人。

那個死去的男人側躺在黃色防水布上，很年輕，他臉上的血水都流下後，顯露出藍灰色的皮膚。第一個趕到現場的郡警看到蘭瑟爾走過來，舉起一隻手，同時走向他，比劃著要他停下。蘭瑟爾繼續走，覺得有個力量迫使他往前。這是他的土地，他得忍耐著見證一切。

「先生。蘭瑟爾先生。拜託。」那個郡警說。

蘭瑟爾停下腳步，但是他看到了。那個符號，那個占星學記號。那個死人的額頭刻著惡魔角。

而在他的胸部，背心撕開的地方，有一個詞：**答案**。

8

稍後，當恐懼和警戒逐漸退去，當局證實那個影音檔是在太平洋夏令時間一七四一，傳到KDPX新聞網的伺服器。下午五點四十一分。在幾條大橋上，車陣正在緩緩前行。而在舊金山灣上方，飛機正緩緩朝跑道下降。沿著舊金山的濱水區，燈火逐漸亮起來。

在柏克萊碼頭區的冷溪小館裡，人群正在收看金州勇士隊的籃球賽。凱特琳剛過六點進門，從微風吹拂、略帶藍金色澤的傍晚，來到兩個眩目的大螢幕電視機面前。裡頭正是熱鬧時分，但是不像平常那麼擁擠。她看到尚恩在店後方的露台上，於是側身擠過吧檯邊，出了通往露台的門。

他跟他女兒莎笛坐在一張野餐桌邊。他跟前妻擁有小孩的共同監護權，今天是他慣常帶莎笛出來玩的日子。小女孩穿得很厚以抵擋寒風，身上的外套有個大熊貓的帽兜。尚恩穿著柏克萊加大的帽T，正專心看著莎笛在玩兩個彩虹小馬玩偶。

不，他自己也跟著在那邊玩。

「那個是誰？」凱特琳問，「亮亮的那個？」

他微笑。莎笛像是國慶日的仙女棒似的，整個人被點亮了。

「凱特！」她站在長椅上，把一隻小馬高高地舉在頭上。「這個是碧琪。來玩。」

那笑容，那粉紅臉頰，莎笛純真無邪的愛，讓凱特琳倍加憐惜。她坐下來說：「碧琪好漂亮。她會飛嗎？」

莎笛起勁地點頭。她的大熊貓帽兜往後脫落，微風中揚起的深色頭髮像玉米穗鬚。尚恩遞給凱特琳一個靛藍色的小馬玩偶，有著彩虹鬃毛和大大的堇紫色眼睛。要是她在路上看到有人的眼睛是這樣，她就有合理根據，可以搜查對方身上是否有強烈迷幻藥LSD了。

莎笛說：「他們渴了，得去湖邊喝水。」

他們把手上那些小馬的臉往下湊著桌面，假裝在喝水。有那麼可怕的片刻，凱特琳腦袋裡浮現出一個畫面——那個偏僻牧場裡的阿拉伯馬，避開史都華·艾克曼屍體漂浮的那個飲水槽。然後微風把莎笛的頭髮吹到臉上。凱特琳伸出手指幫她撥開，又把莎笛的大熊貓帽兜戴回去。

「弄好了。」她說。

莎笛跳下長椅，帶著兩個小馬玩偶奔過露台。

「要進去找張桌子嗎？」凱特琳問尚恩。

「外頭這樣很好，空氣新鮮。」

「莎笛想幫你弄頭髮，對吧？」

「身為聯邦探員，在餐廳裡有一些事情是不能做的。」他湊過去吻她。「你身上好冷。」

「冷的是冷掉的案子。」

「那火熱的案子呢？」

「發寒。」

他向侍者示意。「健怡可樂？」

她兩手平放在野餐桌上。「麻煩了。」

「你猶豫了一下。工作壓力有那麼大？」

小時候她家裡的原則是，若是在非週末喝酒，就表示父親手上的案子很不順利。她提醒自己：*把工作留在局裡*。她還應該加上一句：*要是真能做到，那我就成了神仙了*，因為現在這個案子完全超過她的能力。

「他又拉高到另一個層次了。這是以前沒有過的。三個被害人。釘子、箭、刻字——刻的是答案，」她說，「我原先以為，我知道接下來會是什麼。我錯了。」

她講得很小聲，不過電視上勇士隊跟奧克拉荷馬雷霆隊的球賽正在進行中，任何人要聽到她講話都幾乎是不可能的。中場笛聲響起時，一個雷霆隊的前鋒正運球要上籃。

尚恩冷靜地看著她。

你真是在做夢，凱特琳。說什麼把工作留在局裡。

在電視上，中場表演節目被突發新聞報導切斷了。一名女主播出現，雙眼炯炯有神。

「今晚有一個令人震驚的消息。過去一個小時，先知者傳送了一個訊息給KDPX新聞網，宣稱普萊森頓教師史都華．艾克曼的謀殺案是他的手筆。」

儘管餐廳裡人聲嘈雜，還是有幾個人轉向電視機，包括凱特琳和尚恩。

「艾克曼的屍體是今天早上在聖華金郡鄉間的一座牧場被發現的。雖然當局沒有公布死因，但是他們證實了兇手訊息中的一個主要狀況：艾克曼身上有多處弓箭傷。」

更多人轉頭過去看著電視機。一名男子喃喃道：「你是在開玩笑的吧？」一個女人說：「老天，真是變態。」有個人請侍者把電視聲音調大。

「下面我們要播放的，就是KDPX所收到的完整影片。」

餐廳裡大家紛紛安靜下來。電視螢幕上出現了一個影像，明亮而清晰。

尚恩已經起身衝到露台另一邊抱起莎笛，讓她離電視機遠一點。

那段影片秀出貼在空白牆上的一張海報。一個看不見的人拿著攝影機。刺眼的燈光從上方照下。沒有影子。沒有聲音。一段訊息印在海報上。

他奔跑的時候，那幾支箭射中了他。因為暴力要以暴力回敬，所以他被追獵到一片血河中。

阿拉米達郡警局事先知道會有這樣的結果。我告訴過他們了。

然而他們踉蹌又跌倒，愚蠢的老人與年輕人，踏入陷阱，

毫無機會。

別指望有人幫你。懲罰會降臨在你身上，

此地，此時，永無止境。

眾人猛喘一口氣。「難以置信。」「老天，警方啊。」

凱特琳在桌上扔了現金，匆忙跟著尚恩和莎笛朝門走去。

次日早上，史都華．艾克曼的照片出現在《舊金山紀事報》的頭版。艾克曼看起來是個討人喜歡的宅男。在三角學課堂上，學生可以向他提出問題。凱特琳在家裡的廚房，輪流看遍了本地的電視台，全都是有關這樁謀殺案的報導。鏡頭拍攝著塞闊雅中學外頭，很多學生在哭。家長們哽咽說著艾克曼教學有多麼盡心。校長找來了心理輔導師，以協助學生處理悲慟。

新聞標題很醒目：**先知者回來了，警方「出錯」。撒旦殺手警告他們。**

恐懼與憤怒正在發酵。凱特琳聞得到。那是一種陳舊、變質、令人作嘔的氣味。他們犯錯，愚蠢的老人與年輕人，踏入陷阱。

這句話不是偶然出現的。先知者曉得她是調查專案小組的成員嗎？這個想法令她毛骨悚然。

她走進戰情室時，其他警探正盯著螢幕或在講電話，氣氛似乎很沉重。一份早報放在會議桌上。是《東灣先驅報》。在頭版的頭條報導下方，有個標題：

警探的失敗困擾著本案——以及他的女兒

報導／巴特．弗雷徹

先知者在灣區造成新一波的災難，值此之際，凱特琳．韓吉斯警探正在努力偵辦，想破解這個曾逼得她父親自殺未遂的案子。

她的心往下一沉。她瀏覽一下那篇報導。一樁樁謀殺案，愈來愈恐怖。公眾的嘲諷，以及有關當局的失策和挫敗。

巴特·弗雷徹。她聽過這個名字。附註欄說他是積極的社會記者，曾負責報導最早的那幾樁先知者謀殺案。照片中的他一頭灰髮且表情嚴厲。她認出他，就是之前出現在玉米田的那個記者，想說服郡警讓他進入犯罪現場。

她繼續往下閱讀，覺得胃酸湧上喉頭。報導的主文詳細描述梅克對這個案子的無私獻身——以及每件事都災難性地出錯的那一天。

先知者的恐怖統治時期在一九九八年四月十八日晚上達到最高峰。一通來自髑髏地墓園的緊急報案電話，說那裡有一輛可疑的汽車。一輛露營車停在一座陵墓外。有人看到駕駛人拿著某種手提容器進入陵墓。

韓吉斯和他的搭檔艾里士·桑德斯獲報趕往現場。他們先交代墓園的工作人員不要接近那名駕駛人或他的車子。

兩位警探來到墓園後，也沒有接近。反之，他們停在一段距離外，以雙筒望遠鏡監視嫌犯。他們看到他走到陵墓門前，停下，然後跟裡頭的人講話，似乎是以交談的口氣。他們留在原處，希望能逮到他公然犯罪的行為。

兩位警探和墓園工作人員都不曉得的是，陵墓裡是被先知者綁架的一對年輕夫妻。新婚的譚美與提姆·穆里澤斯被全身綁住、封住嘴巴，而且身上澆了汽油。

等到嫌犯點燃火柴、丟進裡頭時，事情已經太遲了。

凱特琳整個人靠著會議桌，繼續閱讀下去。

韓吉斯和桑德斯追趕嫌犯，先是開車，然後是徒步。兇手——年輕，白人，跑得很快——翻過一道圍欄，衝進高速公路。他設法閃過車子往前，桑德斯警探也是。梅克·韓吉斯被一輛小卡車擦撞，傷得不輕，他爬起身一拐一拐地穿過車道，跟著他的搭檔進入一棟廢棄的倉庫。

他在裡頭發現艾里士·桑德斯身中數槍，倒在血泊中死去。

幾個小時後，梅克·韓吉斯開著他的車衝下一座橋。他被人從水中救出來，語無倫次地說他聽見鬼魂說話。

先知者消失了。

梅克·韓吉斯的人生也差不多是如此。

接下來六個月，他住在精神科病房。醫師說他有躁鬱傾向和一次精神分裂發作。郡警局強迫他以健康原因提早退休。他太太離開了他。

如今他仍徘徊在精神病的邊緣，消息來源說，他很容易顫抖、妄想，還會忽然大發脾氣。

現在，他的未竟之志，要由他依然青澀的女兒接手完成了。

凱特琳的腦袋裡一片嗡響，接著一個身穿深色西裝的人影赫然出現在她面前。蓋舍里從她手中搶走報紙。

「別理會這些。」

「是啊。」

她的口氣可能太尖酸了，而且態度不夠積極。

蓋舍里把報紙捲成緊緊的一捲。「別被這些報導影響。我需要你專注在這個案子上頭。」

「知道了。」

那回的墓園事件是公開的、歷史性的悲劇。而且至少那篇報導沒提到她父親會產生幻覺，或者他相信有甲蟲在他皮膚底下爬。但是巴特．弗雷徹怎麼會曉得梅克的精神科診斷呢？弗雷徹是買通了醫院病歷部門的職員嗎？還是他們家哪個鄰居或親戚告訴他的？

「凱特琳？」

「是的，長官。」

冷靜點。消息總是會傳出去。這是無可避免的。

「弗雷徹是個完蛋的酒鬼。別理他了。」蓋舍里轉身要離開。「如果你要捶牆壁，出去外頭捶。」

「是的，長官。而且要避開停著新聞車的那面牆壁。」

他的雙肩動了一下，或許是在笑。

「繼續工作。」他用報紙敲敲她的桌緣，然後離開了。

凱特琳坐在她的辦公桌前，打開一個新的檔案夾：「來自先知者的通訊」。

她從最近的開始。寄給電視台那封信的信封上寫著：「加州奧克蘭市，KDPX新聞台。新聞編輯收。」是個白色的商業信封。

裡頭是一張八吋半乘十一吋的信紙，折成三折。中等厚度、沒有浮水印的印表紙。紙上只有一行打出來的字，是十二點的Courier字體，鑑識組實驗室認為是惠普Officejet 4620雲端多功能印表機所印出來的。這一款印表機便宜又暢銷，到處都看得到，電子零售連鎖店百思買和福萊都有，說不定連麥當勞的得來速都能買到。睡在高速公路高架道底下的那些遊民，大概推車裡面都有一台。

紙上的那行字是一個網址，連到一個網頁。

KDPX不肯交出信封或信紙，除非有法院傳票。不過他們的新聞主管和郡警局的檢察官曾把那張信紙帶到鑑識實驗室，讓警探們檢視，然後讓技師檢查測試。實驗室針對有害物質進行過篩檢，又在信紙兩面都拍了高解析度照片，正常光和紫外線下都有。另外也檢查了信封折口看有沒有DNA。結果完全沒有。也不意外——先知者不可能那麼粗心，還去舔信封折口。

實驗室在信封上發現了幾個潛在的指紋。然後查出屬於郵局員工和KDPX裡頭送信的實習生。信紙上沒有指紋。

首先吸引凱特琳注意的是郵戳。蓋的時間是前一天夜間的十二點零七分。投進佛利蒙市一個大型郵件分類中心外頭的免下車郵筒。於是信很快就會處理，當天就送出。

那個郵筒每兩個小時會有人去收信一次。兇手可能投入的最早時間是前一天的夜間十點。

他是從犯罪現場直接過去寄信的。他事先老早就準備好那封信。他的動作就像機器。飢餓，無情，渴望受到注意。

凱特琳不明白的是，為什麼他要費事寄那封信。他大可以透過網路聯繫新聞台。為什麼要冒著可能有一絲纖維或毛髮掉進信封裡的風險，給鑑識人員逮到他的機會？為什麼要冒著郵局旁可能有商家監視錄影機拍到他的機會？

接著她查了先知者從九〇年代開始的所有訊息，按照年代順序排列，然後她看到了。先知者寄出的第一封信，寄到《東灣先驅報》的，也是從佛利蒙郵件處理中心寄出。

她覺得彷彿有一根小針在她兩眼之間戳。他正在告訴他們：真的是我。

這不是微弱的回音，而是在喊叫。

她在桌上型電腦裡打了那個網址。不出所料，畫面跳出一個骷髏旗，下巴不斷上下開闔，大笑著，然後螢幕上閃著一個紅色的「禁止進入」牌子。

先知者的訊息是透過一個匿名軟體，上載到一個設計為只能進入一次的網頁，然後就自行銷毀了。她按了「離開」，擺脫那個假笑的骷髏頭，然後回去看當初那個訊息的螢幕截圖。

二十年前，先知者曾寄給警方VHS錄影帶。現在則是傳送一個完全沒有可辨識資訊的電子影音檔。

他很懂網路科技，而且文化素養很高。他使用正規文法，拼字完美無瑕。他有錢，也有管道去買複合十字弓和可靠的車子。她不太相信他過去二十年是在坐牢。

她往後靠坐。那他是去了哪裡？在服役、被調到海外？在隱修院裡？冬眠？他為什麼停止殺人？

為什麼他又重新開始？

尋找模式。

凱特琳把先知者的那些訊息放在她的書桌上，呈扇形散開。

驚人的是，從第一次謀殺開始，兇手發出的溝通訊息共有二十七則。兩則給聖塔克拉拉郡警局。五則給舊金山市警局。三則給《舊金山紀事報》，兩則給《東灣先驅報》。還有兩則特別指名要給《東灣先驅報》的社會記者巴特·弗雷徹。有趣。

另外，有三則訊息是以牆上塗鴉方式寫在犯罪現場。兩則是以墨水寫在被害人的屍體上。還有八則是寄給阿拉米達郡警局。其中一則給艾里士·桑德斯警探，七則給梅克·韓吉斯警探。給梅克·韓吉斯的信封上，還特別註明是私人信函。

啊，擺明了針對個人。

其中一封寫著：*你喜歡我給你的禮物嗎？如果你認真看的話，就會曉得其中意義。*然後畫上水星符號。

凱特琳的心跳太快了。種種回憶湧現。那對新婚夫妻和桑德斯警探死的那天，她放學後騎著腳踏車回家，發現一輛警車停在門外的人行道邊緣，即使當時才九歲，她仍知道一輛黑白警車來到警察家代表什麼。出事了。她丟下腳踏車，趕緊跑進屋內。在廚房裡，兩個制服警員雙手緊握站在那裡。*等到太陽出來，他就會再殺人的。*她母親在黃色燈光下倚著料理台而立，一手撫過臉。

「爸爸。爸爸人呢？」割痕割痕。惡魔。

珊蒂垂下手，她突然感覺到一陣心碎的同情，還有憐憫、憤怒。她把凱特琳抱入懷中。

「爸爸沒事。」珊蒂說，雖然那是謊言，卻是凱特琳需要聽到、免得崩潰的。「他出車禍了。他會好起來的。」

凱特琳顫抖著把頭埋在媽媽的胸部。「真的嗎？」

「真的。」

當然不是真的。珊蒂抱著凱特琳，硬把眼淚吞回去，不肯哭出來。警察的太太，站得挺直。但無論如何，凱特琳的世界還是四分五裂。接下來六個月，她都沒看過父親。

這會兒她站起來，走到走廊上去找販賣機，想讓腦袋清醒一點。等著咖啡注滿杯子時，她就在走廊上踱步。

那些訊息。代表了什麼？揭露了有關兇手的哪些事情？

凱特琳憑記憶就能背出先知者的側寫，幾乎一字不漏。很有條理的兇手。把謀殺視為個人使命。活潑自信。有社交技巧，可能被視為有魅力且外向。對女人滿腔怒火。他會顯露出性格上的四種黑暗特徵：權謀、自戀、精神變態，以及虐待狂。將被害人屍體擺成特定姿勢，以及利用水銀，都是以幻想為基礎的性癖。

但是她要怎麼利用這些，來破解他新訊息裡隱藏的意義呢？

這些訊息中令人毛骨悚然的語氣，似乎宗教性更強，更令她膽寒得不願意承認。而且那些訊息觸怒她。她懷疑裡頭包含著某種密碼，但就是破解不了。

模式。

凱特琳以為她可以從先知者的相關資料中找出模式。她一直在嘗試，每一個字、每一個音節都不放過。尋找每個文字和隱喻背後的線索。

但她看到的，卻只是模式的中斷。新的證據跟以前的湊不起來。鞋印大小不一樣；兇手聲音的音質也不同。被箭射死的只有一個被害人，而不是兩個。

沒錯，藉由一封從佛利蒙郵件處理中心送出的信，兇手是在大喊：他就是以前的那個先知者。或許叫得太大聲了一點。

在他的喊聲之下，在她的內心深處，有個什麼在悄悄低語：小心了。他正在跟你玩。

9

早上暴風雨來襲。凱特琳從她的休旅車跑向分局大門，在狂風大作的灰色天空下跑過一個個小水窪。進去之後，她找到了坐在私人辦公室裡的蓋舍里，他桌上的檔案夾堆得有一呎高，十幾個不同的表面上都貼著便利貼——包括一張蓋舍里擁著兩隻傑克羅素㹴的照片。今天他的西裝和領帶都乾淨筆挺，但他雙眼底下有黑眼圈。她敲了門。

他看了她一眼。「警探，什麼事？」

「警佐。事情湊不起來。」

她已經學會，一開始就要先把自己的前提說清楚。不要請求允許，不要吞吞吐吐。否則她就會被視為太過淑女，而且好欺負，所以講的話可以不必理會。

「怎麼說？」蓋舍里拿起他的咖啡杯。

她走到他的辦公桌前。「你要我去找舊案子和新的謀殺案之間的重複，尋找模式。」

「結果你沒找到？」

「有一些，沒錯。犯罪現場佈置得很誇張，簡直就像個恐怖劇場。而且那些現場處理得太徹底了。沒有DNA，沒有指紋，幾乎沒有線索。他還是跟以往一樣像個鬼魂。但是——」

蓋舍里喝了口咖啡，從杯緣上方望著她。

「有很多事情湊不起來。」她指向戰情室的牆壁。「玉米田裡頭的那個局部鞋印。跟一九九三年發現的靴印尺寸不同。還有針對新電話錄音的聲紋分析——電腦鑑識專家說他們不排除跟以前那個人是同一個，但是完全無法確定。他聲音的音質也跟以前的不一樣。」

她感覺蓋舍里似乎要反駁，於是舉起一手先阻止。

「我知道原先的那些錄音帶狀況很差，新的錄音又是經過好幾個電話所錄下的。鑑識專家也分析過來電者的辭彙、措詞，以及口音。但是嗓音聽起來比較低。而且沒錯，我知道過了二十年，人的聲音會變，因為抽菸、喝酒、老化。但是——」

「你一直說但是。重點到底是什麼？」

「或許是因為他老了，或許是他故意的。或許兇手只是在耍我們。也或許不是。」她說，「這個兇手，有可能是模仿犯嗎？」

蓋舍里放下咖啡杯。「不曉得。你認為呢？」

她驚訝得停頓一下。「先知者有不少崇拜者。有好幾打關於他的紀實犯罪書，外加幾部電視電影。還有一堆網路論壇，聚集了一堆想破案的業餘偵探。」

「他們啊，就像蜂巢裡面湧出來的一窩蜜蜂似的，一直盯著我們不放。」

「那就像個異教團體。先知者教派。或許有個人決定要複製他的犯罪。」

蓋舍里摩挲著下巴。「我知道。」

「我感覺到，你接下來要講『但是』了。」

「先知者第一樁為人所知的謀殺，到現在有二十五年了。」

聽到第一樁為人所知，她忽然覺得噁心想吐。

「他有幻想，沒錯。一種核心需求驅動著他——這一點永遠不會改變。但是他的特定手法，有可能隨著時間而逐漸演變。」

「我知道他曾以半打不同的手法殺人，但是——」

「兇手是會學習的，凱特琳。他們會吸取經驗。這傢伙是個變態混蛋，不過他是個聰明的變態混蛋。不要因為事情湊不起來，就假設這回的兇手是另一個人。」

她洩了氣，只是點點頭。

「但是你來跟我說這件事是對的。我希望我的團隊告訴我一切，不要隱瞞。否則你放棄掉的線索，有可能正是我們需要的。」

「是的。長官。」

她轉身要離開。蓋舍里說：「另外，我明白你有關那些網路論壇的觀點。」

她早該料到的。麻煩事總是要推給下面的人。但她今天早上特別急著求表現，於是她轉身回去。

「有個網路論壇的人丟了一堆情報給我們。是個瘋婆子，而且她曉得要怎麼找到我。」

他轉向自己的電腦，敲了幾個鍵。「我本來不想理她，但是接下來她大概會跑來這裡，像隻迷路的鳥似的來撞我的窗玻璃。」他指著凱特琳的電腦。「你去滅火。聽她講，但是管住她。必要時用個枕頭蓋住她的臉。」他抬頭看。「我這是比喻。」

「我的枕頭都放在家裡。」

「很好。」

她轉身要離開，他又開口：「另外，再去跟你爸談談吧。」

她肩膀緊繃起來。

「凱特琳，」蓋舍里的聲音變得柔和。「我們不能放棄任何一個線索。你是唯一有辦法哄他說出來的人。」

「是的，長官。」

她離開蓋舍里的辦公室時，就用手機打了個電話給她父親。梅克沒接。她鬆了口氣，留了話，含糊且無傷，但一定會引起他的戒備。她回去坐在自己的辦公桌前，開始上網，查一下蓋舍里希望她解決掉的那個網路鄉民。

她即將要進入一個熱鬧的大馬戲場了。

「麻煩找黛若齡．霍布思。我是阿拉米達郡警局的韓吉斯警探。」

「我是黛若齡。」對方一副驚訝的口氣。「韓吉斯警探？他的女兒？」

「是的。」

「啊，我的老天。」

她的聲音很開朗，充滿活力。凱特琳的電腦螢幕秀出了黛若齡辦駕照時拍的照片。白人，三十一歲，一張滿月臉，那微笑一定熱情得把監理處的照相機都給燒得故障了。電話裡傳來車聲，似乎是在高速公路上，還有小孩的聲音，以及卡通音樂。

凱特琳說：「你之前聯絡過蓋舍里警佐，他交給我接手負責。」

「他跟你說過那個遺失的墜子嗎？」

過去兩天，黛若齡寄了一打電子郵件。外加她所經營的網站「尋找先知者」（FindtheProphet.com）的網址連結。凱特琳瀏覽著那些寄給蓋舍里的郵件清單。

關於：芭芭拉．葛茨的墜子。

「我有你的電子郵件。我們會去追查的。」

「第三個被害人。一九九五年三月。芭芭拉的丈夫去認屍時，跟法醫說她的項鍊不見了。引起了一場風波——」

「是的。」凱特琳點開那則電子郵件。她不曉得那場風波。

「他指控停屍間的工作人員偷了他太太的珠寶？然後警方才明白一定是被兇手拿走了？」

凱特琳瀏覽那封電子郵件。芭芭拉項鍊上那個獨特的黃金與蛋白石蜂鳥墜子。「我會在檔案上記下，霍布思太太。」

「叫我黛若齡吧。」在電話裡，那個女人的聲音似乎被蒙住了。「兒子們，別鬧了。那是午餐。唔，誰叫你早餐沒吃完。不——威斯登，我說過……不要在車裡打開，優格會……」

後座傳來大叫聲。

凱特琳捏了捏鼻梁。

「從你的運動袋拿條毛巾出來，」黛若齡說。然後對著凱特琳，「你還在嗎？」

「我們找個更好的時間再談吧。」

「沒有更好的時間了。」

黛若齡那輛車，凱特琳想像著是一輛小型麵包車，儀表板上放著影集《夢魘殺魔》主角的點頭公仔。從車內背景裡傳來一個小孩的聲音，「媽，毛巾只是把優格抹得到處都是。」

黛若齡說：「那就舔掉。」

凱特琳很想用腦袋撞桌子。

黛若齡說：「我在eBay上發現了那個墜子。」

凱特琳直起身子。「你認為被害人遺失的項鍊，被人拿去eBay賣？」

「沒錯。是四年前的事情。我沒競標到。當時我聯繫了警方，但是始終沒回音。這星期爆發了這些事，我就寫電子郵件給蓋舍里警佐，好讓他可以聯繫買家，追查那個墜子的來源；另外也找到當初的賣家，看跟被害人有什麼關聯。」

「麻煩你從頭開始，告訴我關於這個墜子的一切吧。」

於是黛若齡連珠炮似的簡報，說她留意這個墜子長達七年。「先知者不見得都會拿紀念品。但是理論上，他持有的東西也都有可能又離開他——比方說，要是他死了，或是遭了小偷——我在拍賣網站上設定了這個墜子的搜尋警示。我不曉得花了多少個夜晚在注意。等到墜子一出現，我就趕緊去競標了。」

「但是你不曉得那是不是真的是被害人的。」

「同樣的設計，同樣的大小、同樣的做工，而且蛋白石上有兩個表示眼睛的缺口……威斯登，不要讓狗吃你的三明治。」

凱特琳又去看黛若齡的照片。那微笑，那熱情的臉龐和豐腴的外型。凱特琳猜想她是個近乎執迷的資料狂，夜裡去eBay找謀殺案紀念品下標。想必是那種雞婆媽媽，載小孩上下學途中，還跟警探通電話。

凱特琳說：「關於這個墜子，你有任何照片或資料，都寄給我吧。」

「等我把小孩送去學校，再把車子洗過之後，就立刻寄去。」

半個小時後，資料寄到了：eBay上列出這個墜子資料的螢幕截圖。此時，凱特琳已經從舊檔案裡挖出芭芭拉．葛茨的一張照片。葛茨一臉頑皮的笑容，手裡拿著一杯馬丁尼調酒。墜子掛在一條金鍊子上，垂在雙乳間。

看起來跟黛若齡在eBay上發現的那個墜子一模一樣——甚至那個黃金蜂鳥翅膀上，也有相同的新月形細痕。

凱特琳緩緩吸了口氣。馬丁尼照片拍下的三個月後，先知者把芭芭拉．葛茨刺死。她的屍體是在一個自動洗車處的傳送帶上被發現的，衣服都被噴氣式烘乾機吹開了。

凱特琳愈比對兩張照片裡的墜子，就愈相信它們是同一個。她開始著手申請跟eBay調閱賣家的資料。這會需要法院命令，而且有可能要花上好幾天，即使這個案子有威脅性命的危險性。

她回到自己的電腦前，閱讀黛若齡的電子郵件，這回不那麼輕視了。而且她點開了「尋找先知者」網站。

這個網站簡陋但深入。有一個殺人的時間線。一頁又一頁執法人員、媒體、一般公民拍的照片。每個被害者都有長達數頁的專區，齊全又充滿尊重，還包括被害者家人的訪談。

還有討論區。凱特琳很驚訝。這個網站有四千五百名註冊會員。外加天曉得有多少旁觀的非會員。討論區裡總共有一百三十四個討論串。凱特琳以「勇士隊迷」的使用者名稱註冊，開始進去潛水。

「不止一個嫌犯。」

「這些殺人是隨機的，或者先知者認識他的被害人？」

「訊息裡的押韻。命理學。占星學。撒旦崇拜。」

「先知者是想效法黃道帶殺手嗎？」

「先知者是BTK兇手嗎？」❹

「不明嫌犯檔案。警方犯的錯。應歸為先知者的殺人案。」

「電腦合成繪圖——有多精確？」

「那些水星符號是什麼意思？」

某些討論串有幾百則回覆，還附上各式各樣的網址連結，從《紐約時報》的報導文章，到聯邦調查局的案件編號。

❹ BTK兇手是美國堪薩斯州一名肆虐十餘年的連續殺人犯，犯案後均會向當局和媒體寄信，自稱BTK兇手，因為他會對被害人「綁、虐、殺」（bind, torture, and kill）。此人已於二〇〇五年被捕並判刑。

「二十年——期間他跑去哪裡了？」這個討論串的原始貼文者是D．霍布思。

她往後靠坐。有些討論串是垃圾。但很多貼文頗有見地與智慧。很熱切，沒錯。老天，沒錯。但是的確記載得很詳盡。

這個網站實在是蒐羅得太徹底了，因而可能是個現成的資訊寶庫，任何單一的執法單位都絕對做不到這樣的成果。甚至有些被摧毀或失竊的證物，可以在這個網站裡找到照片。這個案子某些部分已經遺失了，而黛若齡可能握有通往那些部分的鑰匙。

凱特琳看到另一個討論主題：「模仿犯？」總共有七百多則評論。

她拿起電話打給黛若齡。「新的命案可能是、也可能不是模仿犯的手筆，我想要先排除或納入這個可能性。你說不定能幫上忙。」

「啊，老天。當然好。」黛若齡說。

她聽起來好像又回到車上了，或者從頭到尾都沒離開過。凱特琳聽到了音樂和歡笑聲，是《海綿寶寶》。

「你可以幫我在那個討論串裡面煽風點火，激發大家的想法嗎？另外如果有些資訊還沒放上『尋找先知者』網站，就寄給我。」

「沒問題。而且我不會說出去。」

「很高興我不必交代。」

凱特琳聽到車子閃燈的聲音，兩個小孩收拾東西說：「再見，」和「謝了。」黛若齡說：「乖一點。我愛你們。」車門甩上。然後輪胎發出尖嘯聲，黛若齡又猛地加速，駛回車陣中。

「我馬上去進行。」她說，隨即掛斷電話。凱特琳覺得自己好像剛從遊樂園的轉轉樂爬下來。

她想著黛若齡和她開車接送的小孩，還有她要逮到兇手的偵查渴望，以及她車上的笑聲和我愛你們。

她想著要再打個電話給梅克，但只想了十億分之一秒。過了一會兒，她拿起桌上的電話，打給兒童福利處。

「我要請問一下，前兩天警方夜間突襲發現的那個棄嬰，現在的狀況不知道怎麼樣。我是當初抱她離開的那個警察。」

一分鐘之後，她覺得輕鬆些了。心中鬆了一口氣，胸口的壓力也少了點。那個無名氏小女孩健康狀況良好，暫時安置在一個寄養家庭。

那個小鬥士現在平安而溫暖，而且有人照顧。沒錯，她的心理狀況還是有危險。因為被遺棄。但是現在她的照顧者不會把她丟在廢棄破屋裡，周圍充滿毒品、刀子和槍擊開火。凱特琳想起當初抱在懷裡時，那嬰兒不可思議的大眼睛。

「謝謝你。這是好消息。」

趁著有好消息的時候，就珍惜吧。

塞闊雅高中後方，過了美式足球練習場，在酪梨樹林的山坡下，有一條水泥疏洪渠，滑板族稱之為「排水管」。雖然外頭圍著金屬網圍籠，但還是無法阻擋他們。即使這個午後風很大，而且在學校過了氣氛悲傷而詭異的一天。艾克曼老師死了。現在有半打學生逗留在這裡，趁著雨停了，利用斜坡和曲線、涵洞和彎道——不像U形池或空游泳池那麼好，但是地點不錯——溜滑板，或坐著聊這一切有多麼怪異。三角學的代課老師看起來像是被車頭大燈照到的兔子。好像那些教室都有毒。學校外頭馬路上停了好多新聞轉播車。

先知者。這個貨真價實的連續殺手，在他的被害人身上刻下惡魔角。

他們通常會輪流從水泥斜坡頂端滑下來，豚跳到水渠底部，然後衝進涵洞裡，像是在衝浪似的。但今天不是如此。今天他們大部分坐在那裡，其中一兩個人在抽菸，同時每個人都恨不得自己多穿了些衣服。這風吹得他們好冷。

然後凱爾．裴瑞茲爬到斜坡頂端，輕鬆地站在滑板上往下衝，一條笨拙的長腿往左轉。他心不在焉，否則不會以那麼糟糕的角度撞上水渠底部的那條裂縫，整個人往前翻滾。他雙手猛揮往下坡衝時，兩個學生大笑拍手。他的滑板溜出去，迅速穿過水渠底部，進入涵洞。

凱爾瘦長的雙臂和雙腳恢復平衡後，趕緊拉了一下牛仔褲。他對著掌聲誇張地一鞠躬，然後默默走進涵洞裡去找滑板。

裡頭很暗，而且很潮濕。凱爾的Converse球鞋吱吱踩過水泥地，他找到滑板，踢了一下尾端，好讓滑板跳起來，他一手抓住，夾在一邊手臂底下。

他轉身要走，忽然又停住。

「各位，」他說。

他的朋友還繼續在講話。凱爾湊向涵洞裡的弧形牆面，心跳大聲得像是會講話，他覺得後腦勺的皮膚緊繃，像是有人用線縫緊了往後拉。

「各位，過來看看這個。」

東尼和傑登起身走過來，站在涵洞口。

「什麼事？」傑登問。

凱爾用他智慧型手機的手電筒照著牆壁。黑色的筆跡很顯眼。

37.644827, -121.781943

「無聊的塗鴉。」傑登說。

凱爾把手電筒往上照，好讓他們看到其他的。

警察都找不到了。

你以為你找得到？

「那是座標。經度和緯度，」凱爾說。他查了Google地圖。「而且就在這附近。」

一陣冷風竄進來。在涵洞的另一頭，天光變成乳白色之處，一個影子經過。東尼打了個冷顫，轉身朝外走。

「大哥，冷靜點。那只是一隻鳥而已。」忽然間，凱爾不再是高一生，而是發現者。「我們得去看看這個地方。」

「不要。」

凱爾把他手機上的地圖拿給傑登看，傑登只是把頭上的針織帽拉低，呼吸沉重。

「這是在銀溪公園。東尼，你開車。」

傑登抓住他的手臂。「你沒看到嗎？」

他抓住凱爾的手機，把手電筒對著牆壁。水泥牆上更高處，還有別的。

凱爾瞪著看了片刻。「我們得去那個公園。」

10

凱特琳閉著眼睛，雙手摀在她的耳塞式耳機上頭。她在聽先知者的錄音，二十五年前的。原版的、毫無疑問的水星兇手聲音，跟一個被害人的女兒講著惡毒的話，同時那女兒哭著哀求他放過她的家人。「但她是個蕩婦。她活該有這個下場。」他說。

她按了暫停鍵，喉頭湧出酸水。過了一會兒，她的脈搏比較正常了，此時她桌上的電話鈴聲響起，她連忙拉出耳塞。

她接了電話，是前面櫃檯的職員。「你有一位訪客。」

她花了片刻時間鎮定下來，然後走向前門櫃檯，聽到了黛若齡．霍布思興奮的聲音。她拉開通往大廳的門。黛若齡趕緊站起來，過來抓住她的手。

「警探，很高興終於跟你見面了。」

她個子矮而結實，腳步輕快得像個沙灘球。她的一頭金色短髮亂糟糟，腦袋像個刺蝟。她穿著合身七分褲，上身的針織衫是像交通錐一樣的亮橘色，她的笑容充滿熱誠。

「這個模仿犯的事情，我找到了一些可疑的舊案子。」黛若齡說，「一個在邁阿密，是十年前。另一個在休士頓，十八個月前。」

凱特琳之前是要求她煽風點火，把資訊轉交給她，並不是要她展開自己的調查。「怎麼個可疑法？」

「成對男女在接近春分或秋分時被殺害。」她雙手握拳，興奮地舉起。

「有多接近？日期？被害人的名字？案件編號和調查警探？」

「全都有。另外你聽一下這個。那些被害人是透過一個網路約會團體認識的。或許兇手也參加了某個約會服務網站。」

凱特琳設法不要讓自己的口氣太過疑心。「然後他做了什麼？」

門外有人按著車喇叭。黛若齡朝外頭看。「你等我一下，或者一起來吧。」

她匆忙走出去，凱特琳一時沒跟上，然後心想：如果她跟著黛若齡上車，要解決這件事就可以快很多。

一輛灰撲撲的小麵包車停在訪客停車格裡。保險桿上的貼紙印著：警告：我煞車是因為啊老天我剛剛輾過什麼了？凱特琳很高興自己的直覺沒有錯。

「或許他查到了其他人的資料，」黛若齡說，「還有他們的幻想。這個兇手最深層的想法，都是出自幻想。然後當女人拒絕他時，他就殺了她們。」

「或許吧。」

車子的喇叭按著沒停，要聽清黛若齡說什麼很困難。在駕駛座上，一隻西伯利亞哈士奇犬站著，兩隻前腳壓在方向盤上。黛若齡打開車門，用力把牠拉出來。車子喇叭聲停止了。

「把資料寄給我吧。」凱特琳說。

「馬上就寄。」黛若齡扶著車門。「我知道跑來這裡不合乎常規。但是只要我能幫上忙，任何事你都可以開口。真的。」

她又揮揮手，爬上車，然後又起勁地揮著手，開走了。

她像是《綠野仙蹤》裡的好心女巫葛琳達。

凱特琳回到分局大廳時，佩姬正在咬指甲。她手上有個聯邦快遞的信封。

「寄給你的。」

「謝了。」

凱特琳領了信封，刷卡進入辦公區。佩姬離開座位，跟著她走向她的辦公桌，像個把生日禮物交給壽星的客人。今天她真的這麼閒嗎？或者佩姬只是想去戰情室閒晃而已？

「還有別的事情嗎？」凱特琳問。

「沒有。只是……」佩姬聳聳肩。「你要打開那個嗎？」

「是的。謝謝。」

佩姬緩緩後退。

那個信封上寫著「韓吉斯警探親啟」。另外還有分局的地址。凱特琳不認得寄件人和寄件地址，滿心提防著。

她打開信封，一個隨身碟滑出來。裡頭沒有其他東西了。

「馬丁尼茲。」

另一個警探抬頭，光禿的腦袋發亮。他看了她一眼，彷彿她是個打擾他的煩人妹妹。然後他看到她的臉，於是走過來。

她指著那個隨身碟。「我沒請任何人寄東西給我，也不認識這個寄件人。我不想太神經過敏，但是……」

「你沒有反應過度。」

她從書桌抽屜裡抽出兩枚乳膠手套戴上。馬丁尼茲湊到她的電腦鍵盤前，問了聲以確認她不介意，然後打了寄件人地址搜尋。

沒有結果。

他們交換了一個眼色，她拿起隨身碟。馬丁尼茲跟她一起走到分局裡的電腦資訊部門——主辦公室角落的一張辦公桌——她輸入了自己的編號跟密碼，登入局裡的防毒電腦。這台電腦是專門用來測試不確定的檔案和磁碟，跟整個分局和郡警局裡其他電腦都沒有連線。

她插入那個隨身碟。電腦掃描過，沒在裡頭發現惡意軟體，於是凱特琳點開了。

一段影片開始播放。

畫面很暗，看不出是什麼。然後出現一個聲音，確定了一切。

那是呻吟。

畫面逐漸轉為一處月光照耀的碎石停車場。背景是銀白的丘陵，還有一片黑暗且模糊的櫟樹。攝影機順暢地移動，像是好萊塢片廠裡架在軌道上拍攝的。

「去叫蓋舍里來。」凱特琳說。

「好。」馬丁尼茲又多看了一秒鐘，然後匆匆離去。

凱特琳僵坐在那裡，雙手平貼著辦公桌。在螢幕上，呻吟聲轉大，變成哀叫。

她看到史都華·艾克曼在地上，四肢趴地。他離攝影機二十碼，拖著身子想逃離正在拍攝的人。他的雙腳踢著碎石子地面，背部戳著兩支箭。

那呻吟聲來自他。「不……不，耶穌啊……」

攝影機跟拍。攝影師的腳步很沉著。

凱特琳覺得胸口發緊，血液在耳邊奔流。在她身後，她聽到馬丁尼茲帶著蓋舍里回來，但她的雙眼無法離開螢幕。

「救命。」

艾克曼的聲音好小，而且絕望不堪。鏡頭繼續搖晃，很有耐心，像是仍在取景。

然後攝影機迅速掃過地面，朝向艾克曼。一把十字弓出現在畫面裡，凱特琳這時才發現攝影機是一台GoPro，大概是裝在兇手的肩上。那把十字弓對準目標，射出箭。

凱特琳驚跳起來，不禁猛吸一口氣。

馬丁尼茲說：「聖母馬利亞啊。」

影片忽然跳接到一條小巷。看不見的攝影師緩慢而沉重地呼吸著。有街道傳來的雜音。塗鴉用噴漆噴在一面磚牆上：滴流的血是

那呼吸聲像是鬼魂，逸出螢幕，充滿整個房間。一個沙啞的低語：「你迷路了，韓吉斯。在黑暗的樹林中誤入歧途。你永遠找不到路。」螢幕變黑。「但是某個人會找到的，因為懲罰將會降臨……」

凱特琳無法動彈。無法把臉從螢幕前轉開。但她的眼角看到了。整個房間裡的人都在盯著看。看她。

11

梅克．韓吉斯在波翠若丘的巴士站下了車，走向那棟膳宿公寓時，看到他女兒破舊的休旅車駛過街道。夜幕降臨，天空中只剩城市丘陵後方的金邊。在舊金山灣裡，白浪在海水中翻騰。凱特琳停好車，下來，走向階梯，還沒看到他。

他放慢腳步。他腋下夾著一份報紙，腳上穿著濺了泥的Carhartt靴子，頭上戴著有汗漬的棒球帽。他指甲底下有汙垢，因為白天他去太平洋高地那邊做粗工了，一個百萬富翁新宅的水泥地基已經乾了，他去拆掉模板。

那是認真的工作，流的是乾淨的汗水。不過有那麼片刻，他想轉身離開。她會看到他，心中批判他，覺得他只配去做粗工。他不想去承受這一切。

他停在人行道上，看著她爬上長長的門前階梯，到了前門。

她體態輕盈而健美，遺傳了母親那邊的高個子。一頭火紅的茂密頭髮今晚往後攏，隨便紮了個亂糟糟的馬尾。彷彿她還只是個八歲的小女孩，在學校參加足球練習後回家，臉頰紅潤而興奮。她的腳步急切。

那就是凱特琳：急切。即使當她站著完全不動，不說出她有什麼想法和希望——大多時間都是如此——她內在仍不斷狂奔，心臟猛跳，腦子裡轉得像個高速旋轉的引擎，雙眼努力看著一切。

他怎麼會創造出這麼美好又這麼努力的孩子？

寒風襲人。他太了解她了：她渾身是刺，但是寬大的胸懷深藏心中。而且在這一切的底下，她是個獵人。

這部分，他完全知道是怎麼創造出來的。她喜歡玩遊戲。她喜歡贏。追獵能讓她感到興奮刺激。

贏給了她一個目標，一個靶子。瞄準靶子讓她免於太深入內心，進入到執迷和沮喪的叢林；也讓她不會潛入他幫她挖好的那個坑。

這會兒凱特琳上到門廊，敲了門。梅克又多觀察了一秒鐘。她真像她母親——衝動，可以從其他人眼中的一片迷霧裡看出連結。強悍，但不知怎地並不憤世嫉俗。她一度年紀輕輕就幻想破滅，非常慘。但她仍能保持熱誠。

充滿熱誠地要矯正她人生中的那些錯誤。要洗刷韓吉斯這個姓的名聲。她設法獨自承擔起一切。這是她的一個死穴——一旦觸動，那罐情緒的汽油就可能在片刻間燒起，將她徹底焚毀。

她的另一個死穴，就是她設法在陌生人面前隱瞞的同情心。梅克·韓吉斯走向她。

她站在門前，正在跟房東太太講話。「你知道他什麼時候會回來嗎？」

他爬上台階。「我在這裡。」

她轉身，一綹綹捲曲的頭髮在風中圍繞著她的臉。她給了他那個眼神，看到他身上的泥巴、報紙和他靴子上的泥巴，打量他的腳步是否平穩，而且始終不動聲色。但他感覺到她鬆了口氣，那種啊感謝老天，他很清醒的解脫感。即使花了二十年，他暫時也只能得到這樣的待遇、不可能更多了。

「只有你？」他說，「蓋舍里警佐認為你單獨來的效果會比較好？」

她緊抿雙唇。他帶著她經過走廊，進入廚房。「要不要喝杯水？」

「不用了。謝謝。」

她停在廚房中島旁，雙手插在口袋裡。「他寄了一個訊息給我。」

梅克停下，一隻手放在水龍頭上。凱特琳繞過中島走向他。

「我不明白他在說什麼。」

他閉上眼睛。

「你老是說你放棄了。我不相信。」

他垂下頭。她握住他的手臂，把他的袖子捋上去，露出他的刺青。

「刺在你的皮膚底下。」她說。

她雙眼的熱度似乎感染了那些墨水。當初刺青的疼痛又回來了。

我要刺先知者的符號。你刺就是了。當時他喝醉了，在舊金山的田德隆區，朝那個刺青師大吼。他不想聽別人跟他爭辯。他想要一個印記、一個懲罰，一道通往黑暗的門。提醒他先知者還沒結束。

「爸。」

他又看第二個刺青。凱特琳。那是幾年後，他清醒時去刺的。因為她就是光。

她說：「這是他第二次暗示地提到我。而我——」

「第二次。還有呢？」

「他寄到電視台的訊息。老人與年輕人，踏入陷阱。我想他從一開始就知道我被調來辦這個案子。另外他今天寄來的訊息……」她吸了口氣。「他稱呼我的名字。」

「你不認為他是想逼你退出這個案子。」

「他以前從來沒試圖逼你退出，對吧？」

「剛好相反。」梅克說。

「感覺上，好像是他希望我參與。好像是……」

「引誘你加入。」

她一臉憂傷。「好像他挑選我去追捕他。」

梅克的脈搏加快了些。他不敢說出來，但他心想：兇手挑選了凱特琳，完全就像他挑選被害人那樣。凱特琳不是被派來調查這個案子的——她自己就是這個案子的一部分，而且兇手希望她參與辦案。這是全國最重大的連續謀殺懸案之一，他把她放進了賽場中。

他心頭一緊。「放棄吧。離開灣區。」

但他看到她臉色沉下來。他滿心替她擔憂，很想把她拉近，跟她咬耳朵，逃離這個案子。但是她的聲音充滿憤怒和堅決。

「如果他直接嘲弄你，那麼他就是正在醞釀什麼。」他吸了口氣。「讓我看看那段影片吧。」

這群滑板小子進入銀溪公園時，已經是黃昏了。東尼沉默地開著那輛老舊的Civic車，沿著水窪處處的碎石車道往前，凱爾、傑登也都沒出聲。凱爾的雙眼很忙，一下檢查他手機上的座標，一下又張望著車窗外的丘陵，以及大風中搖晃的樹。四下沒有其他人。

東尼說：「這個地方讓人毛骨悚然。」

傑登說：「不然你以為，他那個座標會引導我們去冰淇淋連鎖店嗎？」

凱爾心想：他。他嘴巴不由自主地顫抖起來，連忙咬住嘴唇。

車子顛簸著駛過一個轉彎，來到一處空蕩的停車場。凱爾查了一下座標。「很接近了，把車停在這裡吧。」

東尼關掉引擎時，風聲呼嘯著吹進車內。他們坐在那裡不動。最後，凱爾開門下車了。

他循著手機上的地圖穿過停車場，來到一條防火道。有一條攔路的鏈子，但是鏈子前後都有輪胎印。他跨過鏈子往前走，進入樹林。東尼和傑登也跟上來。

他們互相靠攏，沉默地走在風中。爬坡五分鐘後，他們繞過一個轉角，發現來到山丘頂了，往下是一道深而窄的溝谷。

眼前一條寬闊的小徑直落入溝谷，兩旁有扯斷的樹枝和連根拔起的灌木叢。看起來像是有一群恐龍踩過了那片灌木叢摔下去。

東尼指著。「那個是什麼鬼啊？」

凱爾舉起手機拍了張照，相機發出閃光。然後他轉身往後跑，同時他和傑登及東尼嘴巴裡發出又長又尖的嘶喊。

在膳宿公寓的客廳裡，凱特琳打開她放在茶几上的筆記型電腦。凸窗外一片炭黑。她插入隨身碟，裡面有她所收到聯邦快遞那段影片的複製檔。她看著她父親。

「這個會讓人很不舒服。」她說。

梅克身體前傾，雙手放在膝蓋之間緊握。「播放吧。」

她按了播放鍵。

梅克沒動，沒眨眼。他的雙眼掃視著螢幕。在影片裡，史都華・艾克曼淒慘的叫聲不斷持續。凱特琳又覺得胃裡頭空蕩蕩的。

畫面跳接到有塗鴉的那條小巷時，梅克湊近了。

影片裡的聲音低語著：「你迷路了，韓吉斯。在黑暗的樹林中誤入歧途。你永遠找不到路。但是某個人會找到的，因為懲罰將會降臨……」

影片結束了。梅克靜止不動，有如一座雕像。

他輕聲說：「再放一次。」

凱特琳重新播放一次。梅克坐著不動看完了，然後說：「再一次。」

他臉上帶著一種有如鷹隼的表情，看了第三次。等到畫面轉黑，他說：「你們會公布那個塗鴉的片段吧？」

「一等指揮官簽字放行，我們就公布。」凱特琳一手梳過頭髮。「一定有人看到過那個塗鴉的。」

「或許吧。」梅克的聲音變得哀傷。「先知者選擇被害人，從來不是一時心血來潮的決定。

他會研究，然後物色自己的目標。他影片裡挑明了告訴你這件事。」

凱特琳覺得胃裡的結擰得更緊了。「他正在規劃下一個目標。」

「『懲罰將會降臨』。」

室內的空氣忽然變得沉重起來。

他說：「他喜歡那個詞。」

她從書包裡拿出一張影印稿，是先知者手繪的第一個犯罪現場地圖。懲罰這個詞非常醒目。

梅克朝地圖點了個頭。「我是在犯罪現場四百公尺外的一條暴雨排水溝發現那個的。」

她身子往後靠。「我還以為——慢著。我還以為是他把這個寄到警察局的。我以為上頭的水漬，是證物室淹水造成的。」

梅克搖搖頭。

她舉起那張地圖。「他這張地圖的原稿是不小心掉了的？但是其他一切都完美無瑕。他沒留下過DNA，沒有指紋，沒有任何有用的痕跡……」

「那是二十五年前。當時他還是新手。」

「所以會犯新手的錯誤？」

「犯罪者的第一個案子，通常是暴露最多的。」梅克說，「這就是為什麼你在評估一系列罪案時，應該把焦點放在第一個案子。它會顯示出經驗不足的犯罪者在什麼地方最自在。第一樁罪案會接近他居住或工作的地方，而且他的行為是最自然的，因為他還沒把自己的技巧磨練到完美。」

「所以你是說，我應該回到最初的案子，有黃蜂的那樁。」

「我什麼都沒有說。我告訴過你，我不希望你碰這個案子。」

「別再說這些了。我現在已經在辦這個案子。」

「那麼你就得聽我接下來要說的。他一路在磨練自己的技巧，到了今天，他已經是極度熟練了。」

他的雙眼悲傷，裡頭還有一種她辨認不出來的情緒在翻騰著。

「這就是為什麼第一樁謀殺案發生在秋天，而其他的都在春天？」她問。

「或許吧。把這些新的殺人案也算進去，有六件謀殺是發生在春分或秋分，不過其實只有第一件是秋分。」

她消化著這個資訊。他搔抓著自己的手臂，那種坐立不安的能量充滿了整個客廳。

「你之前問過，他的訊息是什麼。但其實訊息不止一個，」他說，「沒錯，他用那種古老的用詞直接跟你說話，是有原因的。『誤入歧途』。這對他是有意義的，你必須想辦法破解。」他又修正自己。「應該要有個人想辦法破解。但是他的另一個『訊息』可能不是密碼。」

「可能是個誘餌。」

「你可別讓自己被吸入了他的世界。」

「懂了。」

梅克緊盯著她的雙眼，兩人對視了好一會兒。「那會滲透到你心裡。有關人類可以彼此相殘到什麼地步的真相。到最後，為了阻止他，你什麼事都做得出來。」他暫停一下，以確認她在認真聽。「這個案子需要一個突破。我們就會開始想……給我們證據，好繼續辦下去。」

她猛吸一口氣。他站起來，走向窗子。

她坐著，雙手鬆弛地垂下。過了一會兒，她也起身走到窗邊。雖然她就站在他旁邊，但他茫然地瞪視前方，好像她是隱形的。

她繞過去，站在他面前。「爸。」

他這才轉頭，終於看著她。他的下巴緊繃。

「我……」她的聲音愈來愈小。

梅克的表情轉為悲苦。「你什麼都不必說。」

她低頭望著地板一會兒，然後點點頭，轉身要走。他抓住她的一邊手腕。

「你有美好的人生。別讓他給毀了。」

出了門，凱特琳在逐漸消逝的紫色暮光中走向她的Highlander休旅車。二八〇號公路上的車聲被風吹送過來。

梅克剛剛向她懺悔了。這個案子需要一個突破。我們就會開始想……給我們證據，好繼續辦下去。

那是自白：他和桑德斯太執迷於要抓到先知者，於是在那個墓園，他們錯過了去救那對新婚夫妻的機會。她覺得反胃。

膳宿公寓的凸窗被燈照得一片明亮。她看得到她父親站在客廳裡，面對牆壁不動，似乎瞪著一片空無。

她的手機鈴聲響起，是蓋舍里。

「凱特琳。銀溪公園。那裡可能是我們的主要犯罪現場，史都華・艾克曼被殺害的地方。我們在那裡碰面。」

她跳上車。「我立刻出發，大概要半小時。我人在舊金山市區。」

「快來吧。這事情有幾個中學生牽涉在內。」

12

凱特琳駛入銀溪公園，立刻發現了一個問題。閃爍的警燈照在櫟樹上，但是沒有人把犯罪現場圍起來或看守。她停在一輛郡警局的道奇Charger車旁，下了車。一名制服警員朝她走來。

「馬斯騰？」她說。

是幾天前跟她一起去那棟破房子攻堅的年輕警員，他抬起下巴招呼。「他們全都在前面那裡。」

他們穿過碎石停車場，朝著第二輛巡邏車走去。在車頭大燈中站著另一名制服郡警、幾個四十來歲的平民，以及三個十來歲的男孩。附近停著一輛旅行車、一輛Lexus，還有一輛本田Civic，上頭貼著塞闊雅中學的停車貼紙。

「這裡是犯罪現場的一部分嗎？」凱特琳問。

馬斯騰指著停車場的另一頭。「沿著防火道往上爬大約四百公尺，有一道溝谷。幾個小鬼就是在那裡發現那輛車的。」

「要去那個溝谷，只能走這條防火道嗎？」

「據我所知是這樣。」

她心中有一股隱隱的惱怒，還有一種錯失良機的感覺。「所以溝谷裡的那輛車一定開過了這個停車場。兇手有可能曾經從這裡經過。」

控制現場。這是偵查工作的首要規則。她靴子底下是碎石子路面。她想著證據是不是已經被他們踐踏過了。

她朝那些聚在一起的平民點了個頭。「你跟那些小孩談過了嗎？」

馬斯騰點頭。「每個都分別談過了。他們好像真的嚇壞了，說本來以為是好玩的事情，最後卻碰上了這種恐怖的場面。」

公園外頭的馬路上出現一對車頭大燈。一輛褐色的舊車停在巡邏車後方，一名男子下了車。憔悴，灰髮，穿著一件粗花呢舊外套和牛仔襯衫，手裡拿著一本筆記本。

他雙手圈在嘴巴上喊：「韓吉斯警探。我是巴特．弗雷徹，《東灣先驅報》的。」

弗雷徹。就是那個記者，寫了一篇文章說凱特琳想彌補她父親的失敗。

「先知者又犯下了一樁謀殺案嗎？」他又喊。

凱特琳望著另一個姓萊爾的制服警員。「把他弄出去。封鎖公園的入口，放上交通錐。除了蓋舍里和鑑識人員之外，不准讓任何人進來。」

萊爾點頭，朝弗雷徹走去。凱特琳聽到他們咕噥的談話聲，然後引擎發動。她繼續往前走。

弗雷徹怎麼會知道？「他是從警察無線電掃描儀得到消息的？」

「不確定。」馬斯騰說。

她走向那群平民。家長們徘徊著，眼神警戒而焦慮。她注視著那些大人，但是朝小孩們自我介紹。「我是韓吉斯警探。你們還好吧？」

三個青少年點點頭，一臉害怕看著她。三個男孩都穿著鬆垮的牛仔褲，一個戴了針織帽，正在咬指甲。這些小孩顯然並不習慣面對警察。年紀最小的凱爾．裴瑞茲看起來年約十四，聽起來好像昨天才剛變嗓。他解釋他們是怎麼在學校後頭的涵洞裡發現了地理座標。

「所以我們就決定來看看。我原先以為可能是個玩笑，不想報警害你們白忙一場，你知道？」

他父親一手放在凱爾肩膀上。「你沒做錯任何事。」

但是他捏捏凱爾的肩膀，好像是在說：不過你不該做這種蠢事，稍後我們要好好談一下。

凱爾繼續說：「所以我們跑來這裡，爬上那條防火道去找座標……」他再度看著他的朋友。他們都沒開口幫他。「然後我們就看到那輛車。接著我們……」

戴著針織帽的傑登說：「嚇壞了。」

負責開車的東尼則說：「我們全都嚇壞了，於是就趕緊來這裡——」

「很快，」傑登說，「我們用跑的，跑很快。」

凱爾擦了一下鼻子，吞嚥著。「你要我們再回去上頭那裡嗎？」

「不必了。」

三個男孩全都鬆了一口氣。

凱特琳說：「馬斯騰跟我走。你們其他人留在這裡。」

凱爾說：「另外讓你知道一下……那個臭味很可怕。」

凱特琳和馬斯騰走向防火道，走到一半，蓋舍里開車趕到了。他停好車加入他們。防火道往上坡進入樹林，到了山丘頂，防火道轉了個彎，沿著溝谷上的一片山脊延伸。

墜落線穿過扯爛的灌木叢和樹枝。那輛車位於往下約六十呎處，散熱罩半壓在一塊大石頭下。左前輪插著一支箭。

他們聞到了。死屍。然後他們也聽到了嗡嗡聲。大批瘋狂的蒼蠅。

馬斯騰咳嗽。蓋舍里揮著手電筒，光線掃過現場。凱特琳強忍著不要後退。雖然她吸氣吸得很淺，但那氣味充滿她的鼻腔和喉嚨。要是她一次吸太多氣，她的嗅覺神經就會麻痹。這是以前一個老警察在停屍間告訴她的。他還告訴她，氣味是微小的粒子組成的。她緊咬著牙，努力壓下嘔吐的衝動。

他們湊近溝谷側壁的邊緣，側身沿著墜落線往下走，手電筒揮過灌木叢。這裡的臭味更濃了。往下十碼，他們找到了一個更好的制高點。

「媽的這是怎麼回事？」蓋舍里說。

他們的手電筒照著那輛撞毀的汽車，車尾朝著他們。那是一輛藍色的日產Sentra，車款和顏色跟史都華·艾克曼遺失的汽車一樣。蓋舍里查了艾克曼那輛車的車牌號碼，但是跟眼前的這塊車牌不同。另外除了死屍，又多了一種新的氣味。是汽油。

馬斯騰說：「油箱或是燃油管破了？」

蓋舍里的手電筒還是照著車。「叫消防隊來。」

馬斯騰湊向他裝在肩上的無線電，說有一輛車撞毀，請消防隊趕來。一個聲音回答了。

馬斯騰說：「警探，停車場那邊狀況有點麻煩。」

「怎麼了？」凱特琳問。

「來了一堆記者。公園入口封鎖了，但是他們有可能走路穿過樹林。」

「請萊爾警員設法控制狀況。」

此處位於降入溝谷的半途，他們三個人站在這裡，設法搞懂眼前這一切是怎麼回事。他們離得很近，聞得出那個臭味的來源是什麼。

汽車裡充滿了死烏鴉。

車窗開了一條小縫，只夠讓臭味飄出來、蒼蠅飛進去，同時可以把大型野生動物擋在外頭。先知者展出的裝置藝術。

兩隻禿鷹棲在車頂，活的。

馬斯騰的手電筒掃過那兩隻禿鷹，牠們聒叫著張開翅膀，躍入空中，緩緩飛走，隱入黑夜。

烏鴉，有好幾打。牠們僵硬而毀損，而且顯然腐爛了，油亮的羽毛覆蓋著垂垮的肉身。凱特琳不曉得怎麼回事，但那些烏鴉似乎全都站直了，像合唱團，蓋住了儀表板和後座後方的隔板，還蓋住了方向盤和排檔桿和座位。

每一隻鳥都有一個玩偶頭。

她努力逼自己呼吸。

玩偶的腦袋套在鳥頭上。是娃娃玩偶。塑膠玩具，可以開闔的黑色大眼睛。有些有頭髮，有些是光頭。芭比娃娃，貝姿娃娃。嬰兒造型。有些粉紅而閃亮，有些生著黑黴。小小的嘴巴噘著，像是要吸奶。

其中一個嘴裡夾著一支手機。

「警佐，」凱特琳說，「之前聖華金郡警局那邊找到了艾克曼的手機嗎？」

「沒有。」

「但是他的屍體——刻在他胸膛的那個詞。」

「『答案』。」蓋舍里目光銳利看了她一眼。「你認為可能會有人打電話來？」

凱特琳放在牛仔褲後口袋的手機發出嗡響，表示收到了文字簡訊。她沒理會。然後她的手機發出叮聲，表示收到語音留言。

蓋舍里戴上手套。「去檢查吧。」

他緩緩移向那輛日產Sentra車，試了一下車窗，然後手設法擠進去。

凱特琳掏出手機，看到有一長串簡訊和未接電話。有她母親和尚恩的簡訊。還有尚恩的來電。另外有一則簡訊是黛若齡·霍布思傳來的。

攝影機在拍你。

凱特琳的背部冒出冷汗。她按了通話鍵，黛若齡立刻接了。

「警探，那輛撞毀的車子上有個攝影機，正在做網路直播。他在看著你們。所有人都在看。」

凱特琳看了一眼汽車。蓋舍里手擠進去，正伸長手臂，想去拿那支手機。

整個黑夜似乎傾斜了。手機，攝影機，汽油味。

她大喊：「警佐——離開那裡，馬上！」

蓋舍里警覺地轉頭。她奔下斜坡，揮手要他後退。

在那玩偶的嘴裡，手機的螢幕因為有來電而亮起。

蓋舍里手臂趕緊縮回來。隨著一道白色閃光，車子內部著火了。黃光爆開，那些鳥，那些玩偶頭，忽然都變成燃燒的火焰，冷酷而明亮。車內湧出一波火焰。蓋舍里急忙往後，雙手遮在臉前方。凱特琳跑向他。

他揮手要她別過來。「後退。」

火焰吞噬了車子內部。蓋舍里轉身逃離，擠過灌木叢時，車窗爆開了。碎玻璃噴到他的背部。蓋舍里趕到凱特琳旁邊，他們一起往上坡爬。

「你還好吧？」她問。

他在咳嗽，臉色漲紅，玻璃碎片散落在他的頭髮和外套上。「沒事。」

「那個手機，」她說，「看起來是觸發器。」

「這是個他媽的土製炸彈。」

在這個昏暗的夜晚，位於溝谷底部的那輛車像個小型地獄。死鳥的翅膀紛紛著火燃燒。玩偶頭熔化。整輛車充滿了火焰和煙霧。

隨著一聲響亮的砰，一個輪胎因為高熱而爆炸。

馬斯騰搧著那些油膩發臭的煙霧。「警佐，你還好吧？」

蓋舍里點頭。

「我車上有個滅火器。」馬斯騰說，然後奔下防火道。火的熱氣有如一面起伏的牆。

蓋舍里說：「他就是希望我們去拿手機。」

「等到我們發現了手機，他就遙控點火。」凱特琳把自己的手機舉到耳邊。「黛若齡？」

「啊，老天。太可怕了。」黛若齡說。

「還在直播嗎？」

「攝影機故障了。」

火焰燒得更高，煙霧從下方的車子大量湧出。蓋舍里說：「要燒上來了。」

他們退到防火道上。過了一會兒，隨著一聲結實的轟響，一道螺旋形的紅色火焰和煙霧升到溝谷側壁的上方。空氣中充滿火星，熱氣輻射到凱特琳的臉。遠方傳來消防車的嗚笛聲。

不論那輛車裡有什麼，現在全都沒了。

蓋舍里搖頭。「他要了我們。那個狗娘養的。」

13

那輛車的火焰在救火員的水柱之下消失了。他們撲滅了溝谷裡燃燒的灌木叢，把那輛像炭化屍骸的汽車撬開，然後收拾他們的工具，爬上救火車，沿著防火道倒車離開。凱特琳小心翼翼地走向那輛Sentra車，手電筒掃過每一吋塵埃、每一公分金屬和玻璃。整個現場歷經燒烤、炭化、爆炸、淋濕，發出濃濃的臭味。

而在銀溪公園入口那邊，則是擠滿了新聞採訪車和看熱鬧的人。從最早那三個高中男生走向那輛車開始，每一刻都被攝影機拍下來，在網路上直播。所以媒體才會跑來，而且網路上非常轟動，迷上先知者案子的食屍鬼就像朝聖客般趕來，擠滿了現場。

史都華・艾克曼的謀殺案現在可能包括了三個犯罪現場：屍體被發現的那個牧場、塞闊雅高中後頭的暴雨排水溝，還有這個溝谷。凱特琳的手電筒照著插在車子前輪的那支箭。輪胎在車子著火前已經洩了氣，現在則已經燒得熔化了。

蓋舍里走下溝谷。他已經脫下外套，撥掉頭髮裡大部分的碎玻璃。「那支箭一射中輪胎，艾克曼的車子就沒再開多遠。如果兇手就是這樣突襲他，那麼第一犯罪現場就在附近。」

凱特琳在焚毀的灌木叢間，繞著車子周圍仔細檢查。之前救火員幫他們把引擎蓋和後行李廂都撬開了。引擎蓋下頭是燒毀的引擎。後行李廂則有個爆掉的備胎。她手上的警用手電筒照向車子內部。裡頭成了個亂糟糟的藏骸所，幾百隻烏鴉被烤得一片焦黑。

沒有人類的屍體。

她覺得鬆了一大口氣，而且有種奇異的不安。或許艾克曼命案沒有第二個被害人。或許這個——把線索藏在一所高中後方，把車子佈置成這樣變態的場景，還有攝影機——全都只是在玩心理戰，想要羞辱執法人員，並嚇壞一般民眾。也或者兇手還在等待時機，才要揭露另一樁命案。

現在我們來了。娛樂我們一下吧。

「這裡頭有個什麼。太……」

「什麼？」蓋舍里問。

她看著汽車，聽著風聲。

「太急切了，」她說，「太……渴望了。」

他望著她，就像第一夜在玉米田的犯罪現場打量她的那個模樣。「你的意思是什麼？」

「先知者向來很無情。他殺人，然後他會延長殺人的……餘韻，藉由折磨被害者的家人。他會打電話、播放錄音，還會嘲弄警方。他給媒體的訊息——那些自我吹噓——是要讓自己獲得矚目，但也是要激起人們的恐懼。」

她的手電筒停在一個半熔化的玩偶臉上，一隻眼睛沒了，另一隻發出光澤。「但是這個……太過分了。」

「連續殺人本來就是很過分的行為啊。」

「這個感覺不一樣。」她說，然後忍住了。

她有什麼資格分析先知者的本質？她只是兇殺組的菜鳥，站在一片汙泥裡，靴子和牛仔褲都被煤煙染黑了。

「繼續。」蓋舍里催促她說。

在這個深而窄的溝谷裡，兩邊的斜坡壁是灌木叢和櫟樹，加上在夜色的籠罩下，她覺得可以放心講話。她整理著腦中的思緒，試圖把虛無縹緲的煙霧固定為結實的形狀，然後轉化為字句。

「他原先很有耐心。在三月和四月殺人，基本上是每年一次。」

「然後他加速了。」

「大幅加速。在春分謀殺了一個人，沒幾個星期後又謀殺了三個人。」她說，「然後他就消失了二十年。」

「如果他在這段期間真的沒殺人的話。」蓋舍里說。

「沒錯。」她又想了一會兒。「但是這個——他的復出，兩具屍體在玉米田，打電話給家人，給我們的信。第二次殺人是在不到七十二小時之後，提供影片給媒體，現在又是這個……奇觀。中間沒有冷卻的時間。這是個連環爆炸，太貪心了。」

「他的華麗復出。盛大程度前所未有。像在體育館舉行巡迴演唱會。」蓋舍里說。

「或許二十年被壓抑的怒火爆發為一連串的暴力。但是這個……」

她指著那輛汽車。「這個把遊戲提高到一個新的層次。這比他以前的殺人要更自戀。完全是為了炫耀，完全是為了展示他的優越。表面上他是要給我們好看，但其實是要跟更多人吹噓：『你們被娛樂到了嗎？』」

「我沒有。麵包、馬戲和死亡。」

「他努力要超越自己。」她琢磨著接下來的措詞。「聯邦調查局會願意幫我們更新兇手的側寫檔案嗎？」

他停頓了一下才回答：「都過了二十年了，很難說。」

「因為這回有新的東西出現了。而且更糟糕。一種公然的需求，一種……」

「什麼？」

「狂暴，一種狂暴的元素。」

14

剛過午夜十二點，凱特琳開車轉入她家那條街道。她疲倦且疼痛，一身汗水和煙霧氣味，還有焚燒的羽毛和塑膠臭味。但是駛入車道時，她覺得胸中有個什麼鬆開了。尚恩的豐田Tundra小卡車停在那裡。廚房燈亮著。

她鎖好自己的車，穿過柵門進入後院，走向廚房門。進去後，她費了點勁解開靴子上濕掉的鞋帶，脫掉鞋子。明天早上她得用肥皂和刷子除掉鞋上的臭味。她脫掉襪子，看了一圈。四下一片黑暗，後院周圍環繞著六呎高的紅色夾竹桃。她不曉得自己為什麼要察看是否有人看到自己，因為沒人看得到裡頭。除非他們躲在車庫或灌木叢裡，或是在屋簷底下偷裝了攝影機。

關掉那些胡思亂想的聲音。至少關掉幾分鐘吧，她告訴自己。

她拿起扣在腰帶上的警徽，解開值勤腰帶，取下她的槍套和裡頭的手槍，然後脫掉牛仔褲。膝蓋以下的褲管好髒，沾了煤灰、泥巴和各種燃燒的副產品。她努力把褲子往下拉到腳踝，然後踢掉，此時她聽到後頭的開門聲。她轉身，看到尚恩站在廚房門口，背對著黯淡的燈光，看著屋內。

「別因為我而停下。」他說。

她放心地垂下肩膀。他的臉在陰影中，只看到輪廓，但他的聲音充滿耐心。他不會逼問她細節。他知道等到她準備好，就自然會告訴他一切。

「幫我個忙好嗎？」她說。

他挺直身子。「當然好。」

「把淋浴間的水打開。」

「沒問題。」

他走向浴室，回頭看了她一眼。她給他的獎勵是脫掉套頭的T恤，儘管她覺得冰冷且骯髒。

片刻之後，大狗暗影衝進打開的門，熱情地用腳掌扒著她，低吠著歡迎她回家。

凱特琳蹲下來，讓暗影舔她的臉。然後她撈起自己的髒衣服，塞進洗衣機裡，這才走到浴室。熱水已經開到最大。

尚恩站在浴室門外，她低姿態且感激地看了他一眼。「謝謝。」

她經過他旁邊時，他手背沿著她的胳臂輕拂過。他的表情不帶情緒，很冷靜，但是底下潛藏著好奇和關心。

凱特琳脫光衣服，踏入淋浴間，抬起臉迎接水花。水熱得讓她皮膚微微刺痛，正符合她的需要。她搓洗掉煤灰，用洗髮精洗頭，接著站在針刺般的熱水底下，雙臂撐靠在瓷磚上，最後皮膚轉為粉紅。

她手腕和前臂的疤痕很顯眼。白色的，一道道平行排列的條紋，那是她以前用剃刀片自己割的。

她十五歲以後就沒有再割了。後來去刺青好掩蓋掉那些割痕。一條珊瑚紅的蛇盤繞在她的左手臂。而右手臂則是刺了一首詩的片段：

這些刺青是一種改造。但今夜，那些疤痕似乎有刺痛的感覺。

她關掉水龍頭時，整個淋浴間已經是一片白霧。她擦乾身體，穿上運動褲和背心式內衣。在客廳裡，尚恩已經在壁爐裡生起火，音響裡傳來小加里．克拉克的歌聲。凱特琳坐在沙發上他旁邊，心思依然忙碌混亂。

「你是怎麼發現那段影片的？」她問。

「局裡的另一個探員。他女兒在讀高中。她看到了影片，然後告訴他。」

他拿出手機，讓他看一個串流網站上的連結網址。她搖搖頭。

「這是怎麼吸引到大家注意的？有個人把消息散播出去，讓那些高中生發現？」

「你到達現場時，這個網址就已經在社群媒體間傳開來了。」

「電腦鑑識組會設法追蹤這個影片的來源，但是我不太指望他們能找到一個IP位址。這傢伙太精了。」她說。

「警告你的那個女人是誰？」

「一個瘋狂的業餘偵探。不過我現在想想，她其實沒有那麼瘋狂。她立刻就得到消息了。」

尚恩朝廚房點了個頭。「你要冰淇淋嗎？或是穩定情緒的音樂？鎮靜劑？」

「我沒事。」

「你講話速度快得要命。你得慢下來。」

她的頭往後靠著沙發，知道自己依然處於亢奮狀態，但是那種發狂似的感覺已經減弱，現在只是興奮而已。

「拆彈小組趕到現場了？」尚恩問。

「還帶了警犬。縱火調查人員明天早上會到那邊去。」

「需要我幫忙看看那輛車上的證據嗎？」

她和尚恩常常聊彼此的工作，有時是以興奮的心情，有時是以哀傷的心情。他們是彼此的決策諮詢者。他們會討論策略和權謀。但兩個人都不曾要求對方幫忙自己的某個案子。這將會是首開先例。

警察對警察。凱特琳知道，在她腦子裡一個嚴格而理性的部分，異性戀女警受到同行男人吸引的比例非常高。一般看法是：在社交場上，女警非常不吃香。不是很多男人有足夠的自信，願意跟一個代表執法當局的帶槍女人交往。要是女警跟一個平民男友交往，大概撐不到一年就會破局。

凱特琳覺得這個一般看法很可惡。但同時，她也不否認警察世界有自己的一套運作規則。值大夜班到清晨六點。跟男友或女友說你這一天的工作——我逮捕了一個暴力慣犯。我在五八○號州際高速公路上，以兩百三十公里時速狂飆。有些男人一聽，就覺得他們的男性尊嚴受到威脅，於是趕緊逃回他們習慣的正常世界去了。

或許這是無可避免的：像她現在這樣，有個警察男友。而且不是隨便什麼警察，而是一個聯邦探員，有爆炸物的專業知識。

尚恩是炸彈小組專家，曾在匡提科的聯邦調查局單位受過訓，也參加過菸酒槍炮及爆裂物管理局的爆炸物專家培訓計畫。他處理過C4炸藥和硝酸銨、引線和定時裝置，以及任何有可能以每秒一千公尺速度摧毀肉身的東西。他花時間追蹤那些想要以激烈方式搞破壞的人。毒販、恐怖分子、主權公民運動人士、模仿聖戰士的崇拜者，還有企業破壞分子。

今夜，如果她把那輛燒毀的日產Sentra照片給他看，他會分析車子起火燃燒的裝置。他可能會證實她的猜想：那是個以電話遙控的汽油彈，手機鈴響時就會引爆。

尚恩對這方面很懂。但是凱特琳不想把他拖進這個案子裡。這裡不行，現在不行。工作就留在局裡。

「謝謝，但是不必了。」她說。

「要是你不安心，我也沒辦法安心的。」他說，「而且我知道，你已經聽我講過很多有關縱火犯和炸彈製造者的事情，你知道他們有多喜歡盯上第一批趕到現場的執法人員。」

她一手放在他大腿上。尚恩看著她一會兒，他的臉半在陰影中，雙手垂放在雙膝之間。

「你還好吧？」他問。

「很好。」

「我知道你不想把公事帶回家。你希望在情緒上把那些事情關在門外。」

她站起來，走向廚房。「那瓶龍舌蘭酒還沒喝完。」

她拿到酒瓶時，他剛好也過來。「我們需要的不是酒。」

他抓住她，把她旋轉過來。一時之間，她抓著那瓶龍舌蘭。然後往前踏入他的擁抱。

他望著她的雙眼，給了她一個纏綿的吻。尚恩很喜歡睜著眼睛。他伸手攬住她的腰，拉著她後退，把她的肩帶輕輕撥下肩膀。走了幾步，她雙手放在他胸部，往前推。

「走吧。」

她的衣服落在臥室地板上。然後她把他的襯衫脫掉，T恤往上拉出頭部。尚恩想停下來踢掉靴子，同時他的雙手忙著在她身上游移，摸著她的背部、她的臀部，往上到她的肋骨。她吻他，把他往後推。他朝後倒在床上。她用腳踢上門。她的狗在屋裡另一頭睡覺，但她不希望聽到狗在她身旁低喊或吠叫，她要跟她的男人獨享這一刻。

在床上，尚恩努力掙脫了鞋子。凱特琳爬到他上方，往下按住他的肩膀。

「你先。」她說。

跟尚恩在一起，性愛是一種全面接觸運動。他所有的緊繃、興奮、熱誠、焦慮和感激全都活躍起來，傾注在自由不羈的肉體行為中。性愛是他表現自己的方式，向她展示他是什麼樣的人、以及她對他的意義。性愛是遊戲，是放鬆，也是深刻的分享。

但這些，也正是凱特琳一直努力抗拒的。

臥室裡很暗。正當她坐在他身上、要解開他的皮帶時，尚恩伸手打開床頭桌上的燈。

「太亮了。」凱特琳說。

他把自己的襯衫丟到燈上，房裡暗下來。凱特琳拉開他牛仔褲的拉鍊。「藍色格子內褲。我最愛的幻想。」

她愛尚恩，因為他為她所做的一切。不光是他在才智上能跟她匹敵、尊重她的想法，還會逗她笑。不光是因為他跟她喜歡同樣的那幾部爛電影，或是因為他有幽默感、聰明、性格成熟。也是因為尚恩看到了她所築起的那些牆，先給她一些時間。然後他才全力撲上來。

她知道，當他的工作促使他見識到一些毀壞的場景時，他需要一些原始的東西來支撐自己，跟生活連結。毫不保留的性愛就是一種宣告。那是他在說：我在這裡。陪著你。

她坐在他的臀部上方，他的牛仔褲還沒脫掉，雙手上下撫摸著她的大腿。她說：「把你的雙手舉到頭上，停在那裡不要動，直到我告訴你可以動。」

他在微笑，雙眼明亮。他雙手抬到頭頂時，她身子前傾，伸手扣住他的雙腕，像手銬一樣。

她想叫他閉上眼睛，但是知道他絕對不肯的。

只有他知道她努力要讓自己保持清醒，知道就算她閉上眼睛、仍無法停止種種情緒。只有他終於能和她產生連結。

他生命的核心有暴力，她也是。他知道她的過往歷史。他了解她的憤怒，知道她極力想擺脫的那種腐蝕力量。

她按住他的雙手，貼在他身上，感覺兩人的心臟一起搏動。

當初就是尚恩力勸她在那些剃刀片的疤痕上刺青。那條蛇——轉變和療癒的符號。那首詩的片段，是引自女詩人瑞塔．多芙的詩〈重溫黎明〉。談的是第二次機會。

整個天空都是你的，

任你書寫，澄淨的新頁。

她十五歲的那天，刀片割得太深。當時她其實不是真的想自殺，只是一直渴望能得到解脫。她花了半輩子在對付這件事。刺青針帶來的疼痛使得她振作，把真理融入她依然活著的身體。

尚恩是警察。但她不認為兩人相戀是慣常會發生的事。她認為他是個奇蹟。

她放開他的手。「好了。」她說。

他抱住她，翻身讓她幫他脫掉牛仔褲。然後他狂野起來，睜著眼睛，朝她微笑。

15

清晨天空清朗，疾風穿過樹間。凱特琳六點被鬧鐘吵醒。尚恩還在沉睡中，四肢展開呈大字形。她悄悄下床，穿上慢跑衣鞋，開門出去。

到達集合地點時，她的慢跑團體「洛克里奇狂熱者」已經沿著這條街道跑了一半。凱特琳趕緊跟著朝下坡跑，把針織帽往下拉到額頭。天空蔚藍，在柏克萊山後方轉為一片亮橘。街角有個人影在等她，拍著手鼓勵她，快點。

凱特琳覺得一邊膝蓋僵硬，而且還有茄紫色的瘀傷。她本來會想獨自慢慢跑。但是這個團體向來一星期集合兩次慢跑。非假日就在市區的起伏街道上跑五公里。碰到週末，他們就設計尋寶追逐賽，在公園和步道間奔馳。

「快點，小妞，」街角那個女人喊道：「明天你可以自己一個人跑。今天我們得一起跑才行。」

凱特琳跑到她面前，然後兩人一起往前。「你今天早上脾氣不太好喔。」

「那我們今天二十三分鐘內跑完。」

「賤貨。」

蜜雪兒．費瑞拉大笑。

凱特琳配合著蜜雪兒的速度，不過她比身邊這位朋友高了十五公分。兩人努力朝著領先大約兩百公尺的團隊前進。

「今天早上人很多。」她說。

蜜雪兒看了她一眼。

「我知道，沒有人想要自己一個人跑。」凱特琳說。

蜜雪兒的眼珠是深色的，頂著一頭小精靈似的超短髮。她個子嬌小卻性格堅強，溫暖但急躁。「我聽說的那些新聞，有多少是真的？」

「全都是真的。背後是外星幽浮在操控。還有光明會。還有耶穌會。外加棒球大聯盟。」

「好啦，聰明鬼。不談就是了。」

把工作留在局裡，她心想。但是她滿腦子都在想工作。如果她跟尚恩談，就會洩漏她以往的執迷。蜜雪兒不會批判。而且即使凱特琳是經由尚恩才認識蜜雪兒這個朋友，但她相信蜜雪兒絕對不會把她們的談話告訴他。

「不，談也沒關係的，」她說，「現在跑步都跟著團隊比較聰明。另外不要跟陌生人講話，我的意思是完全不要。跟陌生人保持距離。把你的車門鎖好。」

「我的老天爺啊。你在辦這個案子？」蜜雪兒問。

小事一樁，凱特琳差點這麼說。她的本能就是不要保留。

「那是個惡夢，」她在人行道上邊跑邊說，「但這個惡夢已經二十年了。要是我能做任何事去阻止……」

「那麼，或許你終於可以醒來了？」蜜雪兒說。

她覺得彷彿被人推了一把。「類似這樣的吧。」她看著蜜雪兒。「你們急診室護士太可怕了，把真相看得一清二楚。」

「是啊。你脖子上有個吻痕。」

其實沒有，但是凱特琳笑了。她們稍微拉近跟其他人的距離，已經暖身且逐漸進入狀況了。

「我可以問你一件事，以一個雞婆公民的身分？」蜜雪兒說，「那個符號。為什麼他要在他的被害人身上標示？」

「用來標明他的作品。」

「你的意思是，那是他的簽名？」

「一點也沒錯，名副其實。」她說。

「那個符號到底是什麼意思啊？」

調查人員一開始也被難倒了。水星是占星學的主星之一。兇手是以此向黃道帶兇手致敬嗎？凱特琳剛進入少女期那兩年，曾經執迷於研究水星的占星學意義，因而學會如何在天空中認出水星：日落後或日出前，低懸在地平線上。她當時渴望能知道水星是否對地球有某種引力，是否也引發水星兇手摧毀那麼多人的性命。

「要看mercury對他的意義，」凱特琳說，「是指最接近太陽的那顆衛星嗎？還是指羅馬神話裡長了翅膀的信使之神，會指引亡靈到地下世界的？也說不定是指化學元素裡的汞，化學符號是Hg，原子序數八十。室溫下唯一呈液態的金屬。」

她逐漸加快腳步，逼近前方那群人了。

「另外，水星也有占星學上的力量。」蜜雪兒說。

「如果你相信占星學的話。」

「蜜糖，那是你不認識我媽。」

她們來到一個轉角，看看左右沒有車，於是跑過馬路。陽光更加明亮了。

「我媽每次規劃出門旅行，一定要先查過星象的狀況。我申請大學前，有回要參加十一月的學術水準測驗考試，她不希望我參加，因為我的出生圖看起來很不妙。」蜜雪兒說。

「所以你知道水星在占星學上的意義。」

「水星跟溝通有關。比方說mercurial這個字。」

「意思是不可預測，善變，易變，反覆無常。」

「你的生日是哪一天？」蜜雪兒問。

「九月四日。」

「處女座。守護星是水星。」

她們開始爬坡，離整個團隊只剩二十碼了。

「但是那個符號本身，」蜜雪兒說，「你知道一般的看法是什麼。」

「覺得是惡魔的頭。」

兩千多年來，人類給了撒旦偶蹄和彎曲的雙角。這個形象太深入人心了。凡是在猶太教、基督教，或是伊斯蘭教社會長大的人，看到了都會不由自主地發抖。要命，她還看過《童年末日》這本科幻小說呢。

蜜雪兒說：「在殺死他們之前，他是不是……」

「沒有，」凱特琳說，「被害人沒有一個被性侵犯過。」

「我還以為連續殺人兇手會因此得到快感的。」

凱特琳斟酌著措詞。「你說得沒錯。但是有時候，他們得到性快感的來源，是因為實現了自己的幻想，以及事後的回味。」

「還真是想不到。」

「連續殺人兇手都是性虐待狂，幾乎沒有例外。可是……」

「有些人會因為死亡或虐待而得到快感。」

「還有權力，擁有。」

蜜雪兒喘著氣看了她一眼。

凱特琳朝前面的跑者們點了個頭。「該是超越他們的時候了。」

「你不會害怕嗎？我就怕得要命。」

凱特琳在高低不平的人行道上加快速度。「我不能讓這種事發生。」

她跑完回到家時，又熱又喘，看到尚恩在廚房。他已經穿好衣服，葛洛克手槍插在臀部的槍套裡，手機湊在耳邊。

「我八點前會到，」他說，「席佛特有搜查令。那家貨運公司的車庫裡停了三十輛貨櫃拖車，我們每一輛都要搜。」

她從櫥櫃裡拿了一個馬克杯，給自己倒了杯咖啡，然後幫尚恩的杯子補滿。他講完電話，謝了她，然後把半杯黑咖啡一口氣喝光。那不太像個儀式，而像是個啟動的程序。

「好燙，」他說，「很好。我得走了。」

他吻了她。暗影走進來，豎起耳朵。

尚恩穿上他那件有「菸酒槍炮及爆裂物管理局」縮寫ATF的防風夾克，把串在頸鍊上的警徽套到脖子上，朝暗影昂起頭。「媽咪去搜索犯罪現場的時候，你就去狗狗托兒所？」

暗影吠叫兩聲。凱特琳微笑著走過他旁邊，他攔住她。

「我知道昨天晚上我提到有關縱火狂的事情，你聽了不高興。我不希望你放在心上。但是不要讓這傢伙控制你的想法。」

「別擔心。」

他還是站著不動。

「真的，」他說，「要小心。」

「真的。我聽得很清楚。」她又吻他。「注意安全。」

在清爽的三月白晝，那輛燒毀的車看起來鮮明而悲慘。溝谷底部一道小溪流淌而過，穿過灌木叢，最後流進馬路下方的排水管。凱特琳登記進入現場，發現火災調查員卡瓦荷已經在溝谷裡。他是個整潔的男子，脖子上掛著一部單眼相機，手裡的寫字板上夾著素描本。他正在繪製這個現場的所有相關特徵。

「首先，沒有任何人員傷亡，除了某家玩具反斗城失竊了幾打玩偶娃娃的腦袋。」他說，

「你原先的報告上說，那些鳥已經死了。」

「對，我很確定。」她說。

「基本的手機引爆燃燒彈。」卡瓦荷讓她看那支裝在證物袋裡面燒毀的手機。「其他的組成部分是一個裝滿汽油的啤酒瓶、一根仙女棒——燃燒時間大概是二十九、三十秒——另外或許還有花五元買來的電子零件和模型火箭引信。剝掉外皮的USB電線、晶體閘流管、鱷魚夾。打電話到這支手機，就會接通電流。」

鑑識人員在現場放了一張折疊桌和一面篩網，從鳥骨頭和炭化的椅面中篩出證據。有一些零碎的電線，還有啤酒瓶殘留下來的褐色玻璃碎片。

「製造這樣的裝置，需要多少專業知識？」她問。

「學生科學展的程度就行了。這不是核子武器引爆裝置。」

他察看著現場。「這可真的是花了很多工夫，只為了燒掉一輛車。感覺上有點像是異教徒的獻祭儀式。」

「是啊。」

「這傢伙以前也縱火過？」

凱特琳喉嚨發乾。「一次。二十年前。」在墓園的那一天。「他殺了兩個人，還留在那邊看。」

「縱火狂喜歡看。他們會從中得到快感。」

凱特琳悶悶不樂地看著那支手機。「從那個裡頭可以救回什麼嗎？」

「任何指紋、DNA、微物跡證都被燒掉了。技術人員或許有辦法從裡頭找到一些資料。」

「手機會直接送到電腦鑑識組嗎？」

他點點頭。於是凱特琳傳了簡訊給實驗室的尤金．趙，跟他說手機會送過去。

卡瓦荷說：「要是運氣好，手機裡的東西會儲存在雲端。」

「我們會檢查那個的，還有他的網路帳戶。」

「另外也檢查一下，說不定跟他的筆電連線。」他說。

「所有他能連線的電腦，」她說，然後停下，腦袋裡像是有一個燈泡亮起。她知道接下來她必須去哪裡了。「謝了，卡瓦荷。我得離開了。」

她朝山丘頂跑去，晨光照得她瞇起眼睛。

在塞闊雅中學跟她碰面的是一名乾癟的女人，身高大約一五二公分，大鏡框眼鏡，頭髮染成機油的顏色。她從副校長室弓著背走出來，一臉不高興。

凱特琳朝她伸出手。「羅瓦多太太嗎？」

那女人打量著凱特琳腰帶上的警徽。「你在電話裡聽起來比較年長。」

「謝謝你撥出時間見我。」

羅瓦多太太噘起嘴唇，表達她的不滿。「這邊請。」

她帶著凱特琳穿過校園，來到數學館。

「我要是早知道，就會主動聯絡郡警局的，」羅瓦多太太說，「我們都好震驚，根本沒有聯想起來。艾克曼老師的……他的……」

她臉色變得蒼白。

「什麼？」

「他所發生的事情，跟學校沒有關係。」羅瓦多太太說。

上午的教室都在上課，走廊一片空蕩。金屬置物櫃漆成了巧克力色。數學館盡頭的幾扇門透入晨光，冷冷照在亞麻仁油地板上。

羅瓦多太太停在一間教室門外，舉起一串沉重的鑰匙，暫停一下。「你打電話來過之後，我決定先去檢查一下這個教室的電腦，以便協助你們的工作。那是學校財產。檢查了我才發現……」

她皺起臉。凱特琳也是。之前在電話裡，羅瓦多太太曾保證，那部電腦從史都華・艾克曼上回用過之後，就沒有人碰過。凱特琳曾要求她就保持那個樣子，不要去碰的。

「你做了什麼，羅瓦多太太？」

「什麼都沒有。電腦好好的。我沒刪掉任何東西。但是……你看了就知道。」

羅瓦多太太打開門鎖，帶著凱特琳進去，走向教師的辦公桌。凱特琳看到裡頭有大大的窗子、擦到一半的白板，還有數學海報。中學校園裡就是這樣，多年來始終沒有改變。

隨著每走一步，羅瓦多太太似乎整個人就更乾也更硬，像個縮小的柳橙。她坐在辦公桌前，一臉嚴肅地敲了鍵盤。螢幕的桌面亮了起來。

她回頭看著凱特琳。「把學校的電腦用於私人用途，是完全違反學校政策的。但是艾克曼先生顯然無視於這個規定。」

凱特琳急著想看。「拜託，讓我看看是什麼吧。」

羅瓦多太太往前弓身，枯瘦的手指敲著鍵盤。「就在他……出事的前一天……」

她繼續打字。凱特琳才明白，這個女人始終說不出死這個字。

「他登入了一個網站，絕對不是公事需要的。」

羅瓦多太太連上一個網站，凱特琳身子往前湊。

「星座配對？」凱特琳問。

羅瓦多太太手指離開鍵盤，彷彿螢幕發出臭味。凱特琳感覺手臂上一陣刺麻。

與你相配的真愛，就在群星間等待。

那個首頁閃亮、拙劣、復古。萬花筒似的色彩在環形的星座圖閃爍。環形中央是一對男女，臉上帶著渴望的微笑。

占星學：找到你靈魂伴侶的真正方式。

「星座配對」網站看起來簡陋得要命。

你的出生圖將會展現……火星和金星有助於決定一個人的愛情行為……水星可以提供一個人思考方式的資訊……

星座。

水星。

以及深藍大海中所有的兇手。

然後她看到了：登入欄裡面閃爍的游標。不會吧。史都華．艾克曼的使用者名稱和密碼都已經預先輸入了。

他顯然常常登入這個網站，因而設定網頁記住他的使用者名稱和密碼。即使這部電腦是學校的。

羅瓦多太太揚起一邊眉毛。凱特琳點點頭。於是羅瓦多太太登入了。

歡迎，狂野射手座二三。

凱特琳設法站著不動。網頁上列出史都華．艾克曼的星座是射手座。有個圖案描繪著一隻人頭馬拉弓，正要射箭。星座符號：射手。元素：火。守護星：木星。失勢星：水星。

她太興奮了。局裡可以申請搜索票，扣押這個資訊，但是眼前時間寶貴。「你能不能幫我印出這個網頁？」

羅瓦多太太按了一個鍵。

凱特琳說：「去察看訊息。」

羅瓦多太太點了訊息符號，轉到另外一頁。

「那一則。」

她打開的訊息串是艾克曼屍體被發現的三天前。發訊息的是一位「星光六九」。

凱特琳雙眼睜大。羅瓦多太太縮著身子坐在那裡，雙手拘謹地交疊，於是凱特琳明白，她已經看過這張照片了。

星光六九（星期四，下午一點二十六分）擺出防撞姿勢。

照片中的星光六九是三十來歲中段。賣弄風情地歪著頭，食指塞進她噘起的豐滿嘴唇。她打扮得像一隻獅子。全套毛茸茸的角色扮演。人造毛的比基尼上衣。在第二張照片中，她正在舔自己的手背，就像一隻貓梳理身上的毛之前先舔舔爪子。凱特琳不認為星光六九的那隻手是打算用來摸額頭而已。

星光六九那則訊息的角落裡，有一個小小的用戶大頭貼，顯示她是獅子座。沒錯，她真的是一隻大貓。

羅瓦多太太說：「這些實在不是我想知道的，不光是有關我們的某位老師，任何人的我都不想知道。」

星光六九（星期五，下午一點二十七分）銀溪公園明天晚上九點。

狂野射手座二三（星期五，下午四點零六分）準備大戰一場。

他們約了公園。凱特琳持續往下看。艾克曼最後的訊息讓她一時無法呼吸。

狂野射手座二三（星期六，下午八點二十四分）上路了。

狂野射手座二三（星期六，下午九點零三分）進入公園。你在這裡嗎？

狂野射手座二三（星期六，下午九點零八分）到了。你在哪裡？

兩分鐘之後，凱特琳急忙走向她的車，手裡抓著印出來的紙張，同時打電話給蓋舍里。

「他有個約會，一個女人。我們得找到她。」

16

凱特琳走進戰情室，裡頭電話鈴聲此起彼落，蓋舍里跟瑪麗和馬丁尼茲圍在一起，氣氛焦躁不安。蓋舍里朝她吹了聲口哨，要她加入。

「我們還沒查出星光六九的身分。」他說。

馬丁尼茲一支電話貼在耳邊。他今天穿著有史以來最醜的保齡球衫。她覺得那嘔吐黃的閃電紋樣可能會害人癲癇發作。

「我還在電話上等，」他說，「要跟星座配對這個網站查資料，真能把人折騰死。」

凱特琳說：「除了星座配對網站，你們有去其他網站查過那個使用者名稱嗎？」

「推特、Tinder……你會很驚訝有多少人使用『星光六九』當網路代號。」

瑪麗雙手拇指插進腰帶內側。「我不會驚訝。」

他們全都斜眼瞪她。瑪麗轉頭也瞪回去，馬尾在腦後甩呀甩。

「怎麼？不是說要了解你的民眾嗎？這裡可是加州耶。」她說。

凱特琳把艾克曼在網站上訊息的列印資料遞給蓋舍里。「他跟她約好了在銀溪公園碰面。那裡應該就是主要犯罪現場。」

「很可能。」蓋舍里說。

他走向自己的私人辦公室。馬丁尼茲還在電話上等。

凱特琳說：「其他約會網站呢？星座聊天室？幾家大型電子郵件服務公司裡頭以『星光六九』開頭的電子郵件網址？」

馬丁尼茲點頭。看了她一眼，意思擺明了：不要來指揮我辦案。

她立刻讓步，但是只維持了五秒鐘。「網路代號裡有『星光』（Starshine）的其他變化拼法呢？」

馬丁尼茲揚起一邊眉毛，叫出Facebook。「白人女性。三十來歲中段。」他檢視著星光六九在星座配對網站上的照片。「褐色眼珠，褐色頭髮。我猜她的體重是六十五公斤吧？」

「七十二公斤，」凱特琳說，「她肌肉練得不錯。」

「那就七十二公斤吧。如果這不是假身分的話……」

馬丁尼茲打字到一半，暫停下來。

檔案照片秀出一個圓臉的白種女人，有褐色眼珠和褐色頭髮，三十來歲中段，姿態妖豔。

星光小貓（史黛西・克勞佛）

裡頭資料顯示她現居加州戴利城。

馬丁尼茲已經開始找監理站查她的地址了。

戴利城位於舊金山南邊，史黛西・克勞佛所住的公寓大樓俯瞰著一座高速公路交流道。凱特琳和馬丁尼茲來到這裡，跟著一名戴利城制服警員和一名公寓管理員從建築後方爬樓梯上去。克勞佛沒接電話，她的車子也不在公寓大樓的停車場。他們沿著兩棟大樓之間的有頂通道，來到她住的那一戶。

戴利市的警員敲了門。「警察。有人在家嗎？」

沒人應。高速公路上的嗡嗡車聲傳來。那警察又用力敲門。

等了三十秒都沒聽到動靜後，他示意管理員動手。凱特琳壓下她的焦慮。

那管理員掏出一串叮噹響的鑰匙開了門。「史黛西女士，有人在家嗎？」

三個警察跟著管理員進入一戶小公寓，緊閉的窗簾把照進來的光線篩成綠色調。廚房料理台上放著一堆髒盤子。四下一片死寂。

凱特琳的焦慮擴散。馬丁尼茲看了客廳一圈。

「媽的搞什麼？」

他們轉身。浴室外頭站著赤裸的、毛巾包住濕頭髮的史黛西．克勞佛。她沒做任何動作去遮掩她粉紅色、有許多刺青的皮膚。

「滾出我家。」

凱特琳和馬丁尼茲拿起他們的警徽。那個戴利市警察的右手則接近伸縮式警棍。

馬丁尼茲說：「小姐，麻煩你穿上衣服。我們得跟你談談史都華．艾克曼。」

克勞佛雙手扠腰。「誰？」

凱特琳說：「狂野射手座。」

克勞佛皺著眉頭。「他怎麼樣？」

「他死了。」

她倒在地板上。

五分鐘之後，穿好衣服、坐在綠色調光線下的沙發上，史黛西・克勞佛擦著眼睛。她的臉都哭花了。

「那天我開車到銀溪公園，半路上車子故障。碰巧我的手機又沒電了。我花了兩小時才把車子拖走，又過了一小時才有辦法從修車廠打電話給我妹，請她來載我回家。我根本沒去赴約。」她輪流看著兩個警察。「你們來這裡，不是為了告訴我射手座死了，對吧？啊老天，你們來這裡，是因為你們以為我也死了。」

「我們是想確認你沒事。」馬丁尼茲說。他聲音裡的暖意遮掩不了冷酷的真相。「這事情你確定嗎？那個身上被好幾支箭射中的男人，真的是射手座？」

「我們很確定。」

「啊，老天。他死前有受苦嗎？」

馬丁尼茲說：「我很遺憾。」

她雙眼湧出淚水，流下臉頰。

凱特琳說：「他在公園發了一則訊息給你，問你人在哪裡。你始終沒有回覆。」

「對——因為他傳送的最後那則訊息，罵我。」

「什麼訊息？什麼時候傳的？」

「我星期六夜裡到家後，就登入網站，想解釋我為什麼失約。」她去拿她的手機。「結果看到網站信箱裡面有這則訊息。」

狂野射手座二三（星期六，下午十一點四十七分）賤人。

凱特琳和馬丁尼茲交換了一個眼色。史都華．艾克曼的信箱寄件匣裡沒有這則訊息。有人刪掉了。

「我氣得要命。然後我看到那段網路影片，有關昨晚在銀溪公園所發生那些瘋狂的事情。我心想，好詭異的巧合，而且……」她停下，嘴巴張開，指著凱特琳。「你就是影片中那個人。」

凱特琳真不希望出這種名。

史黛西扭絞著雙手。「你認為我們的約會，跟射手座──跟史都華所發生的事情有關嗎？」

「我們正在追溯他星期六晚上的行蹤。」馬丁尼茲說。

那個戴利市警察站在前門附近，雙手交抱在胸前。「你原先曉得他的真實姓名嗎？」

她看著他，一副搞什麼啊的表情。「只知道他的螢幕代號。這是星座配對網站上的規則，也是魔力的一部分。」

「你以前見過艾克曼先生嗎？」馬丁尼茲問。

「沒有。那是我們第一次約會。」她打了個寒顫。「真的？先知者殺了他？真的？」

凱特琳說：「真的。」

她一手放在額頭。「要不是我的車子故障，我也會在那個公園。啊，老天，我很幸運，對吧？」

凱特琳說：「克勞佛小姐，你加入星座配對會員時，有沒有登記任何個人資訊？」

「偏好的約會對象。」她的雙眼露出警惕的神色。「但一切都是兩廂情願的。那是角色扮演。」

「扮演什麼？」

「IK。」看他們沒反應，史黛西解釋：「在我的個人檔案裡，我寫偏好IK。指的是衝擊癖（impact kink）。」她看著他們的表情，似乎覺得他們太天真。「打巴掌、抓、咬、鞭子抽打。如果對方要求的話，還有玉蹴り（tamakeri）。你知道——日本人的一種性癖好？讓人踢你的卵蛋？」

「你和狂野射手座約會，是要進行暴力的性愛？」凱特琳說。

「粗暴的身體遊戲。兩廂情願的施虐和受虐。原始的能量。互動的掌握權力。」她攤開兩手。「搏擊俱樂部。」

凱特琳想著先知者所留下的話：*以暴力回敬暴力*。

她說：「你還有提供星座配對網站其他個人資訊嗎？」

「我的電子郵件網址。還有比方什麼？」她的褐色眼睛睜大。「比方我的地址和電話？沒有，從來沒有。可是……」

「什麼？」

「我把星座配對網站的簡介，連到我其他的社群媒體帳戶了，而其他的社群媒體上頭有我的電話和地址。啊，老天。」她站起來。「先知者。要是他知道我住在哪裡呢？」

17

凱特琳和馬丁尼茲憂心忡忡，快步走下史黛西．克勞佛公寓外的樓梯，一路沉默無語。儘管豔陽高照，但天空似乎帶著不祥的重量往下壓。他們正要穿過停車場到他們的車子時，一輛檸檬黃的福斯金龜車尖嘯著經過他們面前，駛入停車場。

開車的是一名年輕女性，長得跟史黛西很像。過了一會兒，史黛西赤腳奔下樓梯，肩上揹著一個運動袋，手裡拿著鞋子。她衝向那輛金龜車，喊著：「出來，出來，讓我開車。」

馬丁尼茲說：「不能怪她。」

「一點也沒錯。」

史黛西把運動包扔進車裡。馬丁尼茲把他的帽簷往前額拉低。

凱特琳說：「我不會對衝擊癖做出評論，永遠不會。」

「好主意。」然後他說：「掌握權力。先知者所做的，不就是這樣嗎？」

凱特琳希望史黛西能平安無事。看她連忙爬上駕駛座的模樣，充分說明了先知者激起了她多少恐懼。

那種恐懼就像浮在水面的油一樣，迅速擴散。

他們上了自己的車，馬丁尼茲跟在金龜車的廢氣後頭駛出停車場。他又調整了一下帽子。

「我不認為史都華．艾克曼傳送了最後那則訊息給史黛西。」

「是先知者傳送的。」凱特琳說。

「是啊。他是用艾克曼的手機傳的，還是入侵他的帳號？」

「不曉得。但是罵史黛西賤人的一定是先知者。因為他很生氣她沒出現，讓自己被謀殺。」

凱特琳和馬丁尼茲抵達分局時，一個男人正坐在戰情室外頭那條走廊的長椅上。他跟凱特琳年齡相仿，塊頭很大，非洲裔美國人，穿著卡其褲和「百思買」電子連鎖店的職員襯衫。他壯碩的肩膀看起來負擔沉重，雙眼溫暖但疲倦，還閃現著一抹低沉的黑暗。

除了在警察局工作的人員，一般人不會喜歡去警察局。對大部分一般民眾來說，警察局就像是某種地獄。那男子打量了他們掛在腰帶的警徽，還有馬丁尼茲後腰上的配槍。

「打擾一下。你們是兇殺組的警探吧？」他問。

馬丁尼茲有一種懶散的神態，但是很有風度。「有什麼需要幫忙的嗎？」

「我是吉拉德·詹姆斯。我跟蓋舍里警佐約好了。」

凱特琳還想了一秒鐘。詹姆斯。他是梅樂蒂·詹姆斯的先生。就是先知者殺害、棄屍在玉米田的那個女人。

她伸出手。「詹姆斯先生。我是韓吉斯警探。很遺憾你失去了親人。」

他的下頜繃緊，雙唇緊閉，但還是止不住顫抖。

跟死者近親講話，是她這份工作最痛苦的事情之一。她已經學會了，要坦白、直接。歸入公事的領域。將他們的悲慟阻隔在外，免得把你淹沒了。

但是吉拉德．詹姆斯站起來，身上那種哀傷的氣息一波波滾出來。她腦中浮現出他太太證件照片上那張生前的臉，也想到先知者帶給她的毀滅。

吉拉德．詹姆斯已經疲憊到極點，看起來就像整個人就快要崩潰了。「我來這裡，是想問一下調查的最新進展。」

「我去找蓋舍里警佐出來。」

「我去叫他。」馬丁尼茲說，然後沿著走廊往前。

她本來希望馬丁尼茲在這裡陪詹姆斯的。眼前她也只好指了一下長椅。

吉拉德．詹姆斯搖頭。「我坐不住了。我得知道才行，她所發生過的一切，我都得知道。」他眨著眼睛。「我不在乎有多麼不堪。我指的不是她跟另一個男人約會。那個我不在乎。我在乎的是她。我必須知道。」

「蓋舍里警佐會把他能講的告訴你的。」

「我已經跟他談過了。把我所知道的一切告訴他。我現在需要的，是聽警方說出他們所知道的一切。我只希望你們告訴我。想像比知情更糟糕。」他雙臂交叉抱住自己，開始前後搖晃。

「你當時在那裡嗎？在他們發現她的地方？」

「是的。」

他的目光變得銳利，緊盯著她。「他們不肯讓我看她。第一批警察到達現場之後，我也趕到了。他……他打過電話給我。打到我家……」他吸了口氣。「我好想快點趕到那裡，但是我得先找我媽來照顧孩子，所以我就先打了緊急報案電話，然後等你們都到了現場之後，我才趕到，接著……」

他看著她。「他們不讓我進去，派了一輛巡邏車送我回家。然後打電話給我，讓我到停屍間去……」

停屍間這個字眼似乎讓他全身關節都鬆掉了。凱特琳可以感覺到他整個骨架顫抖著，像是車子的引擎過熱。

「沒事的。」她說。

他覺得好像自己辜負了妻子。他甚至沒辦法搶先趕到那片玉米田，而是讓執法單位的人先到達，在那邊把梅樂蒂當成一個物件刺探、處理。

他的嘴唇又開始顫抖。「我沒在那邊陪她。」吉拉德．詹姆斯吸了一大口氣，稍微鎮定下來。「我們的女兒出生時，我都陪著她。但到了最後，我卻沒有。」

凱特琳的胃裡發緊。

「我得知道，」吉拉德．詹姆斯說，「我得陪她走過最後的時刻才行。」

不，不行。

「如果我不知道，她就永遠是孤單一個人。我不能允許這樣的狀況。我不能讓她最後的時刻落入……落入先知者的掌握。我得把她搶回來。」

凱特琳握住他的手。那手溫暖而粗糙，他也用力握著她的。

「他奪走了她的性命，」吉拉德．詹姆斯低聲說，「但是我不能讓他擁有她。」

凱特琳繼續握著他的手，自己的雙眼發熱。

「幫幫她吧，」吉拉德．詹姆斯說，「也幫幫我。」

「我會的。」她用力握著他的手。

一個人影出現在走廊盡頭。蓋舍里的聲音傳來。「詹姆斯先生，麻煩你，到我辦公室吧。」

吉拉德．詹姆斯仍握著凱特琳的手。

「我向你保證。」她說。

於是吉拉德．詹姆斯鬆開手，走向蓋舍里。

凱特琳站在那裡。她聽到四周的電話鈴響聲，看到外頭的車潮在亮烈的陽光下經過。她手裡仍有詹姆斯握過的餘溫。她手指彎起，握成拳頭，抓住那熱度。然後她走向戰情室。

她桌上有一張黛若齡來電的留言字條。上頭寫著：烏鴉。

她只猶豫了一下，就回電給黛若齡。這是她欠她的。「謝謝你警告我那輛車上有攝影機。」

「啊，不客氣。」黛若齡聲音熱情而快活，顯然鬆了一口氣。

「你之前留話給我。」

「我不想煩你。只不過，那個象徵手法讓我很不安。烏鴉，複數——那就是一樁謀殺。」❺

這類形容動物的說法很多。凱特琳心想：「我會留意的。」一隊狒狒、一票鼬狗、一幫袋鼠。「別擔心烏鴉的事情了。」

但是凱特琳說的時候，眼睛看著房間另一頭牆上釘著的那些犯罪現場照片。先知者的犯罪現場裡，烏鴉並不是唯一的動物。

第一次被成對殺害的男女，是在一九九六年四月十二日被發現的，屍體上有狗撕咬過的痕跡。那些狗是從收容所偷來的三隻鬥犬，在犯罪現場被屠殺，脖子綁在一起。

史都華・艾克曼的屍體被發現時，是面朝下浮在一座牧場的飲水槽裡，周圍是受驚的馬。狂野射手座。希臘神話中人頭馬身的怪物。

她想起梅克前一夜說過的話：一個不明嫌犯的第一個案子，通常是暴露最多的。

「對於第一個犯罪現場出現的黃蜂，你有什麼想法？」她問。

黛若齡猛吸一口氣。「那個現場我覺得最可怕。」

「為什麼？」

「那個地點，那個白天的時間，當時只是黃昏，還沒天黑，他在佈置現場需要很大的膽量。那種耐心和嚴謹……在紀賽兒陳屍的那間工具小屋，四十五碼外有一個樹林，但是兇手必須走過中間這片空地。還有黃蜂窩——那個成就是兼具了策劃力和勇氣，或是瘋狂。」

凱特琳手指輕敲著辦公桌。她正在想的大概違反了局裡的規矩。但是蓋舍里曾要求她處理黛若齡的。

「你今天傍晚有什麼計畫嗎？」她問。

❺ a murder of crows 意為「一群烏鴉」。但字面上亦可解為「一樁烏鴉的謀殺」。

18

凱特琳開著公務車，來到聖利安卓鎮，在小崖公園對街的路邊停下，此時天色漸暗了。這一帶的農莊式住宅和公寓大樓都關上了木製護窗板，以抵禦寒冷的三月夜晚。夜幕低垂，天空是一片靛藍色。公園後頭的那片綠色丘陵有零星的加州櫟，映著最後一抹夕陽餘暉。她和黛若齡下車，因為要去公園裡看犯罪現場而嚴肅起來。

而黛若齡並不是生性嚴肅的人。

之前凱特琳先去聖拉蒙市接黛若齡，她住的房子外頭草坪上扔著兩部腳踏車，一個自製的滑板坡道佔據了車道，前院走道上散落著幾打綠色的塑膠士兵。她到達時，黛若齡在前廊上等她，穿著萊姆綠的牛仔褲和一件亮片裝飾的長袖運動衫，正在跟一個男人興奮地說話，凱特琳猜想那是她丈夫。他三十來歲後段，穿著一件領口有鈕子的格子襯衫，一臉耐心、困惑不解的表情。

「警探。我是華特·霍布思。」他朝凱特琳微笑，笨拙地跟她握手，好像不太確定該對他太太這趟探險作何感想。

兩個男孩從後院衝出來，玩具槍朝對方開火，然後大笑著奔上外頭的街道。黛若齡朝他們的背影拋了幾個飛吻，又踮腳吻她丈夫，說：「再見，親愛的。」然後蹦跳著跑向凱特琳的車。她是那種典型的家長會媽媽，因為要去探查一名連續殺人兇手第一樁謀殺的基地而興奮不已。

但現在黛若齡跟凱特琳並肩穿過街道時，卻沉默無語。到了公園入口，只見幾面旗幟飄垂，旗繩的調整搭扣被風吹得叮噹敲擊著旗杆。凱特琳慢下腳步來，熟悉一下環境。

黛若齡抬頭看著她。「這是你第一次來這裡？」

「對。」

凱特琳知道有關小崖公園的一切。這似乎是個充滿邪惡魔力的地方，她之前也一直避開。但現在她們要進去了。

她有個檔案夾，裡面裝滿了地圖、照片、犯罪現場重建圖。雖然未曾踏足這個地方，但她心裡已經有一幅三百六十度地圖。而現在，她站在公園入口，卻需要花點時間，才有辦法讓自己踏進去。

街道兩旁排列著加州櫟。空蕩遊戲場周圍的藍花楹開著藍紫色花朵。公園後頭有一片高高的紅杉，在深邃的天空下令人望而生畏。當初兇手殺人的時候，正是黃昏時刻。

「現在樹更高了。高很多。」她說。

她猶豫了一會兒，傳了一則簡訊給她父親。*我們在小崖公園應該要找什麼？*

她們走進入口。天很冷，現在太晚了不適合運動，而且太暗了不適合野餐。唯一的聲響是來自遠處高速公路的車聲，以及奧克蘭機場一架噴射機起飛的隱隱轟隆聲。黛若齡知道該往哪裡走。

「你來過這裡。」凱特琳說。

「都不是跟警察。」

犯罪現場是在遊樂場後頭一條小徑旁的工具小屋。她們沿著一條碎木片小徑往前走，兩旁的樹愈來愈逼近。

「這條小徑是被害人慣常的慢跑路線。我們假設兇手是埋伏在小徑旁偷襲她的，」凱特琳說，「她自己一個人住。一開始沒有人知道她失蹤了，直到公園維修人員打開小屋的門，要去裡頭拿東西。」

黛若齡雙手握拳又鬆開。她萊姆綠的牛仔褲是公園裡最明亮的一抹色彩。碎木片在她們腳下發出喀嗤輕響。要是紀賽兒．佛雷澤那天晚上沿著這條小徑慢跑，等在陰影處的任何人都聽得到她的腳步聲。

紀賽兒慢跑很有規律，她是附近一家銀行的出納，每天傍晚下班回家後，就會出門運動。她慢跑的路線是繞著附近的四公里環狀路線，包括中間急轉彎進入小崖公園。兇手一定知道這些，紀賽兒不是隨機碰上的目標。

黛若齡重重吐出一口氣，帶著興奮——也或許是緊張。「我得謝謝你。」

「為什麼？」

「大部分警察只會對我翻白眼。」她聳聳肩。「我知道。我連業餘偵探都算不上，甚至不是自學的。我沒有專業資格。只是個媽媽。」

「你是想逼我傷害一個媽媽的自尊心？不可能，」凱特琳說，「這事情是你自己進行的，但是你有條理、思慮周密的程度，就跟我看過的一些調查報告一樣。」

黛若齡張開嘴，雙手按著臉頰。「真的？我都臉紅了。天哪，謝謝你。」

凱特琳微笑，希望這樣可以鼓勵黛若齡繼續講。這樣比較好，比較不像在偵訊。凱特琳很清楚，大家一看到她的警徽，就總是提防著她隨時會逮捕人。

算了吧。眼前她不是警察，來到一個犯罪現場。「你丈夫對你這麼……投入這個案子，有什麼想法？」

「他說你後來成為警察並不意外。但是我，我是神經病。」黛若齡轉向她。「我還記得你爸。他以前來過我們學校，跟我們談麗莎．朱的事情。」

麗莎．朱是先知者的被害人之一。遇害當時是十六歲的高三學生，溺死在一個汙水處理池，身上綁著水泥塊讓她下沉。兇手在麗莎的手臂寫下訊息：無盡的憤怒與無盡的絕望。

麗莎．朱的死嚇壞了每一個家長、每一個年輕女子、每一個女童，那是殺害一對中年夫妻所不可能有的效果。這個命案讓兇手的可怕程度倍增。

「我都不曉得局裡派過我爸——或是派任何人——去公開談這件事。」

「麗莎曾是我的保姆。」黛若齡說。

原來如此。這個私人的連結，有助於解釋黛若齡對這個案子的執迷。

「她就像我的姊姊。」

黛若齡說得毫不猶豫。這個傷痕已經是很久以前了，但她臉頰的紅色加深。而且即使天色逐漸變暗，凱特琳仍可看到她雙眼中的微微淚光。

「我很遺憾。」凱特琳說。

「你父親跟我們談有關個人的安全。說我們不管要去哪裡，一定要先跟另一個人交代。說我們走路時要成群結伴，挑光線明亮的街道走。我們當時都嚇壞了。但是他好冷靜，好可靠。」

梅克。冷靜。這個形象讓凱特琳覺得很難受，很傷痛。

「我記得很清楚，就像昨天才剛發生的一樣。感覺上他好了不起，」黛若齡說，「就像你現在這樣。」

啊，親愛的。「我做這個是有薪水領的。你可是義工。」

「我們都說要抓到這個兇手。但是你實際站到第一線去。」

「這個案子對我們兩個人都造成了影響。」凱特琳呼出的氣在空氣中結成白霧。「你的應對方式，是犧牲睡眠架網站經營。而我，我只是……」她停下來，真實感覺到前臂上的疤痕灼痛。

「我找了另一種方式。」

她以為自己講得很冷靜，很漫不經心。但是黛若齡似乎感覺到凱特琳的傷口就在表面底下不遠處，而且依然致命。

「但你還是做了。絕對還是做了。」她握了一下凱特琳的手。「你還好吧？」

「還好。」

「我的意思是，你當然還好。你在這裡。但是，你有個支援系統嗎？朋友？教堂？你有小孩嗎？」

「一隻狗。」

黛若齡在手機上找出一張照片。「我們的全家福。你見過我丈夫華特了。另外還有我兒子威廉和威斯登。」

凱特琳微笑。「打著一樣的領結，好可愛。」

她們繼續走。凱特琳很高興暮色遮掩了她的臉，很高興風把她的頭髮吹得掠過眼睛。她們經過一個轉彎，來到一片開闊的空地。工具小屋就離小徑十呎，破舊的木板屋，屋頂長滿了青苔。

她暫停，好好觀察一下小屋。沒有窗子。屋後就是紅杉樹林。

她轉身，試著從小屋往四周看。空地，小徑。開闊，但是有三邊被樹擋住了。

他有可能站在小屋側邊，就在小徑外頭，離門只有幾呎，天黑了根本看不見，等著紀賽兒．佛雷澤慢跑經過。或者也可能聽到她的腳步聲，才漫步走向她。吹著口哨，或者用耳機聽著音樂，或者一拐一拐像是扭到腳踝。他很有耐心，又機靈。他社交技巧很好。他大概可以利用魅力十足的談話，引誘人們進入他的軌道，然後孤立他們、殺害他們。他不像精神病或沒有條理的兇手，他不會一時衝動就急著攻擊。

他畫了這一整個街坊地帶的地圖，把可以躲藏的空間特別標示出來，還把逃亡路線描繪得很仔細。同時，他把自己的目標用粗粗的大寫字母寫出來：**懲罰**

凱特琳拿出公園部門借給她的鑰匙。謀殺的那一夜，兇手是用螺絲起子撬開了門鎖。現在他們換了一扇更牢靠的門，有沉重的鉸鏈，還有一個喇叭鎖。凱特琳開了鎖。

裡頭有濃重的木頭和灰塵及肥料的氣味。她拿出自己的警用手電筒。

黛若齡說：「當時也應該是這麼暗，對吧？」

「他想要隱密一點。他有膽量，但是對自己和環境沒有把握。」

「我本來還以為他們會把這個小屋拆掉的。換了我就會。要命，那個裸露的大樑還在那裡。」

當時兇手一定提前把所有的工具帶來，先放在小屋裡。等到他制伏了紀賽兒，只要把門踢上就行了。

紀賽兒是被一條絲巾勒死的。她的臉和頭部有多處瘀傷。兇手在近距離用拳頭打她，可能把她打得失去意識，然後再殺了她。

但他沒從脖子把她吊起，而是脫掉她的鞋襪、她的運動短褲和T恤，身上只留胸罩和內褲。他用結實的繩子把她雙手綁住，繩子的另一端拋過大樑。然後他把她往上拉起，讓她吊著雙腕懸空，頭往後垂，彷彿痛苦得哭泣。

他花了多少時間把她吊起來？然後他待在小屋裡多久，欣賞他的作品？她懸吊在那裡搖晃時，他碰觸過她緩緩開始冷卻的身體嗎？

混蛋，你想要什麼？

然後兇手在小屋裡裝設陷阱。這是最兇惡的一個細節：他把一整個泥糊的黃蜂巢裝在垃圾袋裡帶來，留在門內，於是當維修員工次日早晨來開門時，就會撞倒蜂巢，讓一大批憤怒的黃蜂飛出來。

凱特琳走出屋外。外頭的公園裡已經褪為一片灰暗。她心中不安，總覺得風中舞動的那些暗影沒那麼自然。灌木叢中有聲音在移動。

「從一開始，他就安排了第二次埋伏。讓他的犯罪被發現時，還能傷害到其他人。」她說。

「你的意思是，從他第一次殺人開始。」

凱特琳點頭。這是假設紀賽兒．佛雷澤的死，並不是先知者的第一次犯罪。他應該是逐步發展成謀殺。先是偷窺，暴露狂。或者更早些，就是虐待動物，縱火。

風吹得凱特琳的頭髮亂飛。黛若齡的刺蝟頭則維持原狀。

「你覺得她認識他嗎？」黛若齡問。

「我想很可能她至少認得他。在這附近見過，也許是另外一個慢跑者，或是出來遛狗的。」

「不會讓她一看到就立刻產生警戒心的。」

「這個公園是他覺得自在的地方。他熟悉這裡，熟悉這一帶。」

「很不幸的是，紀賽兒也是。」

紀賽兒．佛雷澤繞過這個轉彎時，曾意識到危險嗎？她是否覺得有一雙眼睛在觀察她？當兇手朝她猛衝過來時，她曾感覺到任何威脅嗎？凱特琳朝紅杉樹林點了個頭。

「我們就照著那天晚上可能發生的狀況，在這個公園裡走一趟吧。」

黛若齡看起來很苦惱，但還是跟著走。「照紀賽兒當年的方式進來，走到事發的地點，然後循著兇手大概的行蹤出去？你的意思是，我們要走過被害人和兇手的足跡。」

「如果有什麼可以發現的，我們就要從每個角度去檢視。而且要從外到內都檢查一遍。」

公園另一頭，在樹林的屏障和加深的暮色中，一個男人觀察著。

看看她。韓吉斯警探，來這裡重溫第一章了。

19

在公園的遊戲場裡，空蕩的鞦韆懸吊著，溜滑梯映著夕陽的最後一抹餘暉。在那些櫟樹後方、公園外的馬路上，街燈已經亮起。月亮出來了，整個公園陷入一片明暗對比。黛若齡緊跟在凱特琳旁邊。

兇手當初就是走這條路線。他從公園後方進入，至少走了一點六公里，爬過山丘，沿著小溪，跨過暴雨排水溝。他悄悄穿過的紅木杉樹林，此刻高高聳立在升起的月亮下。

「你聽說過地理側寫嗎？」凱特琳問。

「分析各個相關罪案的地點，以決定犯罪者最可能居住的地方。」黛若齡四下看著。她似乎還是很急切，但是沒有那麼興奮了，比較類似提心吊膽，像一隻小型森林動物，嗅著空氣中看有沒有鷹隼類的氣味。「你認為兇手就住在這附近？我們就在朝他家的方向走？」

「我認為，這個公園大概是當時最接近他家的犯罪現場，」凱特琳說，「我們在走的，是他殺害了紀賽兒．佛雷澤之後所走的路線。」

黛若齡不知道那張手繪地圖的事。這個消息警方沒有對外公布過。她們循著高大紅杉下頭的步道往前走。腳下鋪的碎木片逐漸消失，轉為泥土小徑。

黛若齡說：「你認為他從這條路進來，是因為……」

你迷路了，韓吉斯。在黑暗的樹林中誤入歧途。

她們來到小徑上的一個山丘頂，往下坡望著。小徑沿著一條小溪而行。往前延伸大約兩百碼，經過一片木柵籬笆，然後是一條安靜的道路。

「你認為他當初是把車停在那裡嗎？」黛若齡問。

「不，我認為他會更小心一點。他不希望任何人認出一輛停在公園入口的汽車，或想起有個男人曾穿過這道入口。尤其是一個拿著一捆繩子的男人，不過他可能會把繩子放在背包裡。另外我想，他可能有一把手電筒，因為他知道自己離開公園的時候，就會完全天黑了。」

你永遠找不到那條路徑，但是某個人會找到的……

或許眼前這條，就是先知者所指的黑暗路徑。或許他希望她循著這條路走。

「來吧。」她說。她離開小徑，往下朝小溪走，手電筒沿溪床照著。這條小溪很寬，但只有細細的一道流水。往前，小溪流經一條馬路下方，穿過一個四方形的水泥雨水排水溝。她父親就是在那裡發現先知者的手繪地圖。

黛若齡急步跟在她旁邊。「你認為我們還應該往下走多遠？」

她們來到那條雨水排水溝旁。凱特琳踏進去。這條水溝長度約四十碼，底部有泥巴，溪水沖進來，留下了野草和垃圾。

「他當時從這邊走過。」凱特琳說。

「你確定？」

「是的。要嘛他就是從自己家走到這邊，要嘛就是開車過來，但是把車停在沿小溪上游將近一公里的地方。下一個山丘那邊有一家購物中心，開了有四十年了。他有可能把汽車留在那邊，不會被人注意到。」

「他計畫過的。」

「是啊，真是個大混蛋。不過他並不完美。」

有個什麼嚇到他了，或至少是讓他分心了。他匆忙走到這裡——完成了他的罪行，急著要離開。

是什麼致使他把地圖掉在這個雨水排水溝裡？他當時把地圖掏出來看自己是不是走對了路，然後粗心地塞回口袋裡？他是不是聽到了什麼、看到了什麼，於是一時衝動就跑掉？或者讓他分心的，是他自己的喜悅？

「當兇手有了自信，就會把出獵領域擴大。」她說，「但這個是他的第一次。」

她的手電筒轉向水溝壁，照出滑板玩家的塗鴉。手電筒的光緩緩掃過去。

「你覺得他有可能會回來？留下訊息？」黛若齡衝口而出，那個口氣半是急切、半是害怕。

「我想他一直都在密切注意調查進度。而且我認為他會重訪他早期作品的發生地點，或許是因為他覺得這樣會得到啟發。」她繼續察看四周。「也或者他是想回味勝利的滋味。很難說。」

她回憶著先知者手繪的那張地圖，非常精確。但唯一標示尺寸的，只有那條雨水排水溝。一二五呎。

兇手喜歡離開馬路。甚至，他喜歡到地面下。

在塞闊雅中學後頭的涵洞裡，他留下地理座標。在銀溪公園，史都華．艾克曼的車子被燒毀的那個溝谷底部，有一條小溪通到一條馬路底下消失，進入一個波紋金屬涵管裡。兇手那天夜裡或許沒用到這個涵管，但凱特琳很確定他知道那個涵管的存在，可以當成逃亡路線。

夜色更深了。她讓那種感覺浸透自己。

「他喜歡隧道。他當時用過，現在也會用上的。」

她的手機發出嗡響。螢幕顯示出一則來自她父親的簡訊。**他**。

她瞪著眼睛，很困惑。他在說什麼？

黛若齡說：「我要承認了。這個地方讓人毛骨悚然。」

凱特琳輸入密碼，把螢幕解鎖，此時電話鈴響。是蓋舍里打來的。她接了。

「凱特琳。我們正在監控那個『尋找先知者』的網路論壇。黛若齡和她的犯罪迷朋友所成立的。」他的口氣很煩。「現在一堆人吵翻了——我們正在留意。」

「有什麼——」

「你父親貼了一篇叫罵文。直接點名先知者出來。」

凱特琳雙手的熱度似乎開始消退。「什麼？」

「他貼在公開論壇上。任何人都可以看到。」

凱特琳轉向黛若齡。「把公開論壇的一篇貼文刪掉。那是——」要命。「那是我爸貼的。梅克·韓吉斯。」

黛若齡抓著自己的手機。她低頭，被螢幕照亮了臉，然後連上網站。過了一會兒，她閱讀著，吸了口氣。

她睜大眼睛，滿臉焦慮地把螢幕秀給凱特琳看。

致先知者。你這個**病態的魯蛇**——你走過的地方都留下臭味。現在已經不是一九九三年了。鑑識人員可以由你走過的泥土分析你的想法。從那個染血的飲水槽，到公園裡的工具小屋裡，警察逼近你了。就在這一刻。

凱特琳身上任何殘存的熱度似乎都流失了。王八蛋。梅克傳的簡訊。那是他對她之前傳去問題的回答——問起她應該要找什麼。

他。

她聽到風吹過雨水排水溝，感覺到周圍的陰影移動起來。她抓住黛若齡一隻手臂。「離開公園，馬上。」

她們匆忙爬出排水溝，沿著小溪的溪床往前行，直到有辦法爬到溪岸上。她們來到步道，凱特琳拉著黛若齡開始奔跑。

她看到前方有一個形體，只看到黑影，急轉彎迅速移動。就在她們右邊。她停下。

從她們正前方的樹林裡，一名男子跑入小徑。

凱特琳把黛若齡推到自己身後，伸手要拿槍。「我是郡警。不准動！」

那名男子猛地站住，舉起雙手。「不要開槍！我是媒體！」

凱特琳猛喘著，左手舉起手電筒。右手還放在她尚未拔出的手槍上。

在手電筒的強光下，那男子瞇起眼睛，別開頭。他雙手仍舉著，一手擋著光，因而看不清他的臉。手裡是空的。

「手不准放下來，」凱特琳說，「你是誰？」

「巴特．弗雷徹，《東灣先驅報》的。」

弗雷徹。大概吧。他在手電筒的強光下瞇起眼睛，看起來像個吸血鬼，半邊身子是黑暗的陰影。他穿著一件短夾克，裡頭是巨人隊T恤。他很憔悴，挺著一個中年的大肚腩，指節看起來有關節炎。

他朝她走了一步。「我是——」

「不准動。」她說。

他停下，皺著眉頭。

「證件，」凱特琳說，「把你的右手放在腦袋後面。左手拿出你的證件。動作要非常慢。」

「在我的皮夾裡。我的皮夾在夾克的內側口袋。我要伸手拿了。非常慢。」他小心翼翼地伸手到夾克內側。

「小心。」她說。雙眼雖然盯著他，但仍設法留意後方的動靜。很不幸，黛若齡還在她背後，活力十足。

那男子用兩根手指把皮夾拿出口袋。「唔，你完全就像個女武神，跟我聽說過的一樣。」

「把皮夾丟過來。」

他把皮夾往前甩過彼此相隔的那十呎。凱特琳接住了，打開。一個透明夾層裡放著加州的駕照。巴特．弗雷徹。有他的照片。

她狂跳的脈搏慢下來，但是怒氣卻開始增加。她走到他面前，手電筒仍指著他的臉。「你的手可以放下了。你在這裡做什麼？」

「我負責報導這個案子，」他拿回自己的皮夾，還是瞇著眼睛。「包括你。」

「你在跟蹤我？」

「沒有。」

「騙人。」她覺得臉紅了。之前她都沒注意到有人跟著她。

他再度舉起雙手，一手放在心臟的位置。「我沒跟蹤你，警探。不過如果我有，那也不犯法。我們都有自己的消息來源。我希望你能成為我的消息來源之一。」

「你這個星期稍早寫那篇報導的時候，並沒有費事聯絡我，問我有什麼評論。」

「但是現在我在這裡了。」他露出大大的微笑，咧嘴露出牙齒。

「我們就保持原來那樣吧。」

她一手放在黛若齡背部，催著她繼續沿著小徑往前。

「你們在這裡結束了嗎？我不希望害你們縮短這趟採訪。」弗雷徹說。

凱特琳繼續走。黛若齡看了她一眼，接著看弗雷徹，然後看著地上的碎木片。

弗雷徹追上來，好奇地湊向黛若齡。「你是哪位？女士，請問大名？」

凱特琳沒說什麼阻止她，但臉上那憤怒的眼神，大概就足以讓黛若齡閉緊嘴巴了。她們沉默地沿著小徑走向公園出口。凱特琳一心只想上車，趕緊開走，擺脫弗雷徹。

他急步跑到前頭，轉身倒退著走，堵著她們。他一身啤酒味，呼出的氣息裡有薄荷糖氣味。

「在一個被先知者陰影籠罩的家庭裡長大，是什麼樣的滋味？」

凱特琳不理他，領著黛若齡走向車子。

「你父親自殺時，你是怎麼調適的？」他又問。

凱特琳來到車旁，轉身對他說：「沒有評論。」

他仍然不肯走，近得讓人不舒服。「那一定是個很難受的經驗。這就是為什麼你後來會當警察嗎？」

凱特琳催黛若齡繞到乘客座那一側，打開自己那一側的車門。「你要是敢再妨礙警方辦案——」

「我聽說你今天收到一個訊息了。」他說。

什麼？他怎麼會曉得這件事的？她轉身狠狠瞪著他。

他舉起一本黃色記事本。「看起來眼熟嗎？」

在路燈下，可以看到那記事本上寫了字。弗雷徹舉高了，讓凱特琳把手電筒的光指著。

上頭褪色的墨水寫著：滴流的血是我們唯一可飲的。

那是先知者透過聯邦快遞送來的訊息——而且更多。凱特琳說：「你是從哪裡……」

「一九九八年聽說的，當時我訪問過那個倖存者。」他又咧嘴露出笑容。深色眼珠依然充滿熱誠，尋求她的回應。

她努力讓自己的口氣不帶感情。「我們有那位倖存者的供述。」

「打電話給我安排你的專訪。你會想看到我其他筆記的。」他收起微笑，轉身離開。「因為她當初沒把一切都告訴你們，不是嗎？」

20

喬．蓋舍里來到舊金山梅克．韓吉斯所住的那棟膳宿公寓，匆忙爬上門前階梯。隔著沉重的木製前門，他聽到裡頭有個聲音抬高嗓門，是凱特琳。他按了門鈴，搞不懂她怎麼會比他早趕到這裡。家人間的怒氣是很有力量的，甚至可以克服時間和空間。

房東太太來開了門。然後蓋舍里循著凱特琳的聲音，經過走廊前往廚房。

「不，那不是愚蠢的錯誤，」她說，「那是經過算計的，而且很危險。」

蓋舍里走進去。凱特琳背對著他，雙臂張開。在廚房另一頭，隔著中島，梅克．韓吉斯在踱步，低著頭，彷彿隔著一道路障在躲著他女兒。這傢伙或許是個瘋子，但他可不笨。

「看著我，該死。我之前在那個公園，尋求你的建議，結果你竟然設計我。」

梅克喃喃唸叨著一些蓋舍里沒聽懂的話，然後舉起一手，似乎想安撫她。他注視地板，搖著頭，似乎比較像在跟自己說話，而不是跟她。

她一手朝料理台面用力一拍。「你叫我去調查那個犯罪現場，同時又公開叫先知者出來，到那個現場去。」

「我不曉得你當時在那裡。」他說。

「不曉得才怪。」

「我真的不曉得。」他看了她一眼，垂著肩膀，像是一名拳師縮著身子在防守。「你傳簡訊問我，『我們應該尋找什麼？』我們。你說的是我們。就像兇殺組在策劃要去那個公園一趟。」

「你他媽的是在跟我開玩笑嗎？你利用我當誘餌。」

他一臉毫不掩飾的驚恐。「絕對不會的。」

他那種明顯的震驚好像出乎凱特琳的預料。「那麼你以為自己在做什麼？」

「我在引出毒液。」梅克說。

「結果沒用，」蓋舍里說，「她差點對著一個記者開槍。」

梅克驚訝地轉頭，彷彿這會兒才看到蓋舍里。凱特琳回頭瞥了一眼，又轉回去看著她父親，帶著滿腔難掩的怒氣。

「你害我處於危險之中，」她說，「我當時跟一個平民在一起。」

這句話逼得梅克停下來。「當初是你來找我的。帶著那段影片。求我幫你阻止他。」

「爸，我才九歲的時候，你就把那些案子的檔案夾攤在車庫的工作檯上，要我幫忙整理。是你把這件事帶進家裡的。」

梅克肩膀垮下。他吸了口氣，坐在餐桌旁。

凱特琳花了片刻控制住自己的情緒。等她再度開口時，儘管口氣依然嚴厲，但是降到了一般的談話音量。

「你怎麼認為他會——」

「因為他一直在監視那個論壇，」梅克說，抬頭看著她。「就像我一樣。」

凱特琳盯著父親，耳朵裡聽到自己的脈搏猛跳。她兩手掌根按住眼睛。別再說了。不要在蓋舍里面前。控制住自己吧。

不要殺了梅克。

她離開廚房，大步沿著走廊往前，出門來到那棟膳宿公寓的前廊，吸著冰冷的空氣。

她父親當然還在關注先知者的案子，他當然沒有斷得一乾二淨，從來沒有。他告訴過她。他永遠不會，永遠辦不到的。

她站在前廊上。舊金山的夜晚比較冷、比較凜冽，也比較嚴酷。

蓋舍里瘦削的身形出現在她旁邊，像個影子。「對於一個像他這樣——」

「我知道。」

「我們揭開了一個傷口，但是我們需要他的貢獻。你控制得了他嗎？」

她很慶幸現在是夜晚，掩蓋了她無奈的微笑。「你揭開一個傷口時，能控制得了流出來的血嗎？」她搖搖頭。「他就像水銀。液體的，變化無常，而且還有毒。」

蓋舍里沒有回應。她知道自己這些話太刺耳了。她很憤怒又困惑，而且覺得被利用。

「我愛他，但就是會發生這種事。」

她沒說，我早告訴過你了。蓋舍里在黑暗中看著她。她納悶自己會不會只是他的工具，像一根尖尖的棍子，可以用來撬開她父親的種種想法。如果是這樣，那麼他就是得到了最壞的結果。她沒提，當初就是蓋舍里把她和梅克帶進這個案子的。

蓋舍里依然望著她，然後點點頭。「我們明天早上見了。」一說完下了階梯。

她站在前廊上，等著他發動車子開走。城市的夜間聲響傳來，有車聲和遙遠的警笛聲，還有街道前方一扇窗子傳來的嘻哈音樂聲。

在她後頭，門咿呀開了。她父親的聲音輕柔。

「凱特琳。」

她仍然凝視著城市夜景。

「我當時沒用腦子想。」梅克說。

她吐出一口氣，搖搖頭。

他活生生的在她身後。她等著他回去屋裡。但結果，他走出來，站在她旁邊。

「我誤會了你傳的簡訊。我……」他清了清嗓子。「我從那則簡訊裡，只看到我想看的。於是就昏頭了。我唯一想得到的，就是做點事情，去刺激他，把他從暗處趕出來。接著我就在那個論壇上貼文，忘了時間。」他注視著街道，又把目光轉向她。「我應該馬上打電話給你的。甚至應該在我貼文之前，就先打給你的。」

「這一點終於解釋清楚了。」

「凱特琳，看著我。我絕對不會利用你當誘餌的。絕對不會。」

她望著山坡下方的舊金山灣，視線越過黑色水面，注視著對岸的燈火。柏克萊、奧克蘭、柏克萊山，七百五十萬人的性命面臨險境。

她父親是在舊金山長大的，在這裡上高中，但成年後一直住在東灣。儘管現在搬回舊金山，但是梅克並不是返鄉。這個膳宿公寓不是經營人生的地方，只是個寂寞的小站。

這是放逐。

而且這裡有這片視野。從他住的地方，她父親日日夜夜都可以看到他以前的家。

然而不光是如此。梅克把自己放在一個制高點，可以俯瞰先知者的殺戮之地。每當他睜開眼睛，每當他望向窗外，每當他走出門，他就都在尋找那個兇手，無休無止。

她轉向他。他眼中的痛苦能讓星光都失色。

「我永遠不會故意置你於險境的。」他說。

她的聲音壓低。「我明白了。」

「對不起。」

她覺得胸口發緊，他緊盯著她的雙眼。

她點頭。「你得退出。」

他抿緊嘴唇，或許是為了壓住下巴的顫抖。

「你什麼都不能做。一點都不行。你不能在那個論壇貼文，你不能跟街上的人講話，你不能說出先知者這個名字。除了我之外，你不能跟任何人談這個案子。你要告訴我一切，但是你不能採取任何行動。就這樣，沒得商量。」

他點頭。

「你不能再搞砸了。」她說。

「我知道。」

「說出來。」

「我會退出。」

他的口氣很誠懇——但他的誠懇也向來是片刻間就會消蝕的。一輛汽車駛過，車頭大燈照出他眼睛的水光。一定也照出了她臉上的猜疑。

「你在這裡等著。」他說。

他大步走進屋內。過了一會兒，提著一個帆布運動袋出來，放在前廊上，拉開拉鍊。

「啊，爸爸。」

裡頭是他的私人檔案日記、筆記，還有犯罪現場地圖。各種複製的案件照片，以及幾打檔案夾。一份兇手寄給他的字條影本：*愈是美麗而純粹的事物，腐朽時就愈令人滿足。*還有一堆卡式錄音帶，只可能是被害者哀求饒命的錄音。

這是個累積而成的悲劇，而她父親以前一直帶著，像是永遠擺脫不掉的枷鎖。

「每一年，我都會特別留意春分和秋分，等著看他是不是又出現了。我從來就不相信他會永遠停止。」

她悲傷地看著那個袋子。這些東西根本不應該存在的。

「我會退出，我跟你發誓。」他朝那運動袋點了個頭。「拿去吧。」

梅克以前曾跟她母親說，他已經把這些東西全都毀掉了。

那個糟糕的夏天，她十五歲那年。她出院回家時，母親緊緊擁住她。

*那些資料都沒了。他燒掉了，*珊蒂當時說。*別再去想了。*

這會兒梅克吸了口氣，碰觸她的手臂。「拿去好好利用，或者燒掉。你拿走就是了。」

她站著不動。眼前就是填滿她父親人生的那些鬼魂。他們似乎在低語，伸出那些幽靈的手，哀求著。她蹲下，往袋子裡看。

然後她拉上拉鍊。站起來，把袋子揹在一邊肩膀上。

「交給我了。」她說。

21

星期四

真希望這些刮風的三月早晨不要搞得她身上這麼僵硬，潔蒂・威考斯心想，調高了咖啡店裡的溫度自動調節器，拋開疼痛忙碌著。現在是早上六點零八分。「咖啡、茶與塔羅牌」是七點開門營業。

這家咖啡店位於柏克萊夏塔克大道旁的一條小街上。店裡溫馨舒適，有硬木地板和裝著異國茶葉的柳條籃。牆上展示的幾張海報是塔羅牌大阿爾卡納牌——魔術師、女祭司，以及月亮。潔蒂開始煮今天的咖啡，有蘇門答臘、瓜地馬拉，以及女皇特調。她指節抽痛著，在一面黑板寫下今天早上的精選咖啡，然後把倒扣在桌上的椅子拿下來放好，準備迎接早鳥顧客。她戴的紅色耳環是塔羅牌裡的「命運之輪」樣式，在她工作時搖晃著。

她的伴侶蓋雅・希爾從那個權充辦公室的小房間走出來。蓋雅是晨型人。身材矮小結實，一頭灰髮剪成海軍陸戰隊的髮型：腦後和兩側剃得極短，只留頭頂部分稍長。儘管她已經退役三十五年了。蓋雅的T恤上印著「我只是坡家的坡男孩」，還有一張十九世紀的集體畫像，乍看像是有父親、母親、兒子和女兒們等全家福，但每一張臉都是愛倫・坡，就連那隻狗都是。蓋雅始終不肯放棄把這家店擴充為書店的夢想。但眼前，她也只能將就於店裡小小一架免費借閱的藏書了。

蓋雅在櫃檯後面忙，搖著頭。「電腦又秀逗了。」

「你確定不是你的眼睛有問題？」潔蒂問。

「只因為我比你大五歲，並不表示我快瞎了。螢幕一直在閃。就是猛閃個幾秒鐘，然後停止。」

「你試過拍打幾下嗎？」

「當然試過。我看要找人來修了。」

她看了外頭一眼。一輛黑色小卡車停在對街。

「你以前看過那輛小卡車嗎？」蓋雅問。

潔蒂把一個裝了牛角可頌麵包的粉紅色紙盒放在櫃檯，朝窗外看了一眼。「看過啊，那輛小卡車超級搶眼的。感覺上就是一個想要炫耀自我的男人開的。」她微笑。「怎麼了？你看過那輛車？」

「好像看過。那些輪圈——不太符合柏克萊的風格。太亮了。或許這輛車昨天停在側邊的巷子裡？」

「你認為……？」

「我在想，這位小卡車先生，會不會就是昨天在外頭牆上噴漆塗鴉的人。」

潔蒂故意清了清嗓子。「噴漆的比較可能是那種愛作怪的人吧。搞哥德風的混蛋，或是迷上吸血鬼的青少年。『滴流的血……』」她翻了個白眼。「我晚一點會用白漆把那些塗鴉刷掉的。」

「幸好塗鴉的位置很低，而且是漆在大樓側面。有那輛吉普車停在那裡，根本看不到。」

「你會擔心？」

「只是很好奇那會不會是什麼仇恨訊息。不滿我們的靈性，或是不滿我們。」

「那樣的仇恨訊息也太隱晦、太間接了。甜心，那只是塗鴉。」

沒有絲毫聲音，甚至沒有任何氣流擾動。但在店後頭，光線游移著。一個影子穿過後頭的門廳，潔蒂的眼角看到了。

「那不是塗鴉。」

一個男人忽然滑入視野，彷彿毫無動作、毫無呼吸，憑空跳出來。前一刻那個門廳還是空的，下一刻他就忽然出現了。

潔蒂僵住了。她和蓋雅交換一個眼神，短暫而充滿含義。後門是鎖上的。

那陌生人站在半陰影裡，瞪著她們。

蓋雅抓住電話。然後他像一條鞭子般跳起來，朝她飛撲過去。

上午過了一半，凱特琳站在戰情室，覺得挫折又提心吊膽。局裡只有蓋舍里知道她前一晚在那個公園被巴特．弗雷徹嚇了一跳。蓋舍里不喜歡記者，但也沒責備她跑到一個惡名昭彰的犯罪現場，被人跟蹤卻渾然不覺。

弗雷徹宣稱他沒跟蹤她。她其實很想相信。她百分之九十確定他是從「尋找先知者」論壇上查出她的計畫。都是因為梅克那篇貼文，暴露了她的所在地點。

但剩下那不確定的百分之十，卻折磨著她。

她做了犯罪背景調查。弗雷徹曾因酒醉鬧事而被逮捕，而且正因為酒駕而在緩刑中。他必須戴上電子腳踝監視器，而且他的車子必須裝上車用酒精鎖，要酒測吹氣過關後，車子才能發動。她想起他呼吸中的啤酒味，含了薄荷錠都蓋不住。她很好奇他昨天晚上是跟誰借了車，不必對著酒精鎖吹氣，才能趕到那個公園。

弗雷徹曾負責報導先知者早期的一些謀殺案，沒花太多時間就能查出有關他的歷年作品和個人簡介。他幫《東灣先驅報》寫的第一篇署名報導是在一九九五年，也就是先知者開始殺人的兩年後。凱特琳查到他更早的文章，是在任職於愛荷華州《德梅因紀事報》期間寫的。紀賽兒．佛雷澤在小崖公園被謀殺的那一夜，弗雷徹正在愛荷華州的一條商店街，負責報導一起洪水新聞。

她揉揉眼睛。蓋舍里曾要她別理會。說弗雷徹是個完蛋的酒鬼，只會寫些惡意的文章。然而，她想到自己居然被他跟蹤都沒發現，還是非常懊惱。

她喝掉剩下的咖啡，覺得舌頭發麻。她把外帶紙杯遠遠投進回收垃圾桶，然後帶著一張她稍早印出的八乘十吋照片，走向自己的辦公桌。

因為巴特．弗雷徹這個超級混蛋，還真是給了她一個線索。

那個倖存者。*她當初沒把一切都告訴你們，不是嗎？*

凱特琳相信灣區有一些人是險險逃過先知者的毒手——這些人過著自己的日子，完全不知道自己曾一度多麼接近死亡。或許某些就像紀賽兒這樣的女人，吸引了先知者的注意，但是剛好有個路人在那一刻走進視線，於是她們逃過一劫。

但是只有一個人曾正面碰上先知者，而且活下來，可以說出故事。凱特琳審視著那張照片。

一九九八年三月二十日。凱莉．史莫倫斯基。十六歲。不安而恐懼的雙眼。頭髮上黏著防水膠帶。逃命時臉被樹枝劃傷。

她當時給了警方一份概略的供述。現在弗雷徹宣稱，凱莉並沒有把她所知的一切告訴警方。自從先知者重現江湖之後，郡警局曾試著聯絡凱莉。到現在還在試，而且更努力。凱莉現在有加州的駕照，但是並沒有住在駕照上登記的地址。正當另一個分局去追查她所宣稱的工作時，凱特琳坐在會議桌旁，閱讀凱莉的檔案。過去十年來，她收過兩張超速罰單，而且超出速限非常多。沒有重大刑事前科。沒有近親。

凱莉十六歲時給警方的供述，看起來像是很簡要的觀察，由一個瀕臨崩潰的少女所敘述。

> 目擊證人認為，不明嫌犯是白人男性。但是因為他戴著面具和手套，她無法確定。一般身高。一般體重。

馬丁尼茲在他的辦公桌前剛講完一通電話，撕下一張便條紙，旋轉椅往後轉。

「找到她了。」

「在哪裡？」

「她住在塔薩哈拉附近，在康特拉科斯塔郡。」

「你跟她講過話了？」凱特琳問。

「講了大概十五秒吧，她說話很簡短。」

「什麼意思？」

他把那張紙遞給她。「意思是她同意跟我們談先知者。但是只跟女人談。打電話給她吧。」

22

「達斯提小館」是一棟小木屋，位於帕羅奧圖和半月灣之間那片濱海丘陵。一個美樂啤酒的霓虹廣告牌在前窗拚命閃爍。入口外頭一排摩托車在午後的陽光下發亮，大部分是哈雷。凱特琳把車停在硬泥土地停車場，車後頭揚起一片沙塵。

這是凱莉．史莫倫斯基指定碰面的地方。

凱特琳停好車下來。她扣好外套釦子，遮住了槍套和警徽。她不必隱瞞自己的警察身分。她的靴子、牛仔褲和長袖黑色亨利衫並不是偽裝，而是她慣常的打扮風格。她穿這樣並不是為了融入一個摩托車騎士的酒吧，不過反正也不會有壞處。她推門進去。

酒吧裡很暗，窗玻璃大概從一九七〇年代以來就沒擦過，透進來的陽光變成褐色調。點唱機裡播放著藍調創作歌手史蒂芬．雷．沃恩的歌。凱特琳站在進門處的一方陽光裡，吧檯邊有十來個腳踩在黃銅槓上喝酒的男人，全都轉過頭來看著她。

她大步走進去，讓門盪回去關上。音樂聲中還傳來撞球彼此互撞的聲音。酒保暫停一下，雙手扶著櫃檯，看著她走過來。她點了個頭打招呼。

凱莉坐在木椅背的卡座裡，正在摳著指甲，雙腳緊張地抖動著。凱特琳坐進她對面，伸出一手。

「謝謝你跟我碰面。」

凱莉的握手很短暫，手指冰涼。「這是唯一的一次了。我打算今天講過之後，就到此為止。」她裸露的雙臂上有許多刺青。一朵帶露的玫瑰，一個兇猛的天使，一隻狹翅蝴蝶。她的頭髮染成黝黑色。加上沙啞的菸嗓，對照起她少女時期的照片，凱莉顯然經歷了一些辛苦的歲月。

凱特琳說：「我想記筆記。」

「不，不行。」凱莉沒看周圍。「我在乎的人都知道我為什麼會跟一個警察談話。但是不需要讓其他人以為我在跟你告密，還讓你記下名字。」

「那我就錄音吧。」她把手機放在桌上，輕鬆地點了幾個鍵，看起來像是在查看訊息。

凱莉沒有反對。「你來這裡之前，看過警方的報告了嗎？」

「看過了。」

一個譏諷的微笑在凱莉臉上出現又消失。「裡面講了些什麼，可以告訴我嗎？」

在酒吧後方的幾盞吊燈底下，有幾個綁著印花大手帕的男子站在撞球檯邊看著她們。在吧檯的人，則是透過吧檯後方的鏡子看著她們。

凱莉說：「我那天跟警察談過，應該是在那份報告上簽了名吧，但是我不記得了。或許你可以幫我補足那段記憶。」

「那份報告非常簡短。你設法對你的攻擊者做了基本的描述，告訴偵辦的警察。」

聽到攻擊者這個字眼，凱莉的目光別開了。她從放在長椅上的包包裡拿出一包香菸，正要敲一根出來，又忍住，轉而開始在手裡轉那包菸，轉了又轉。

「我唯一希望的，就是你把所有的事情都告訴我。」凱特琳輕聲說。

凱莉閉上眼睛。她放下那包香菸，雙手平放在桌上，似乎關掉了心裡的一盞燈。然後她睜開眼睛，平靜地注視著凱特琳。

「那天我要去唱詩班練習已經遲到了。我自己一個人在家，急著要出門。我進入車庫，沒看到他在裡面，緊貼著牆壁不動，戴著一個塑膠面具，」她說，「然後他吸氣，緊接著撲過來，像一條響尾蛇發動攻擊。」

她沒有高低起伏的口氣，讓凱特琳覺得不安。「他說了什麼嗎？」

「『惱怒的賤人。』然後出拳打我的頭。」

她木然地說，態度疏離。凱特琳猜想，這副事不關己的態度，其實是付出了慘痛的代價。

「他用的就是這樣的字眼？」她問。

「對。『惱怒』，好像我是什麼古典愛情小說裡的角色。」

凱特琳心想：又是一個先知者所使用的古典辭彙。「他的聲音是什麼樣？」

「白人小子。我的意思是，很年輕。是成年男人，但是成年不會太久。嗓子粗啞。不曉得他本來就是這樣的嗓子，還是故意裝出來嚇我的。反正的確是把我嚇到了。」

「你有看到他臉上的任何部分嗎？」

凱莉搖頭。「面具，還有運動式太陽眼鏡遮住面具上的眼洞。帽T的帽兜戴在頭上束緊了，所以我也看不到他的頭髮是什麼顏色，或甚至有沒有頭髮。他還戴了手套。我沒看到任何疤痕、刺青或特別的痕跡。」

「那他的牙齒呢？」

「面具遮住了他的嘴巴。他就在那裡，但不是一個可以識別的人。就像我之前說的，他跟牆壁融合為一體。根本就不像個人。」

凱特琳給她兩秒鐘恢復。「你剛剛說，你當時自己一個人在家。是剛放學嗎？」

「我爸在一家半導體工廠上班。我媽是我們教會的秘書。」她把玩著那包香菸。「那一拳把我打昏了。我醒來時，是在一輛小卡車後頭加裝的露營車殼裡，身上綁著防水膠帶——腳踝、手腕、嘴巴。他在外頭的水池邊，正在準備。我聽到鐵鍊嘩啦響。但是我知道一個花招——手臂用力朝臀部打，防水膠帶就會綳斷。」她聳聳肩。「教會露營時學到的。我掙脫了膠帶，然後跑掉。要是沒跑掉，我就會跟麗莎·朱一樣，被淹死在那個汙水池裡了。」

她聲音的平滑表面，掩蓋不住她雙眼深處所透出的那種驚駭。

「你認識麗莎嗎？」凱特琳問。

「不。完全沒有交集，只除了我們曾有一個小時失去意識，並肩躺在一輛由連續殺人兇手所駕駛的小卡車後頭車斗上，而往後二十年，我是那個有辦法繼續呼吸的人。」

凱莉的雙手仍平放在桌上，雙腳又開始不安地抖動。點唱機裡的音樂從藍調轉為粗獷的鄉村音樂。傑瑞·傑夫·沃克的〈靠著牆，鄉下老媽〉。

「可以說一下那個露營車殼裡的狀況嗎？」凱特琳說。

「很暗。沒有窗子。鋪著塑膠床。就是必要時可以隨時用水管沖洗乾淨的那種。」

「你逃走之後，有再看到過他嗎？」

「沒有。」

「聽到過他的聲音？」

凱莉頓了一下。「有。那個池塘在幾棵樹後頭。我聽到他發出哼聲，我猜想，他正在拖著停車場的水泥擋塊，要扔進水裡。」

「你看到麗莎了嗎？」

凱莉搖頭。「從來沒看過，從來沒聽過。或許他把她丟進水池時，她已經失去意識了。或許她從來不曉得發生了什麼事。」

在她平順的聲音後頭，她雙眼中的玻璃碎片更尖銳了。

碰到過先知者的人，就會抱著這種期望。眼前的凱莉，絕望地期盼一個她根本不認識、曾經在人生最後一段時光碰觸過她的女孩——期盼這個早已逝去的、曾經幫鄰居當過保姆的十來歲女孩，死時毫無意識，沒有痛苦和恐懼。

凱特琳看過麗莎・朱的驗屍解剖報告。她有硬腦膜下水腫，表示生前頭部遭到過重擊。可能打得夠嚴重，足以讓她失去意識。但法醫在她肺裡發現了積水，顯示她是溺死。她入水前還是活著的。

凱特琳說：「你離她夠近，足以聽到她的聲音。要是麗莎有意識，你就會聽到的。她不可能被拖到水池都沒出聲。」

凱莉舔了一下嘴唇，看著撞球檯那邊，然後看著自己的雙手，把黑色長髮甩到肩後。

「有時我會想，或許在整個車程裡，她都在我耳邊低聲講話。在我的夢魘裡，她老是在跟我講話。從水裡。她的聲音是氣音，從我體內發出來的。」她一隻爪子似的手放在胸口。「但是我從來沒看過她。」

她雙眼盈滿淚水，拚命眨著眼，不肯讓淚水落下。

「後來我聞到她的香水。薰衣草和香草，是愛之寶貝（Love's Baby Soft）香水。我只能在我的衣服上聞到，因為她曾躺在我旁邊。那趟車程中，我們蜷縮在一起。但是我卻沒有把事情湊在一起，推斷出狀況。」

她平穩的語氣抬高，有點破嗓了。凱莉多年來練出了一副沒有高低起伏的聲調，眼前這一段，卻不是她原先計畫好的腳本。

「警方收走了我的衣服，」她說，「我到警察局後，他們拿走我的襯衫去給鑑識人員測試。這時我都還沒聯想起來。一直到他們告訴我還有另一個女孩失蹤……我才終於搞懂了。我明白那個香水味不是來自露營車殼裡，而是來自另一個女孩。但是我沒有告訴他們，因為我……」

「你還處於震驚中。」

凱莉看著她，是啊，沒錯。

凱特琳看著她，彷彿看到了多年前她那一天必然的模樣：十六歲，受傷嚴重，被綁架了。然而她設法掙脫，逃離魔掌，完全處於「戰鬥或逃離」的反應模式。無論是身體上或認知上，她腦子裡都絕對沒有其他餘裕了。

「那一天，你不可能推斷出狀況的。」凱特琳說，「現在，感覺上應該是那樣沒錯。但是當時？那是生死交關的狀況，你只是聞到了空氣中一個模糊的氣味而已。」

凱莉盯著她。她的腳抖得像是手提電鑽。

「你跑了多遠？」凱特琳問。

「超過三公里。」

「你跑到那個加油站之後，警方花了多少時間趕到那裡？」

「或許二十分鐘吧。」

凱特琳的肩膀放鬆地垮下。「警方趕到之前，麗莎已經死了。你救不了她的。這是不可動搖的事實。」

凱莉的胸膛起伏。過了一會兒，她站起來。

「我馬上回來。」

她穿著疊跟靴子，匆匆走到洗手間。她的T恤滑下一邊肩膀，露出紅色的胸罩肩帶。凱特琳不曉得自己剛剛講的是不是不可動搖的事實，但在這麼短的時間，這是她所能做出最接近真相的推估。她看著自己的雙手，抬起來，發現手指在顫抖。她垂下手，用力按著桌子。

冷靜點。歸入公事的領域。老天在上，控制住自己。

機車族酒吧的廁所，是全世界凱瑟琳最不想去的地方之一。但是凱莉出來後，看起來好些了。她稍微洗了臉，把頭髮在腦後紮成馬尾，然後去吧檯，一分鐘後拿著兩個裝了威士忌的烈酒杯回來，放在桌上，又坐進卡座裡。

「如果你在值勤不能喝，我就幫你喝。」她說。

「我在值勤。」

凱莉舉起她的杯子。「祝我們身體健康。」她說，然後一口喝乾，又把第二杯拉到面前說：

「還有什麼問題？」

凱特琳斟酌著用詞。「你逃離那輛小卡車之後，他有沒有去追你？」

「不曉得。當時我以為他就緊跟在我後頭。我跑得都尿濕褲子了，跑過那些樹林，一直跑到一條馬路上，看到那個加油站。我跑進附設的小超商，一直尖叫個不停，叫了大概有一小時。」

凱特琳一臉嚴肅。「你之前要求只跟女性談。因為……」

「我不需要另一個色瞇瞇的男性警察想像著先知者做了些什麼，」她說，「但是他沒碰我，沒有那些毛手毛腳。他似乎——厭惡碰觸。他身上有一股鹼皂的氣味，我到今天都還記得。」

凱特琳的脈搏加速。這個細節在警方報告裡沒提到過。

一個男人漫步經過她們的卡座。「兩位小姐。或許我該說，一位小姐和一位緝毒組警探。」

他的聲音有點粗啞，好像喉嚨曾被毆擊或割傷。凱特琳眼神冷漠。他斜眼看著她，是個瘦巴巴的年輕小夥子，靴跟刮著木地板。凱莉沒理會。

凱特琳說：「那個訊息。滴流的血……」

凱莉朝剛剛那名男子的背影看了一眼。他正慢吞吞走向吧檯，看起來像是嘴裡有一團痰，想啐在凱特琳的腳邊。

凱莉說：「你是不是有一輛沒有標示的雪佛蘭Caprice停在外頭？」

「我開的是道奇車。」

「我的朋友都知道我為什麼會跟你談話。隨便一個不重要的混蛋不構成問題。」

那個瘦巴巴的年輕男子看著吧檯後方鏡子中的她，然後——讓凱特琳鬆了口氣——付了他的啤酒錢，朝門走去。

她身子往前湊，輕聲說：「凱莉，告訴我有關那個訊息。」

凱莉一口喝乾第二杯威士忌。「他寫在我的手臂上。」她放在桌上的左手翻轉，露出前臂內側。她一根手指撫著上頭。皮膚上有一隻母虎的刺青，姿態優美。「當時沒有這個的。」

她的雙臂都有大大的、多彩的、深色的刺青。凱特琳明白，她是以此奪回自己身體的主控權。

「我在警察看到之前，就把訊息洗掉了。」凱莉說。

凱特琳點頭，這解釋了紀錄上的一個大空白。檔案裡完全沒提到過凱莉手臂上寫了一則訊息。

「我必須擺脫掉。一定要。當時經營加油站的那對老夫婦想讓我冷靜下來，我流口水又尖叫，全身發抖得好厲害，像一台壞掉的洗衣機。而且警察拖了好久才趕到，」她說，「我當時根本不懂保存鑑識證據的事情。不像現在，每五分鐘就有個新的電視影集裡會有用鑷子採集陰毛的劇情。當時沒有人阻止我。」

她現在一口氣講個不停。「我進了加油站的洗手間，把皮膚刷到發紅。我的臉、我的脖子、我的雙手，還有手臂。我非得這麼做不可。」

凱特琳只是點點頭。

「趕來的那兩個警察，始終沒問起過那些字。他們帶我去醫院後，一個女性鑑識人員有問過我的雙手。我跟她說我洗過了，她也沒再問別的。」她說，「後來……」她往後靠坐。「那個記者出現了。」

「巴特．弗雷徹。」凱特琳說。

「他在學校的停車場裡堵到我。」

「感覺上像是埋伏？」

「應該是吧。我只是呆掉了。那是我回去上課的第一天，之前我都請假……或許一星期吧？他完全讓我沒有防備。他非常熱心、非常自信。講起話就像是我最要好的朋友，很關心我。他身上有啤酒味。」

「接著……」

「我說我不想談。他看我不願意，就說我很特別，說我逃脫了，而且我可以救其他人。他說我是一面鏡子，沒有權利隱瞞我是怎麼辦到的。」

「他想逼得你內疚，就會願意說出來。」

「我想離開。這時候他就告訴我，說兇手在麗莎．朱的手臂上寫了字。」她搖搖頭。「我覺得自己又尿濕褲子了，就在學校的停車場。而且老天，他完全看在眼裡。『怎麼了？你看起來好害怕。請讓我幫你。你對那些字知道些什麼？』」凱莉說，「我害怕起來，就告訴他了。他沒有報導出來，但是……那則訊息還有更多字。」她閉上眼睛。「『滴流的血是我們唯一可飲的，帶血的肉是我們唯一可食的。』」

凱瑟琳一動也不動，只是看了一下手機，好確定還在錄音。

凱莉又把她的前臂翻過來。「第一句是寫在我左手臂，第二句在我右手臂。我沒告訴其他任何人過。我不曉得那個記者為什麼沒把這事情寫出來，或許因為沒有證據。我的意思是……」

「我相信你。」

凱莉點頭，身子往後靠。「我要走了。」

「謝謝你。你幫了很大的忙。」凱特琳拿出自己的名片，在背面寫下郡政府「犯罪受害者與證人援助計畫」的電話號碼，遞給凱莉。

「我不會再跟你聯絡了。而且我要離開這裡一陣子，摩托車旅行。」凱莉說。

「反正，如果你需要我，或需要找人談，就打電話。」凱特琳站起來要離開，又看了酒吧裡一圈。「我可以問你一件事嗎？」

「為什麼一個唱詩班女孩，會跑來機車族的酒吧混？」

凱特琳揚起一邊眉毛。「沒錯。」

凱莉的雙眼陰暗。她看著站在吧檯的那些男人。一個留著大鬍子、綁馬尾的男子，穿著皮背心也回望著她。她抬起下巴打了個招呼，然後目光回到凱特琳身上。

「因為在這裡很安全。沒有人能闖過他們那一關來碰我。」

到了外頭的泥土地停車場，一排摩托車發亮的鉻鋼輪圈好刺眼，凱特琳匆忙用手機上網查詢。找到之後，她打給蓋舍里。

「那則訊息是一首詩。T．S．艾略特的〈東寇克〉，」她說，「『滴落的血是我們唯一可飲的，帶血的肉是我們唯一可食的。』」

「聽起來正是他的風格。」蓋舍里說。

「接下來還有。帶血的肉是我們唯一可食的。儘管如此，我們還是願意想著，我們是健康、結實的血肉之軀——」她吸了口氣。「同樣地，儘管如此，我們仍稱這個星期五是美好的。」

蓋舍里沉默了。她緊握著手機。

「這是有關聖週五的。那首詩講的就是明天。」❻

❻ 聖週五，英語 Good Friday 字面直譯為『美好星期五』，是復活節前的星期五，紀念耶穌受釘刑處死。亦稱為耶穌受難節。

23

戰情室裡一片嗡響，充滿焦慮的能量，像是一條接地不良的電纜。專案小組聚集在那一牆照片前。蓋舍里大步走進來，目光掃視著他們。

「現在進行到哪裡了？」

瑪麗雙臂交抱胸前，不斷踮腳又放下，身體前後搖晃著。「沒有人發現『滴流的血』塗鴉的位置。照片已經登上新聞了。但是影片上的特寫畫面切得太緊。裡頭有車聲，我們還沒能把背景的任何聲音孤立出來。」她抿緊嘴唇。「我們收到了一打神經病打來的電話。六個白痴用噴漆在他們自己的產業上噴了『滴流的血』，然後打電話給媒體。老樣子。」

蓋舍里手掌抹過臉。他傍晚的鬍碴讓他看起來像個疲倦版的前總統尼克森。「那就像是從一堆遊行碎彩紙裡頭濾出資訊。」

「我還有點期待我媽也會打電話來提供情報，她還有阿茲海默症呢。」瑪麗說，「她不記得吃中飯，但是看到新聞裡的先知者，她就能背出他早期案子裡的種種細節。」

凱特琳忽然覺得有點難過。馬丁尼茲安慰地看了瑪麗一眼。瑪麗聳聳肩。

凱特琳靠牆站著，肩膀緊繃。過去的先知者謀殺案，從來沒有成立過跨區域的任務小組。也因此各種檔案四散各處。但現在，由於艾克曼命案的各個犯罪現場分布在阿拉米達郡和聖華金郡，於是整個模式又重演了。

但是沒有人想聽一個菜鳥說這些。她只能把嘴巴閉緊。

蓋舍里轉向她。「那個倖存者。她說兇手寫在她手臂上的訊息。」

凱特琳把艾略特的那首詩釘在牆上。「這是先知者原始的謀殺案，和復出後那些謀殺案，兩者之間的第一個連結。於是把新的和舊的案子連接在一起。」

「但是那些句子是什麼意思？」馬丁尼茲問。

「我想他是要重演他二十年前被打斷、或放棄的一個計畫。他希望我們知道，他又回到軌道上，而且正在進行一個大計畫。」她暫停一下。「凱莉——就是那位倖存者——是個情緒的手榴彈。我給了她『犯罪受害者與證人援助計畫』的電話號碼，不過我們可以找個這方面的社工打電話給她嗎？」

蓋舍里說：「我們？」

她聽得出那個指責的意味。「當然了，應該是我。我會去拜託他們的，警佐。」

瑪麗說：「上一回，先知者的週期加速時，他寄了一個密碼訊息，你父親破解了。『水星隨著太陽升起』，那些胡言亂語。」

凱特琳覺得胡言亂語很刺耳，但是沒有回嘴。瑪麗一臉兇相。或許她那雙舒適而樸素的鞋子太緊了，或是她皮癢了欠人揍。

「現在他公布了一個訊息，據說是關於聖週五的。」瑪麗說。

蓋舍里說。「我們就這樣解讀，不必再討論了吧。」

瑪麗舉起雙手，安撫地說。「我只是故意唱反調，刺激大家討論而已。」

才怪。人人都知道，她是在挑戰凱特琳。

「如果那首詩是個騙局呢？」瑪麗問。

凱特琳覺得脖子發熱，「那不是騙局。」

「我們只有凱莉．史莫倫斯基的說法，說兇手把這兩句詩寫在她手臂上。沒有物證，沒有照片，只有一個在酒吧喝酒的機車女郎講的話。這個記者弗雷徹——有可能是他跟她串通好的。他有可能付錢給她，扮演一個可憐的情緒手榴彈，讓你相信她手臂上寫過那些字。」

現在輪到蓋舍里一臉兇相了。

「假設過去二十年來，弗雷徹一直瞞著這個祕密訊息。那他當時為什麼沒有寫出來發表？那會是一個轟動的獨家新聞啊。」

凱特琳斟酌著她的回答。「凱莉不知道為什麼。以我的猜測，是因為弗雷徹採訪了一個未成年人，在學校的產業上，沒有家長允許或在場陪伴——而且採訪得到的訊息沒有經過確證。後來弗雷徹的編輯發現了，就把那篇報導壓下來，沒有刊登。」

蓋舍里摩挲著下巴。

凱特琳說：「但是我會去查清楚的。」

瑪麗看著她。「先知者曾在聖週五殺人嗎？」

「沒有。但是那個訊息沒有發布成功，他預定的被害人逃走了。或許這麼一來，就毀了他的計畫。」她說。

「或許吧。」瑪麗指了一下那首詩。「而且或許跟他早期的案子沒有關聯。我的意思是，

『水星升起』的訊息，是關於一個有占星學意義的行星。但這兩句詩，應該是關於宗教假日的。兩者之間有什麼連結？」她搖搖頭。「他寄給KDPX新聞台的訊息，是談一個年輕警察踉蹌掉進一個坑裡。或許他是想害你崩潰。或許那個訊息是為了要把你逼瘋。」

逼瘋這個字眼說出口，整個房間似乎閃過一片液體的光。凱特琳平靜地看著瑪麗。「或許是。或許不是。」

雙腳分開、站在牆壁前的馬丁尼茲若有所思地開了口。「兩個訊息都談到了天體事件。」

瑪麗說：「占星學和基督被釘上十字架，根本就不是同一件事，差得遠了。」

馬丁尼茲轉身。「我指的不是占星學，而是天文學。」

「別在那邊跟我打啞謎了，馬丁尼茲。」

「復活節是跟春天的開始緊密相關的。聖週——包括聖枝主日、聖週四、聖週五——的起源，要一路追溯到耶穌的最後晚餐，那是在逾越節，對吧？這就是為什麼這兩個假日幾乎都是在一起的。你們知道為什麼復活節的日期不是固定的嗎？」

蓋舍里點頭。瑪麗還是一臉懷疑。凱特琳覺得戰情室裡的光搖晃著，好眩目。把你逼瘋。其他人的聲音像是從水底下傳來的。

控制好自己吧。

她逼自己專注，感覺到光線穩定了。其他人的聲音逐漸清晰起來。

她說：「復活節的日期每年都不一樣。」

「那是因為，復活節是根據春天開始後、第一次滿月升起之時而決定的。」馬丁尼茲說，

「復活節是在——」

「春分第一個滿月後的第一個星期天。」凱特琳說。

馬丁尼茲點點頭。

瑪麗說：「真厲害啊。」

「我當過輔祭男童。而且在耶穌會的學校受過十二年教育，」馬丁尼茲說，「『水星升起』的訊息和聖週五的訊息，都涉及了天文事件。」

瑪麗好一會兒沒說話，然後又開口。「就算是吧，那又怎麼樣呢？」

小柄副隊長大步走進來。「這表示我們要加強巡邏。這表示每個派出所每一輪值班的頭一個提醒事項，就是要注意有沒有任何活動，可能跟先知者有關。」

專案小組的所有人都轉過頭去看著這位指揮官。小柄看起來很緊繃，但依然沉著。他筆挺的白襯衫有可能是剛燙好五分鐘，搞不好是穿在身上燙的。他朝牆上的板子點了個頭。「有關銀溪公園那輛燒毀的車子，找到了什麼證據？」

凱特琳打開一份報告。「車裡的手機是被害人史都華．艾克曼的。縱火調查人員確認是手機啟動了引火裝置。手機本身已經燒毀了。我們取得了他的雲端資料，但是沒發現任何跟犯罪現場或這個案子的相關資訊。」

小柄沿著那牆照片走，停在史都華．艾克曼的大頭照前，照片下方列著相關資訊。他輕敲著一份要點清單。

星座配對。星光六九。狂野射手座。

「這個占星學的角度，有多重要？」他問。

凱特琳說：「這方面太明顯了，不能忽略。不過它並不完全符合先知者最新一則訊息的文言風格，也不符合最近這些新訊息的宗教意味。」

小柄看著她，似乎有點驚訝她還分析起來。她趕緊閉嘴。

馬丁尼茲說：「或許他根本不是天才，我們卻把他當成天才對付。他只是隨意留下訊息，就像音樂錄影帶一樣。」他聳聳肩。「對吧？你看了那些影片半天，心想：為什麼我不懂這個？那是因為它們不合理，沒有意義。那些影像是任意剪輯的，目的是製造震撼和聳動。」

瑪麗說：「哇，你什麼時候變成文化評論家了？」

蓋舍里說：「我明白馬丁尼茲的觀點。那個論壇，那些發燒友，可能都想太多了。我們不該落入同樣的陷阱。」

凱特琳心想：*先知者的確是天才。因為他二十五年來，都設法領先執法人員十步。*

小柄說：「大家繼續吧。我們明天會加強巡邏。」

他看了蓋舍里一眼，然後又看了凱特琳。他要加強巡邏的根據，是因為他們兩個相信聖週五是個威脅。她讓自己保持面無表情，雙手在身後交扣。

「我會發出一份公共安全通告，請大家明天保持警戒，注意任何不尋常的事情。」他說，「好吧，大家繼續工作。一切就指望你們了。」

他邁著大步離開。在場的警探們紛紛收拾自己的筆記。

瑪麗經過時，凱特琳說：「凱莉・史莫倫斯基不是騙子。她說的是實話。」
瑪麗的目光銳利如刀。「你最好希望是這樣。我們全都希望是這樣。」

24

安娜瑪麗亞．賈西亞從柏克萊捷運站走到「咖啡、茶與塔羅牌」，隨著每走一步，她心中就愈加不安。傍晚的馬路上不時塞車，人行道空蕩。那家紅磚正面的咖啡店一片黑暗。

雖然因為在二手商店工作站了一整天而背痛，她還是喘著氣加快腳步。咖啡店的遮光簾拉下來了。門上掛著「休息中」的牌子。

好吧，她心想；別擔心。窗子沒被打破，而且她雙手罩在額上、湊近玻璃看時，店裡頭的一切看起來井井有條。

只不過她聯繫不上她的朋友。潔蒂．威考斯和蓋雅．希爾都沒接電話，也沒回簡訊。她開始心跳急促，像是胸中有一隻小鳥在拚命拍著翅膀。

她敲門。「哈囉？蓋雅？潔蒂？」

她聽到腳步聲從建築側面傳來，於是匆忙循聲找過去。「潔蒂？」

一名青年走出轉角。安娜瑪麗亞一手放在胸口說：「喔。」

那青年瘦削且膽怯。他雙眼的神色好緊張，讓她有點意外。

「她們在家嗎？」她問。

「不在。」他回頭看。「後門鎖住了。燈也沒開。」

「你進去過？」

「我沒鑰匙。或許她們在樓上，但是按電鈴也沒人應門。」

潔蒂和蓋雅住在咖啡店樓上的公寓。安娜瑪麗亞皺眉，一手放在那青年的手臂上。「丹尼爾，我不想害你緊張，但是……我很擔心。」

一頭濃密黑色長髮的丹尼爾．威考斯看著她。他破爛的牛仔褲臀部鬆垮。脖子上的刺青是一個生了角的惡魔，耳垂上骷髏加交叉骨的耳釘，讓他在一段距離外看起來很陰暗。但是從近處看，有了那對充滿惶恐的眼睛，丹尼爾看起來就像安娜瑪麗亞從他四歲起就認得的那個小男孩。她知道他的心早就糾結成一團了。他哪裡都找不到他母親。

他走向咖啡店的門，設法在傍晚直射玻璃的陽光下看著店內。「玻璃沒被打破，沒有被搶劫的跡象。我的意思是，你看——裡頭的一切好像都沒事。」他說，「只不過她們顯然今天都沒開店。而且……」他猶豫著。「安娜阿姨，那些椅子。」

她在玻璃的強光下往裡看。「怎麼了？」

「有一半還倒扣在桌子上。但是有一半已經搬下來了。媽媽和蓋雅今天早上一定是在這裡的。」

她努力平撫胸部瘋狂的跳動，感覺上心臟都要跳出來了。她的這對朋友很隨和，也很勤奮。她們不會沒貼告示，就任意關上店門休息。當然也不可能就這樣毫無回應，讓朋友和潔蒂的兒子愈來愈替她們擔心。

丹尼爾低頭看著自己的手機，又發了一則簡訊給他媽媽，然後又查了咖啡店的社群媒體。

「咖啡、茶與塔羅牌的Facebook頁面今天沒有我媽或蓋雅的貼文。只有失望的顧客留言，問她們為什麼沒營業。」他說。

安娜瑪麗亞看著咖啡店裡的櫃檯。一個裝著牛角可頌麵包的粉紅色紙盒放在收銀機旁。咖啡壺的燈亮著。

人行道上，一個年輕女人推著嬰兒推車走過來。安娜瑪麗亞上前說：「打擾一下，你今天有看到這家咖啡店的兩個女店主嗎？」

那女人幾乎沒有慢下來。「抱歉。」她搖搖頭，繼續往前走。

「來吧。」安娜瑪麗亞對著丹尼爾說。

他們找到隔了三戶外一家開著的店，那是一件服裝店，正要打烊。

「打擾一下。你認識咖啡、茶與塔羅牌的兩位女店主嗎？」

櫃檯後的女人點點頭。

「你今天有看到她們嗎？」

「沒有。她們始終沒開門。害我還得去星巴克解咖啡癮。」

「你有沒有看到什麼不尋常的狀況？」

「比方什麼？」

丹尼爾說：「比方附近出現了陌生人，諸如此類的。」

她搖頭。「抱歉。出了什麼事嗎？」

他們離開了，安娜瑪麗亞愈來愈焦慮。丹尼爾的嘴巴抿成一條白線。

他說：「我們去檢查一下那條巷子吧。」

這排商店後面的巷子裡，一個破掉的啤酒瓶在水泥地上發出光澤，旁邊是垃圾子母車。咖啡店後門旁的停車處，平常是蓋雅停她那輛吉普車的地方，現在是空的。丹尼爾轉了一圈，察看地面、窗子，還有屋頂。

安娜瑪麗亞走向緊鄰著停車位的磚牆。離地大約三呎的牆面上，有一道剛用滾筒刷上去的白漆。

「這是什麼？」她說。

「看起來是她們刷上去，遮掉塗鴉的。」丹尼爾走近蹲下，手指輕觸牆面。「還沒乾透。」

安娜瑪麗亞後退。設法看清全局。她看到地面上有輪胎印。或許十八吋長。有個人曾開車輾過地面上一塊沒乾的白漆，留下了輪胎印。

丹尼爾的臉在濃密的瀏海下變得蒼白。「有個人今天來過這裡，她們刷了這道白漆，也是今天。」

他們在夕照的斜光中看著彼此。

然後安娜瑪麗亞說：「丹尼爾，我們得報警。」

25

在阿拉米達郡警局的布萊伍德分局裡，磨砂玻璃窗外的夕陽發出暗紅的光，此時凱特琳終於去做她一直拖著的事情。她拿起電話，打到《東灣先驅報》。

「麻煩幫我接巴特．弗雷徹。」她說。

她手肘撐著辦公桌，閉上眼睛，等著總機幫她轉接電話。弗雷徹的分機響了，轉到語音信箱。一部分的她鬆了口氣。

「弗雷徹先生，我是韓吉斯警探。」她留話要他回電，說非上班時間也可以打。「謝了。」她說，然後掛斷，很自豪忍著沒說出她有多想朝他的卵蛋踢上一腳。

這樣很成熟，而且——踢他的卵蛋會是毆打罪。她出了辦公室，向櫃檯的佩姬揮手道別，走向自己的車。

她的手機發出叮響。她看了一下，不是巴特．弗雷徹，而是有關先知者的公共警訊。

阿拉米達郡警局發出一則威脅警報，強烈建議郡內人民提高警覺，防範一位大家稱之為「先知者」的可能行動。

她停下腳步。哇，小柄真的做了。

根據可靠消息，郡警局要求人民⋯⋯

這個警訊系統每星期至少會發布兩次威脅警報。凱特琳看著那一則，很好奇除了州際八八〇號封閉，或是柏克萊加大的美式足球賽被史丹佛大學的軍樂隊煽動得發生球迷暴動之外，有多少人民會注意這些警報。

為了慎重起見，我們要求……

但是這種警訊對人民的刺激，就像拿著趕牛棒戳一下牛。要小心。要害怕。關在家裡別出門。記住：如果你看到什麼，請通知警方。

她走到停車場的半途，手機又發出叮響。這回依然不是巴特。她看著手機螢幕，慢下腳步。那是她父親發來的簡訊。

我們沒事吧？

那簡訊看起來完全無害，而且很慘，幾乎是渴望跟她有所聯繫。他知道自己做錯了。

他大概想要什麼。想要跟上調查的進度。唔，這點她不必配合，不是嗎？

她心想：混蛋，我就是這樣。

梅克當然會想要聯繫。他當然想知道辦案的進度。他也希望跟她之間沒有芥蒂。而他這則簡訊，就是朝正確的方向邁進一步。這是她夢想的美好境界。她回了他的簡訊。

我們很好。

這是謊言，但要是她持續這樣告訴自己，久了也或許會成真。

半個小時後，她把車停在尚恩的房子前，位於柏克萊的一個擁擠地帶。她看了一眼舊金山灣，金黃海面湧著白浪。在馬林海岬和塔瑪爾佩斯山之外，夕陽正沉入太平洋中。

尚恩家是一棟維多利亞風格的房子，小得就像某些豪宅的泳池邊小屋。尚恩的小卡車停在車道上。他有一半時間得通勤到局裡的舊金山調查站，但是他不肯搬離東灣。原因看得到，就在他那輛小卡車的駕駛車廂：莎笛的兒童安全座椅。

她停車時，收音機裡正好開始播報新聞。「阿拉米達郡警局發布了一則警報，要求郡內人民留意先知者可能再度攻擊的可能性。他們……」

她關掉引擎，收音機也安靜下來。她下車。整條街好安靜。平常會有小孩跑出來玩，打籃球或騎單車。但今天空蕩無人。

在房子正面的窗內，莎笛站在一張折疊椅上，看著外頭的街道。她一看到凱特琳就連忙揮手，小臉湊在玻璃窗前，伸舌頭吹氣。凱特琳趕緊擠出鬥雞眼回應。

她爬上門前階梯時，一輛速霸陸Outback休旅車在路邊停下。屋子裡的莎笛跳上跳下，用力拍著玻璃窗。

「媽咪！」

凱特琳在門廊上暫停一會兒。蜜雪兒．費瑞拉把速霸陸停妥，下了車。

她繞過車子，走過來爬上前門階梯。「你在龍捲風的風眼裡嗎？」

「正中央。」

尚恩打開門。看到她們兩個正在講話，他臉上有一抹短暫但明顯的表情：你們在議論我嗎？

蜜雪兒和凱特琳都看著他。

「不。」凱特琳說。

「絕不。」蜜雪兒說。

凱特琳不是在跟蜜雪兒議論尚恩．羅林斯。有關他的一切，蜜雪兒只知道她想知道的部分。在他們短暫的婚姻之後，她已經把他從自己人生中完全排除掉，心甘情願。她有一種善於原諒和遺忘的罕見能力，那是凱特琳渴望學習的。她和尚恩的前妻最後是怎麼成為「洛克里奇狂熱者」的慢跑夥伴，還成為好友，這完全是個謎，她們兩個都不想探究。

莎笛奔向前門，經過尚恩旁邊，跳進蜜雪兒的懷中。「媽咪！」

「我的寶貝怎麼樣了啊？」蜜雪兒吻她，然後問尚恩：「一切都還好吧？」

「都很好。」他說。

她放下莎笛。「去拿你的東西。」

小女孩回頭衝進走廊。蜜雪兒壓低聲音。

「星期天的跑步取消了，等候進一步通知。沒有人希望跑到一半就失蹤。」

「是啊。」

莎笛提著她的背包回到門口。尚恩把她抱起來，讓她輕吻一下自己的唇，然後放下來，莎笛握住蜜雪兒的手。

蜜雪兒輕啄一下他的臉頰，接著對凱特琳也是如此。「你們自己保重了。」

「你也是。」凱特琳說。

蜜雪兒牽著莎笛下了台階，走向車子。一如往常，尚恩揮手道別時，必須逼自己露出微笑。莎笛有一半時間是歸他帶，但碰到這種分別的時刻，他還是會難過。

蜜雪兒開走時按了一下喇叭，莎笛在後座揮手。尚恩看著她們離開，一手搭在凱特琳的肩膀上。

她繼續望著街道前方，看著蜜雪兒的車尾燈逐漸縮成兩個紅色的小點。

「怎麼了？」尚恩問。

「現在每個人都需要腦袋後面多長兩個眼睛。」

他也跟隨她的目光看著。過了一會兒他說：「蜜雪兒住的那個連棟排屋社區裡，進出車庫是有門禁的。而且要進入她住的那棟裡頭，還有第二道門鎖。」他放在她肩膀的手緊捏了一下。「不過我會傳簡訊給她，要她多小心。」

「謝謝。」

她看著轉暗的天空，遠處柏克萊山的燈火閃爍。她周圍有七百萬條性命。而現在有一個鬼魂正在他們之間遊走，出獵。

26

聖週五

擁擠的馬路，嘈雜的收音機，無雲的藍天——這個早晨無論看起來或聽起來，都跟其他一千天沒有什麼不同，但凱特琳仍睜大眼睛，尋找任何不正常的跡象。從聖荷西到聖塔羅莎的公立學校，都正在上春假之前的最後一天課。教會學校則已經開始放復活節週末的假期了。來自太平洋的冰冷海風吹過金門大橋。少數幾所教堂（多半是天主教的）已經打開大門，準備下午的儀式。其他的（大部分是新教的）則有橫幅標語，歡迎所有人星期天來參加復活節的晨曦禮拜。早起的通勤車潮一如往常，塞塞停停。

凱特琳看得出警察巡邏明顯變得頻繁了，但是還不會太過分。郡警局怎麼有辦法在一夜之間就動起來？不容易，而且一定是批准了大量的加班。

發出威脅警報很容易。但這樣的警報需要有其他輔助，在街道上就至少要有一些警察出現。

在柏克萊的一家街坊咖啡館「北坡喬」，凱特琳站在櫃檯前。尚恩則是在店外他的小卡車上等，一邊在跟一個同事探員講電話，討論一批失竊的爆破器材。咖啡館的喇叭播放著不插電爵士樂，一架電視機裡頭是舊金山當地電視台的晨間新聞。電視關成靜音，但是字幕表達了警訊。

……昨夜發布了一則威脅警報，有證據顯示，先知者在他給警方的訊息中，提到了聖週五……

站在凱特琳旁邊的那個女人對著電視機搖頭。「真是瘋狂。」

一個穿著西裝、散發鬍後水香氣的男子說：「你覺得那是真的？」

「為什麼不是？」那女人說。

「這個感覺上就像是九一一事件後的那幾個星期。每個人連看到自己的影子都會被嚇到，看到撒在桌上的白砂糖就以為是炭疽病毒。這事情感覺上像是在散播恐懼。」

在櫃檯後頭，卡布奇諾咖啡機發出嘶嘶聲，咖啡師握著濃縮咖啡的過濾器用力敲水槽，好清掉咖啡渣。

「我寧可被散播恐懼，也不要被殺掉。」那個女人說，「這事情是玩真的。這附近沒有炭疽病毒殺人兇手在活動，但是很確定有先知者。」

咖啡師把那女人點的濃縮咖啡遞過去。「我昨天夜裡都不敢帶狗出去。太陽下山後，我就把門鎖好。我還拜託我們房東，要在窗子上裝鐵窗才行。」

那名男子說：「這傢伙又不是吸血鬼。他沒辦法像蝙蝠那樣飛來飛去。何況機率有多高？發生這種事情的可能性根本很小，警方只是想預防以後會有人指責他們而已。他們不希望自己看起來很遲鈍，就像上回那樣。」

咖啡師把零錢找給那個女人，然後轉向凱特琳。

凱特琳豎起兩根指頭。「兩杯本日咖啡，大杯。帶走。」

咖啡師抓了兩個紙杯，繼續跟那個男人說：「你不是獨居的女人。當你凌晨兩點躺在床上、聽到外頭的黑暗中有奇怪的聲音，很確定他就在那裡，你就不會覺得機率很小了。因為他的確就在那裡，在等待，在察看。那個機率感覺上一點也不小。」

凱特琳也感覺到了。整個咖啡館的氣氛很焦躁不安。人們不光是緊張而已，而是滿心恐懼。她也是。但是昨天一夜沒發生任何事。沒有電話，沒有緊急狀況。咖啡師在兩個外帶大杯子裡倒了咖啡。電視上，晨間節目主持人開始預報週末氣象。復活節的晨曦禮拜應該會是大晴天。

咖啡師把凱特琳點的兩杯咖啡放在櫃檯。「五塊七毛五。」

凱特琳拿皮夾時，外頭有人按車喇叭。咖啡師皺起眉頭。喇叭聲又響起，按著沒停。

凱特琳轉頭看，尚恩正用力按著喇叭，左手臂伸出車窗，朝她揮著。

她把鈔票丟在櫃檯上，抓了兩杯咖啡跑出去。她走近尚恩那輛小卡車時，聽到了收音機的聲音。那是他們之前在聽的早晨通勤時間節目。卻斯和丁骨主持的。

尚恩的太陽眼鏡推到頭上，表情懷疑又警覺。凱特琳身體前傾。

其中一個主持人說：「是的，你上線了，現場直播。我們正在聽。」

「不。你們只是用耳朵聽，但是沒有聽進去。你們忽視我的訊息。這個城市，被自私的恐慌吞噬，活活害死自己。」

那聲音是打電話進電台的聽眾，但是聽起來非常怪異。那是機器的聲音。打電話的人顯然是用了電子變聲器。

「你們挑戰我。警方居然故意刺激我。但是沒有用的。你們無法阻止我。」

凱特琳說：「耶穌基督啊。」

那是先知者。

27

凱特琳僵立在「北坡喬」咖啡館外的停車場，雙手拿著熱咖啡，陽光從楓樹的樹葉間篩下。尚恩車上的收音機大聲播送，主持人結巴說著話。

尚恩說：「剛剛節目裡正在談先知者，這傢伙就打電話進來，說出警方沒公布過的一個命案細節。」

她瞪著他。

「玉米田裡釘進被害人胸部的釘子。」尚恩臉色凝重。「郤斯和丁骨只是想把他留在線上。他們相信他是先知者。」

「是他沒有錯。」她說。

在收音機裡，郤斯說：「但是我不想刺激你，大哥。我想跟你談。我想了解現在是怎麼回事。」他的聲音聽起來很緊繃，接著清了清嗓子。「你可以告訴我你想要什麼嗎？」

凱特琳說：「不要問他這個問題——反正他不會告訴你的。」

她把尚恩的咖啡從打開的車窗遞過去，然後抓了自己的手機。她打到局裡的戰情室，同時繞到另一側的乘客座。

在附近，一輛速霸陸駛入停車場，車窗開著。車上的收音機正在播放郤斯和丁骨的節目。那名駕駛人開口問了。

「你也在聽這個節目嗎？」

凱特琳跳上小卡車。從咖啡館裡面，好奇的人們湧出門到停車場。卻斯和丁骨的電台位於舊金山，是灣區收聽率最高的通勤時間節目。光是眼前，應該就有二十萬人正在聽著這段訪談。

戰情室的電話接起，是馬丁尼茲。凱特琳說：「打開收音機的調頻電台。」

幹道上塞車嚴重。凱特琳知道很多駕駛人都在收聽。

這正是先知者最愛的：大批的閱聽眾。他這樣到底是在幹嘛？這就是他的聖週五行動嗎——一次現場直播的叩應表演？

不。他打電話從來不光是為了講話而已。她的胃開始打結。

在柏克萊警局裡，基斯．華納克警探走向大廳裡正在焦慮等待的那名中年女子和青年。他們自我介紹，說是安娜瑪麗亞．賈西亞和丹尼爾．威考斯。

丹尼爾說：「我知道我們昨天晚上來過，但是我媽和蓋雅都沒回家。」

丹尼爾把沉重的黑色瀏海往後撥。在他脖子的魔鬼刺青上方，那張臉只是個害怕的小孩。

「她們完全沒有回覆我們的任何訊息，而且咖啡店還是鎖著。事情很不對勁。」

華納克體格壯碩，而且經驗很豐富。「我才剛上班。你們報案的檔案就放在我桌上，但是我還沒有機會仔細看。」

「她們店裡昨天早上出事了。店名是『咖啡、茶與塔羅牌』——離這裡兩個街區。看起來她們當時正在準備要開門營業，然後就忽然消失了。」

丹尼爾一股腦兒告訴他那個準備到一半的咖啡店，咖啡壺的燈亮著，櫃檯上放著可頌牛角麵包，還有巷子裡新刷的白漆。

華納克警探腦子裡的雷達發出警示聲。

「新刷的白漆？什麼樣的牆壁？」他問。

丹尼爾一臉困惑不解。「紅磚牆。」

華納克警探吸了口氣。他想到有關先知者塗鴉的通報警訊。

「丹尼爾，前幾天電視上曾要求大家提供磚牆上塗鴉的資訊，你知道你母親有看到過嗎？」

丹尼爾搖搖頭。「電視？她和蓋雅沒有電視機。」他看起來好像就要哭出來了，或者要掐死某個人。「我們得做點事情。去咖啡店吧，我會把門打破，或者你們帶一把鐵撬棍過去。我們得查出她們發生了什麼事。」

華納克警探點頭。「好，我們走吧。」

灣區各地塞車的車陣中，駕駛人紛紛把收音機的音量調大。節目裡，兩個主持人努力要讓先知者繼續講話。

「是你打來的，大哥，」卻斯說，「我想知道你心裡在想什麼。這是——我的意思是，這是你的機會。你上現場了，跟我談吧。」

「『跟我談吧。』你以為你是聽我告解的神父嗎？」

「當然不是，我沒有那個意思。」卻斯的聲音拉高了，高了八度音。他聽起來像是在流汗。

「我只是……」

別再胡言亂語了。

凱特琳和尚恩瞪著收音機。她知道在電台裡，一定有一堆慌張的人正忙著聯繫警方和電話公司，希望追蹤到來電者的號碼和地點。但是先知者不會讓他們這麼容易就如願的。

在她後方的馬路上，有人按著喇叭。片刻後，傳來車子碰撞的聲音。她和尚恩轉頭看著後車窗外。在停車標誌下，一輛車的車尾被追撞。那位女駕駛人下車時，他們聽到車裡傳來收音機的那個節目。撞上她那輛車的駕駛人也打開車門，同樣的聲音從他車裡傳出來。

先知者無所不在。

在「咖啡、茶與塔羅牌」的後方巷子內，華納克警探跟著丹尼爾・威考斯和安娜瑪麗亞・賈西亞來到那個停車點，旁邊的磚牆刷了白漆。華納克腦子裡的雷達警示聲更響了。他回到自己車上，找出手機裡阿拉米達郡警局所發出有關先知者塗鴉的那則公告。

他看著那張照片。「該死。」

他抓起無線電。「調度處。我的位置需要後援。」他趕緊唸出地址，然後跑回咖啡店後門。

丹尼爾跟著他，一臉憂慮。

「我有理由相信這是個緊急狀況，」警探說，「所以我要強行進入了。」

安娜瑪麗亞說：「啊，老天。」

丹尼爾說：「動手吧。」

華納克警探看著門上的玻璃，然後看鎖，接著又觀察屋頂下方的保全公司標示牌。

丹尼爾說：「如果她們出了什麼事，警鈴都沒有響，那現在也不會響了。」

「後退。」華納克警探說。

丹尼爾一手攬著安娜瑪麗亞的肩膀，兩人往後退。華納克從皮帶解下一根伸縮警棍，用力敲向門上的安全玻璃。玻璃裂開。他又敲了一下，玻璃凹了。第三下把整塊玻璃都敲碎，嘩啦一聲落在地上。他用手帕包住自己的手，伸到門框裡面，轉開了鎖。警鈴沒有響。

丹尼爾往前，但警探舉起一隻手臂。「待在這裡。」

「不，我——」

「小子，裡面的狀況可能有危險，而且說不定有犯罪行為。不要進去。等到沒事了，我會告訴你的。」

華納克很堅定，但是丹尼爾就像一隻扯著拴繩的狗。安娜瑪麗亞一隻手擋住他胸部。「拜託，丹尼爾。」

警探跨入門檻，鞋子踩著落下的碎玻璃。他把外套前幅往後掀，右手停在臀部的配槍上。

「我是警察。裡頭有人嗎？」

丹尼爾不顧安娜瑪麗亞的阻擋，身子還是往前探。「媽！」他隔著門大喊。「媽！」

咖啡店裡唯一的聲音就是警探的腳步聲，踩著碎玻璃，小心翼翼地深入屋內。在外頭的馬路上，停在紅燈前的那些汽車開大了收音機的聲量。某個叩應節目，詭異的說話聲傳來。安娜瑪麗亞手仍放在丹尼爾的胸部想安撫他，但她自己的心臟也狂跳得像是一隻蜂鳥。

在咖啡店裡，一片片陰影沉重地落在地板上。警探望著櫃檯裡，走向店後方，一手始終放在槍的握把上。

「柏克萊警局。有人在嗎？」

他來到店內的後走廊，慢下腳步，停在蓋雅的辦公室門口。他輕推開門，門發出咿呀聲。安娜瑪麗亞憋著氣，手上感覺到丹尼爾的心臟怦怦跳。

華納克警探踏入那個辦公室，然後退出。他繼續沿著走廊走向倉庫和食品室。然後奔上樓梯到樓上的公寓。一分鐘之後他回來，搖搖頭。

「裡頭沒人。」

「但是她們之前在這裡的。」丹尼爾說，「我很肯定。」

華納克站在咖啡店中央，緩緩掃視著整家店。安娜也在外頭的人行道上仔細看著店裡。

然後丹尼爾開口，「那是什麼？」

他指著門內的一個白色塑膠玩意兒，放在一張桌上。大約是信用卡那麼大。

華納克迅速朝那東西走了一步，然後停下。他緩緩走過去，彷彿那東西很危險。

他停在那張桌子的三呎外，皺著眉頭。

「那是什麼？」安娜瑪麗亞問。

他看起來很困惑。「是個計時器。很便宜的數位計時器。」他兩腳停留在原地，但是身子前傾，瞇著眼睛。「那是……」

他停住，嘴唇張開。

「什麼？」丹尼爾說，「有什麼不對勁？」

華納克突然拿起他的手持無線電，湊到嘴邊。「這裡有個計時器，正在倒數時間。」

丹尼爾往門衝過來。華納克警探手臂伸直攔住他，像個美式足球的中衛。

「怎麼回事？」丹尼爾喊道。

警探轉向那計時器，朝手上的無線電說話。

「現在倒數十二分四十二秒。」

28

在尚恩的小卡車上，凱特琳一手抓著儀表板，瞪著收音機，彷彿這樣可以召喚先知者現身在她面前。

「別再盯著牆上時鐘的秒針了。也不要看你的製作人，他正在比劃著，要你設法哄我繼續講下去。」那個來電者說。

在「北坡喬」咖啡館內，人們看著自己的手機。有個人指著電視機。咖啡師趕緊轉了頻道。畫面是另一個新聞播報室，主播穿著紅西裝，腦袋上方有紅色標題。突發新聞：先知者打電話到KZED直播節目。

「我們得做點事。」凱特琳說。

「什麼事？怎麼做？」尚恩問。

在收音機裡，卻斯說：「好吧，好吧。嘿，我無所謂。請吧，你就儘管說，什麼話題都行。交給你發揮了。」

「我知道警方正在設法，要追查出我的位置。」

凱特琳覺得一股寒意沿著脊椎往上升。那個電子機器的聲音令人毛骨悚然得難以置信，但也詭異地充滿誘惑。機械的煙霧彈。

卻斯咳嗽，再度清了清嗓子：「好吧，是你打來的，你說……」

「我就幫警方省點麻煩吧。」那聲音暫停一下。「我講的你寫下來。」

凱特琳說：「不會吧。」

尚恩從襯衫口袋抽出一支筆。她則在置物匣內找到了筆。

「三十七點八六八八七四，負一百二十二點二六四八二九。」

凱特琳寫在自己的手掌上。「你記下來了嗎？」

尚恩手裡拿著一小片紙。「記下來了。地圖座標。緯度和經度，到小數點後第六位。」

在收音機裡，那個機械的聲音說：「他們應該要快一點。」

尚恩抓起自己的手機，輸入那個座標。

「柏克萊。」他把地圖放大。「哇，就在——在富爾頓街。柏克萊加大的校園裡。」

凱特琳看著手機。「是愛德華茲體育場。田徑兼足球場。」

尚恩把地圖縮小。「離我們這裡只有三公里。」

他們看著彼此。尚恩立刻倒車，輪胎發出尖嘯，離開停車處。然後他猛轉方向盤，油門踩到底。

29

尚恩轉彎駛出咖啡館停車場，沉重的小卡車在馬路上彈跳。他駛向街角的紅綠燈時，凱特琳掙扎著扣上安全帶。燈號轉為黃燈，車子迅速衝過十字路口，然後往左急轉彎，往南邊的柏克萊加州大學校園駛去。

收音機裡，那個沒有高低起伏的機械聲音說：「時間分秒過去，滴答，滴答。」

「我知道，沒問題，我知道了。」那個主持人匆忙說。

「你什麼都不知道。但是你很快就會了。」

凱特琳打到郡警局的電話還沒斷線。她把手機貼到耳邊。「馬丁尼茲？你抄下座標了嗎？」

馬丁尼茲說：「我們正在錄音。沒問題。是柏克萊校園裡的足球場。」他暫停一下。「你聽起來像是在高速行駛的汽車上。」

前面的十字路口有擦撞事故，尚恩開著車經過他們旁邊，那兩名駕駛人正在講話，但是各自指著車上的收音機。每個人都在聽那個節目。

尚恩超車趕過前面那輛豐田Prius，然後踩下油門加速。凱特琳手上的紙杯撞到胸部，裡頭的咖啡猛然搖晃著，接著杯蓋彈開，半杯咖啡潑在她的T恤上。把她燙得瑟縮一下。她用手肘把車窗降下，將剩下的咖啡倒出去。

前面的車陣慢下來，又碰上尖峰時間的塞車了。尚恩說：「狗屎。」

凱特琳真恨不得她有個警燈可以打開，還有警笛。但這裡根本就不是她的轄區。

「凱特琳？」馬丁尼茲說。

「我跟尚恩在一起。我們離那個座標二點四公里，正要趕過去。」

「柏克萊警局——」

「當然了。不過我們正在路上。」

蓋舍里的聲音出現。「凱特琳。」

她等著他會叫她不要去，讓當地的警察處理。

「剛剛我接到一個柏克萊警探的電話。」

「警佐，我——」

「他認為他找到了先知者塗鴉的地點。先知者可能又擄走了兩個人。而且他在擄人的地點留下一個計時器，正在倒數。」

「哪裡？」

「那不是重點。計時器只剩十二分鐘，而且那是六分鐘前。你們得拚命趕路了。」

「尚恩，我們只剩六分鐘了。」

尚恩瞥了她一眼。他雙手握著方向盤，前臂的肌肉繃緊了。到了下一個紅綠燈，前方的車陣又慢下來。

「我們得離開幹道。」他說。

「小街不能開太快，但是比較不會塞車。」她身子探出車窗，察看人行道旁的水溝。「單車道是空的。沒問題。」

他用力踩下煞車，轉入單車道，然後沿著人行道邊緣加速。零星紙片和丟棄的速食店包裝紙被吹進空中。

「你自己也設定計時器吧，」他說，「每分鐘都跟我報時一次。」

凱特琳滑了手機。引擎轟隆響。尚恩到了街角急忙煞車，看了一下十字路口的四面來車，然後右轉，沿著街道迅速駛到下一個街區。他左轉進入一個綠蔭繁茂的市區地帶。高高的西班牙風格家宅，紫荊花盛開，尖柵籬笆上攀著常春藤。馬路很窄，而且路邊停了很多車。出門上學的時段才剛開始。尚恩看到兩個小孩從一道柵門出來，朝街角走去。他猛地踩了煞車。

「校車巴士站就在前面。沒辦法走這條路。」

到了前面的停車標誌，他左轉，然後輪胎又迅速急轉，倒車後退。

「五分鐘。」凱特琳說。

他們在這個街區行駛到一半，幹道的十字路口剛好轉為綠燈。時速限制是五十公里。

「把你的警徽緊貼在車窗玻璃上。」尚恩說，他自己的警徽也拿在左手。

這樣的舉動通常會害她惹上大麻煩，但她猜想，如果柏克萊警方還打電話去阿拉米達郡警局問資訊，那麼這個案子她應該頗有資格充當臨時代理人。這是個特別的緊急任務小組。尚恩迅速衝過十字路口時，燈號又轉為紅燈了。

往前開了兩個街區，他沒打煞車燈就右轉。

「四分鐘。只剩一公里了。」她說。

「柏克萊警局一定派人趕到現場了。」

「那個體育場在校園裡。管轄權是屬於校園警察的。」

又是一個停車標誌，接著又一個，再一個。

「三分鐘。」她說。

路旁的家宅轉為一排商店。咖啡店和精品店。他們還差八百公尺。又經過一個停車標誌，翻過一座山丘，下坡前往校園。

凱特琳說：「校園裡一定塞車，而且……」

尚恩狠狠踩下煞車。凱特琳身體往前衝，安全帶被繃得好緊。

一輛送貨的貨車停在一家麵包店外頭，佔據了整條車道。尚恩猛按喇叭，繞過那輛卡車。這條街很窄，兩旁都還停了車。尚恩的這輛小卡車幾乎擠不進去。

一輛UPS貨車迎面駛來。他無路可走。

他和那輛逼近的UPS貨車同時煞車。尚恩的小卡車往前滑，凱特琳猛吸一口氣，小卡車的輪胎發出尖嘯聲停下。那輛褐色的UPS貨車繼續往前逼近，然後搖晃著，那駕駛車廂看起來好大。UPS貨車停在五呎外，散熱罩就在凱特琳的面前。那駕駛人穿著褐色制服，離她只有幾呎，搖著頭，攤開手，暗示著，搞什麼啊？

凱特琳和尚恩都舉起自己的警徽。

尚恩身子探出車窗，「倒車，」他喊道，「我是聯邦探員。有緊急狀況必須趕去。」

那傢伙把排檔打到倒車檔。然後像一隻笨重遲鈍的動物，將卡車緩緩後退，停在路邊。

尚恩轉動方向盤，車輪尖嘯著駛過那輛UPS貨車旁之後，又猛踩油門。

「我們需要一個警察無線電掃描儀。」他說。

收音機裡充滿了卻斯的絮叨聲。先知者變得沉默，機器說話聲沒有了，但是有個嗡響，凱特琳認真聽了一會兒，才明白是來電者的呼吸聲。她手臂的寒毛豎起來了。

「他還在線上等，」她說，「他想知道有人趕到那個地理座標時，會發生什麼事。等到消息傳到時，他希望自己還在現場直播中。耶穌基督啊。」

他們來到一個T字形岔路口。尚恩右轉後下坡，朝柏克萊中心地帶駛去。太陽已經升到綠色丘陵之上。他們一路可以看到舊金山灣，海水在朝陽下發光，藍色和銀色交織。在對岸，丘陵上的金門大橋、舊金山市區一片白亮——在那裡，舊金山市警局一定正在全力追蹤先知者的電話。

但她完全可以想像，他只是在玩弄警察、玩弄每個人而已。

玩弄他擄走的人。

尚恩繼續飆車，表情因為專注而顯得兇狠，路邊楊樹和柳樹的枝葉低垂，刷過車子的擋風玻璃。他車子刮過一個藍色回收箱的箱邊，發出一個空洞的撞擊聲。那回收箱旋轉著，倒在人行道上。

「九十秒。」

他們的車子尖嘯著駛出住宅區，來到校園邊緣一條寬闊的大街上。沿著馬路另一端，大學校舍形成了一道高牆。尚恩在這條馬路疾馳，體育場還在兩百碼之外。馬路兩旁是高高的冷杉，形成一道尖銳的綠色圍籬。他們轉彎駛上牛津街，進入校園的前入口就在這條街上。車子的喇叭聲刺耳。

「六十秒。」

他們來到一個十字路口。每個方向都塞著長長的車陣。

她指著。「我看得到體育場了。」

「大家都要往那個方向去，塞車很嚴重。」尚恩說。

他又按喇叭了。

每個人都在按喇叭。

尚恩急煞車。所有的車道、往所有的方向，全都塞住了。

「我們趕得到的。」凱特琳說。

「沒辦法。」他看著她，「待在這輛車上不可能。」

他把排檔打到停車檔，打開警示雙黃燈後，兩人跳下車狂奔。

「四十五秒。」凱特琳說。

她跑得很快，但是尚恩的腿比較長，而且身體練得很壯。

「你先去吧，」她說，「我馬上就到。」

好幾個方向傳來警笛聲。她沿著馬路中間跑，周圍都是停下的車，幾個單車客困惑不解地望著她。她往前看到一條小街，兩輛警車卡在一排車流後頭，燈閃著，警笛響亮。

在遠方，她聽到直升機螺旋槳旋轉的聲音。她繼續跑，尚恩已經遙遙領先她。那個大約有兩萬個座位的體育場位於校園的一角，就在這條馬路前方。她所經過的每一輛汽車，裡頭都傳來卻斯和丁骨的節目。路旁的商店裡，電視機開著，當地電視台都在報導這則突發新聞。天空中一架新聞直升機飛過。到處都是大學生，有些跟著尚恩，朝那個角落跑去。

凱特琳沿著人行道朝尚恩跑，一道牆上的常春藤在陽光下綠得發亮，她呼吸沉重，沒夾好的頭髮散落到額頭上。

「蓋舍里，我們快到了。」她對著手機說。

時間到的鈴聲響起。

「尚恩，時間用完了。」她朝前面喊道。

她聽到周圍十幾輛停下的車上開著收音機，人們紛紛跳下車來，跟在尚恩後面跑。她聽到先知者的詭異機器聲。

「時間到。」

從旁邊那些汽車上傳來了一致的蜂鳴器聲音，就像籃球賽的終場哨音。

「幹。」凱特琳更使勁往前跑。

蜂鳴器的聲音在背景裡褪去了，但似乎深深鑽進了凱特琳的腦袋，回音不斷。走調的聲音，逐漸逼近。

尚恩來到一道門前，是體育館外六呎高的金屬網籬門。門鎖上了。他跳起來攀住頂部，靴子踩著門閂，往上提起身子。

凱特琳忽然覺得害怕極了。「尚恩——要小心。」

他繼續攀高，翻過門頂端，跳進裡頭。

幾輛校警的警車紛紛開到那個角落停下，警笛尖聲呼嘯著。柏克萊警局的巡邏車也是。他們以各種角度停下，一大堆警察下了車。凱特琳覺得大獲支援，身穿制服的警員形成一道藍浪。她跑向那道門，手上拿著警徽，經過十幾個跑向她的人，每個人都拿著手機，已經開始在錄影了。

先知者的聲音從路邊停下的車輛湧出。「我聽到的是警笛聲嗎？」

凱特琳朝網籬跳，努力往上攀，一腳踩著拴住兩道門的門鍊。

「那些警笛是在哪裡？我聽到的是警笛嗎？」

先知者到底在胡說些什麼？到處都是警笛聲。

「不，我聽到了不一樣的。」

凱特琳爬到了網籬門頂端，暫停一下。尚恩正在通往體育場的半途，圍籬內沒有其他人。

收音機裡傳來敲電腦鍵盤的聲音。

先知者在做什麼？凱特琳翻過門頂端，落在另一頭的柏油路面。在前方，尚恩砰砰跑下體育館的階梯，從看台跳進跑道。他在球場上奔跑，她也努力跟上。

收音機裡有一段暫停。然後傳來的聲音，是最後一個、沉重的鍵敲下。

凱特琳匆忙下了看台階梯，跳到跑道上，追在尚恩後面，在足球場上狂奔。尚恩跑到中場停下，轉著圈。凱特琳朝他跑去。

她大喊一聲。

體育場的計分板亮起。

凱特琳朝自己的手機說：「蓋舍里。這是騙局。他們不在這裡。」

在計分板上，一段影片開始播放。裡頭是兩個中年女人坐在一面掛著白床單的牆壁前。她們的身體也被白床單裹住，攝影機拍著她們的臉部特寫。一個是灰髮的軍人髮型，另一個戴著紅色耳環。

凱特琳害怕極了。白床單。裹屍布。

那兩個女人望著鏡頭外的某個人。她們眼神急切，忽然同時間往後縮了一下。某個人正在朝她們走近。

那個戴著耳環的女人看著旁邊的朋友。「我愛你。」

然後她轉身，突然朝那個沒現身的人影撲去，用力得露出牙齒。

某個人走到攝影機前，遮住了鏡頭。螢幕裡發出一聲撕心裂肺的尖叫。

凱特琳跑向計分板。「不。」

計分板裡的尖叫聲愈來愈大，來自汽車和聽著網路電台直播的手機，來自路邊人家打開的窗子。聲音淹沒了凱特琳、尚恩，還有二十萬嚇壞的廣播聽眾，從柏克萊到聖塔克魯茲。

凱特琳跑過尚恩旁邊，筋疲力竭地要衝向計分板。他抓住她的手，但是她甩掉了。

「不。不。」

新聞直升機往下低飛過他們頭頂，然後又往上，繞著體育館打轉。轟隆的引擎聲仍掩不住計分板畫面裡傳來的痛苦尖叫。凱特琳無助地慢下腳步，來到計分板前。尚恩也跟過來，一隻手臂從後頭攬住她。她掙脫不了，接著往後靠向他懷裡，胸膛起伏著。

計分板轉暗。收音機裡的聲音充滿自信地說著，帶著兇殘的喜悅。

「我就是道路、證據、衝突。凡是違抗我的，必將受苦。」

然後電話掛斷了。

新聞二十分鐘後傳來。凱特琳正在足球場上大步走來走去。尚恩在跟柏克萊的警察談。

「奧克蘭機場的工地，」蓋舍里說，「雙屍命案。」

她望著尚恩。他正在徘徊，懊惱而憤怒。陽光似乎太明亮了。

「我馬上趕過去。」她說。

蓋舍里暫停一下，然後聲音裡出現一絲沙啞。「凱特琳，這個現場很糟糕。」

30

凱特琳戒慎恐懼地走向建築工地，那是奧克蘭機場邊緣蓋到一半的營運大樓。推土機噴出黑煙，電銲機落下繽紛的火星。機場朝舊金山灣伸出，帶著鹹味的海風強勁吹襲。在海灣大橋之外，舊金山金融區似乎近得可以碰觸到。一架沉重的噴射機沿著附近一條飛機跑道加速，然後轟然升上天空。

每年一千一百萬乘客進出這座機場，但似乎沒有一個人目睹先知者把他最新的兩個被害人留在這裡。

凱特琳往左邊跨一步，避開一大捆鋼筋。登記後，從黃色的警方封鎖帶下低頭鑽過去，進入現場。蓋舍里正在前面等著她。

他的臉看起來比前一天更憔悴，雙眼灼熱。這回他似乎沒有擺明了在打量她。他看起來像是剛被一根木板條擊中額頭。

這可不妙。

「警佐？」凱特琳說。

他帶著她深入建築物內，外套在風中翻拍。他講話的聲音在裸露的水泥牆面間迴盪著。

「建築工頭八點半抵達工地時，發現兩個被害人在這裡。於是就報警了。」

他大拇指朝旁邊指了一下，那是一個穿著螢光背心、腳踩沉重厚靴的男人，頭上戴著硬頭盔，坐在緊鄰黃色膠帶旁的一疊三夾板上。那男人的雙眼看起來很空洞，好像看到了某種把他腦袋清空的東西。

他們走向建築內的一個角落，那裡風比較小。

「有其他目擊證人嗎？」她問。

「沒有。」蓋舍里的聲音裡帶著寒意。「這個工地在夜間是封閉的，有警衛巡邏，但是兇手想辦法跑進來，沒被人注意到。」

凱特琳可以想像那一幕，清晰得像是打了閃光燈拍下的照片。「他在炫耀。」

在前頭，一組鑑識人員正在忙碌。他們穿著白色特衛強連身防護衣，收集箱打開來放在水泥地上。一名攝影師繞著那個區域，正在拍攝現場照片。蓋舍里和凱特琳停在六呎之外。

「醫師。」蓋舍里說。

那名蹲著的法醫站起身。

翟克瑞．艾吉爾身材粗壯，蓄著灰色的絡腮鬍。「喬，」他說，「我們才剛開始。現在還沒辦法告訴你什麼。」

凱特琳看著水泥地上的現場，做好準備。兩具屍體包著白床單，就像之前體育場計分板上的影片。被害人的頭部現在蓋住了。她們仰天躺著，兩個人都打著赤腳。

先知者的符號割在她們的腳掌上。

沒有流什麼血，死後割的，凱特琳心想，希望如此。

蓋舍里雙手垂在身側。「他在這裡殺了她們。」

凱特琳彷彿又看到那段影片了。我愛你。那是心碎的告別，也是戰鬥的吼聲。不要腿軟。如果她要在兇殺組待下去，如果她要繼續辦這個案子，她就得站得挺直。

「她們被發現時就是這樣嗎？」她問，「工地的人沒用布把她們蓋上？」

「那個工頭說是這樣，」蓋舍里說，「不過他曾把床單拉開，一看到那是屍體，就又蓋回去，然後趕緊跑掉。」

攝影師拍完了。艾吉爾醫師走向地板上比較接近他的那具屍體，小心翼翼地揭起白床單。

凱特琳先是看到褪色的牛仔褲，還有襯衫滑下肩膀露出的胸罩肩帶。她看到那雙粗糙的手，像是長年種花、揉麵團所磨出來的。她看到懸垂的紅色耳環。法醫頓了一下，完全沒說話。接著他又繞到第二具屍體旁，把床單往後揭開。

凱特琳看到黑T恤，扭歪地蓋著中年的肚腩。上頭印著，「我只是坡家的坡男孩」。她看到灰白夾雜的平頭髮型。她全都看到了，腦袋卻反抗她的眼睛，各個部位無法拼湊起來。反胃感像一道浪撲上她。不要腿軟。

法醫看著蓋舍里。他的臉一片慘白。

兩個被害人都背朝下躺著。但是她們的脖子被狠狠往後扭，因而臉貼在地上。

凱特琳腦袋裡冒出一個高音頻的嗡響。聽起來像是她在那個電台叩應節目裡聽到先知者說時間到之時，所伴隨的終場鳴笛聲。

她用力閉緊眼睛，再睜開。然後努力壓下恐懼和腦袋裡面的聲音，設法呼吸。她的視野變得清楚了，法醫、鑑識人員、蓋舍里都僵住不動，或許是太震驚了。

最後法醫終於開口。「顱骨在第一頸椎脫臼。兩個被害人都是。」他注視著。「不過脫臼不見得是死因。」

蓋舍里花了好一會兒才有辦法說話。「你見過像這樣的嗎？」

艾吉爾搖頭。他又蹲在那個灰髮平頭的女人旁邊。「有頭部創傷證據。看起來是顱骨凹陷骨折。」

他站起來，走到另一具屍體邊。那女人的頸部有一圈瘀青。緊貼顱骨的皮膚有怪異的腫脹。

「屍僵還沒形成，」艾吉爾說，「死亡大概還不到十二小時。」

蓋舍里緊繃的姿勢更加僵硬了。

凱特琳說：「他是在現場直播時殺了她們的？」

「就我在這裡所看到的，沒辦法判斷。」

「你不能確定死亡時間，倒推回去嗎？」

「沒辦法推到你要求的那麼精確。」

她希望法醫跟她說：她和尚恩不可能救得了她們。說她和尚恩動身趕去柏克萊的那個假座標時，這兩名被害人已經被謀殺了。說即使他們在終場哨音響起前趕到體育場，也沒有用了。但是艾吉爾沒這麼說。

她看著蓋舍里。「他把攝影機架在哪裡？他怎麼有辦法傳輸到那個體育場播放？是入侵那邊的網路，還是接上那邊的線路？我們得查出來。」

他狠狠看她一眼。冷靜一點。她握緊拳頭又鬆開。要她不講話真是個折磨，因為她一直想著，有人本來可以設法救這兩個女人的。

她本來可以救她們的。

法醫朝攝影師打了個手勢，那位女攝影師的肢體語言幾乎是想溜掉。她從幾個角度拍了屍體。拍完之後，法醫拿出一個溫度計，測量了兩名被害人的肝臟溫度，然後看著溫度計上面的結果。

「初步研判，她們可能死亡不到兩小時。」他喊了鑑識人員。「來把她們翻身吧。」

艾吉爾和那名鑑識人員跪下，輕輕把那個平頭女人翻成趴姿。

凱特琳覺得眼前的畫面模糊起來。「基督啊。」

法醫忽然後退，他趕緊朝那鑑識人員打了個手勢，然後兩人把第二具屍體也翻了身。

「該死。」那個攝影師說。

法醫舉起兩手。「出去，現場所有人都離開。」

在水泥地上，兩個女人怪異地趴在那裡，面朝天花板。她們的眼窩裡塞了螺旋省電燈泡。

艾吉爾厲聲大喊。「離開這棟建築物！」

蓋舍里後退。「怎麼了？」

凱特琳後退，但是忍不住盯著那兩個女人的臉。眼珠不見了，大大的螺旋燈泡朝外突出。其中兩個燈泡破了。

那些鑑識人員急忙關上自己的工具箱，匆忙跟著攝影師走向出口。凱特琳和蓋舍里跟在後頭。

「省電燈泡裡有水銀。燈泡破掉時，會釋放出有毒蒸氣。」法醫趕緊推著他們往外走。「打電話給消防局。我宣布這裡是危險物質場所。」

31

阿拉米達郡消防局的危險物質回應小組趕到後，便檢查每個人的衣服、鞋子和所屬物品，尋找水銀的痕跡。他們收走了攝影師的相機包，以去除汙染。而且，儘管艾吉爾的鞋子外頭套了紙鞋套，他們還是收走了他的牛津鞋和襪子，讓這位法醫赤腳站在寒冷的早晨空氣中，背景是噴射機的轟隆引擎聲。建築工地外頭，一組急救人員和一輛救護車正在等著，要把被害人的屍體送到停屍間。

一名消防員幫凱特琳檢查過，完全沒問題了。她走向自己的汽車時，一輛新聞廂型車抵達。一組電視新聞人員跳下來。她盡量避免去看他們。來自舊金山灣的風好大，吹得她的臉發疼。然後她看到那輛廂型車的前方是一輛褐色的舊車。巴特．弗雷徹已經到了。

她一走到可以喊話的距離，弗雷徹就跳下車。「韓吉斯警探。」

「現在不行。」

「那個工地裡有什麼？失蹤的兩個女人？她們死了嗎？」

她繼續往前走。

「凱特琳。」

啊，不，你沒資格這樣稱呼我。她轉頭。「凱莉．史莫倫斯基告訴你的事情，為什麼從來沒有見報過？」

「哇。」弗雷徹的雙眼像彈珠台似的亮起來。「你怎麼會問我這個問題？」

她朝著他。「這個證據你隱瞞了二十年。為什麼？」

那個電視新聞小組看著他們，很好奇。弗雷徹微笑，但是那微笑看起來很冷酷。

「你終於準備好要接受我的專訪了，警探？正式的？」他問。

她走向他。「不。發問的人是我。」

弗雷徹的微笑更大了，但他的雙眼毫無笑意。「那個工地裡發生了什麼事？你們看到先知者那個尋寶遊戲的結果了？被害人——那兩個女人在一起十五年了。蓋雅・希爾是退伍軍人。潔蒂・威考斯有一個兒子。你想跟她們的家人說些什麼？」他搖搖手上的筆記本。「你在柏克萊的那個體育館裡，為什麼會情緒崩潰？」

她感覺下頷咬緊，一連串的字句衝向嘴唇。然後蓋舍里趕過來，一隻手放在她背部，催著她繼續往前走。

「郡警局很快就會對媒體發表聲明。」他說，然後湊近她的耳朵。「快走吧。」

她開著車趕緊離開機場，脈搏狂跳得視線都隨之震動，方向盤上的雙手冰冷。她很氣自己被弗雷徹激怒了，也很驚訝之前在體育場裡，新聞直升機竟然拍到、還播出她情緒失控的樣子。

管他的。

她眼前又浮現出體育場計分板上的那對女人。我愛你。

她開車迅速往前奔馳，一面打電話給尚恩。在海灣對面，那些摩天大樓不時閃現在她的視野中，菸酒槍炮及爆裂物管理局的舊金山調查站就在其中一棟裡面。

「他在跟我們玩心理戰。」她說。

「不只是這樣，」他說，聲音很小。「這是……」

「我知道。」

她雙手緊握方向盤。她知道第一次跟先知者直接交手是什麼感覺。那就像是一把熱燙的刀子插進你的腦袋中央。

「這個狗雜種。」他說。

她皺眉。在那些鋪著地毯的舊金山調查站總部裡，尚恩通常是不會說粗話的。尤其不會在他人面前。連私下跟她都很少講。

她開著車，尚恩繼續保持沉默。「算了吧，」她說，「這不是你的案子。」

「你就不會算了。」

「這是我的案子啊。」

他又沉默了片刻。「我不喜歡你聲音裡的那個口氣。」

「我的聲音裡沒有什麼口氣。」

「那個口氣，就好像你抓著一列失控的火車，認為你得靠自己一個人去阻止它。」

她的臉發燙。她駛向高速公路，眼前的車流一片模糊。

尚恩的聲音變得柔和些。「抱歉。這個上午太悲慘了。」他似乎吸了口氣。「這是你進兇殺組的第一個案子，又是這麼棘手。別讓這個案子控制了你。」

陽光在引擎蓋上折射。

「凱特琳？」

「我還在，」她的喉嚨發緊。「你說得沒錯。」雖然他看不見她，但她搖著頭。「你說得沒錯，尚恩。混蛋。」

兩人之間的緊繃氣氛放鬆了。他大笑。聽起來傷感，但是鬆了口氣。

「等這個案子結束，我們得做點事情，」他說，「把這個從我們身上徹底洗掉。」

「好啊。去上刺繡課？還是去追獵大腳怪？」

「我想的是一些美好的事。」

你就是美好的事。「給我個驚喜吧。」

「沒問題。」

她到了分局後，就先去女性更衣室。她把之前在尚恩的小卡車上潑到咖啡而濕黏的襯衫脫掉，接著弄濕一條運動毛巾，擦洗自己的胸部。她的胸罩也濕了，但是她沒有多的。於是她盡量把上面的水吸乾，穿上一件替換的海軍藍T恤，然後關上自己櫥櫃的門。

在戰情室裡，其他警探都聚集在牆邊。蓋舍里又釘上了幾張機場工地裡拍的照片。

馬丁尼茲說：「聖母馬利亞啊。」

凱特琳坐在自己的辦公桌前，設法讓腦袋進入狀況。她挪動鉛筆的位置，把一疊紙弄整齊，然後打開電腦，但是好想把這一切全部翻倒，踢成碎片。

她桌上的電話響起鈴聲。她拿起來。「我是韓吉斯。」

「警探，前面櫃檯有一個送給你的東西。」櫃檯職員說。

凱特琳轉身，電話仍湊在耳邊。「什麼東西？」

其他警探轉身看她。她把聽筒掛回去，大步走出戰情室到前面櫃檯，一路上感覺整個警局的氣氛明亮而不安。

佩姬在她的椅子上轉過身，露出微笑。她指著櫃檯上一個長而窄的硬紙盒，像電視益智節目主持人在介紹獎品。那個盒子綁著一個藍色蝴蝶結，上頭的貼紙上印著「甜蜜與光亮花店」。

佩姬期待地雙手交握，放在下巴底下。「是誰送的？」

凱特琳也有同樣的疑問。她解開那個蝴蝶結，拿起蓋子。

她吸了一口氣。愣住片刻才開口，雙眼還是盯著盒子。「這是誰送來的？」

「花店的送貨員。我簽收的。」佩姬湊過來看盒子裡。「哇。」

「他人呢？」

佩姬指著大廳的門。「剛剛才離開。」

凱特琳衝出門，來到外頭的人行道上。一輛印著玫瑰的廂型車正要開進馬路。她吹了口哨，跑到駕駛人的車窗旁。裡頭的那名年輕男子驚訝地看著她。

「停車，跟我進去。」她說。

「有什麼出了錯嗎？」

還真是輕描淡寫呢。

她跑進局裡。在櫃檯後頭，佩姬看起來半是害怕、半是急切地想參與眼前發生的事。

「打給蓋舍里。」凱特琳拿了一雙乳膠手套。

蓋舍里來到櫃檯，此時凱特琳從盒子裡拿起一只信封。折口沒封。她抽出裡頭的信紙，是電腦印在高品質的信紙上。

你撂倒我的所有渴望，將只是徒勞。

在紙盒內，包在透明玻璃紙內的，是一束花。十二朵黑百合。

嚎叫吧。你的絕望只會為眾人帶來悲慟。
而你的殘暴行為將會遭到三倍報應。
一日一日復一日。

蓋舍里說：「誰送來——」

「他。」佩姬指著前面的落地窗。

那個送貨員走進門，一副警戒的模樣。凱特琳的脈搏在耳裡震動。她閱讀著信紙，想讓自己的視野不再浮動。

我打電話時，你們像狗一樣亂跑；卻像那些

不幸的巫婆一樣盲目。

她們會算命，卻無法預見到這個。

狗娘養的。她緊抓著信紙的手顫抖。

最終，他們為自己的欺瞞付出代價。

可怕的是，其他人都將為你的失敗付出代價。

她把信紙翻面。背面是小小的手寫附言。

另外，凱特琳：那是什麼感覺？你所有的恐懼即將成真，你就要失去一切了。等到這個結束，你會跟你父親一起被關在精神病院裡。電擊療法……然後你和梅克就可以剪出水星符號形狀的紙偶。他會幫你擦掉臉上的口水——你會再度成為爹地的寶貝女兒，永遠。

那個送貨員克瑞格·雷佛斯回答了半個小時問題，然後飽受驚嚇地離開。他在甜蜜與光亮花店工作了八個月。沒有犯罪紀錄。他這天早上要送的貨有十二筆，給凱特琳的是其中之一。他的上司就是花店的老闆，跟凱特琳在電話裡談了。這份黑百合的訂單是昨天晚上打電話來下單的。是一個男人。聽不出任何口音，沒有口吃，她也不記得講話有任何古怪的地方。聽起來不年輕，也不老。或許有一點簡短而失禮。沒有半個廢字。

現在凱特琳知道，去問先知者聲音的音調是個不可靠的指標。他有電子變聲器。

花店老闆說，那個訂了黑百合的男子是用信用卡付帳。有什麼問題嗎？

當然有。結果信用卡上的名字是潔蒂．威考斯。先知者利用他最新被害人的帳戶付帳。

但是。但是：附上的那張字條。

這一點有點怪，那個花店的女老闆解釋：訂花的男子並不像大部分人那樣，在電話裡口述。你知道——生日快樂，媽媽。那男人說他兒子會把要附上的字條送去店裡。然後一個小孩出現，把一只信封留在櫃檯。

花店老闆堅稱沒打開信封看過，不曉得裡面寫了什麼。

那小孩就是個小孩。華裔，或是韓裔。不過是美國人。或許十二歲吧？不，她不曉得他的名字。她沒看到他是否上了一輛汽車，或者離開花店後跟任何人談話。花店裡沒有監視攝影機，但是這個購物中心一定有——花店老闆說，或許凱特琳可以去找保全公司的人談，看他們有沒有錄到那個小孩。不過……他只是個小孩。購物中心裡有幾百個小孩，說不定上千。很多學校都放假了。

那家花店在聖荷西。離這個郡警局分局有五十五公里。沒錯，送貨到那麼遠是有點不尋常，不過甜蜜與光亮花店的特色，就是可以訂到一些獨特的花，是你在大部分地方都找不到的。送貨到舊金山灣區也不算太奇怪。這份訂單？她的確覺得有點不尋常。大部分的黑百合訂單，都是在萬聖節前夕那陣子收到的。但是反正這種花在他們的網站上有照片。而且現在正逢復活節週末，店裡準備了很多百合。他們只是需要花一些時間，把百合染成黑的就好。

凱特琳追蹤打到花店的那通電話，發現是手機打的，經過了舊金山金融中心巴士站附近的一個基地台。但那個手機，現在當然是沒有訊號了。

馬丁尼茲說：「拋棄式手機。」

凱特琳想著這宗犯罪所牽涉到的地點。「柏克萊、奧克蘭機場、聖荷西、舊金山。先知者到處撒尿。」

那封信送到了鑑識實驗室去，要求急件做各種檢查。沒有指紋。信封折口沒有DNA——先知者當然是沒去舔信封。信紙是標準尺寸的厚紙，灣區有上百個地方有賣，更別說網路上到處都買得到了。印出來的信是用一種手寫字體，隨便找個文字處理程式就能複製。

凱特琳垮坐在她的辦公椅上。

等到這個結束，你會跟你父親一起被關在精神病院裡。她覺得腦袋裡的壓力愈來愈大，一種針刺的感覺。你會再度成為爹地的寶貝女兒，永遠。

她的皮膚刺麻，腎上腺素飆高。她坐在辦公桌前，閉上眼睛。那種感覺會害她憤怒又胃潰瘍的。

但是她控制不了。她再度瞪著那封信。這個混蛋，先知者。他毀了她父親，他明知道的。現在他又來整她，還說他想把她也給毀掉。

你所有的恐懼即將成真。你就要失去一切了。

她不能讓他得逞。她得阻止這個。她得……「什麼？」

她抬頭。馬丁尼茲在朝她揮手，看起來似乎揮了好一會兒了。

「你在自言自語，」他說，「碰到什麼有趣的事嗎？」

她雙頰發熱，直起身子。「先知者是在昨天訂花的。」

「沒錯。」

「他怎麼知道我會去機場的那個犯罪現場？」

「或許他不知道。但是他知道你在辦這個案子。」

「馬丁尼茲，他在上班時間從舊金山打電話去訂花。那是在他在柏克萊的那家咖啡店攻擊蓋雅．希爾和潔蒂．威考斯之後。」

「他真夠忙的。」

她腦袋裡把那封信的內容想了兩遍。「即使對他來說，這也太招搖了。塗鴉、定時器、叩應到電台、折磨整個灣區的人……」

她腦海中浮現出那兩個女性被害人的叫喊。停止。

「佈置被害人的屍體，然後現在又是這個……這個花俏的尾聲，送花和信給我。」

「他很努力。」

「他這是在演出百老匯的年度大戲。」而且他刻意要她知道。

但是他不光是希望她發現他有多聰明，他還想把她拖進去一起演。

「他還在計畫別的。」她說。

「他向來是這樣的。這是他的老戲重演。他的春季巡迴。」

「他在向我們炫耀。機場那裡，他就像是在說他可以來去任何地方。這封信。這一切。還有百合。」

百合。象徵春天。葬禮常見。

你的絕望只會為眾人帶來悲慟。而你的殘暴行為將會遭到三倍報應。一日一日復一日。

一個影像忽然浮現腦海——她和尚恩早上去買咖啡途中經過的那座教堂。彷彿是一千年前了。那鮮豔的橫幅布條懸在教堂正面，歡迎大家去參加復活節的晨曦禮拜。傳統的圖像：一個十字、一個金色的黎明，還有豐盛到幾乎是噴湧出來的一束束花朵。復活節百合。❼

一日一日復一日。

「馬丁尼茲。這聽起來像是一個時間表。」凱特琳說。

「什麼聽起來？」

她已經離開座位，走向蓋舍里的私人辦公室。「『一日一日復一日。』聖週五，聖週六，復活節星期日。」

❼ easter lily，中文又稱麝香百合、鐵炮百合。盛開季大約就在復活節之前，在美國亦廣泛用於復活節的裝飾。故又稱復活節百合。

32

凱特琳用力敲了蓋舍里辦公室的門，沒等到回應就開門進去告訴他。

「今天、明天、星期天。如果這是先知者的時間表，今天早上只是開始而已，」她說，「我們要下地獄了。」

他雙肘撐在桌上，托著自己的臉。

「我們得做點事情，」她說，「再發布一個通告，告訴大家要警覺。」

「在今天早上之後，我相信大家都很警覺了。」

「他準備二十五年了。就是這個。」

「連續殺人兇手從來不會達到『這個』的。所以他們才會持續殺人。」

「但是他有個精心設計的幻想。這個就以某種方式連接到那些舊案子。他正在醞釀要做某件事，我們得搞清楚那是什麼。」

他想了好一會兒，臉上籠罩著陰影。「你有那些舊案子的檔案。你有我們能弄到的一切。你還有一些只有你能弄到的東西。」他雙眉揚起。「那就好好去利用吧。」

他指的是她父親。她回到自己的辦公桌，坐下來告訴自己要專注。

她必須分析證據。而要分析證據，她就得冷靜下來。因為她知道自己很擅長找出關聯，有時立刻就看到清晰、刺眼的相關性。她不認為那有什麼神祕性。有些人認為她是仰賴詭異的直覺。

但對她來說，那是把一切加總，幾乎就像數學。證據的表面之下，在深層裡運作著一些等式、一些演算法。

她是從梅克身上學到這一點的。

他的運動包放在她書桌下頭的地板上。儘管她已經拿來超過一天，卻幾乎沒有時間去整理、登記裡面的東西，更別說深入挖掘了。事實上，光是拉開上頭的拉鍊，感覺上就像是撕開一道傷口。但這會兒，她還是把袋子拉出來打開，拿出裡面所有的東西。她做好準備，開始閱讀。裡面有便條本，匆忙記下犯罪現場的第一印象；有梅克偵訊嫌疑犯的筆記。另外還有日記本。

三月二十一日。在犯罪現場，有人用一根釘子在籬笆刮了字。「靈魂筆直墜落。」這是什麼鬼？這個靈魂沒有墜落。是他**刺死**她，然後打電話給她的**孩子們**，跟他們說該去哪裡找她。**幹**。

她努力想讀下去，但是閉上了眼睛。她看見了。不過看見的並不是先知者的下一個行動。她看見了擊垮她父親的是什麼。

生平第一次，她看得好清楚。毀掉他的，並不光是他沒能逮到先知者。而是被害人及其家屬的痛苦。

她手放在他日記上的那一段。他的痛楚依然存在，深深寫在紙上。連續不斷地辦這個案子五年，無情地暴露在這種施虐狂的暴力中，不但剝奪了他所有的快樂，也同時逼得他絕望。

她知道他不是唯一被這種持續攻擊所壓垮的警察。只要是認真投入的執法人員，長期偵辦連續謀殺案下來，都很有可能引起創傷後壓力症候群。理智上她知道這一點，但是從來沒有發自內心地感受到。小時候，她只感受到其中的影響——在父親的怒氣、他的徘徊、他幻想的惡罵中。有天深夜她在車庫裡看到了一眼真相，結果被她自己的尖叫吞噬。但她從來沒有從梅克的腦子裡、從他飽受煎熬的內心，去看這個案子。

她的手指撫過他憤怒的字句。梅克多年工作中，曾經歷過種種恐怖的經驗。而在先知者的案子裡，這些恐怖實在太多了，超過一個人所能負荷的程度。

但是他抄錄的訊息——曾在證物的其他地方出現過嗎？靈魂筆直墜落。她開始檢查她的證物清單。

她眼角有動靜，於是抬起頭來。瑪麗正走向照片牆。蓋舍里舉手示意。「各位。」他說。

瑪麗的眼睛閃著兇惡的光。「我們有一個嫌疑犯了。」

凱特琳和馬丁尼茲走過去。瑪麗舉起一張八吋半乘十一吋的紙，然後抓了一個圖釘，把那張紙釘在軟木塞板上。

凱特琳靜止不動。她瞪著那張駕照上的大頭照，吸收著每個細節。

瑪麗張開雙腳站穩，幹練地開了口。就像個堅定的幼女童軍隊長。

「白人男性，五十四歲。他是星座配對網站的繳費會員，所以我們一開始才會注意到他。」

凱特琳目光猛然轉向她。

瑪麗回應她的目光。「你的朋友黛若齡・霍布思？她曾推斷先知者憑著女人在約會網站上的簡介而挑選殺人對象，或許這個理論其實不那麼瘋狂。」

凱特琳再度瞪著那張照片。嫌疑犯。

過去二十五年，警方有過兩千多名嫌疑犯。她在檔案裡看過無數名字。包括匿名線報所告發的人，可能是由鄰居、同事、朋友或敵人向警方舉報的。或是一些車牌在犯罪現場附近被拍到的人。但是沒有一個有充分證明而遭到逮捕，更別說起訴了。

但牆上照片中的那個人，並不是其中之一。

「我考慮過地理側寫，」瑪麗說，「但是不精確。當我們有潛在嫌犯的地址時，地理側寫可以供我們做交叉比對。它可以預測，但是無法憑空找出一個嫌犯，尤其是在灣區這樣人口稠密的都會地帶。」她朝那張照片點了個頭。「但是我們可以用別的，跟配對網站交叉比對。」

這是她出風頭的機會，沒有人阻止她。

她手指戳著那張嫌疑犯照片。「他正因為酒駕在緩刑中，還戴著一個 GPS 腳鐐。而且那個腳鐐的紀錄顯示他出現在最近的每一個犯罪現場。」

馬丁尼茲說：「你是在開玩笑。」

瑪麗露出勝利的冷酷微笑。

照片裡的人是巴特．弗雷徹。

33

凱特琳走向巴特．弗雷徹的照片，努力忍著不要搖頭。這就是他們的嫌犯？那個記者？

瑪麗說：「他從頭到尾就在我們面前。」

馬丁尼茲說：「這個陰險的混蛋。」

「所有的證據都符合。也在我們推測的兇手年齡範圍內。」

他在推測年齡的上限，凱特琳心想，但是憋著沒說出來。

「他有完美的掩護。一張媒體通行證。他是犯罪新聞記者。而且看看先知者最新的幾則訊息。文法和拼字都完美無瑕。兇手顯然有寫作者的風格。此外，弗雷徹很熟悉這個案子。」瑪麗看著凱特琳。「從你父親辦案的年代，他就開始負責報導了。」

「可是……」凱特琳搖頭。「我查過他的背景。弗雷徹從愛荷華州來到灣區的時候，早期的那些謀殺案已經進行到一半。先知者開始殺人時，弗雷徹並不住在這裡。」

瑪麗只是朝凱特琳歪著頭。「弗雷徹在那個約會網站上有簡介。而且電子腳鐐確認他在每一樁新的謀殺現場都出現過——即使他沒被指派去報導。」

「什麼？」

「他是模仿犯。」蓋舍里說。

凱特琳更認真看著弗雷徹的照片。那陰鬱的雙眼，那不太乾淨的頭髮。一個完蛋的酒鬼。也或許不是。

事業困頓多年，直到他畢生最精采的報導又復活，召喚他出馬。會是這樣嗎？弗雷徹為了自己的榮耀，決定去模仿先知者？感覺上似乎不太可能——那種暴力，那種狂亂。

戲劇化的新聞標題。閃亮的主角陣容。普立茲新聞獎。

凱特琳說：「他一定知道自己去過的地點會被追蹤。這就是電子腳鐐的功能啊。」

蓋舍里摸摸鼻側。「弗雷徹的假釋規定中有宵禁，所以才要他裝電子腳鐐。但是只有腳鐐拆掉或故障時，才會發出警示。而如果沒有發出警示，老實說，也不會有人隨時監控他的GPS紀錄。大部分電子腳鐐的行蹤紀錄，都不會有人去檢查的。」

「每一個犯罪現場，他都去過。」瑪麗說。

凱特琳覺得手指冰冷。玉米田、銀溪公園，弗雷徹都去了，而且是第一個趕到的記者。他似乎總能搶在其他媒體之前，就曉得有犯罪發生。

瑪麗說：「塞闊雅高中，那個阿拉伯馬牧場。他都在。」

凱特琳一隻手梳過頭髮。「不，有些地方說不通。這些地點都可以解釋為——至少乍看之下——一個記者在盡責做自己的工作。而且這些地點都是公開紀錄，查得到的。」

「凱特琳，」蓋舍里開口。「聽我說。」

在會議桌上，瑪麗打開厚厚一疊紙，那是弗雷徹電子腳鐐的GPS列印紀錄。她指著一個時間標記和座標。「這個地點是聯合市的橄欖園，就是梅樂蒂．詹姆斯當女侍的那家餐廳。」

凱特琳湊過去看那些列印紀錄。「三月十九日。」

「沒錯。在梅樂蒂和理察．桑切斯被擄走之前。那天夜裡，他去過那裡。」

狗屎。一股寒氣沿著凱特琳的手臂散開。

「那舊金山呢？」凱特琳說，「打去甜蜜與光亮花店、訂購那打黑百合的電話，是在市政中心巴士站附近打的。」

瑪麗翻閱著GPS紀錄。「幾點？」

凱特琳說了。瑪麗手指沿著紙頁往下。停住，指著說：「是這筆嗎？」

凱特琳把座標輸入自己的手機。螢幕的地圖上，一個紅色釘子落在那個巴士站附近。她覺得全身發冷。

「是的。」她說。

蓋舍里朝瑪麗點頭。「做得很好。」

凱特琳覺得胃裡空蕩。她之前太快就排除掉弗雷徹了。

「我會準備好去申請逮捕令。」瑪麗說。

凱特琳心想：奧克蘭機場。弗雷徹在那裡，領先所有記者。當時他精神很好，嘴裡冒出的氣息有薄荷錠，但是沒有啤酒味。剛沖過澡。

像是把任何微物跡證都洗刷掉了。

她明白了，當時在公園裡，她其實可以逮到他的。就在最近這樁謀殺的兩天前。她本來可以逮到他的，當時他把滴流的血那幾個字拿給她看，這幾個字連接到凱莉．史莫倫斯基和整個訊息，連接到「咖啡、茶與塔羅牌」店外牆上的塗鴉。

她本來可以逮到他的，卻放走他了。

在阿拉米達郡濱水區一個柏油地面破爛的停車場裡，巴特．弗雷徹縮著脖子背對海風。他一頭沒有光澤的直髮被吹到臉上。雨雲從太平洋滾滾而來，散布在舊金山的丘陵上。舊金山灣的海面被吹得波濤陣陣。

他踱著步子。等到他的手機終於發出鈴響聲，他冰冷的手指按了通話鍵。

「你說你可以掩蓋掉我電子腳踝的訊號，不會向警方發出警示。」他說。

兩輛車子經過停車場旁邊那條空蕩的街道，他轉身背對著。那兩輛車駛向大黃蜂號航空母艦博物館。在馬路的盡頭，經過一批老舊的倉庫和樹幹彎曲的輻射松之後，那艘退役航空母艦的指揮塔聳立在天空下，水平線之上的飛行甲板又平又尖銳，像是一把剃刀。

弗雷徹手機緊貼著耳邊聽著。「是的，我有懷疑……你……」

他一手撫過下巴。

「你之前提供的一切當然很寶貴。我的意思不是……我絕對不會那樣做的。但是如果我要進入下一個階段，我就得百分之百確定GPS和手機訊號可以完全掩蓋掉。如果沒辦法，我就會有危險了。你……」

他搖搖頭，讓自己冷靜下來，然後走向水邊。「聽我說，我打算用你給我的訊息，更深入郡警局的內部。我得確定自己不會留下痕跡。這是為了我們雙方好。」

他又聽了一下。「好，我會的……是的，最好是馬上。」

他掛斷電話。停車場外的馬路一片空蕩，臨海的慢跑路徑上空無一人。一陣強風吹過岸邊。弗雷徹暫停一會兒，看著眼前的一切：環繞著灣區的丘陵變成了巨大圓形露天劇場裡的階梯式座位；騷動的天空；海灣裡深色的冰冷海水，下方有致命的沉默洋流。沒有人看得到他，但他覺得自己位於舞台的正中央。

有一些大事要發生了。一旦他解決掉這個技術性問題，往下就一無阻礙了。這個消息來源是黃金鎖，即將協助他打開金庫，實現他所有的夢想。

他傳了個簡訊給他在《東灣先驅報》的上司，說他再過一個小時會到辦公室。他的目光從手機上抬起，趕緊走向停車場另一頭沒有熄火的黑色小卡車。

34

法官在下午三點四十五分簽發了逮捕令。五分鐘後，瑪麗和蓋舍里就圍在凱特琳的辦公桌旁，看著她打電話到《東灣先驅報》。

「請接巴特．弗雷徹。」

電話開了擴音器，轉接時傳出罐頭音樂聲。凱特琳手上的筆尖戳著桌面。不要轉到語音信箱。她心想。然後，喀啦一聲，電話接起來了。

「韓吉斯警探。真難得啊。」

她手裡緊捏著筆，想著自己一定要很有說服力。「弗雷徹先生。很抱歉今天早上在機場對你那麼兇。」

對方暫停一下。「你的警佐就站在你旁邊，確認你打了這通電話嗎？」

「一點也沒錯。」她看著蓋舍里。「不過他是對的。我當時太過分了。」她清了清嗓子。

「而且他認為我們應該談一談。」

「真想不到啊。你準備要接受我的專訪了？」

「如果你把你以前的訪問筆記都帶著的話。」

弗雷徹沉默了片刻。「富蘭克林街那邊有個地方。綠寶石。五點怎麼樣？」

凱特琳知道那個地方，是一家老派酒吧。瑪麗朝她豎起兩根大拇指，表示知道。

「沒問題。到時候見了。」

凱特琳掛上電話，蓋舍里對她點了個頭。她緊抓著手上的筆，免得被他看穿自己的緊張。瑪麗已經回到自己的辦公桌旁，把手槍插入槍套。

半個小時後，他們開車前往奧克蘭。瑪麗帶頭開第一輛車，一副蓄勢待發的氣勢。蓋舍里坐在凱特琳那輛車的副駕駛座，忙著打電話跟奧克蘭市警局協調。奧克蘭市警局堅持要派出人員協助執行這次逮捕。

一個知名兇手就要被抓到了，沒有人想置身事外。

凱特琳沉默開著車，穿行在緩慢的車陣中，讓自己的腦袋進入狀況。要是弗雷徹乖乖接受逮捕，那很好。要是他不肯，反正她的拉鍊夾克底下穿著防彈背心。

瑪麗的聲音從無線電傳來。「他的電子腳鐐沒有移動。他還在富蘭克林街一二〇〇街區。」

蓋舍里說：「找電子腳鐐監視公司，把範圍縮小，大幅縮小。」

一分鐘後，瑪麗回報：「他們確認了，訊號是在綠寶石酒吧。」

他們轉入奧克蘭市中心，來到集合點，是離那家酒吧兩個街區的一處街角加油站。奧克蘭市警局已經完全準備好了；一支四人戰略小組正在等著他們。凱特琳認出了李歐司警佐，幾天前他曾領導緝毒任務小組突襲那個製毒屋。

瑪麗大步走上前去，綁在腦後的馬尾搖晃著，嘴唇紅得像紅燈，她跟李歐司握了手。李歐司打開一張地圖，放在他的車子前引擎蓋上。風吹得地圖邊緣揚起。天空的灰色雲層很低，籠罩著加油站。周圍的汽車和巴士都開著車頭大燈，加油的顧客盯著他們瞧。

李歐司指著地圖。「角落那棟建築物的大門開向富蘭克林街，後頭的巷子裡還有個後門。」

瑪麗說：「我對那個地方很熟。而且GPS資訊確認他在裡頭。」

「GPS資訊的時間落差是多久？」

「十分鐘。但是他在那邊一個小時了，看起來暫時都不會動。」

蓋舍里一根拇指朝向凱特琳。「韓吉斯警探會先進去指認弗雷徹。他們約好了。這樣他比較不會有防備。」

李歐司搖頭。「戰略小組帶頭，第一個進門。」

凱特琳皺起嘴唇。蓋舍里雙腳轉移著重心。

李歐司說：「這回是高風險的逮捕行動，正好是戰略小組的專長職責之一。而且，如果這個傢伙是先知者，他已經殺過一個警察了。」

蓋舍里點頭。他認為弗雷徹是模仿犯，但這裡是奧克蘭市警局的轄區，本來就該由他們作主。

瑪麗說：「我會進行逮捕。」

在加油區，一個男人舉起手機拍了照片。

這個行動沒有用無線電通報，所以沒有登上警察無線電掃描儀，媒體還不曉得。他們各自上了車，開向綠寶石酒吧所在的那個街角。酒吧俗麗而無精打采，唯一有生氣的就是外頭的綠色霓虹燈。

凱特琳下車，腎上腺素狂飆。瑪麗看起來是準備要用雙手把弗雷徹剝皮，一次剝一吋。

李歐司指著他的手下。「前面和後面。上。」

他們過街，蓋舍里跟著往後門的人馬。凱特琳和瑪麗則跟著李歐司朝前門走。三十秒後，他們全都就位。李歐司打了手勢。

他們進入前門，來到播放著愛爾蘭音樂的昏暗酒吧中。李歐司和隊員檢查過整個酒吧主廳，瑪麗緊跟在後。酒保舉起雙手，顧客們震驚地轉身。一名女侍害怕得尖叫。在後頭，戰略小組和蓋舍里進了後門，沿著走廊往前。

凱特琳沒看到弗雷徹。

「他人呢？」瑪麗說。

凱特琳轉了三百六十度。弗雷徹沒坐在吧檯，也沒坐在任何桌子旁。

瑪麗衝進走廊，轟地打開男廁的門。凱特琳聽到廁所隔間的門一一被踢開。

她跟在瑪麗後頭，推開男廁的門，發現瑪麗手機正湊在耳邊，在跟電子腳鐐監視公司通話。

「我說過了，他*不在這裡*。」瑪麗說。

然後她拿起垃圾桶的蓋子朝裡看。「該死。」

瑪麗戴上手套，把丟在垃圾裡的那個電子腳鐐拿起來。帶子已經被割斷了。

李歐司進來，後頭跟著蓋舍里。瑪麗瞪著那個電子腳鐐。

「真是該死。」她說。

李歐司對著裝在肩膀上的無線電講話，通報大家注意。

瑪麗惡狠狠地咬牙。然後轉向蓋舍里，目光嚴厲。「他住在附近，離這裡不到一公里。那裡是我們最大的機會。」

她迅速走過蓋舍里身邊，奔向自己的車。

弗雷徹住在一棟一九五〇年代的舊公寓樓房裡，離主要公路一個街區。樓房裡有零星幾戶窗子透出燈光。他們停車時開始下雨，冷雨吹到他們臉上。街角一輛巴士轟隆駛過。

弗雷徹的那輛褐色破車就停在路邊。

蓋舍里去敲了管理員的門，那門打開來，露出一塊四方形的黃光。一分鐘後，蓋舍里拿著一把鑰匙回來。

「他住三樓，從陽台走道通到外部樓梯。一扇門。沒有後門，沒有防火逃生口。弗雷徹獨居。管理員今天沒看到他。」他指著三樓的那戶公寓。「門打開就是客廳，廚房在左邊。一間臥室，在走廊盡頭的後面。」

那戶公寓拉上的窗簾裡有一盞燈開著。李歐司雙手握著他的步槍。

「大家保持絕對安靜，直到我打手勢說可以出聲。」他說。

他們掏出手槍。他一個接一個看著他們。每個人都豎起大拇指示意準備好了。他手臂往前指。上。

他們呈單列爬上樓梯，戰略小組帶頭。李歐司的團隊移動時沉默、流暢、充滿能量。到了三樓的走道，他們緊密排列在弗雷徹的前門旁。

李歐司舉起拳頭捶門。「警察。」

沒人回應。凱特琳觀察著李歐司的自信和神態，有種似曾相識之感。雨變大了。樓下的管理員關上他那戶的門。那一塊黃光消失了。

李歐司又捶門。「警察。開門。」

沒有回應，也沒聽到屋裡有腳步聲。不過他們沉默不動，聽到屋裡傳來的音樂聲。李歐司又捶門。裡頭有個什麼嘩啦響。

走道上的氣氛更緊繃了。李歐司插入鑰匙，鎖打不開。他比了個示意強行進入的手勢，然後指著行列裡的第四個人。

今天他們帶了小型破城錘。第四個人走向門，然後揮動錘子。鎖裂了，門砰地被撞開。

他讓到一邊，李歐司閃身進去，其他人緊跟在後。

凱特琳踏進門時，廚房又傳來一個嘩啦聲。一隻貓經過她旁邊衝出門，沿著走道跑掉了。李歐司看著那貓，然後回頭看著客廳。

「右邊安全了。」他說。

第二個人走過他旁邊。「左邊安全了。」

「全部安全了。」李歐司說。

客廳是空的。凹陷的沙發，刮痕處處的茶几。牆上有幾張褪色的海報。

瑪麗、凱特琳、蓋舍里停留在進門處。戰略小組的人進入廚房。

「左邊安全了。」

「全部安全了。」

他們轉入走廊，裡面很暗。盡頭的那扇門是關上的。

李歐司叫一名手下回到外頭走道，另一個留在客廳，其他人則再度集結。李歐司指著走廊盡頭。上。

他們迅速往前。李歐司和他一名手下檢查過浴室，然後走向臥室。

凱特琳注視著臥室門，左手放在瑪麗肩上，右手握著手槍。在她身後，蓋舍里放在她肩膀的左手很堅實。李歐司舉起一隻拳頭。他們停下。

李歐司檢查房門，戴著手套的一隻手沿著門框摸過。然後手靠近門柄，測試溫度。他回頭看，大家朝他點頭，於是他把步槍對著門，開始用手指倒數。五、四。

一時之間，唯一的聲音就是外頭的雨聲。然後，廚房裡傳來電話鈴聲。

他們僵住了。李歐司停止倒數，舉著拳頭。表示暫停。電話鈴繼續響。那是黑色的家用電話，放在廚房料理台的一個托座上。

李歐司再度指著臥室門，重新開始倒數。五、四、三。

電話轉到答錄機。從擴音機裡，一個聲音嘶嘶響起。「房門沒鎖。放下破城鎚，轉動門柄。」

那個聲音，凱特琳曾在兇手打給被害人家屬的電話中聽過。那個沙啞的聲音是先知者的。不是公園裡口齒不清想勸誘她接受採訪的弗雷徹，而是個更陰暗的版本。那個聲音是在表演。

她的心臟在胸腔裡狂跳。他正在監視他們。

從哪裡？

客廳裡面的那個戰略小組成員望著外頭的雨。李歐司打手勢要他關上前門。凱特琳掃視著公寓。沒看到照相機或竊聽器。電話裡傳來緩慢、刺耳的呼吸聲。

李歐司看著他們，一個接一個，他們都搖搖頭。他到底是怎麼監視的？

李歐司下了個決定。他比了個前進的手勢。凱特琳捏了一下瑪麗的肩膀，瑪麗點頭。

李歐司轉動門柄，閃身進入臥室。他的手下緊跟在後。從走廊裡，可以看到臥室裡很暗，路燈的光線從窗子透進來。裡面有書架，一張雙人床。而在雙人床中央等待的，是巴特・弗雷徹。

死了。

他仰天躺著，掌心向上，像是懺悔的姿勢。他的臉被窗外的路燈照得一片光亮。即使離門六呎，凱特琳還是看到了他脖子上那可怕的瘀青。是被勒死的。

「右邊安全了。」李歐司說。

「左邊安全了。」

李歐司的步槍繼續掃過全室。瑪麗也進去。整個房間靜止得就像墳墓。李歐司的姿態每一吋都在明白宣告，最高度警戒。凱特琳想到黃蜂，還有一輛充滿死鳥的汽車裡接著啟動線的手機。她的心臟狂跳。

瑪麗指著床。「那是什麼？」

他們全都轉過去。瑪麗走到牆邊，打開電燈開關。就連李歐司都猛然轉向她，刺眼的亮白燈光照遍全室。

瑪麗說：「該死，他身上貼著——」

滴答。

李歐司吼道：「炸彈。」

他抓住瑪麗往門口撲。凱特琳只來得及轉身、雙臂抱住頭。閃光把牆壁都照白了。

死掉，我們全都會死掉——

但是沒有爆炸。沒有爆炸波，沒有飛濺的彈片，沒有火光。凱特琳喘得像是跑了十六公里，然後放下雙臂。李歐司站在靠近門的地方，一臉激動，把瑪麗推向牆壁。

床上傳來嘶嘶聲響。那滴答聲原來是啟動一個開關的控制器。凱特琳全身寒毛豎起。貼在弗雷徹胸部的是某種火藥裝置包。嘶嘶聲愈來愈大。

先知者在他身上綁了煙火。

煙火外面的包裝紙已經燒掉了。裡面是鏽橘色的火藥，像鐵屑，放在一片鋁箔紙上。那個火藥裝置像仙女棒似的吱吱燃燒起來，橘紅的光點又爆又跳。延長成一根根火焰棒，燒得好快、好亮，像是他胸口有一座小火山爆發。黑色的煤灰落在他四周，四散在他的雙臂、脖子和臉。然後那些煙火發亮，爆出一根根觸鬚，像是炭化的蛇在蛇窩裡擺動。亮著紅光，捲曲，伸長為兩呎、三呎，纏繞著他的身體。

「狗屎，」一個戰略小組成員說，「操他媽的。」

八根觸鬚。十根。捲曲著像觸角，冷卻成四呎長的指骨，揮動，搖晃，探查。其中一根滑過他的臉，探入他張開的嘴。那個戰略小組的警察踉蹌後退，乾嘔著。房間裡充滿發臭的濃煙。

「那是無線電控制的開關，」蓋舍里說，「觸發的人一定就在附近。」

凱特琳咳嗽著跑到窗邊。在下方的雨中街道上，有個戴著帽兜的男子把一樣東西放進口袋。他的臉看不到，他的手機湊在耳邊。

廚房的電話裡傳來那個聲音說：「落後十步，韓吉斯。」

帶著酸蝕氣味的煙霧讓凱特琳無法呼吸，她說：「他在那裡。」

戰略小組的人衝出門。那個帽兜男又朝窗子注視了一秒鐘，然後開始倒退著走，沒有臉，背後有車頭大燈照著他。他把手機塞進口袋，轉身融入街道上的車陣中。凱特琳一直看，直到戰略小組的人出現在人行道上，奔跑著。然後她彎腰乾咳，跑出臥室。

她聽到無線電傳來的通話聲。「他進入捷運站了。」

她衝出前門，來到走道上，靠著欄杆大口吸氣。瑪麗也踉蹌走出來，在她旁邊抓住欄杆。她乾嘔著，吐出一長條口水，落在下方的院子裡。

一陣冷雨吹到凱特琳臉上。蓋舍里也走出來，問她們是不是還好。凱特琳點頭，隔著撞壞的門往裡看，覺得身上有一種黏滑的感覺。那些舞動的蛇。就像觸鬚。像外星人從弗雷徹的身體裡爆出來。

「該死。」蓋舍里說。

她全身發冷，打了個冷顫。努力望著門內。

她從口袋掏出一雙乳膠手套和一條印花大手帕。用大手帕遮住口鼻綁在腦後，像個銀行搶匪似的。

她看了蓋舍里一眼，他也從自己口袋掏出手帕掩住鼻子。她走回公寓內，他隨後跟上。

在臥室裡，煙霧消退了。弗雷徹還是在床上，雙手還是懺悔的姿勢。那些像蛇一般的可怕觸鬚已經從紅色冷卻為灰白，現在完全不動，像一個花環纏繞著他身體、化成石頭。那些觸鬚之前環繞著弗雷徹的臉揮動，舞過床上、在他雙腿間、進入他的胯下。化學物質和肉類焚燒的氣味好重，連印花大手帕都遮不住。

一時之間，凱特琳忽然好想吐。她站著不動，逼自己不要呼吸。

然後她看到牆上寫的訊息。

那裡有成群盤繞的毒蛇湧出　猙獰的
在那巢穴中他驚駭地扭動　大喊
啜泣著告解　無休無止——竊賊。
地獄等著你們所有人。

35

稍後，在漸深的暮色中，凱特琳離開那棟公寓大樓。她倚著自己的車脫掉夾克，讓雨落在肩上。她周圍是一片節慶般的閃燈，警車和一輛消防車及一輛救護車。她不在乎現在很冷，也不在乎風會吹跑她身上所有的體溫。她得擺脫那個氣味。

那個帽兜男消失在捷運站星期五傍晚的人潮中。那個站有四條捷運線經過，儘管戰略小組的人奮力追趕，那個帽兜男還是消失了。

她拿出手機，猶豫了一秒鐘，然後打給尚恩。

他說：「嘿，什麼——」

「我在一個犯罪現場，」她說，「一八七。」

這是指加州刑法典中的第一八七條：謀殺罪。

「奧克蘭的火災調查單位正要趕來。不過我需要一個懂火藥裝置的人。你可以幫我看一張照片嗎？」她說。

「傳過來吧。」

她掛斷電話，找出她所拍攝巴特．弗雷徹屍體被毀損的照片。中央是被燒成灰的蛇，她忙著裁切掉弗雷徹的臉。

她忙到一半，蓋舍里走過來。「你在做什麼？」

「把這個傳給尚恩．羅林斯。他是菸酒槍炮及爆裂物管理局的爆炸物專家。我會請他告訴我意見後，把照片刪掉。」

蓋舍里搖頭。她抬起頭，隔著濕淋淋的頭髮往上看。

「現在是在倒數計時了，我很確定，」她說，「這不會是這星期的最後一個被害人。我們得爭取每一分鐘，火災調查隊的人也還沒趕到。」

蓋舍里拉起他風衣的領子。「好吧。」

她把照片傳過去。尚恩幾乎立刻就回電。她按了擴音功能。

尚恩說：「那個火藥裝置叫作『法老之蛇』。」

大群盤繞的毒蛇。一陣寒意掠過她全身。

「美國在一九四〇年代就禁掉了這種東西。不過海外還是有，大部分是前蘇聯的東歐集團國家。這是一種硫氰酸汞和重鉻酸銨的混合物。」

凱特琳看著蓋舍里。「汞。這是他的簽名。」

蓋舍里湊向手機。「羅林斯探員，你確定嗎？」

「百分之百確定，」尚恩說，「就算我自己認不出來，我查到了一個圖片資料庫，裡頭就有一模一樣的照片。」

「你剛剛說，這種東西在美國被禁掉了。」蓋舍里說。

凱特琳點頭。進口這種東西一定很困難——或許他們可以由此找到一條線索。

尚恩說：「因為這是一種有毒的混合物。是有毒性的。賣的人會推銷給小孩。一堆瘋子。」

「謝謝，」蓋舍里說，「麻煩你刪掉韓吉斯警探寄給你的照片。」

「已經刪掉了。」尚恩說。

凱特琳說：「謝謝。我得掛電話了。再聯絡。」

她切斷電話。

蓋舍里說：「這真是太瘋狂了。」

「我知道。」雨水落在她臉上。「不過我們找到一個方法去查了。」

「那麼我們最好快點，」他轉身離開。「把你的外套穿上，凱特琳，然後趕緊查出來。」

36

凱特琳回到分局時，天已經黑了。她先去更衣室脫掉濕漉漉的T恤，把今天早上出門時那件有咖啡漬的穿上。分局裡一片忙碌，但是看著黑暗的外頭，以及窗子上日光燈的鏡影，讓整個分局裡感覺更封閉、更孤立，也更暴露。

蓋舍里把兩張新照片釘在牆上。那些蛇。還有那則訊息。

感覺上每個人都筋疲力竭，甚至包括沒有去現場的馬丁尼茲。瑪麗不肯看任何人的眼睛。蓋舍里一臉憔悴，眼睛凹陷得更深了。

在戰情室一角，一架電視沉默播放著新聞。先知者宣稱要為新的殺人案負責。灣區恐怖。教堂禮拜延後。勇士隊取消今晚比賽。

先知者又擊敗他們了。整個案子焚燒，發臭，感覺上好像會吞沒她，腐蝕她，然後爆出白色的火。

現在，離開犯罪現場後，她眼前又浮現出那個畫面。弗雷徹躺在床上，一動也不動，煙火點燃，比鍋爐還熱，比鍛鐵爐還熱。但他什麼都感覺不到，熔化金屬的火星落到他臉上、燙傷他的眼角膜時，他也沒有眨眼。

死了。但是不光是死掉而已。先知者還希望他們吸入、爬著逃離，希望他們知道他把這個強加在他們所有人身上。

蓋舍里站在弗雷徹的照片前。「為什麼先知者會挑選這個傢伙？」

沒有人回答。蓋舍里轉身。

「他挑選弗雷徹是有理由的。什麼理由？」

馬丁尼茲說：「我們確定弗雷徹是自己在星座配對網站上設定個人簡介的嗎？」

「去查查看。」

「那個電子腳鐐，」凱特琳說，「為什麼剪斷了，卻沒有觸發任何拆卸警訊？」

「還不曉得。」

蓋舍里看著她，但是瑪麗開口了。「我去查。」

他點頭。凱特琳什麼都沒說。瑪麗的頭髮從馬尾裡散落下來，看起來像一條遭到鞭打過的狗。

蓋舍里最早的問題仍懸在空中。凱特琳說：「我不曉得他為什麼會挑選弗雷徹。但是我想，他挑選梅樂蒂．詹姆斯和理察．桑切斯，是因為弗雷徹去聯合市的橄欖園餐廳那天晚上，他們兩個也在場。」

這是個可怕的想法——他們會被擄走並殺害，是因為這樣有助於把嫌疑套在弗雷徹身上。凱特琳揉揉眼睛。

那個犯罪現場是奧克蘭市警局的轄區。在他們完成調查、寫好報告、主動提供任何資訊之前，這個戰情室唯一能做的就是等待，同時追查其他線索。

「回去工作吧。」蓋舍里說。

馬丁尼茲和瑪麗緩緩走回自己的辦公桌。凱特琳注視著牆上的照片，她的頭髮凌亂，T恤上潑了咖啡的地方發硬，牛仔褲濕答答地黏在身上，而且那個氣味在她鼻子裡揮之不去。油膩、化學、發出惡臭的煙霧和焚燒肉類的氣味。她想把身上的衣服扔掉，站在蓮蓬頭的熱水下面一小時。或許用清潔火山泥洗澡。她感覺巴特．弗雷徹似乎變形成為煙霧，進入了她肺部和血管，她只求把那種感覺驅除掉。

瑪麗跌坐在她的辦公椅上，手指交叉罩住眼睛。有一秒鐘，凱特琳滿足地低頭看著她的腦袋。但緊接著又覺得慚愧。

「瑪麗，要咖啡嗎？」她問。

瑪麗往上看了一眼，凱特琳從口袋裡掏出零錢。瑪麗點頭。

凱特琳去買了兩杯咖啡回來。瑪麗謝了她。凱特琳走向照片牆。

她瞪著那張放大的訊息照片，訊息是以噴漆噴在弗雷徹死去那個臥室裡的牆上。

那裡有成群盤繞的毒蛇湧出　　猙獰的

在那巢穴中他驚駭地扭動　　大喊

啜泣著告解　無休無止——竊賊。

地獄等著你們所有人。

這是在嘲笑她。

裡頭有個模式。所有的訊息裡都有。這點她知道。

但是她想不出任何道理。

還沒而已。

她回到自己的辦公桌，把那些句子輸入搜尋引擎。沒有結果。那不是已出版的知名詩作，比方出自《失樂園》，或是像寫在凱莉·史莫倫斯基手臂上的艾略特的詩。那不是歌詞或幫派的格言，甚至沒有任何一句是。至少不是英語的。

她手指按著眼角。*換另一個方向吧。*

詩歌。這回先知者留下的訊息似乎跟詩歌有關。而詩歌有形式——格律、節奏、韻。她比較最近這則訊息每一行的音節數目，想知道是否能解譯為某種數學模式。

什麼都沒有。

然後她不再看著那些字，逼自己做自由聯想，後退幾步。

為什麼訊息裡的某些字之間空格那麼大？因為他寫得太急？因為在垂直的表面上噴漆有難度？

她覺得不是，然後坐直身子。

過去多年來，先知者寫過幾打的信件或訊息。在紙上，或是用麥克筆，或是用油漆。那些寫下來的訊息全都文法完美無瑕。手寫的都很工整而清楚。就連她父親撿到的那張地圖，上頭的字跡也是謹慎而清晰。

這些句子中間的大空格，一定是有意義的。

至少，她希望是如此。

她抓了一本便條紙和一支筆。寫出那則訊息。首先盡量照著原來的空格，接著是正常的空格。她不認為比較大的空格——大喊（Yelling）和啜泣（Whimpering）之間——是表示標點符號。或許是表示節奏的停頓，像是演講中間表示稍微暫停。她把那則訊息唸出來。

沒有激發任何聯想，也不會有。她的筆戳著那本便條紙，愈戳愈用力。

「跟我說話。」

中斷。那些是中斷。

她又把那則訊息重寫一次，這回碰到空格較大的地方，就另起一行。

在她心底，隱隱覺得快要認出來了。一種暗示，無形的，還碰不到。

她憋住氣，幾乎要碰到了，不敢動也不敢眨眼，唯恐思緒還沒抓到，就會被吹走。

那裡有成群盤繞的毒蛇湧出（And there great coils of vipers swarm）
猙獰的（Hideous）
在那巢穴中他驚駭地扭動（amid that nest he writhes terrified）
大喊（Yelling）
啜泣著告解（Whimpering his confession）
無休無止——竊賊。（Endlessly--THIEF.）
地獄等著你們所有人。（Hell awaits you all.）

她翻著桌上的檔案，找到一個檔案夾，打開來。裡頭是先知者附在黑百合裡的訊息。

她又找出另一則訊息，秀在電腦螢幕上。是玉米田裡的那則。還是不敢呼吸。接著她找出史都華．艾克曼被發現漂浮在飲水槽裡之後，先知者寄給KDPX的那則。先知者復出之後的每一則文字訊息，她全都找出來了。

其中只有一則是公開的——寄給KDPX的那則。其他的都在阿拉米達郡警局手裡，沒有對外公開。她拿起那本便條紙。雙手開始發抖。

玉米田裡的字條。這些年來，你以為我離開了。但是……地獄……天使……你的……哀號……二分點……颶風……（All these years you thought I was gone. But ... hell ... Angels ... your wail ... Equinox ... hurricane ... ）

數學老師被謀殺後，先知者寄給KDPX的影片中訊息。他奔跑的時候，那幾支箭射中了他。追獵……阿拉米達……然而……毫無……指望……此地……（... hunted ... Alameda ... Yet ... without ... Expect ... here ... ）

附在黑百合裡面的那封信。你撂倒我的所有渴望……嚎叫……而……你……不幸的……最終……可怕的……（All your hunger ... Howl ... and ... You ... wretched ... Eventually ... Horrible ... ）

信紙背後的附記。另外，凱特琳：那是什麼感覺？你所有的……等到……你會……電擊療法……他會……（And, caitlin: How does it feel? All ... You're ... When ... Electroshock ... He'll ... ）

她說：「耶穌啊。」

每一則訊息，每行第一個字母都是一樣的。只有那則給凱特琳的附記除外。但是在那則附記中，大寫的字母照順序排列，跟其他訊息的每行第一個字母一樣。

AHAYWEH。

37

凱特琳的筆懸在那張紙上方。她不想動，深怕眼前那些字母會消失。

AHAYWEH。

她又把所有先知者的訊息檢查一遍。沒有疑問。自從他復出之後，給警方每一則訊息的每行第一個字母，就組成了AHAYWEH。每次的順序都一樣。看起來是藏頭詩。

「該死。」她之前都沒看出來。因為有太多雜訊了。專注。

她把電腦鍵盤上的檔案推開，叫出搜尋頁面。AHAYWEH。

你是指：YAHWEH。

是嗎？YAHWEH是表示什麼？

她把搜尋結果的頁面往下拉。

下降：Ahayweh門。第一層，第二層，第三層。

Ahayweh音樂與藝術，奧瑪哈。

字首縮寫定義。Ahayweh是什麼的縮寫？

她點了搜尋。

「我真該死。」

答案就在面前瞪著她。

> 拋棄希望吧，所有進入此處者。（*Abandon Hope, All Ye Who Enter Here.*）

她繼續閱讀，嘴巴發乾，雙掌刺麻。

那是常見的英語句子。七個字，廣為人知，不過其實翻譯得不太精確。不是源自基督信仰中的佈道，或是《神鬼奇航》系列電影。這個句子並不是現代的。

這個句子出自但丁的《地獄》。

凱特琳繼續閱讀，感覺整個房間似乎變得清晰而明亮。她找到一個大學的網站，有《地獄》的摘要。她對這部作品知道得很少，基本上只聽過書名。這就是拿到刑事司法學位的缺點——不會修中世紀義大利文學方面的課。

她設法吸收，迅速閱讀那些文字。義大利原文是：

Lasciate ogne speranza, voi ch'intrate.

出自第三首，第九行。

凱特琳閱讀著，在《地獄》中，這句話刻在地獄之門的岩石上，迎接迷失的靈魂永遠進入地獄。拋棄希望吧。因為每個讀到這句話的人都註定要受到永遠的折磨。他們進入了一個哭叫和受苦的世界，永遠無法脫身。

> 歡迎來到地獄。

她想到寫在麗莎·朱手臂上的那句話。無盡的憤怒與無盡的絕望。她知道這句話出自《失樂園》中撒旦的獨白。即使在二十年前，先知者的訊息便是指向地獄。

她抓住手機，上了一家網路書店。她的手指興奮得發抖。這就是兇手的軌道，一定是。她的搜尋得到了一打各種版本的《地獄》。詩人朗費羅的譯本。查第的譯本，平斯基的英語和義大利原文雙語版。她可以分開買，也可以買《神曲》三部曲——《地獄》、《煉獄》、《天堂》。

她買了三部曲，先下載了《地獄》，然後跳到第三首。開頭的句子是：

我就是通往悲痛之城的道路。
我就是通往絕望人們的道路。
我就是通往無盡痛苦的道路。

她的腦袋抽痛。我就是道路……那就是先知者在通勤時間電台節目裡說過的，就在他掛斷電話前：我就是道路、證據、衝突。

她本來以為他是改編耶穌的話：我就是道路、真理、生命。但是不，道路、證據、衝突（way, proof, strife）。悲痛、人們、痛苦（woes, people, sorrow）。兩組的字首都是WPS。

「狗娘養的。」

然後她想起另一件事，把辦公桌上的紙張推到一旁，找到她父親的日記。三月二十一……

「靈魂筆直墜落。」

她上網搜尋。

但丁的《神曲》。《地獄》第三十三首。

「一旦某個靈魂如我這般背叛……靈魂筆直墜落到水池。」

忽然間，凱特琳懂了。她看到了。她的目光穿透了多年來的多樁命案，還有那些怪誕的犯罪現場，看到了先知者的祕密幻想。她繼續閱讀，發狂似的，想尋找確認。她從筆記本撕下一張紙，用粗粗的大寫字母寫下：拋棄希望吧，所有進入此處者。

「蓋舍里警佐。」她朝著戰情室另一頭喊。

她站起來大步走向照片牆。大家紛紛抬起頭。馬丁尼茲在他的椅子上旋轉過來，也起身跟著她。蓋舍里走出他的私人辦公室。她把那張撕下來的紙釘在軟木塞板中央。

蓋舍里走過來，雙拳擱在臀上。「警探，什麼事？」

她轉身。蓋舍里看到她灼熱的目光，不禁往後退一步。

「我知道他在做什麼了，」她說，「先知者。他佈置那些謀殺，是在描繪九層地獄。」

38

「但丁。」蓋舍里說。

「都在這裡了。我很確定。毫無疑問。」凱特琳說。

「慢一點。一步步講給我聽。」

「先知者的每一招，都是直接來自《地獄》。即使速讀也能看得出來。書裡提到了黃蜂、野狗、毒蛇——全都在裡頭了。」

馬丁尼茲走近。蓋舍里舉起雙手像是要安撫一匹驚跳的馬。「倒退回去。」

「那本書，講的是一段地獄的旅程。但丁想像地獄是地面底下的一個洞穴，像個漏斗。有九個同心圓，一層比一層深，懲罰不同等級的罪。」

她朝自己的手機低頭，看著裡頭的文字。「聽我說，在第七層，暴力的人被浸在一條沸騰的血河中。要是他們想逃走，就會被箭射倒。」

她又忽然想到另一個連結。她抬起頭，跑到自己的辦公桌旁，抓了先知者的那些新訊息。她瀏覽著，愈看愈興奮。

「在這裡。他一直在告訴我們。就在這裡。」她唸出史都華·艾克曼謀殺案後，先知者送出的那份訊息。「暴力要以暴力回敬，所以他被追獵到一片血河中。」

「聖母馬利亞啊。」馬丁尼茲說。

蓋舍里看著一張犯罪現場照片。史都華．艾克曼的屍體在血紅的飲水槽中。「那麼水星符號呢？在裡頭也扮演了什麼角色嗎？」

她搜尋著《地獄》的內文。「那是……」

她停下來，迅速往下翻，看著一則註解，覺得頸背的寒毛都豎了起來。

「凱特琳。」

「先等一下。」

「快點。」

「這是西方文學史上最偉大的作品之一，我只有半個小時在手機上大略看過。給我幾秒鐘吧。」她狠狠看他一眼，然後又後悔了。「對不起，警佐。」

他鎮定下來，對著她的手機螢幕點了個頭。「繼續吧。」

第九首，六十一行及其後。信使出現。

她解釋那則附註。「在《地獄》中，天堂信使大步走過地獄，對著那些下地獄的靈魂大發脾氣。他的怒氣有如龍捲風般吹散妖魔。這個註解說：『信使有時被認為即是墨丘利神。』」

她轉向牆上的板子，看著那張有先知者符號的照片。

「兇手不是撒旦的門徒。他自認屬於天使那一方。他是死亡的信使，要懲罰一個天國痛恨的世界。」

空氣中似乎充滿電力，一種潛意識的嗡響。

「這個跟艾略特的詩有什麼關係？或者其實沒關係？」蓋舍里說，「還有春分和秋分呢？」

「《地獄》是發生在復活節三日慶典。但丁是在復活節前的聖週四進入地獄。故事結束於復活節週日。」

「幾點?」

「我不知道。」她再度注視著手機上那本難解之書的文字。

蓋舍里想了一會兒。「開車到最接近的書店，把所有的《地獄》買回來。」他看了戰情室一圈。「每個人今天晚上都要讀。先知者比我們早起步了二十五年，我們得拚命追上才行。」

39

星期六

凱特琳在早上七點半走進戰情室，睡眠不足且精神亢奮。她把包包放在自己的辦公桌上，拿出她昨晚在書店搶來的那本學生版《地獄》。書頁邊緣已經被翻得捲起。好幾種顏色的便利貼凸出來，像一根根紙舌頭。她四下看看，每個人的辦公桌上都有一本平裝版《地獄》。但丁無所不在。

瑪麗．宣克林才剛梳洗過，頭髮往後挽成一個俐落的髻。她舉起她手上的那本。「我們還真聰明啊，不是嗎？」她唸著封底的文字。「『一部充滿狂野和有趣意象的詩作。──柯立芝。』真的。」

「那一定是史上最佳推薦語了。」

「恭喜但丁。不過我們卻得收拾他的爛攤子。」

她放下書。凱特琳覺得鬆了口氣，很慶幸瑪麗又恢復她平常牙尖嘴利的本色。

馬丁尼茲經過，軟呢帽往後蓋著他發亮的腦袋。「那本書裡有一大堆瘋狂的狗屎。名副其實的屎──有人滿身蓋滿了屎，當成懲罰。或者泡在滾燙的焦油裡。或者活活吃掉彼此。這傢伙的想像力真夠噁心的了。」

「但還是很有力量。」

「真把我給嚇死了。」

凱特琳注意到，馬丁尼茲今天除了穿著一件印著綠色鳳梨的夏威夷衫之外，還戴了一個十字架項鍊。

他摸摸那個十字架，然後指著她。「你戴個十字架也不會有壞處的。」

在集合時間之前，凱特琳只有幾分鐘。她打電話給她父親，興奮得手指都發抖了。他有資格知道她的發現，說不定還能補充一些洞見。結果轉到語音信箱。

「爸，打電話給我。我有重要的消息。」

她掛斷，然後傳簡訊給尚恩。

好多消息。今天要工作。碰面時再告訴你。

三十秒之後，尚恩打電話給她。「你還好吧？」

「還好。忙昏了。不過，尚恩，我破解密碼了。」

「我的老天——凱特琳，是什麼？」

蓋舍里走過她旁邊。他看著她，朝集合室的方向點了個頭。

「我要掛電話了。」她說。

「等你有空打給我。我想聽。」

「會的。」她掛上電話，起身要跟著蓋舍里，又拿起手機。她傳簡訊給尚恩：祝我好運。然後把手機關了靜音，走向集合室。

二十分鐘後，專案小組在戰情室裡集合。小柄副隊長站在後方。蓋舍里朝凱特琳點個頭。「你負責講解吧。」

她走向照片牆，轉身過來面對全組人員，一時之間覺得好緊張。然後她的自信回來了。這是一次真正的突破，她的推斷是正確的。她在加速的脈搏中開了口。

「先知者所犯的每一樁謀殺，最早可以追溯到紀賽兒．佛雷澤在小崖公園的工具小屋命案，全都符合《地獄》裡的某個場景。」

她舉起那本書。「這是寫於七百年前的一部史詩，描繪一趟到地獄中心的旅程。而且這也是先知者的劇本。」

全場一片安靜。

「故事發生的時間，是聖週四的傍晚到復活節週日。但丁是在春分進入地獄的。」

馬丁尼茲把帽子往後推。蓋舍里直起身子。她指著一張犯罪現場照片。

「第一宗謀殺，一九九三年九月二十三日，是在秋分，」她說，「犯罪現場符合《地獄》的最早幾個場景之一。地獄的入口。被打入地獄的靈魂被一陣陰風吹到這一層。這些靈魂是騎牆派——在人生中從來沒有選邊站的人，以及在撒旦叛變、天國善惡大戰時保持中立的天使們。他們飛過空中，被黃蜂刺螫得哀號。」

馬丁尼茲吹了個口哨。蓋舍里在踱步。

「這是唯一時節不同的謀殺案。我想是因為不明嫌犯認識被害人，於是在謀殺欲望強烈到崩潰時殺了她。不過一旦他開始自己的計畫，他就按照《地獄》的時間殺人了。」

她沿著照片牆走。「大衛．韋納。東方宗教學的教授，在一九九四年春分被殺害。他是被人套上塑膠袋悶死，棄屍在一個巡迴遊樂場裡。」

她用圖釘把一張照片釘在牆上：歡樂屋、棉花糖攤子。奇幻屋、鬼屋、滾球遊戲台。

「地獄第一層包括良善的異教徒——還不曉得基督之光。他們處於無盡的嘆息和哀傷之中。」接著她指著下一層。「這是地獄邊境。」

瑪麗點著頭。

凱特琳移到下一張照片。「芭芭拉．葛茨，被棄屍在一個洗車廠的烘乾機下頭。地獄第二層是懲罰邪淫者，而芭芭拉結過五次婚。這些陰魂屈服於自己熱情的風暴。死後，他們就被捲入了地獄的風暴。」

她拿起一張海倫與貝瑞．金姆在一場盛宴中的照片。「第三層，刻耳柏洛斯，也就是羅馬神話中看守地獄的三頭犬，把貪食者撕裂成一堆垃圾。」

小柄副隊長靠著後牆而立，西裝燙得筆挺，雙臂交抱在胸前。「他們的屍體是在四月十二日被發現的。不是春分。是復活節嗎？」

「我們無法確定他們死亡的確切日期。屍體被丟在垃圾掩埋場已經好幾天了。不過按照東正教的禮儀曆，那一年的復活節是四月七日。」

小柄副隊長若有所思地點點頭。於是凱特琳繼續往下講。

「第四層。賈思婷與柯林．史賓塞。東正教禮儀曆的聖週六，他們的屍體從一輛翻斗車滾出來。」

她把一張出自一本灣區生活雜誌的照片釘在牆上。照片中的賈思婷．史賓塞站在她擺滿了設計師鞋子的落地式鞋櫃前微笑。

「貪婪者在地獄裡拖著石頭行走，永遠對抗著他們的擁有物。」

凱特琳走到麗莎．朱的照片前。「第五層是斯提克斯——一池泥沼。這裡是懲罰憤怒者的。暴怒者在爛泥中攻擊彼此。慍怒者則沉入爛泥中，發出咕嚕聲。」

蓋舍里說：「無盡的憤怒和無盡的絕望。」

凱特琳吸了一口氣，繼續說：「提姆與譚美．穆里澤斯。」她指著那對年輕夫婦的結婚照。「這是第六層。異端者。」

小柄說：「那桑德斯警探呢？」

「純謀殺，是不明嫌犯在逃跑途中所犯下的。」

他的雙眼嚴厲而老於世故。「那麼，這些新的謀殺案呢？」

「每一樁謀殺，」凱特琳暫停一下。「他的訊息都確認了。」

她輕敲一張玉米田拍攝的照片。「另一個第六層的場景。墜落的天使們擋住了往更下層地獄的入口。復仇三女神尖叫著用指甲撕扯自己的胸部。然後信使穿透他們所有人。他的信裡說，天使墜落，信使降臨，你的傲慢被粑過，違抗結束。你在憤怒中哀號，但是二分點帶來了痛苦。」

蓋舍里說：「墜落的天使——一名年輕妻子紅杏出牆？」

「有可能。跟一個身上有天使刺青的男人。」

小柄的表情更嚴厲了。「他停留在第六層？」

「是的，在書裡是這樣，第六層的場景是一個轉變——通向地獄最深處。」

他的表情依然嚴厲。

她接著講史都華．艾克曼。「第七層懲罰的是暴力。艾克曼死去的那一夜，他去公園是要赴一場暴力性愛之約。」

蓋舍里說：「那艾克曼的汽車呢？為什麼有那些死烏鴉，還塞了玩偶娃娃的頭？」

「妖鳥哈琵，」凱特琳說，「這種怪物有鳥的身軀和女人的臉，大批出沒於自殺者的樹林，把陰魂撕為碎片。」

馬丁尼茲說：「該死的天主教義。就是這種換腦袋的事情，把我嚇得天天都去望彌撒。」

瑪麗雙臂交抱在胸前。「那些玩偶腦袋大部分都是嬰兒玩偶。聽起來他的怒氣是針對所有的女人，從搖籃裡開始。」

凱特琳看著她。「一點也沒錯。」

她又回到犯罪現場照片。「第八層是懲罰詐欺。巫師、占星師、假先知者的腦袋被扭得面向背後，所以他們沒有往前看的能力了。他那次留下的信是：『他們是算命的，卻無法預見到這個。最終，他們為自己的欺瞞付出代價。』」

她暫停。「《地獄》的懲罰是諷刺性的——詩意的正義。而先知者認為他所傳達的就是這個。」

小柄緩步走向照片牆。「那巴特．弗雷徹呢？那些……觸鬚。」

「小偷被丟進一個毒蛇坑。他們生前偷竊，所以在地獄裡也失去了原來的身分。毒蛇攻擊，把他們變形成駭人的、突變的爬蟲類。」她自己的皮膚也又要起雞皮疙瘩了。「但是先知者認為弗雷徹偷了什麼，這點我還不曉得。」

小柄現在看起來被說服了。「這個事情醞釀了很久。問題是，我們要如何利用這個資訊，去找出先知者？」

蓋舍里說：「我們要尋找對但丁有任何興趣的嫌犯。書架上有這些書的人。」

凱特琳說：「他變得愈來愈大膽了。公開散布他的訊息。」

小柄轉向她。「今天下班前，我要一份書面報告放在我的桌上。詳細說明每一件謀殺案。解釋每個命案跟書裡的符合之處。分析他去過哪裡、接下來會去哪裡。以及他還可能嘗試什麼。」

凱特琳吞嚥著。「是，副隊長。」

「我們得設法領先他。」

40

凱特琳走進那家舊金山的咖啡店時，天已經完全黑了，無垠的夜空一片清朗。她整個人亢奮極了，像是大風中的風鈴搖晃個不停。

她先去過膳宿公寓。房東太太說：「他在馬路前面那家店。」凱特琳問：「那酒吧叫什麼名字？」

房東太太搖頭。「是賣咖啡的。叫奇釀。裡頭有電腦。」

奇釀有種破舊的魅力。但今晚店裡幾乎是空的。綁著丸子頭的男咖啡師一副刻意的頹廢狀，往上看了一眼。她看到他的眼神——是個他不必拿櫃檯底下的球棒來對付的。

「大杯美式咖啡。」她說。

梅克坐在店內後方，正對著靠磚牆的電腦。她走向他。

她要交給小柄的報告寫了一半，希望跑這一趟可以填補一些空缺。

而且她得把消息告訴她父親。

她打量著梅克。他身體前傾，湊近螢幕。他大概需要老花眼鏡了，但是沒去配。身上那件工作衫頗合身，但是駝著背。他的頭髮好白。她還記得以前家裡開的烤肉派對，屋裡和後院充滿了朋友、歡笑、音樂、烤漢堡肉的氣味。梅克很好客，總是會吸引人們，他總是歡迎他人，樂於幫助。

而不是像現在這樣，總是獨自一人。對他來說，跟他人打交道好像會引起身體上的疼痛。

她在他旁邊坐下時，梅克毫無反應。她身體前傾，直到自己直接擋住他的視線。他立刻警戒起來。然後他看到是她，依然警戒。

螢幕上是「尋找先知者」網站。他正在瀏覽論壇。

「登出。」她說。

他想了一下，然後打字登出。螢幕轉為咖啡店的首頁。

她湊向他，雙肘撐在膝蓋上。「我知道他在做什麼了。」

他沒動，也沒改變表情。他看起來就像一隻狗準備要咬人，或是逃走。

「以下我所要講的，不能說出去。」她刻意看著電腦。「對誰都不行，一個字都不許說。」

他還是沒動。「了解。」

「他是在描繪但丁《地獄》裡的九層地獄。」

她把詳情告訴他。他聽著，臉色陰暗，有好幾分鐘幾乎完全不動。等到她終於停下來喘口氣，他開始輕輕點頭，身體搖晃著。然後閉上眼睛。

「他不是精神錯亂，完全不是。」他說。

「沒錯。」

「紀賽兒．佛雷澤？」

「那是《地獄》裡頭最早的幾個場景之一，就在刻著『拋棄希望吧，所有進入此處者』的那個入口之後。」

她詳細解釋那一首詩。他緩緩吐出氣來。她看不出來他是怎麼消化這個資訊的。

「騎牆派。保持中立。這些人就因此下地獄？」他說。

「那是中世紀，爸。」

他點頭。「被害者所認識的人。檔案裡面有清單。」

「你認為他認識紀賽兒．佛雷澤？」

「如果有任何被害人是他認識的，或者接觸過的，那就是在早期。也許她不肯跟他約會，或是無法決定他是不是『只是個朋友』。」

凱特琳點頭。

「金姆夫婦。」他說。

「刻耳柏洛斯，」她解釋。「就是三頭犬。」

他手指撫過額頭。「麗莎．朱。」

「第五層。斯提克斯。那是個泥沼。所以麗莎是淹死在一個汙水處理池。」

她說麗莎時，他看了她一眼。她知道為什麼：這表示她開始把被害人想成她認識的人，親密得足以喊他們的名。這對一個調查人員來說可能有好處，但也可能有心理上的危害。

「那天逃離他的那個女人，我前兩天跟她碰了面。」她說。

「凱莉．史莫倫斯基。」

她點頭。「凱莉告訴我，先知者在她家車庫裡攻擊她，當時他說：『惱怒的賤人。』」

她解釋。他往後靠著椅子。「可憐的孩子。」

一股沉重的悲慟緊壓著她，掃去了她進門時的所有精力。梅克的目光又變得疏遠起來。

咖啡師喊她。「你的咖啡好了。」

她去拿了咖啡。「你驚訝嗎？你覺得這對你來說合理嗎？有助於把整個拼圖拼湊得更完整嗎？」

她的亢奮又回來了，但底下潛藏著恐懼。梅克冷靜而緊繃，但那也可能是任何爆發的前兆。

他的聲音很小。「提姆與譚美・穆里澤斯。」

凱特琳喝著咖啡，調整自己的狀況。要是他想談那對新婚夫婦，就可能會走入一條陰暗的路。他從來沒跟她談過這個案子的細節，或許沒跟任何人談過。她想著他們是不是該換到別桌，免得他爆發起來會輕易砸壞電腦。

他說：「拜託。」

她放下杯子。「好吧。」

他雙眼陰暗，凹陷得好深，她心想，比她原先以為的要深。他看起來像是被噴燈的火炬緩緩銷融，所有額外的部分都落下，只剩一個火燙的、疼痛的核心。

他說：「他們是在家裡被棍棒打到昏迷，用防水膠帶捆起來，帶到墓園。他把他們拖進那個陵墓，然後……汽油。我永遠不明白他們遭受了多大的恐懼。他劃亮火柴時，他們可能昏迷了。我們永遠不會曉得，提姆和譚美是不是感覺到那種疼痛……」他一掌撫過臉。「他們都二十四歲。都還只是孩子。看到那樣……」

凱特琳說：「第六層是一座巨大的墓園，裡頭充滿了燒得通紅的墳墓。但丁認為異教徒否認靈魂的不朽，於是他們得到的懲罰，就是死後會永遠在墳墓中受苦，被上帝的怒火焚燒。」

梅克閉上眼睛。「提姆與譚美．穆里澤斯沒有宗教信仰。要是我們——」

她一手按住他的手。「你們會怎麼樣？保護加州的每一個無神論者？你不可能事先知道他是怎麼挑被害者的。他挑選他們，是因為他是個謀殺兇手。」她暫停一下。「說到底，真正驅動他的，是殺人的強烈欲望。」

他看著她。「還有一個永遠不可能完美的幻想。」

「所以他會持續嘗試。」

他點點頭，被她按著的那隻手顫抖著。他往後靠，或許本來打算要站起來，但是被她按住了。

「爸。」

「無論你打算要問什麼，我都不喜歡你的那個口氣。不過反正我也不會阻止你。」

「那一天，在墓園裡，你和桑德斯趕到之後……」

他想把手抽回。她按住。

她的聲音降為低語。「拜託。在所有活著的人裡頭，你是唯一看過先知者沒戴面具的。拜託。」

他眼睛不眨地凝視她，看了彷彿有好久。然後他說：「我和桑德斯會那麼快趕到那座墓園，純粹是運氣。接到通報時，我們正好在兩個街區外。停下車就看到那輛卡車。」

「停在那個陵墓外頭？」

「露營車，偷來的。他用來載提姆與譚美．穆里澤斯到那座墓園。」

她點點頭，鼓勵他繼續。

「他朝那座陵墓倒車。從我們的角度沒辦法看到陵墓的門裡頭，而且他的舉止看起來沒有特別可疑的地方。當時我們不曉得……」

他別開目光，然後試著繼續講下去，但是說不出一個字。

她盡可能柔和地說：「不曉得他會留在那邊觀察？」

梅克點點頭。「他想要享受自己的成就。」他吐出一口氣，搔著自己的手臂。「我們趕去前，他觀察了至少五秒鐘。就是站在那裡，太享受那個感覺了，根本沒看到我們的車開過去。他……他當時出神了。」

他搖搖頭。「然後他就跑掉了，跳上那輛露營車。但他之前是用短接啟動，等到想離開時，車子熄火了。他沒辦法重新啟動。於是他只好拔腿就跑。」

他暫停一下，讓自己冷靜一點，好像從崩潰邊緣把自己挽救回來。「今天，要短接啟動汽車就困難多了。新的電子裝置表示你沒辦法拔起電線，讓兩根電線接觸起火就發動車子。所以這表示，他現在可能都是開自己的車。」

「對。」

「當時的那個墓園很大。他跑掉後，爬過墳墓間的一座山丘，我們要追他也只能徒步。」

「我知道。」

梅克停下，似乎迷失在記憶中。凱特琳朝他傾斜身子。

「他的長相怎麼樣？」

「我們看到他時，離他有兩百碼。深色長袖運動衫，海軍藍或是黑色。牛仔褲。運動鞋。他奔跑時，我們看到他的鞋底是白色的。他身材瘦長。白人。褐色頭髮。打扮得乾淨俐落。而且他很能跑。」

「他移動起來是什麼樣子？」

梅克目光仍停留在原處。「像一隻燙傷的貓。好像他碰到要被捕的危險，一整個嚇壞了。他當時很年輕，跑起來很輕鬆，但是他雙臂拚命揮動……」他吞嚥著。「他知道自己犯了個錯。然後又犯了一個。他不曉得離開墓園的其他出口，才會爬過那座小丘——他不曉得爬過去之後就是高速公路。」

「但是他沒停下來。」

「是啊。他……」梅克望著她。「這時他回頭看了一眼。他看到前面是高速公路時，回頭看了一眼。看到我們還在追他。」

「你看到他的臉了？」

「跟他的身體一樣瘦削。我在一百碼之外，只看到眼睛和張大的嘴巴。然後他轉身跳過路邊的圍欄。真的是跳過去。他身體很強壯。」

她身體湊得更近，催促著。「你穿過高速公路，被一輛車擦撞之後……」

「桑德斯說了什麼嗎？這就是你想知道的，對吧？因為他在近距離看到了先知者，而且我趕到他身邊時，他還活著。」

「那他說了什麼？」

梅克搖頭。「兩顆子彈穿入他的肺臟，開放性氣胸。他沒辦法講話。他當時……」他閉上眼睛。「他當時快死了。只剩幾秒鐘。他什麼話都沒說。只有嘴型無聲說了……」

她身體往前湊。

「他嘴型說出他太太的名字。貝拉。清清楚楚。我……」

梅克起身，把椅子猛往後推。椅子翻倒。嘩啦聲把咖啡師嚇了一跳。梅克後退，舉起雙手，走向洗手間。

「爸……」

他搖搖頭，進入洗手間，把門甩上。

那咖啡師不太高興地斜眼看著凱特琳。她說：「沒事的。」然後把倒下的椅子拉起來放正。

她又坐下等待，在那咖啡師注視的目光中轉過頭來。

總是有人在注視她。長大後，她就很厭惡那種憐憫的、鬼鬼祟祟的偷看，那種點頭……沒錯，就是她，那個可憐的女孩……那些微笑，那種迴避，若是她提起她父親的名字，某些人一聽到就拒絕談論，像落下的斷頭台似的完全關閉。她覺得自己像是牲畜被打了烙印，彷彿她身上籠罩著一圈發光的靈氣，警告人們她是個賤民。她尤其痛恨那些說她爸必須懺悔或者會下地獄的人。現在她明白了：自殺是她父親的夢想，因為可以逃離這樣的人間地獄。

男廁的門打開了。梅克回來，沉重地坐下。他洗過臉。額頭的水珠映著琥珀色的燈光。

凱特琳張嘴要說話，但他舉起一隻手阻止。

「那個廢棄倉庫的地板上有血。一滴滴愈來愈小。那是桑德斯的血，」他說，「先知者朝他開的第一槍至少在十呎外。但是致命的那幾槍，是從不到一碼的距離開火的。」他看著她。「你明白嗎？先知者埋伏了偷襲他，用一根木板條擊中他，然後搶走了桑德斯的槍。他後退到桑德斯碰不到的距離外開槍。等到桑德斯倒下等死時，他就走過去摸他。桑德斯的襯衫上有抹擦的痕跡。就在桑德斯倒在那邊喘著氣快窒息時，先知者手上沾了他的血，又把血擦掉。他身上沾了夠多的血，於是他開了最後幾槍、溜掉之後，還沿路滴了一些。我知道的就是這樣了。」

凱特琳喉嚨發乾。這些事情她從來沒在任何檔案裡看到過。

梅克說：「即使他撂倒了桑德斯，最後他都還是要逼近過去，完成整件事。他還是希望有私人的碰觸。他品味著那種感覺，陶醉其中。」他的眼神灼熱。

「然後他跑掉了。他跑了，爸。」

梅克勉強地點了頭。

她又感覺到有個什麼，就是碰不到。「為什麼他要跑？你接近他了？是這樣嗎？」

「或許吧。」

「但是他偷襲了一個警察。他也可以……」她講到一半講不下去。

「他也可以偷襲我。當時他已經有一把手槍了。但是他沒有，而是跑掉了。」他雙眼的熱度似乎散發到她身上。「你以為我沒好奇過為什麼？你以為我沒問過自己？每天晚上我都在問。」

「那你的答案是什麼？」

「我沒有答案。」

「回想一下，想像你自己在當時的現場。」

「我現在就在想了。」

「認真想著自己回到那一刻。那個倉庫聞起來是什麼氣味？光線是從哪裡來的？你聽到了什麼聲音？」

「凱特琳。」

「爸，你看到過他。先放輕鬆，回到當時。拜託，記憶一定在的。認真想一下。」

「凱特琳，別再說了。」

她雙掌向上呈懇求的姿勢，身體前傾、越過桌子上方。「你可能不知道自己知道些什麼，但是記憶一定在的。」

他抓住她的雙手。「凱特琳。我沒看到他，沒看得夠清楚。」

她覺得自己像個飛輪，以每分鐘一萬圈的速度飛快旋轉。她想逼他。但是她艱難地明白，他沒辦法給她更多了。眼前這樣不可能。

她緩緩讓自己鎮定下來，按捺住挫敗感。梅克放開她的手。

「不過我想，桑德斯曾試圖阻止他，即使他快死了，即使最後他近距離中槍，他都是個頂天立地的男子漢。」

她父親眼中的神色，他雙肩彎曲的模樣，差點讓凱特琳當場心碎。她一手放在他手上，這回很溫柔。

「很高興知道這點。」她說。

梅克緊抿住嘴唇。她站起來。

「我開車送你回去吧。」她說。

咖啡師正在擦櫃檯，準備要打烊了。凱特琳跟他說：「我們可以等一會兒，陪你走到你的車子那邊。」

那咖啡師搖搖頭。「我今天晚上就睡在這裡了，樓上有沙發床。不過謝了。你們離開後，我會把門鎖好的。」

他們走出咖啡店，外頭的街道一片空蕩。一種沉重的寂靜緊緊籠罩著這個城市。梅克雙手插進牛仔褲口袋，走向凱特琳的休旅車。

「你媽媽傳簡訊給我了，」他說，「她很擔心。」

「每個人都很擔心。我正在努力。」

「她也在努力。她在幫鄰居們組織一個共乘方案，這樣女人就不必搭巴士或獨自開車，尤其是如果晚上工作的時候。」

「真是太聰明了。」她微笑。「上帝保佑颱風珊蒂。」

「她主要是擔心你。」他說。

她的目光掠過路燈，望向黑夜。「我很好。」

「她擔心你的很好就跟我的很好一樣。」

他們的靴子敲過人行道。凱特琳想起她母親有回告訴她的：大部分兇殺案警探做了一陣子後，下班後就不會把自己最糟糕的案子帶回家，但是梅克從來不是如此。最終，他等於是住在那些案子所形成的精神病房裡。

她想著那棟又黑又髒的膳宿公寓，地板咿呀作響的走廊，陌生人住在緊鄰的房間裡，充滿疑心和傷痛，以及孤寂。

「爸。先知者正一路深入地獄。最後的結局是什麼？當他到達第九層的時候，會發生什麼事？」

「第九層是懲罰什麼？」梅克問。

「背叛。」

他的雙眼顏色變得好深，深得不能再深了。但他的聲音變得冷靜下來。

「世界背叛了我們所有人。他什麼事情都做得出來。」

他放慢腳步，把凱特琳拉過來擁抱。「他接近終點了。他接近他幻想的核心了。而你是這個幻想的一部分。凱特琳，你得退出這個案子。」

一時之間，她想要離開他的懷抱。但他抱得很緊，她吐出一口氣，雙臂抱著他，頭貼著他的胸口。

「太遲了。」她說。

41

幾哩之外，在一處俯瞰著舊金山灣的山坡房屋裡，一名男子閱讀著最新的新聞。他坐在靠窗的書桌前。螢幕上是一個藍色的入口網站，光線映照在變暗的牆上。在屋外，城市燈光灑在岸邊的海面上。

他看到她的名字——凱特琳．韓吉斯。如此適切，充滿詩意。

這不是詩，他的母親會說，而是命運。

但命運是由愚人建構出來的神話——賭博或迷信出生圖的人，他們相信星星主宰他們的人生，認為你就是得*接受*。

命運是鬼扯。根本沒有命運這回事，只有罪與報應。而他正在送出。他，墨丘利，正在傳遞這個訊息。

他正在懲罰人類，帶著詩意的正義所需的十足輕蔑與創意。根據每個罪行而量刑，完全就像那本書所指示的。

《地獄》。第一本恐怖小說。這部史詩故事描述一段地獄深處之旅。書中發明了地獄「深處」的這個觀念——在這個大坑裡，下降愈多層，處罰的罪行就愈嚴重。

他現在到達第八層了，在這裡，巫師、占星師——想要透過魔法而看見未來的人——的頭都被扭為朝後，於是他們永遠無法向前看了。在這裡，小偷們的身分被扭動的蛇偷走，就像那個死去的記者，被法老之蛇所吞噬。

他們毫無頭緒，他心想。被取命的人是如此。警方、媒體、公眾也是如此。沒有人稍稍理解墨丘利，更別說要抓到他了。不過他們無法理解也不意外。在地獄裡，那些罪人也是困惑得發怒。

他站起來，走到窗邊。他張開雙臂，吸入空氣，注視著舞台。

泰圖斯．隆恩四十七歲，健康，身材保持得很好，打扮講究，談吐得體——他自己是這麼認為的。經濟狀況也很好：是他所屬那個企業集團的重要經理人。薪水不怎麼樣，於是罪人們也要付出代價。

搬家紙箱大部分都還沒拆開。他又回到東灣重新適應，好像從來沒有離開過。這個地方非常適合他，就像一隻溫暖的乳膠手套。

他在心裡提醒自己要再去買乳膠手套。

他回到電腦前，欣賞著螢幕上的凱特琳．韓吉斯。他的心跳加速了。終於。梅克．韓吉斯的親生女兒——的確是詩意啊。

一陣戰慄泛過他全身。他必須擊垮凱特琳．韓吉斯，就像他擊垮過她父親那樣。不能讓她擾亂他的計畫。他轉向自己的書架，從眾多譯本裡挑了一本比較新的，其實經過這麼多年，他已經熟記這部詩作的每一句了，而且是義大利原文。「他將會把這母狼從每一個城市逐出，直到將她趕回地獄。」

他的心臟跳得更厲害了。下一次很快就會到來，水星將會出現，並展現他詩意的正義。

他腦海中又浮現出他母親帶著嘶嘶聲的氣音。凱特琳・韓吉斯是一隻母狼。看看她：她的眼睛裡有股妖氣。她會給你下咒的，泰圖斯。拿一根叉子和一根生鏽的釘子，交叉後插在地上，以打破這個詛咒。

他沒理會他母親的耳語。在西維吉尼亞州長大，他老媽總說是他為這個家帶來詛咒。她認為他的情緒不穩就是因為被施了魔法。她不承認這個家的倒楣跟她自己的忽視與惡習有任何關係。有多少個日子，她硬拉著他去山谷中的那個圖書館，把他丟在裡頭，以便她自己可以去看電影，或是站在外頭抽菸，跟朋友聊八卦？

無所謂。他就是在那個圖書館裡發現了那些書，裡頭的插圖描繪著種種折磨和墮入地獄的靈魂。他發現了美麗與目標。他勤奮地學習文學與原始碼及痛苦。他收穫豐富。所以，謝了，老媽。

黑魔法是鬼扯。然而那些對先知者大驚小怪的人認為他是占星師，或甚至是信奉撒旦。真諷刺。

他望著那則新報導，手掌因為期待而發癢。下一次詩意的復仇即將盛大登場，現在已經開始倒數計時。

憤怒、熱度，還有期待的興奮感，已經開始逐漸累積。

但是一般大眾還是不曉得他的代表作品。他可能要更大膽一些，向執法單位和媒體那些笨蛋講清楚他的偉大計畫。會顯示出什麼，會懲罰什麼人，以及為什麼。

二十年了。在那最後一天之後，他本以為到此為止了——就在他射殺了艾里士・桑德斯警探之後。當時他湊近了跪在桑德斯旁邊，等著他死，那一刻他入迷了……然後桑德斯扣住他的喉嚨，抓得死緊，冷冰冰的手帶著一股來自空虛永恆的寒意。他雙眼張開，像是看著一片沒有星星的空無。他的聲音不是桑德斯的聲音，而是一種來自永恆黑暗的嘶嘶聲。你，將會，被毀滅。

他又朝桑德斯開槍，接著溜掉了。

他回家把自己用力擦洗乾淨。搬走。他本來可能永遠不會再回來。但是一個新的耳語在風中揚起，清除了他心中的迷霧和恐懼。你的工作還沒完成。你的舊帳還沒結清。

於是他又開始了。

他回到以前中斷的地方，也就是第六層，從這裡重新出發。他帶著一份計畫書，開始最後一段下降。信使出現，驅散墮落者。現在沒有人能在地獄深處抵抗他了。

你是無法抵擋的，那耳語持續跟他說，連暫停一下都不要。完成這個計畫。

同樣的那個耳語現在跟他說：凱特琳。

是的，是她自己要攪和進來的。當初她父親是追獵他的那兩名警探之一，現在她自己也成了警察，想要彌補她父親的失敗。那麼貪慕榮耀。她的渴望就是一種罪。因此，她會付出代價。

在他的筆記型電腦上，他打開了遠端管理工具。當了二十五年的電腦程式設計師，他知道很多不正當的技術花招。遠端管理工具是一種間諜軟體，讓他有門路可以進入其他人的電腦。有了遠端管理工具，他可以打開別人的磁碟機。他可以暗地裡追蹤別人，不被發現。他可以默默打開網路攝影機，觀察別人。

就像那個數學老師，還有「咖啡、茶與塔羅牌」的那兩個女人，以及那個酒鬼記者。

新的千禧年在很多方面都打開了他的世界，透過間諜軟體的這個無聲路徑，就是其中之一。

不像第一次。不像小崖公園的那個慢跑女郎。

第一個。成為進入地獄後的第一個標誌。紀賽兒．佛雷澤，那個騷貨。她慢跑時朝他微笑，跟他說嗨，然後又不理他。一下熱，一下冷。先是誤導他，然後就跟另一個男人一起慢跑，再也不跟他說話。跟另一個男人咬耳朵，大笑……無疑是在嘲笑他。

到那時他已經準備好了。他已經不滿足於只是殺小動物。即使現在回想起來，他還是會笑，想到用釘書機釘死他同學的倉鼠，那真是天殺的太好玩了。不像用槌子殺死那些兔子那麼有滿足感，但是很好玩。

那些事情一路幫他度過。緩解這個動詞現在大家比較不常用了，但那些動物對他的效果就是如此。緩解他的憤怒，緩解他的飢渴。讓他撐過一段時間。

之後他看到一段影片，裡頭是一個全身穿了很多孔的馬戲團怪胎，釘子穿過他的私處……還有那篇關於釘子炸彈的報導……好可怕，好怪異，好刺激。

各種片段，各種點子。最後都聚集在他的巨大畫布上。

這幅畫還不完整，不完美。剛開始時，紀賽兒那個騷貨誘惑他在不適合的季節行動。但之後，他就一路都按照《地獄》的日期進行。要不是那個惱怒的婊子從汙水處理池那邊逃掉、又抹去她手臂上的訊息，他那年就會是在聖週五行動的。

而且，要不是巴特．弗雷徹從那個惱怒的婊子那邊取得情報，還一直保留著不發表，那麼他本來還是可以行動的。弗雷徹拿走了不屬於他的東西，一直扣在手裡。他是小偷。

這個月，要引誘弗雷徹接近真是容易透頂。他只要匿名跟小偷聯繫，宣稱他是阿拉米達郡警局內部的消息來源。他餵了他一些關於調查的有趣小細節。其實是捏造的，但是那小偷照單全收，而且扣著不報導，希望把這些細節寫進他的驚天揭密報導中。等到他說自己有辦法把小偷的電子腳踝打開……那傢伙就完全上鉤了。

泰圖斯．隆恩正要完成他的傑作。這部詩意的美麗作品中，將會清楚描繪出地獄中的罪人，以及他們的罪。一部分的他希望凱特琳．韓吉斯能推測出來，能理解他驚人的天才。

但這種渴望是他自己的罪。他想要出風頭——這是他的弱點。他的追尋是純潔的，但他本人則不是。他應該要因此懲罰自己，擺脫這種好勝的渴望。

但是還不到時候。在凱特琳．韓吉斯能阻止他之前，他會先摧毀她。當她倒下死去時，他希望她清楚知道他的計畫很完美。

所以，現在是把音量調高的時候了。

他已經把惡意軟體植入一個網站，而且他知道當局調查時會進入——就是他寄給KDPX新聞電視台那封信中附上的網站。那個惡意軟體已經下載到凱特琳的電腦和手機裡了。

他看著自己接下來幾個目標的資訊。第八層。快了。他凝視著凱特琳．韓吉斯的照片。在深夜裡，他打開她的網路攝影機。啊今天真幸運。她的筆記型電腦打開來放在她客廳的茶几上。他的心臟跳得好厲害。

終於再度等到這個時機了，凱特琳。

42

凱特琳到家時，發現起風了。她家的街道上一片寂靜，那些屋宅都是暗的。她感覺到其他每個人都乖乖窩在家裡，把門鎖好。一片片黑影在街燈下的人行道上搖曳著。

她覺得心力交瘁。小柄副隊長要的報告她已經交出去了。十四頁的打字內容，只確定了她所恐懼的每一件事：先知者的遊戲正在不斷升級。因為無論她多麼努力閱讀《地獄》中的詩句，都看不出先知者打算把他們拉到裡頭的哪個地方。

她把車停在車道上，從黑暗中鬼魅般盛開的紫藤花下方鑽過去。她聽到圍柵裡的大狗暗影衝出、名牌叮噹響，還開心地低吠著。

「嘿，小妞。」

凱特琳打開柵門，跪下來迎接大狗。暗影又叫又跳，前腳搭在凱特琳的肩膀上，爪子鉤住凱特琳的包包。包包落在走道上，裡頭的東西掉出來散落一地。她的手機也嘩啦落在水泥地上，因為有來電而沉默震動著。

她上班時把手機關靜音了，下班後忘了打開。她抓起手機。黛若齡・霍布思。她接了。

「黛若齡？有什麼問題嗎？」

「沒有。怎麼了？」

「現在是半夜了。」

「既然你接了，現在我知道你也是夜貓子了。」

暗影舔著她的臉，眼睛發亮，尾巴猛搖。凱特琳站起來，推開柵門，暗影朝外頭跑。凱特琳吹了聲口哨，但暗影沒有回頭，而是一溜煙衝向街上。

「該死。」

「對不起。」黛若齡說。

凱特琳沿著車道跑出去。「不是講你。我的狗剛剛衝出去了。」她沿著街道奔跑，吹著口哨。「發生了什麼事？」

「我想預先通知你一聲。這個星座配對的事情，我和另一個留言板上的會員正在追一個線索。」

「什麼樣的線索？可以告訴我細節嗎？」她看不到暗影，又吹了聲口哨。

「我時間多得很。華特帶兩個兒子去魔鬼山公園露營了，所以我會跟他談……」

「當面談？一個留言板上認識的男人？這不是好主意。」

「在線上談。我們是在論壇上認識的。」

「我們要假設先知者一直在監控那個論壇。」

「這個傢伙已經通過審查了。」

「還是小心一點。」凱特琳來到街角。「等我一下。」她放下手機。「暗影。過來。」

她傾聽著風聲。有一會兒，只聽到樹葉沙沙地摩擦，還有橡實掉落在地上。然後暗影從鄰居的灌木叢裡冒出來，大步走向她，活潑而滿足。

凱特琳抓住牠的項圈。「真會逃，你這小混球。」

她帶著暗影走向自己的房子，又把手機湊回耳邊。

「你要去追查的這個，到底是什麼線索？」

沒有回應。

「黛若齡？」

電話斷線了。凱特琳又撥給黛若齡，但是打不通。只看到螢幕顯示撥出失敗。

「該死。」

她把手機塞進口袋，笨拙地拉著暗影回家。進入院子後，她關上柵門，那狗就奔上後門廊外的階梯，同時凱特琳掏出鑰匙。屋裡一片黑暗，她開了門，暗影衝進廚房。片刻之後，凱特琳聽到暗影從水碗裡舔水的聲音。

凱特琳關上門，打開櫥下燈的開關。她進入廚房，把包包放在料理台上，然後停下腳步。廚房中島上有一個信封。

是乳白色的。質料很好，看起來像是厚羊皮紙。

她完全僵住不動，傾聽著屋裡的聲音。暗影抬起頭，豎起耳朵，從廚房朝屋後奔跑。

「暗——」

她又急忙忍住，心臟狂跳，伸手到外套底下，拔出手槍。

她側著身子走過廚房，來到牆邊，然後手伸到轉彎處，打開客廳的電燈開關。

客廳安全了。前門鎖著，上了輔助鎖。她打開門廳的衣櫃門。安全了。

暗影沒回來。

她悄悄沿著走廊前進，雙手持槍，半側著身子以縮減自己可能被攻擊的面積，提防任何人從某扇門撲出來。她迅速轉入客房，打開燈。沒人。窗子都鎖好了。衣櫃裡安全了。

她又回到走廊，繼續來到自己的臥室門旁。她迅速轉身進去，同時按了電燈開關。裡頭沒人，她接著打開衣櫃，掀開羽絨被，蹲下來看床底下。

浴室傳來一個嘩啦聲。她悄悄走近那裡，猛地推開浴室門，舉著手槍。

浴墊上，暗影背朝下躺著，爪子舉在空中，正在啃一個耐咬玩具。

凱特琳把手槍插回槍套，大步走回廚房。她心臟怦怦跳，戴上乳膠手套，拿起信封，發現沒有封緘。她小心翼翼打開折口。

一張信紙落下，她展開來。

你會把這個案子辦完。然後你可以在球場邊，從此把這事情徹底拋開。尚恩。

信內還夾著兩張勇士隊季末賽的票。

「老天。真要命。」

她檢查自己的手機，有三通來自尚恩的未接電話。

「該死。」

她扔下信，彎腰對著料理台。給我個驚喜吧。她的確這麼告訴過他。我等不及了。

手機響了。她驚跳起來。尚恩。她咬緊牙，想讓自己冷靜下來接電話。

院子外頭的柵門咿呀打開。

她猛轉身，再度抽出手槍，按了開關把廚房燈全都關掉。她的手機繼續響。在外頭的黑暗中，一個影子經過紫藤花下。

她猛地打開門，衝進門廊，手槍指著那個影子。「趴在地上。立刻。快點。快點。」

一個男人趕緊趴下，落地時翻滾。「凱特——」

她揮動手槍，他翻滾進入黑暗，然後又跳起身，雙手張開。

「是我！」

她的手機還一直在響。那個人影握在右手的手機也是。她的手槍對準他，不敢置信。

尚恩又更大聲喊。「凱特琳。」

她胸膛起伏，放低手槍。瞪著他。

「你在這裡做什麼？你為什麼在大門口不先打電話？那個聲音……」

他繼續瞪著那把手槍。儘管槍口指向地上，但她還是兩手握著，手指依然扣在扳機上。

「你跑進我家來，留下一封信？」她吼道。「就像先知者一樣？你到底在想什麼？」

他後退一步。

她雙手顫抖，手臂也是。她全身的體溫似乎都集中到手掌，然後發散掉了。

「你把我嚇壞了。」她聽到自己聲音裡略微褪去的恐慌。「我差點……」

他穿過院子，長長的步伐很緩慢，然後爬上階梯。他刻意看著那把緊握在她雙手裡的槍。

「凱特琳，看在老天分上。」

她把槍插回槍套裡。

「我稍早離開這裡時，忘了帶走我家的鑰匙。」他的聲音裡有一種徹底的冷漠。「所以要回來這裡拿。我打過電話，因為我不想敲門嚇到你。」

她轉身進屋。再度打開燈時，看到他的那把鑰匙放在烤麵包機旁邊。

她重重靠向料理台，右手握成拳，重複敲著額頭。所有的窗子都逐漸融入夜晚，融入黑暗，融入一個又深又大的躲藏處，裡頭潛藏著妖怪。那些妖怪看得到她在屋裡，看到她顫抖而畏縮地站在燈光下。她大步走向客廳，發現窗簾都拉上了。

「尚恩，對不起。」

他走進屋。「好吧。」

他的聲音冷冰冰。她想讓自己鎮定下來，卻覺得自己的神經往各個方向亂竄。她開始踱步。

「真的，我很抱歉。但是你在黑暗裡走進我家後院。」

「我不怪你太小心。但是你繃得太緊了，這樣下去會崩潰的。」

「你認為我應該不要繃得那麼緊，我懂。我睡一覺起來就會好一點的。」

「那下回呢？」

「什麼意思？」

「你讓這個案子控制你了。」

「現在是每週七天、每天二十四小時，我們處於備戰狀態。」

「你逐漸失控了。前面有個隱蔽彎道，你還要全速往前直衝。」

她停下來，掌根放在眼睛上。「我現在沒辦法跟你談這件事。」

「這個案子不光是滲透到你的生活，還搾乾了你。」

「別說了。」她放下手。「不要跟我說教。不要是現在。」

她走回廚房，拿了他的鑰匙遞給他。他冷冷沉默片刻之後，接過鑰匙。然後走出門去，門在身後用力甩上。

她站在那裡凝視牆壁。聽到他的小卡車狠狠駛離路邊開走。接下來是大樹的枝葉在風中刮過屋頂的聲音。

她剛剛是太失常了，這點她不能欺騙自己。就像一個羅盤，指針從正北方轉到西，所有的方向全都不對。

她打開廚房的櫥櫃，拿出那瓶龍舌蘭酒。她顫抖著手，倒了一吋高的酒到平底矮杯裡。她看著那酒在燈光下發亮。去他的吧。她又倒了一吋，然後一大口喝乾，咳嗽著，站在那裡用手背按著嘴唇。

她又試著撥電話給黛若齡，但再度撥號失敗。暗影叼著牠的耐咬玩具進來，在凱特琳旁邊坐下，誠懇的眼睛往上看著凱特琳。

凱特琳走到客廳，跌坐在沙發上。她做了什麼？

43

一開始凱特琳不確定吵醒她的是什麼，只知道是一個聲音，接著她在家中客廳的沙發上驚醒。之前她在凌晨一點多時睡著了。

她又聽到那聲音，低沉而帶著喉音。一種吼叫。

原來是暗影，站在沙發旁的地板上。凱特琳完全醒了。

在茶几上，她的手機正在緩緩轉圈。她之前又關成靜音了，不過這會兒手機震動得像是落入陷阱的老鼠。她坐起身抓了手機。無法顯示來電號碼。

她的腦袋抽痛。手機繼續震動著。

她接了電話，聽到一個沙啞的耳語。

「你怎麼有辦法睡覺？在一次又一次的失敗之後，在那麼多屍體出現之後。凱特琳，屍體堆積如山啊。」

她視線角落有火花在飛舞。

怎麼會？是他。

要小心。「你不能把責任歸到我身上。」

「我沒有。但是你父親有。那就是在他的血液裡。災難。精神失常。」

在他嘲弄的口氣下，有一股隱隱的憤怒。她的呼吸加快。別搞砸了。讓他繼續講。她按了擴音功能，手忙腳亂去找她的iPad，然後按了語音備忘錄的錄音鍵。

「那不是我造成的，是你。」她說。

「你救不了他們。」他的聲音冷靜得詭異。「你以為你有辦法，因為你救了那個嬰兒。我看到新聞了，你抱著她走出屋子，在一片混亂中，把她抱得緊緊的。」

她的嘴裡發乾。

「當時看起來很英勇。」他說，「但是混亂總是會得勝的。」

她的電腦忽然亮起。螢幕上播放著一段行車記錄器的影片。郊區的街道。一棟房子的前院裡有滑板坡道，屋前小徑上散落著小小的塑膠士兵玩具。

黛若齡的家。

「想要一個你永遠無法擁有的東西，那是什麼感覺？」電話裡的聲音說。

耶穌上帝啊。凱特琳跑到廚房，抓起料理台上的無線電話。黛若齡的電話是幾號？*狗屎*——她只有手機上有她的號碼。於是她按了九一一緊急專線。

「我是阿拉米達郡警局的凱特琳·韓吉斯警探。」她迅速唸出自己的警徽號碼和黛若齡家的那條街。她記不得幾號，但是她描述那棟房子。「謀殺未遂進行中。嫌犯有武器且極度危險。是先知者。派人過去，*快點*。」

從她的手機裡，那個聲音說：「那一帶執法單位接獲報案後，趕到現場的平均時間是十二分鐘。凱特琳。」

她又跑回客廳。*操他的*，她抓起手機，按了保留鍵，然後搜尋最近來電，找到了黛若齡的號碼。

在她的電腦上，攝影小燈亮起。那聲音透過筆電的喇叭傳出來。

「你逃不掉的。無論你轉向哪條路，死亡都在等著你。」

螢幕上的行車記錄器逐漸轉入一個新場景。市區道路，四線道。車頭大燈照著前方一輛紅色的Camry。

凱特琳僵住了。「啊，老天。」

是她母親的車。

在路上，珊蒂．韓吉斯在紅燈前減速停車。十分鐘前，她才送一個朋友到她的公寓大樓外。那個女人獨居，而且在康科德市的麗笙飯店輪班工作。當時她下車後，珊蒂坐在車上等，看著那朋友走進大廳，開了玻璃門的鎖，進去，門又自動鎖上。然後那朋友朝外頭豎起大拇指。

現在珊蒂離家只有將近一公里。她很累，但是覺得很值得。

放在杯架上的手機亮了起來，她還沒仔細看，一輛黑色小卡車就開到紅燈前，停在她左邊。

那駕駛人按了喇叭。

小卡車乘客座旁的窗子降下。

駕駛人喊了什麼。珊蒂關掉收音機，一手攏成杯狀放在耳邊，示意著：再說一次。

一個男人喊道：「我說，你的右前輪沒氣了。」

她看不到他的臉。那輛小卡車是底盤加高款，駕駛室比她的Camry駕駛座高了足足三呎。在夜裡，只有紅綠燈照過來昏暗的紅光，她唯一能看到的就是那個駕駛人的手，指著她的車。

他指著一條小街。「你開到那條路停下來，我可以幫你看一下。」

在客廳裡，凱特琳抓著手機，手指停在黛若齡的號碼上。

大狗暗影站在電腦前，朝螢幕嚎叫。在那個行車記錄器影片中，拍到珊蒂的車子停在紅綠燈前，就在攝影機所在的那輛車旁邊。

這些影片是現場直播嗎？還是錄影的？是哪個？

他想要什麼？

她幾乎不敢呼吸，按了撥號鍵。

接通了，響了一聲，兩聲。凱特琳跪在筆電前，在影片裡頭，那輛車還是停在紅燈前。

電話接起。「凱特琳？甜心？」

「離開那裡，」凱特琳喊道，「快走。開到最接近的警察局，然後——」

「啊，狗屎。」

凱特琳聽到她母親的手機掉下，砸到中央置物箱。在行車記錄片影片裡，那輛Camry忽然往前直衝，闖過紅燈，疾馳而去。

「開車，媽，開車就是了，離開那裡。」凱特琳喊道。

透過電話，她聽到引擎轟響。螢幕上，那輛Camr逐漸消失。她胸膛起伏。

凱特琳雙手顫抖，結束跟母親的通話，然後撥給黛若齡。電話響了。

螢幕上，那個行車記錄器還是沒動。那輛車沒有闖紅燈去追她媽。然後路口的燈號轉為綠燈。

黛若齡的電話繼續響。沒人接。

從筆電的喇叭裡，那個聲音說：「看到沒？你轉向，再轉向，發現無可避免地，你轉向某個人。這是必然的。」

那個行車記錄器所在的車子緩緩轉彎，進入一條小街。鏡頭裡照著的那條馬路空蕩蕩。然後筆電螢幕轉黑。

那聲音又開始說：「當你的魔鬼在夜裡喚醒你，你聽到死人的尖叫嗎？因為你從來沒把事情弄正確。你不明白這點，但是他們明白。」

一個女人的聲音出現。「後退。不要。」

她的聲音顫抖，哽咽且沙啞。大狗暗影從桌前跳開，吠叫著，頸背的毛豎起。

凱特琳說：「你在做什麼？混蛋，別再——」

「你不會想要傷害我。我對你來說太有用了。你……啊，老天。」那女人的聲音轉為啜泣。

「老天，不。不要。耶穌啊。不，不，……」

那女人尖叫又尖叫。

氣音的耳語又出現了。「你走的每一步，都把狀況搞得更糟糕。你背叛了你所接觸的每一個人。」

凱特琳雙腿發軟。耳中充滿了尖叫聲。電話掛斷了。

44

星期日

他們發現她時，是在黎明時分。靠近五八〇州際高速公路，往阿爾塔山隘口途中的一處加油站旁，黛若齡的屍體被塞在一個戶外冷藏櫃裡，半埋在冰塊中。

藍紅兩色的警燈閃爍著，把這片荒蕪的丘陵照成一片嘉年華會的雜耍秀。凱特琳呼出來的氣凍成白霧。一顆晨星升到東方的地平線上，底下是一片紅色條紋交錯的天空。就在凱特琳走向犯罪現場圍起的黃膠帶時，那晨星的光芒已經迅速減弱。

她點了個頭，走向蓋舍里。她不認為自己說得出話來。那個加油站職員坐在一輛巡邏車打開的車門內，神情茫然。鑑識小組和法醫已經趕到了。

攝影師正彎腰湊近冷藏櫃前方一個血淋淋的東西。她拍照時，閃光燈的光從一把不鏽鋼刀子上反射。

那是一把切肉刀。

凱特琳停在蓋舍里旁邊。「那是兇器？他留下來了？」

「暫時是這麼推斷。」

一定是故意的。是個訊息。

到場的法醫是翟克瑞．艾吉爾。他彎腰湊向冷藏櫃，暫停下來，往下注視。凱特琳覺得反胃，閉上眼睛。

蓋舍里走向艾吉爾。她聽到他的腳步聲逐漸遠去。她的雙腳好像釘在地上，無法動彈。她花了全身的力氣才能移動，一次一步，走向那個冷藏櫃。但她非去不可。她不能轉頭不看。

這是她欠黛若齡的。

她走到冷藏櫃前時，剛出現的曙光照遍丘陵，照得冷藏櫃的玻璃和不鏽鋼一片紅光。冰塊堆在黛若齡身上，一個個裝冰塊的袋子拆開，把她埋住，像是遭到雪崩似的。露出來看得到的，只有她的指尖、她的臉。她的皮膚是一片死灰，嘴唇是藍色，半張著。她的血應該是在別處流乾了。她的雙眼緊閉。

凱特琳的視線似乎異常清晰，而且在搏動。她耳朵有一個高音調的嗡響。周圍有人聲，人們各自忙碌。一開始她聽不見他們在說什麼。

艾吉爾醫師彎腰看著黛若齡。「她眼角有個東西。」

那位法醫撥開她的眼皮，水銀滑出來。那滴液態金屬映著陽光，閃出金色和橙色。

「該死。給我個東西來裝這個，免得汙染了一切。」艾吉爾說。

凱特琳說：「那把切肉刀……」

攝影師的閃光燈照得黛若齡的臉一片亮白。凱特琳想講話，卻啞聲說不出來。

蓋舍里滿臉蒼白地催她。「這是地獄裡的哪個場景？」

「不止一個。那把刀……」她清了清嗓子。「在第八層，挑撥離間者被魔鬼用刀劈開。冰是第九層，懲罰背叛者。」

他們看著法醫工作。

凱特琳說：「她答應過我，說她不會去跟任何人碰面的。」

「她家後門開著，一個廚房垃圾袋扔在門外的垃圾桶旁邊。她的狗被關在車庫，用一大塊牛排引誘進去的。看起來黛若齡是出門要倒垃圾，結果就被擄走了。某個人，或許是那個討論區的人，查到了她家的地址。」

而當初建議黛若齡透過討論區去挖掘這個案子的人，就是凱特琳。她拖延了一通有可能警告她的電話。你背叛了你所接觸的每一個人。

蓋舍里說：「我去幫那個加油站職員錄證詞。你搜索現場。」

她的視線無法離開那個冷藏櫃。「警佐，他用惡意軟體入侵我的電腦，有可能每個人的電腦都被入侵了。瑪麗的、馬丁尼茲的、你的。他可能知道我們每一個人住在哪裡。他查到了我的通訊錄。如果那個惡意軟體很容易散播，我們通訊錄裡頭的人也可能被入侵。比方我母親的。你的家人也是。」

他臉色凝重看著她。「我們會請電腦鑑識人員處理這件事。你弄一支新手機來，但是……」

「但是我得保留我現在的號碼，這樣他才能打給我。」

「是的。我們今天中午之前會在新手機上加裝竊聽裝置。」

她點點頭。

「你母親還好吧？」他問。

「堅強得很。畢竟當過警察的太太——她才不可能聽陌生人的話，把車停在一條黑暗的小街上。我一打電話去，她就毫不猶豫，把油門踩到底。她一路按喇叭開到核桃溪警察局。我想她中途甚至還拉手煞車甩尾過彎。」她說，「她當時嚇壞了，沒看到那輛車的車牌號碼，但是看到了底盤上的商標。是道奇車。」

「很好。」

「她會去我舅舅家住幾天。在芝加哥。」

珊蒂還一直求凱特琳跟她一起去。

蓋舍里又轉身回去面對冷藏櫃。凱特琳則轉向停車場。

凜冽的三月寒風吹得她感官更為敏銳。處理現場吧。

這個加油站位於一個交叉路口的角落，此處鄉村道路從州際高路下穿過。對角是一家快餐店，店後是一個廢輪胎堆積場。再過去，就是長達數哩的丘陵和沖溝及樹木，偶爾有一條蜿蜒的牧場小路。在五八〇州際高速公路上，十八輪聯結車轟隆隆爬著坡，駛向阿爾塔山隘口。初升的太陽把剛下過雨的丘陵照得一片閃亮翠綠。

他是從哪條路來的？接著又往哪條路去？

她車上有一台佳能照相機。現在絕對不能用手機拍照了。她去拿了相機，拍了照片，然後在自己的筆記本上畫了一張粗略的地圖。

那家快餐店才剛開門。店外有幾個早鳥客人和一名女侍站在那裡，講著話又指指點點。其中兩三個還漫步走向圍著黃膠條的犯罪現場，被一名郡警阻止了。他們都想隔著閃燈、警車和救護車，看清那個冷藏櫃。要不了多久，媒體就會開著廂型車趕到了。緊接著還會有新聞直升機出現。

想到有電視攝影機拍到黛若齡，她就覺得受不了。她雙眼漲滿淚水，心中湧起一股龐大的保護本能。她想跑去把黛若齡從冰塊裡拖出來，用自己的大衣緊緊裹住她，抱在自己懷裡，保護她別再受到任何羞辱了。她要溫柔地告訴她，現在一切都沒事了，都沒事了，都……

在加油站外，蓋舍里瞪著她。

她眨掉淚水，轉向風中。她走向停車場，尋找證據。在高速公路上，車子的速度紛紛減緩了，想好好看一下犯罪現場。*滾遠一點吧*。她好想大喊。

振作一點，你快要失控了。

她以格子步緩緩走過犯罪現場檢查。看著地面，展望四周，觀察制高點、入口、出口。

高速公路提供了方便的入口。加油站有個監視攝影機對著前門，有人正在檢查錄下來的影像。她還沒聽到任何人大喊他們發現了什麼。

她走進加油站前院，沒有發現。她繼續沿著建築物側邊搜索，接著走到背面。這棟建築物後方是一片田野，盡頭是一道小溪，溪兩旁生著櫟樹。在屋後草地的邊緣，她發現了那些痕跡。

那是輾過泥巴的車輪印，從草地通到柏油路。大約三吋寬。車轍旁邊還有結著露珠的腳印。是一輛獨輪手推車。

他不是開車進入加油站的。而是從田野盡頭的小溪和櫟樹外，用手推車把黛若齡的屍體運到那個冷藏櫃。

她喊著要鑑識人員和攝影師過來。

她穿過田野。那道小溪蜿蜒著穿過濃密的櫟樹林，溪旁垂柳的樹枝拂過水面。她涉水過溪，在樹林間不斷彎身避開枝葉，來到一條雙線道路。

路上沒什麼車，但是靠近一個轉彎處，一組電話公司的人員正在一個手機基地台旁工作。她小跑過去。

「我們到這裡一個小時了，」那個工頭說，「沒什麼車。我們剛到的時候，碰到過一個送報人員。」

「有看到走路的人嗎？」

他們搖頭。

一個工作人員從基地台爬下來。「之前有一輛卡車。」

「什麼卡車？」凱特琳問。

「我從基地台頂端看到的。就停在那邊再往下一點。」他指著那個轉彎。

「你們剛到的時候，車子就在那邊了嗎？」她問。

「是啊，就停在那裡，全黑的。我當時還覺得挑那個地方停車好奇怪。」

她打開筆記本。「形容一下那輛車。」

「黑色。新的。很大的小卡車——道奇 Ram 或雪佛蘭 Silverado。讓我注意的是車輪，鍍鉻的 Full-throttle 牌改裝輪圈。我自己的小卡車也一直想換那種車輪。」

道奇。就像昨天晚上停在她母親車子旁邊的那輛小卡車。

「你看到了那個駕駛人嗎？」

他搖搖頭。「我當時在基地台裡面。」

他們沒人看到車子開走。

她走過那個轉彎，發現路肩的潮濕泥土上有輪胎印。她拍了照，又放了一把尺以衡量胎面寬度。她測量了前後輪胎間著地的距離，然後用無線電呼叫蓋舍里和鑑識人員。

她旋轉了三百六十度察看四周。沿著柏油路往下是一個急轉彎，跨過小溪。早晨的太陽照得小橋兩邊的水泥欄杆發亮。

訊息就在那裡。用粉筆寫在欄杆上。

靈魂背叛時／便脫離肉體／由惡魔接管。

她用無線電告訴蓋舍里。「他留下了一則訊息。是出自《地獄》的。」

「裡頭的句子？」

「是的。」

「他以前沒這樣過。」

「他知道我們曉得了，或者他希望我們曉得。這是當面給我們一耳光。」

陽光更烈了。那些粉筆字一片亮白。在橋的另一端，還有其他的字，比較小。她小跑下了斜坡，好看得更清楚。

「還有別的。」那些小字凹凸不平，歪斜地寫在欄杆上。「我的骨裡的骨，肉中的肉。」

「那是出自聖經。」蓋舍里說。

凱特琳用手機搜尋。「《創世記》，有關亞當骨頭的故事。」

她繼續閱讀往下的句子。「因此，男人要離開父母，跟他的妻子結合，兩個人成為一體。」

「你怎麼想？」蓋舍里問。

成為一體。脫離肉體。跟他的妻子結合（cleave unto his wife）。切肉刀（cleaver）。「我想這表示黛若齡是第一幕。她的丈夫有可能是第二幕。」

她開始奔跑。「蓋舍里。我們可能有個緊急狀況了。」

45

在戰情室裡，凱特琳再度試著聯絡華特．霍布思。他沒接家裡的電話。電信公司提供了他的手機號碼，但他沒接電話也沒回簡訊。蓋舍里坐在辦公室前，用力掛上電話。

「凱特琳。你確定霍布思帶著小孩去魔鬼山公園露營了？巡山員找不到他們。」

「我確定，他們應該在那裡沒錯。」

她昨天夜裡跟黛若齡講電話時，黛若齡跟她說華特和兩個兒子已經離開了。但有個什麼感覺上很不對勁。

每件事感覺都很不對勁。

蓋舍里說：「如果巡山員都找不到他們……」他又拿起桌上的電話。「我們派一組人過去。」

他打了電話，然後氣沖沖地經過凱特琳的辦公桌旁。凱特琳說：「我們得通知死訊。華特．霍布思還不曉得黛若齡的事。」

「那就讓他們去通知。」

她的胃打結，跟著他朝局裡的大廳櫃檯走。「我……」

他猛地轉身。「什麼？」

大家都轉頭看，或者假裝沒有。

「你想花一個上午開車去一個州立公園，尋找三個在森林裡面健行的父子嗎？」蓋舍里問。

「我應該去的。」她一想到就心痛，整個人沉浸在哀傷中。「我會去的。」

「不行。」蓋舍里說。

「但是我——」

「不，不行。先知者殺了黛若齡·霍布思，是因為他精神變態。而不是因為你。別把自己當成烈士。」

她閉上嘴巴。

「霍布思家是犯罪現場。裡頭現在有一堆警察。如果華特·霍布思回家，會有人通知他的。」蓋舍里臉色蒼白。「你專心研究證據吧。先知者大概已經瞄準另一個被害人了。」

「那如果華特·霍布思就是下一個被害人呢？」

「這就是為什麼我要派一組人過去魔鬼山公園。」

他大步離開了。凱特琳站著一會兒，聽著四周的談話聲和電話聲，感覺到大家都瞪著她看。分局大廳的櫃檯傳來一個聲音，「警探？」

佩姬難為情地看著她，在玻璃牆外的大廳，尚恩站在那裡。

凱特琳冷靜地吸了口氣，走過那些偷偷張望的目光，出了玻璃門。尚恩肩上揹著女兒的粉紅色背包，握著莎笛的小手，還有牽繩拴著的大狗暗影。感覺上他和凱特琳之間的空氣充滿電流。佩姬在旁邊看著他們，像在看一齣連續劇。

莎笛跳起來，張開雙臂。「凱特琳！」

「哈囉，莎笛。」凱特琳勉強擠出微笑，朝尚恩說：「我們去外頭談吧。」

他們走進微風中的早晨，一朵朵雲在天空疾行。

尚恩朝警局裡點了個頭。「那一切是怎麼回事？」

她看著莎笛。尚恩把牽繩交到女兒的手裡，指著草坪對面說：「牽著牠走到那棵樹再回來。用走的。」

莎笛腳步搖搖擺擺地離開了，暗影大步跟在她旁邊。

凱特琳說：「這樁剛發生的命案。」她咬著牙逼自己保持聲音平穩。「被害人是黛若齡・霍布思。」

尚恩的臉一沉。「耶穌啊。」

「我們還沒公布她的名字，因為還沒聯絡到她丈夫。」

他一手摸著額頭。「黛若齡。基督啊，那是——」

「他應該是帶著兩個兒子去魔鬼山公園露營了，但是巡山員找不到他們。」*深呼吸，不要哭出來。*「蓋舍里正要派一組巡邏警員過去。但是……」她一隻手抓著胸口。「他要我待在這裡研究證據。但是我……」

「凱特琳，我很遺憾。」

「那是黛若齡。*黛若齡啊*。我怎麼能光是待在這裡呢？」

「因為阻止先知者才是最重要的。」

「找到先知者，才是最重要的。而且我已經接近了。」她聽到自己嗓門變大。「要是我找到華特・霍布思，我就更接近了。我無論如何都應該趕去的。」她舉起雙手，告訴自己不要大聲嚷嚷。「我知道我聽起來好像很歇斯底里，只不過這件事快要把我逼到極限了。」

「已經超過極限了。」尚恩露出了阿帕契突擊者的那種嚴厲目光。

「昨天晚上我搞砸了。」她碰觸他的手臂。他沒反應。

啊，慘了。

「我知道我搞砸了。搞砸得很嚴重。拜託。對不起。」

她等著。

他望向街道。「我懂，我以前也曾跟蜜雪兒說過類似的話。」

她摸著他手臂的手落下。「這麼說太卑劣了。」

「不，只是實話難聽而已。我懂，而且我了解你的處境。」他的雙眼轉向莎笛片刻，然後看著凱特琳。「你認為你是在盡責。但這個案子正在吞噬你。」

「不，我控制住了。」

「你沒有。黛若齡死了，很不幸沒錯。但是你不能就因此把自己的性命奉送給先知者。」

她想冷靜下來，卻沒成功。「你是在開玩笑，對吧？黛若齡死了——而他之前在監視我，就在我自己家。」

「你現在正在照著他的劇本演。前幾天你說他是在玩心理戰。沒錯，他是針對你。而且你現在就在讓他操弄。不能再這樣下去了。」

「我得阻止他。任何辦法都好。」

「聽聽你自己講的話。蓋舍里要求你研究證據，但是你不聽？你太憤怒了，連自己的處境都搞不清楚。」

「昨天晚上的事情我真的很抱歉。」

「忘了昨天晚上吧。我才不在乎。我在乎的是你以為自己可以隻手阻止一場海嘯。」

「我不曉得其他任何方法。」她說。

「那就想辦法去找出一個。」

她整個人緊繃到極點。她不想再聽這類話，更絕對不想聽尚恩講。

「我今天不需要人生導師。我需要的是DNA和指紋，還有先知者那輛小卡車的車牌號碼。或是目擊證人，一個看到他擄走黛若齡的鄰居或路人。難道當時沒有任何人看到他？那是個友善的社區，怎麼會沒有人阻止他擄人……」

她一隻手握成拳頭，按住自己的嘴唇。

尚恩雙眼灼熱，看起來很火大。他的表情惱怒又擔憂。她顫抖著吸了口氣，再度朝他伸手。

他往後退。

該死。真是該死——她在做什麼？

她手指碰觸自己的眼角，努力壓下眼淚，壓下捶牆壁的衝動，壓下就要冒上嘴唇的顫抖。

「你說得沒錯，」最後她終於說，「他控制了我的腦子，我得把他踢出去。」她頭微微後仰一下。「你說得沒錯。另外，你知道我有多痛恨別人說我說話不算話嗎？」

他的表情放鬆了些。「那是因為你認為這個世界要靠你扭轉局勢，才能回到正軌。」

風吹起她的頭髮。她看著地面，然後抬頭看他。他的目光變得柔和些了。

他說：「我們真正能做的，就是再撐一天，不要讓地球爆炸。」

「講得真像個炸藥專家。」

她朝他伸手。他猶豫了一下，握住了。他們握著手，試探性地。莎笛和暗影走到那棵樹，又回頭走向他們。

凱特琳緊握一下。「我很不想告訴你這個。但是如果先知者有辦法進入我的電腦和手機，那麼他就有你的電話號碼。而如果他有你的電話號碼……」

「你認為他的遠端管理工具惡意軟體，有可能入侵我的手機了？」

「我希望沒有。但是……」一陣強風吹來。她打了個寒噤。「你在柏克萊的時候上了電視新聞。他可能會設法查出你的名字。」

「我會小心的。」他皺眉。「你的意思是什麼？」

凱特琳看到莎笛走到面前，臉頰紅撲撲地，手裡拿著一根絨球似的蒲公英，往上要遞給凱特琳。

凱特琳蹲下。「你吹。」

莎笛把那蒲公英湊近嘴唇吹。種子旋轉著飛入空中，她開心地大笑。凱特琳站起來，轉向尚恩。他的雙眼嚴厲。

「我會把莎笛送去蜜雪兒那邊，」他說，「我會叫蜜雪兒去尤里卡的娘家住幾天。」

她覺得鬆了口大氣。「很好。我很不喜歡這個情況，但是你這樣處理很好。」

「反正我今天下午要工作。」

「這樣過復活節週末真慘。」

「反恐工作是沒有下班時間的。這也是工作的魅力之一。」他抱起莎笛。「好了，臭小妞，我們要去找媽咪了。」

莎笛拍手。「耶！」

他接過暗影的牽繩。「牠可以暫時跟我待在一起，等你能浮上水面喘口氣再說。」

他湊過來，額頭抵著凱特琳的。「你可千萬別淹死。」

她閉上眼睛。尚恩扶著她的頸背，用力吻了她一記，然後轉身離開，走之前朝分局點了個頭。

「沒有人保護的話，不要離開這裡。這不是神經質，是真的有必要。」

他走向自己的小卡車。莎笛隔著他的肩膀往後看，亮著眼睛朝凱特琳揮手。

凱特琳也揮手。

馬丁尼茲頭探出大門。「凱特琳。你得趕快進來。」

凱特琳走向自己的辦公桌時，戰情室裡瀰漫著一股不祥的氣氛。蓋舍里、瑪麗、馬丁尼茲都站在她的辦公桌旁。

她的電腦螢幕上出現了一個紅色視窗，閃爍著，像是警燈。

「要命啊。」她坐下來，但是沒碰鍵盤。「你們找了電腦部的人了？要是他進入了我們的系統，突破防火牆，那麼……」

「我們沒辦法除掉。」蓋舍里拿起電話，要求派一個電腦人員過來戰情室。

「他是在炫耀，」她說，「他再也不會躲著了。」

「打開吧。」蓋舍里說。

凱特琳用滑鼠點了螢幕，那個紅色視窗爆成閃爍的星星和火焰，同時發出一個像是打雷的聲音。

螢幕從群星閃耀褪成一個黑暗的房間，後牆掛著一張白床單。凱特琳覺得腦袋劇痛，像是有把刀插進她兩眼之間。

攝影機對準黛若齡。她坐在那裡，嘴巴被防水膠帶封住，綁在一張餐椅上。她的雙眼含淚，就要流出來了。

馬丁尼茲喃喃說：「耶穌啊，救救我們吧。」

凱特琳的雙手緊握成拳頭。

黛若齡頭髮纏結還帶血。睫毛膏流下來形成深色條紋。那對總是充滿希望的大眼睛，此刻盯著攝影機後頭的那個人。她嚇壞了。

但她並不恐慌。

這就是凱特琳看到的。黛若齡落在惡魔手裡，但是她並不恐慌。她沒法動，只能任憑對方宰割，而且她知道他絕對不會憐憫她。但是她沒試圖尖叫。沒有踢著腳或設法逃避眼前的兇手。

她很專注。強烈的燈光往下照著她，強得會曬傷的那種。她直視攝影機，雙眼含淚。她眨掉淚水，繼續看著攝影機。她眨了又眨，沒有畏縮。

在攝影機外，兇手以沙啞的氣音說：「你能往下墜落多遠？」

黛若齡吸了口氣，似乎認輸了，只是更專注盯著攝影機。

「第九層的空間足夠容納所有人，」那個聲音說，「會有更多人來的。」

影片切到別的畫面，裡頭是舊金山的渡輪大廈外頭，人們沿著內河碼頭漫步。

回去拍黛若齡吧，凱特琳心想，覺得整顆心抽痛起來。

那段遊客影片持續。然後，突然從渡輪大廈切到一些越野賽跑的照片，背景是一個山坡公園，裡頭有「洛克里奇狂熱者」的成員，包括蜜雪兒。接著鏡頭跳到一段電視影片，是新聞直升機在柏克萊加大校園的體育場上方拍的，往下俯瞰著凱特琳掙脫尚恩，衝向計分板。接著是一段行車記錄器的影片——緩緩駛過布萊伍德分局。

凱特琳的心跳猛地變好快。畫面又切換，來到一個擁擠的捷運站。然後變黑。

蓋舍里繞著她的辦公桌走了兩步，每個人都沉默站著。凱特琳的下巴顫抖。控制一下自己，她告訴自己。

蓋舍里說：「再放一次。」

她準備要重新放一次。滑鼠正要點下去，她的手機響了。她驚跳起來。

來電號碼無法顯示。

她看著蓋舍里，一手懸在鈴響的手機上方。然後按了擴音鍵接起。

「你的傲慢把你拖向這個深淵，」那個聲音說，「你的自大，膽敢挑戰我。」

「你不是天堂的信使。你就跟其他人一樣有罪。你跟其他偽善者都屬於第八層的一條深溝，」凱特琳說，「現在已經在收網了。」

他掛斷電話。

凱特琳放下手機，她不想碰。她想要跳起來衝破天花板，尖叫著飛走。

馬丁尼茲說：「他緊張了。那個混蛋緊張了。」

他拍拍她的肩膀。她在發抖。

「你讓她緊張了，凱特琳。幹得太好了。」

但是她知道：他已經瞄準他接下來的被害人了。她覺得肩上的負擔好沉重。海灣邊的影片、捷運站的場景都傳達了這個訊息。中間夾雜著她生活中的畫面。她並沒有領先被害者。他正在監視並追蹤接下來的被害人。某些人已經被鎖定要死掉了。

46

在戰情室的嘈雜人聲和電話鈴響聲中，凱特琳坐在螢幕前，瞪著黛若齡凍結的影像。挨揍、被脅迫，心知自己面對著恐怖與死亡，心知再也看不到自己的小孩了。

然而她拒絕退縮。她似乎仍竭力往前，那些把她綁在椅子上的防水膠帶都繃緊了。她似乎很兇惡，且堅決。

她只不過是個業餘偵探，是個全職媽媽。凱特琳從來沒看過這麼勇敢的模樣。

她按了播放鍵。先知者的呼吸聲帶來一股令人作嘔的戰慄，沿著她的脊椎往下溜。她逼自己忽略那些聲音，專注觀察著黛若齡。

那些眨眼導致她落淚，但是當淚水滑下黛若齡的臉頰時，她並沒有停止眨眼。那些眨眼是有目標的，不光是身體的反應而已。那是有模式的。

「那是密碼。一定是。」她低聲喃喃自語。

她的手機響了。爸爸。她沒接電話，傳了簡訊，打來分局。過了一會兒，她桌上的有線電話鈴聲響了。她拿起聽筒。

「我的手機不安全，」她說，「你的可能也是。在我們查清楚之前，打有線電話吧。」

梅克只暫停一秒鐘，好像不太驚訝。「知道了。現在——兩件事。然後我就不吵你了。第一，你可以辦到的，我有信心。」

她閉上眼睛，抿緊嘴唇。

「第二，讓我幫忙。」他顫抖的聲音帶著狂怒和堅定。「設陷阱引誘他來。利用我當誘餌。」

「爸。」

「你以為我沒吃藥又在發瘋了。不是。但是我會去幫忙。像我這樣的狡猾警察，讓我停止吃鎮靜劑，我就可以幫你阻止各式各樣的災難。只要給我幾個小時就好。」

她想大笑，然後又冷靜下來。「爸……謝了。這是不可能的，但是——謝謝你。」

她聽到電話的背景裡，有巴士的氣動煞車所發出的嘶嘶聲，還有硬幣掉入投幣口的聲音。然後是燃油引擎駛離巴士站的隆隆聲。

「你要去哪裡？」她問。

「去你媽家。我要去陪著她，直到她去機場為止。」

「謝謝。」

「凱特琳——我剛剛講的……不是開玩笑。」他很冷靜。聲音中有一種久違的勇氣。「要付多大的代價都沒關係。打給我。」

她掛斷電話。疲倦地回去看那段影片。黛若齡拚了命想告訴他們某些事。那種緊張的眨眼一定是密碼，幾乎可以確定是摩斯密碼。

她又回到影片的一開頭。黛若齡瞪著眼睛，那是一種長而堅定的凝視。然後她開始眨眼。凱特琳數著。四十次。接著黛若齡閉上眼睛，輕點一下頭。等到她抬起目光，又開始眨眼了。她眨了二十二次。接著從頭開始，又是二十二次。

同樣的模式。摩斯密碼裡的點與劃。凱特琳心想：我聽到了，找出一個摩斯密碼表。她把黛若齡的訊息抄錄下來，然後轉譯。

P-L-U-S-J-T-P-V-M-G-B-M-M。

毫無意義。

「是什麼？」她說，「老天，黛若齡……你在說什麼啊？」

凱特琳不是密碼學權威。沒錯，她看出了先知者留在玉米田那份訊息的隱喻，也看出了他信件中的藏頭詩。她父親曾經從兇手那則有關天空的訊息中，憑直覺推出殺人的週期。但是他們並沒有受過破解密碼的訓練。

她能找到密碼學專家來協助嗎？郡警局在辦黃道帶兇手的案子時，曾經找來中央情報局和國家安全局的專家，幫忙分析那些密碼。

結果他們失敗了。唯一曾經解出黃道帶兇手任何謎題的是一對夫婦，他們在報上看到了那個謎，一時興起就試試看。而且就算郡警局聯繫上密碼學專家，能請他們來幫忙，光是官僚程序就會拖上很久。絕對不會發生在一個連假的週末。

但是黛若齡希望某個人看到並理解她發出的密碼。一時之間，凱特琳覺得整個人氣餒得動彈不得。

她起身去洗手間，潑了水在臉上。鏡中的自己臉色蒼白，亂糟糟的頭髮底下雙眼驚惶。鏡子的一角破裂了。

一塊邊緣鋒利的玻璃閃著綠色。剎那間，一種古老的渴望蠢蠢欲動，兇狠地齜牙咧嘴。割。

引出痛苦，取得控制。

她吐氣。那種渴望用謊言在誘惑她。向來如此。她把右手掌心向上。看著上臂的刺青。

整個天空

她閉上眼睛。重新睜開時，她回到自己的辦公桌。

她提醒自己：把你的感情放在一邊，專注在工作上。研究證據。

她逐漸冷靜下來，逼自己專心，然後重新開始看那段影片。

她又播放一遍。四十次眨眼。然後二十二、二十二、二十二、二十二。一個重複的模式。

第一段，四十次眨眼，裡頭一定包含了一個關鍵。

她又回頭看了一次影片，這回是慢動作播放。她重新抄下第一段。原來她抄錄的是P-L-U-S-J。但是因為黛若齡的淚水，最後一個字母的眨眼次數不太確定。她查了摩斯密碼表看另一個可能性。得到了P-L-U-S-1。plus 1，意為「加一」。

黛若齡是要她把她眨出來的字母，再往後移一個順位嗎？

她試了一下。U-Q-W-N-H-C-N-N。沒意義的垃圾。

拜託，凱特琳心想。就在這裡，黛若齡沒有弄錯。然後她腦中靈光一閃：往前推一個字母順位。

黛若齡想過她要傳達的字彙，然後眨出來——字彙裡的每一個字母都往後推一位。為了破解密碼，凱特琳必須記下黛若齡眨的每個字母，然後往前推一個順位。

S-O-U-L-F-A-L-L。

她把辦公桌底下的那個運動袋拉開，抓出她父親的日記本。

在犯罪現場，有人用一根釘子在籬笆刮了字。「靈魂筆直墜落。」

這句出自《地獄》的話，呼應了今天早上用粉筆寫在橋上的字。靈魂背叛時，便脫離肉體，由惡魔接管。（When a soul betrays / It falls from flesh / And a demon takes its place.）

她簡直不敢吸氣，查了「尋找先知者」網站。沒錯。在討論區上，她找到了他。一個登記會員。代號：靈魂墜落（Soulfall）。

是先知者。

凱特琳雙手握拳舉起，眼中漲滿淚水。「黛若齡，你辦到了。你真的辦到了。」

在戰情室另一頭，瑪麗皺眉看著凱特琳，然後她的表情柔和下來，跟凱特琳同時起身。

「我們需要電腦鑑識人員，」凱特琳說，「我們查到他了。我們有一個線索了。」

花了一個小時，凱特琳終於找到一個「尋找先知者」的網站管理員肯接電話了。

「我們不能違反我們的隱私權政策。」那個男人說。

他聽起來年輕而急促。但是畢竟，他們執迷想抓到的先知者才剛透過電腦螢幕，用一把切肉刀打斷了這個網站的業餘者熱忱。

「我們申請到法院令狀不是問題，」凱特琳說，「但是你可以幫我們更快拿到我們需要的資訊。」

「那麼你們去申請令狀吧。」他的聲音聽起來太過勇敢了，裡頭透著一絲顫音。

「黛若齡是我的朋友，」凱特琳說，「我今天早上就在犯罪現場。」

「別想嚇我去幫你的忙。」

她聽到他那些狠話底下的情感，於是讓步了。

「我沒有威脅你。黛若齡死前留下了一些訊息，有可能幫我們結束這整件事。她引導我們回去查討論區。約翰——我可以喊你約翰嗎？」

停頓一下。「當然可以。」

「你們有個內奸。」

停頓得夠久了。「好爛。」

「這個內奸很危險。他可能已經在鎖定一些目標。想想看，黛若齡有管理者特權，她給了我這個資訊，就是希望我們能加以利用的。」

接下來的停頓更久了。「是啊。好吧。」

「謝謝。」凱特琳朝坐在私人辦公室裡的蓋舍里豎起一根大拇指。「最簡單的辦法，就是給我一個登入名稱和密碼，讓我進入你們網站的後端。」

約翰給了她一個臨時使用者名稱和密碼。她又謝了他。「別跟任何人說半個字，約翰。也千萬別在論壇上提起。由我們來接手。」

她打開網站登入，默默追蹤「靈魂墜落」的活動。結果很稀少。他加入會員五年了，但是貼過的文沒幾篇。

他都在潛水。

她桌上的電話響起鈴聲。電腦鑑識人員打來的，應該是有關追蹤「靈魂墜落」的數位足跡。是尤金．趙，就是幫忙分析先知者早期卡帶的那位技師。

「逮到他了。查到他最近用來登入的IP位址。」

「位置在哪裡？」凱特琳問，「你查到了嗎？」

「查到了。因為那是一家公司的IP。叫代達洛斯，總部在舊金山。稍等我一下，我看能不能查出更多細節。」

她在線上等。

趙又回來了。「是代達洛斯的一個部門，在他們位於教會區的辦公室。那個IP位址屬於一家叫『星座配對』的公司。」

47

凱特琳站起身，往下看著自己的辦公桌。「蓋舍里警佐來了。」她把電話開到擴音功能。

「麻煩你再說一次。」

「這個使用者是從一家叫『星座配對』公司的辦公室登入的，」趙說，「屬於代達洛斯公司旗下，而代達洛斯又是一個跨國企業集團『水瓶座資本系統』的子公司。」

蓋舍里走過來。凱特琳說：「確實就是從那個位址連上去嗎？不可能是中繼站或掩飾或——」

「靈魂墜落在那個論壇貼文時，是先登入『星座配對』辦公室所在那棟大樓的一個網路。」

她和蓋舍里交換一個眼神。蓋舍里說：「以先知者的作風來說，感覺上似乎太大意，不然就是方便得難以置信。」

「我來看看還能查到什麼，再跟你們回報。」

「好，你去忙吧。」凱特琳說，然後結束通話。

蓋舍里駝背站在那裡思索。凱特琳說：「他會不會還是在耍我們？」

半個小時後，趙回電了。「我找了個在水瓶座工作的熟人。那筆登入『星座配對』的紀錄，是從手機連到他們公司的訪客網路。」他說。

「所以訪客有可能是任何人。說不定是外頭街上的人。」

「不，所有訪客都要在櫃檯登記後，才能登入系統。而那則評論貼出來的當天上午，沒有登記的訪客。靈魂墜落先生不是那邊的客人。他想取巧，結果犯了錯。他是員工。」

她握拳。「名字？」

「我弄到他們全公司的名冊了，會寄過去給你。我夠選出一打我認為最可能的人。熟悉網路技能，而且是住在灣區的。」

「太棒了。」

趙唸出他勾選的名字，凱特琳抄下來。五個女人，她不太相信會是兇手。七個男人。

「這些男人還有其他資訊嗎？」她問。

趙給了她年齡、國籍，以及在該公司工作了多久。三個二十來歲中段。三個三十來歲，其中兩個——韓裔的金旻修和華裔的姜偉——是去年拿工作簽證來到美國的。

「最後那一個呢？」凱特琳問。

「你該找的這位是泰圖斯。根據出生日期，他現在是四十七歲。程式設計師。員工編號顯示他在這個公司工作很久了。非常、非常久。」

她雙手刺麻。現在她可以想像了：一個四十七歲的資深重要軟體工程師，有辦法看到每個客戶的約會簡介、電話號碼、地址、密碼。要命，他曉得那些人的慾望。他可以挑選目標，在他們的電腦和手機裡植入遠端管理工具軟體。而且可以在發動攻擊前，遠端勘查那些人的房子和工作地點。

「你可以弄到他的員工檔案嗎？」凱特琳問，「地址、電話？」

「已經弄到了。」

「你真是我們的救星。」

「社交工程技巧啦，」他說，沒進一步解釋。「這個傢伙之前在海外工作，剛回到灣區。住在國外十二年了。布魯塞爾、香港、倫敦。我會把一切寄去給你。」

電子郵件幾秒鐘之後就寄到了。凱特琳身體前傾，急切地閱讀著，然後停下。

「他是姓這個？」她說，「我以為你剛剛說他姓羅馬（Rome）。」

「不，是隆恩，R－H－O－N－E。就像法國那條隆河（Rhône）。」

一股作嘔的刺痛蔓延到她全身。「等我一下。」

她找出分局裡的人員通訊錄，瀏覽著，雙眼停在一個名字上頭。後頭有個地址。

耶穌啊。「我再回電給你。」

她張望著戰情室。瑪麗的目光對上她的，皺眉看了好一會兒。凱特琳朝分局前方走去，蓋舍里正在那裡跟小柄副隊長談得很起勁。凱特琳聽到瑪麗跟在後頭。

她加快腳步，走近蓋舍里時，他給了她一個眼神表明：*我正在忙*。

她走過他旁邊。回頭看，示意瑪麗快點跟上。

她來到大廳櫃檯前。櫃檯職員正彎腰對著一個甜甜圈和她的電話。

「佩姬。可以跟你談一下嗎？」

那位年輕小姐抬頭，雙眼急切而熱心。

「你住在柏克萊山，對吧？」凱特琳問。

「是啊，繼承我媽留給我的房子。」

「一個人住嗎？」

「不是，我的……怎麼了？」

「你的什麼人？」

她臉上的歡樂和熱心變成戒備的表情。「你為什麼想要知道？」

「泰圖斯・隆恩是誰？」凱特琳問。

「我不懂。他只是暫時住在那裡，等他找到自己的地方就會搬走。」

瑪麗走得更近。「這是怎麼回事？」

凱特琳指著那位櫃檯小姐的名牌。「佩姬（Paige）？」

佩姬摸摸自己的名牌。M・P・隆恩。「他是我爸。」

「這是暫時的，我告訴過你了。」佩姬說，「有什麼問題？」

在訪談室裡，佩姬駝背坐在一張富美家桌子旁，摳著自己的指甲。凱特琳坐在她對面。瑪麗靠牆站著，像一頭母獾，準備好要往前撲。

「你爸開的是什麼樣的車？」凱特琳問。

「我不懂你為什麼要問我這些問題，但是我覺得有點可怕。這有點侵犯了我的權利吧。」

「啊，什麼樣的車子？」

「混合動力車。雪佛蘭Volt。」

瑪麗說：「他開過小卡車嗎？」

佩姬搖頭，但是又停下，張開嘴唇。瑪麗直起身子。

「道奇Ram？」凱特琳說。

佩姬的臉放鬆了。「那是譚納的車。」

「這事情是有關那輛小卡車的？怎麼不早說。」她的臉開朗起來。

「誰是譚納？」

「佩姬。」

「我的前男友啦。他的Ram車上個月被偷了。你們找到了嗎？」

瑪麗問，「譚納姓什麼？」

「狄福瑞。那是一輛白色Ram，二手車，但是看起來像新車。」

「白色的？」凱特琳問，「什麼樣的輪圈？」

「啊，老天，沒錯。那些鍍鉻的Full-throttle牌改裝輪圈。他愛死那些輪圈了。」

凱特琳點頭。蓋舍里正在看訪談室的攝影轉播，現在應該會去查一輛車主是譚納．狄福瑞的失竊道奇Ram小卡車。

「車子是在哪裡被偷的？」凱特琳又問。

「我家那條街。譚納氣得要命，那一帶應該是很安全的。而且他說那輛小卡車不可能用接線短接發動的，非得用遙控鑰匙啟動引擎。這是真的嗎？如果我要申請警察學院，就得學會這類知識。」她微笑。「這就是為什麼我會在這裡工作。我想把這類事情先學起來。」

凱特琳點頭。「好計畫。譚納很氣你吧？」她同情地說。

「這是他提出分手的原因之一。真蠢，又不是我把他那輛蠢車子變不見的。」佩姬把頭髮往後一甩。「不是我的損失啦。」

凱特琳看到視覺邊緣的瑪麗，似乎是用盡身上的每一分力氣，忍著不要衝上來抓著佩姬搖。凱特琳認真聽著佩姬的斷續漫談。要是佩姬的父親跟她住，要趁她男友在屋裡時偷走那輛小卡車的鑰匙，能有多難？

要把那輛小卡車改漆成黑色，也不會太難。

「譚納有指控你父親偷走鑰匙嗎？」

「喔，有啊。一直大罵，走來走去，朝我們指。我爸只是走出房間。結果譚納更是氣炸了。」她吐出一口氣。「早走早好。」

凱特琳雙手交疊。「你和你爸很親嗎？」

「當然了。正在努力中。我好多年沒見過他了，上一次見面是我還很小的時候。不過這回他開口要求，他是家人，所以就來跟我住，暫時的。不過我們愈來愈親了。他很懂我。當初就是他建議我申請這份工作的。『你會是一個很棒的警察。』他這麼說。此外，我的首名就是他取的。」她輕觸她的名牌。「密耳拉。密耳拉・佩姬（Myrrha Paige）。獨一無二。因為我就是獨一無二的。這名字太怪異了，我平常沒用。不過……」她的目光輪流看著凱特琳和瑪麗。「真的很特別，不是嗎？」

「當然了。」凱特琳站起來。「你待在這裡一會兒。我馬上回來。你要喝可樂嗎？」

「麻煩你了。」

凱特琳朝門走去。「還記得有條項鍊，上頭有個蜂鳥的墜子嗎？你在eBay上賣掉了，對吧？」

「那是好幾年前了。」佩姬皺眉。「譚納說了什麼？我可以賣的。我的意思是，我爸都忘了那條項鍊，從來沒來跟我要過。」

「沒問題。要健怡可樂？」

瑪麗朝她使了個眼色。凱特琳冷靜地走出去，一把門關上，就掏出手機搜尋網路。密耳拉。希臘神話：美少年阿多尼斯的母親。她愛上自己的國王父親，與之性交後，變成了一棵沒藥樹（myrrh tree）。

「該死。」她又用密耳拉＋《地獄》搜尋。

第三十首，第二十四行。

我看見兩個蒼白而赤裸的陰影，
邊跑邊咬，
如同溜出豬圈的豬一般。

她繼續往下看。

那兩個陰影的長牙咬住其他陰影的脖子，殘忍地撕扯。
那是敗德密耳拉的古老陰魂，

她偏離一切正道，
成為她父親的情人。
她假扮成另一個人，
與她的父親犯下罪孽。

凱特琳站在走廊上，全身冰冷。「獨一無二，可不是嗎？」殘酷的、傳奇的不明嫌犯的女兒。好個傳承啊。

蓋舍里走出監控室。「那個墜子。」

「那是瞎猜矇上的。運氣好而已。」凱特琳聳聳肩，難為情但興奮。「密耳拉是《地獄》裡的一個角色。是他沒有錯。」

蓋舍里遞給她一張八乘十吋的照片，那是駕照的大頭照予以放大的。照片裡面是一個四十來歲中段的男人。瘦削，白人，看起來很平凡。但走廊上的空氣似乎變涼了。是因為他的眼睛，在燈光下非常熱切，深褐色的眼珠彷彿任何東西都無法穿透。雙唇微張，好似要向監理處工作人員建議些什麼。一副心照不宣的模樣。那半個微笑露出了嘴裡歪斜的牙齒。頭髮稀疏，幾縷長髮往後直梳。他看起來像是影星馬修．麥康納的蒼老憔悴版。表情親切，讓人感覺上十足自信，但背後卻是一片虛空。

泰圖斯．隆恩。

她看著蓋舍里。「就是他。」

48

下午兩點，突襲人員在戰情室集合：準備要去逮捕泰圖斯．隆恩。氣氛緊張極了。蓋舍里向突襲小組簡報有關隆恩的狀況。特別應變小組的指揮官則仔細解說戰略計畫。

「目標的住所是獨棟住宅，只住了一家人，位於柏克萊山。」那個指揮官說，在投影到白板的衛星地圖上，他以雷射筆指出佩姬．隆恩的家。「我們會從溫德瑞克路進去。」

凱特琳站在那裡扳響手指。她體內似乎有個渦輪，正旋轉著要啟動，準備隨時開始發電。她的西格&紹爾手槍插在槍套裡，牛仔褲左邊口袋放著兩個備用彈匣。右邊口袋則放著一把水滴形刀身的折疊刀。她拉緊了自己的防彈背心。

站在不遠處的瑪麗一臉專注，馬汀尼茲則雙手垂在身側。他平常那種海灘酒保的輕鬆舉止一掃而空；現在是純作戰模式。蓋舍里看起來像是把這次行動的每一滴資訊都吸收到他的細胞結構裡。特別應變小組的隊員們以稍息姿勢站著，他們身穿深色的工作服，看起來像一根根石柱，令人望而生畏。

那位指揮官簡報完畢，接著讓蓋舍里講話。

「這是個郊區地帶。目標的三邊都是住宅。晴天下午。所以應該會有小孩在戶外玩。」他點了一下，白板上秀出那棟房子的幾張特寫照片，是他們從佩姬的手機裡找到的——她已經自願把手機交給他們了。

佩姬還在訪談室裡，現在她意識到有不好的事情發生，而且跟她有關，於是也不太願意講話了。凱特琳不相信她像表面上看起來那樣毫不知情。因為泰圖斯．隆恩曾勸她申請郡警局的工作，很可能還鼓勵她注意分局裡的一切，把資訊告訴他。保持熱心，像一隻友善的小貓，憑著本能就會去撕咬小動物，不會良心不安。

蓋舍里點著屋裡的照片。「十五分鐘前，我們派了一位便衣警察開車經過這棟房子。」他舉起一隻手。「是那位警察自己的車，不是任何會引起懷疑的車。他回報說嫌犯的雪佛蘭Volt車就停在車道上。」

特別應變小組的指揮官說：「我們已經派人盯著那棟房子了，前後都有。他的車還停在車道上，一直沒有人離開屋子。」

蓋舍里面對著所有人。「我們推測這個人有武器，非常危險。」他逐一看著每個小組的成員。「我們出發吧。」

隨著一陣裝備發出的沙沙聲，他們開始往外走。空氣中似乎能強烈地感覺到腎上腺素。凱特琳轉身要走時，蓋舍里攔下她。

「華特．霍布思回家了。他和兩個兒子都很平安。」

「感謝上帝。」

雖然她大感解脫，但是想到黛若齡，以及她的家人現在要承受的一切，就讓她心中悲慟起來。一時之間，蓋舍里看起來筋疲力竭。於是她知道是他通知華特．霍布思他太太被謀殺的訊息。她簡短地點了個頭。

他們走向門時，法醫艾吉爾進入走廊，一臉嚴肅。

他朝著蓋舍里點了個頭。「想聽新消息嗎？」

「是的。」蓋舍里朝法醫手上的牛皮紙信封點了個頭。「那是蓋雅・希爾和潔蒂・威考斯的驗屍結果？」

艾吉爾點頭。「我希望盡快讓你知道。」他看著戰略小組的成員經過，還有馬丁尼茲，防彈背心緊貼著上身，警徽用一根繩子掛在脖子上晃蕩。

艾吉爾法醫說：「我不需要知道戰略細節，但是——如果你們是要去另一個犯罪現場，或者……」

蓋舍里看著他。「是另一個可能，沒錯。我們正要去。」

「我不會耽擱你。但是我要警告你。無論你們要突襲哪裡，要特別小心會有危險物質暴露的可能。」

「知道了，醫師。」

蓋舍里動身要往前走，但是艾吉爾指著那個牛皮紙信封。「上一個犯罪現場的水銀汙染超過了正常標準。是蒸氣。有可能瀰漫在空氣裡，你根本不曉得吸入了。」

凱特琳看了那個信封一眼。

艾吉爾法醫皺眉看著她。「這些犯罪現場，你去過幾個？」

「三個，如果燒毀的車子也算的話，就是四個了。」

「封閉環境，縱火裝置——那些煙火是有毒性的。」

蓋舍里想要離開，凱特琳也是，但是感覺上好像有條深色的蠕蟲在她的皮膚底下挖掘。

艾吉爾說：「我會發出通告，警告大家有關水銀蒸氣的危險。你們得先做預防，不要再接觸到水銀了。」他朝她和蓋舍里豎起一根指頭。「水銀有可能造成永久性的傷害，會對健康造成災難性的後果。」

蓋舍里急著想走。

艾吉爾揮揮手。「去吧。保重。但是要確保你們的人也不會受到水銀的毒害。致命的武器不是只有子彈而已。」

「知道了。」蓋舍里大步沿著走廊往前，要去停車場。凱特琳跟在後面。

她又轉身，倒退著走路，朝醫師問：「會有什麼後果？」

「顫抖。記憶喪失。覺得有昆蟲在皮膚底下爬。失眠。情緒波動大。頭痛。喪失周邊視覺。」他說，「不要掉以輕心。」

「明白了。」

凱特琳跟著蓋舍里走出去，來到陽光下。但她心裡有一盞燈亮了起來。她父親。

梅克的種種症狀。顫抖，認為皮膚底下有蟲子在爬。失眠，憤怒，頭痛，記憶裡的空白。而且你要走到他面前，他才會看到你。

他不是沒禮貌或執拗，而是失去了周邊視覺。

她走到自己的車旁，檢查了後行李廂的霰彈槍：向下折開，查看槍管，再扣回去，然後確定那盒子彈都裝妥且準備好了。她把霰彈槍放回去，爬上駕駛座，發動引擎，心情惴惴不安，有點震驚，有點憂心，又有點恍然大悟。

她的父親是汞中毒。

49

他們在陽光刺眼的藍色天空下駛向佩姬．隆恩的家，迅速經過奧克蘭一片植物蔓生山坡上的眾多直列排屋和破舊的公寓樓房。應變小組的黑色指揮車開在整個車隊的最前方。凱特琳的車緊跟在後，她用力踩著油門，腦袋裡一直反覆唸叨著：快點，趕到那兒，進行任務，抓住他。她從來不曾在行動前感覺時間這麼漫長，或這麼險惡。

離那棟房子的前院車道五十碼時，指揮車煞車，打橫停在馬路上。兩輛郡警局的警車超車過去，警燈閃著。凱特琳也在指揮車後方轉向打橫停住，擋住整條馬路。

那兩輛超前的警車擋住馬路的另一頭。指揮車上的人迅速下了車。車道上停著泰圖斯．隆恩的金色雪佛蘭Volt車。

那棟房子的窗簾緊閉，前門籠罩在陰影中。整個地方看起來不起眼而陰森。平靜而蓄勢待發，像是一頭動物在咆哮著，只是那聲音的頻率太低，人類的耳朵聽不到。

從無線電裡，凱特琳聽到特別應變小組的指揮官正在指揮手下到屋後。「就位。」

凱特琳掏出她的西格&紹爾手槍，心臟跳得好厲害。在她旁邊，蓋舍里盯著那棟房子，好像可以聽到屋子的呼吸聲。瑪麗的下巴看起來繃得好緊。不遠處，馬丁尼茲摸摸他的十字架項鍊。他目光對上凱特琳的，點了個頭。

特別應變小組的指揮官帶著他們呈單排走向前門。他們彼此緊挨著，每一秒鐘都漫長得彷彿永無止境。指揮官比了上的手勢。凱特琳一手放在瑪麗肩上，破城錘撞開了門，她們兩個跟在特別應變小組的喊叫聲和蓋舍里那種動物般的力量後頭，也跟著進了門。

屋裡燈光黯淡，塞滿了東西，空氣中有香菸、漂白水和舊書的氣味。他們舉著槍，檢查過廚房、客廳、浴室、臥室、臥室、車庫。他們又看過衣櫃、碗櫥、儲藏櫃，還有閣樓。

屋裡是空的，隆恩離開了。

凱特琳步出隆恩的房子，走向鑑識組的小卡車，一邊用前臂撥開一縷落到臉上的頭髮。她戴著乳膠手套，腳上套著紙鞋套，沒理會街尾郡警局路障外那些聚集的群眾。

直到她看到她父親也在人群裡頭。動也不動，沉默觀察著。

她鑽出警方的黃色封鎖帶，沿著街道走向路障。正在控制人群的制服警員是萊爾，前幾天塞滿烏鴉的車子焚燒的那一夜，他也在銀溪公園裡。

凱特琳指著梅克。「他是來找我的。」

萊爾讓梅克繞過路障進來。凱特琳把父親拉到人群聽不到的地方。

「你跑來這裡做什麼？」她問。

他穿著一件衣領磨得起毛的厚工作衫、牛仔褲、濺了泥巴的靴子，沒刮鬍子。他舉起自己的手機。

「我有警察無線電掃描儀的App。我要回舊金山時，聽到有一個戰略小組出動的代號。沒有人提到先知者，但是我猜到了。」他看著那棟房子。「那是怎麼回事？」

她知道梅克聽到大消息時會怎麼樣。他的電路燒壞了，整個人有可能爆炸，也有可能像烏龜似的縮起來。但是小柄副隊長已經排定了要舉行記者會，這個消息幾分鐘之後就會公開了。梅克有資格從她這邊聽到。她吸了口氣。

「我們知道他是誰了。」她說。

梅克整個人僵住，像是釘在地上的一根大釘子。

「他叫泰圖斯．隆恩。這點我們確定。就是他沒錯。」

她等著他的反應。他的目光往遠處看，越過地平線。然後他的臉皺起，接著膝蓋一軟。

「爸。」她一手扶住他手肘下方。

他撐住了，直起身子，舉起一手。「泰圖斯．隆恩。」他緩緩地說，每個音節都拉長了。

「老天。怎麼查到的？」

她解釋他們如何追蹤到他，然後掏出手機，找到隆恩的大頭照。「這就是他現在的樣子。」

梅克看了。那是漫長、痛苦的幾秒鐘。

「他有個什麼很不對勁，你看得出來。」他說。

她點頭。他繼續瞪著那照片，又抬頭看她。「你……」

他抿緊嘴唇，努力壓抑著情緒。

「凱特琳。」他伸出一隻顫抖的手，看起來像是想握住她的手臂。「真不敢相信，」他低聲說，「你找到他了。」

「我們還得抓到他才行。不過他現在跑掉了，不可能回來這裡。現在郡警局已經發出全面通告，也會對媒體宣布，會有完整的新聞報導。他再也沒辦法躲起來了。我們會逮到他的。」

「但是他的房子……」

「他剛剛失去了他的基地。」

他喃喃說著什麼，她聽不出來。或許是禱詞，或許是詛咒。他深色眼珠的雙眼看著她，點點頭，不必再說別的了。她握住他的手，沒有放開。他看著那屋子，表情難以解讀。

「還有件事情一定要讓你知道。不能等了。」她說。

他繼續盯著那房子。她暫停一下，但是也只能硬著頭皮說了。

「爸。每個搜查過先知者犯罪現場的人，都接觸過汞蒸氣。」她用力握著他的手，想吸引他的注意。「你接觸得比任何人都多。」

他緩緩轉過頭來，好像那個頭是裝在轉軸上。

「你中毒了。」她說。

他嘴唇張開，但是什麼都沒說出來。

「法醫跟我們列出了症狀。顫抖，感覺皮膚底下有蟲子在爬，聽覺和視覺有——」

「幻覺。」他的聲音感覺好遙遠，像是從水中發出來。「會看到各種顏色和光線。覺得眼角看到蛇，每次我轉頭去看，那蛇就溜過轉角不見了。」

「你的周邊視覺受到限制了。」她的聲音變得沙啞，快要破音了。「憂鬱症，退縮，憤怒。」

他看起來很緊繃。凱特琳覺得自己或許犯了個大錯。他沉默了好一會兒。她等著他會大發脾氣，但等他再開口，卻很冷靜。

「你的意思是，這個影響了我二十年？」他問。

「重金屬中毒。沒錯。」

他閉上眼睛搖搖頭，彷彿不敢置信。

「明天我們去看醫生，做個全面性的檢查。」她說。

他皺起眉頭。「你認為有什麼治療的辦法？」

「一定有的。」可以緩解他所受的折磨，可以修復他。

「大部分重金屬中毒是永久性的。」他的表情變得更陰暗了。「法醫擔心的是你。」

她心底泛起一絲害怕。「現在我們知道要採取預防措施了。」她講得很快，不能讓害怕轉移她的注意力。

梅克瞪著眼睛，似乎沒特別看著什麼。「有回在一個被害人的房子裡，桑德斯和我是第一個趕到的，一個廚房垃圾桶著火了，裡頭裝滿了破掉的日光燈管。我們撲滅了火，打開窗子——在鑑識人員到場前讓屋裡通風……」

「你們沒告訴過任何人？」凱特琳問。

「在當時，說不說又有什麼差別？」

她覺得好氣餒。「或許會有很大的差別。這樣會改變……」

「改變一切？」他說。

她覺得心痛。「半對半錯吧。」她告訴自己要冷靜下來。

她又開口，「我以前錯怪了你。其實那些事情不是你的錯。」

他頓了一下才開口。「但的確是我的錯。」

她急切地看著他。「我一直都搞錯了。」

「因為汞。」

「半對半錯。」

他差點大笑起來，有短暫的一刻，警察的黑色幽默感讓他的臉開朗起來。

她以前把一切都歸咎於他。現在她看清了一連串的原因和影響——兇殺組的工作，他遠超過職責範圍的獻身，還有那樁新婚夫婦的謀殺案，桑德斯死去，汞蒸氣進入他的血管。

「你不是自己跳進深淵的，而是深淵抓住了你，把你拉下去。」她握住他的手。「你所承擔的，已經超過一般人所能承受。我現在唯一怪你的，就是想要獨自挑起這一切。」

他沉默不動，像岩石。片刻後，他朝那屋子點了個頭。

「你回去工作吧。」

她依然握著他的手。「我不希望你落單。」

「我得一個人靜一靜。等這一切結束了，我們再談吧。」他點點頭，像是對自己。然後目光轉為嚴厲地看著她。「你去找出這個狗娘養的，把他撂倒。」

50

疾風掠過柏油路面，把空的速食包裝紙沿街吹著跑。茂密的雜草和薊類纏繞著金屬網圍籬。尚恩·羅林斯的小卡車放慢速度，沿著小巷前行，避開一個垃圾子母車側邊砸碎的啤酒瓶破片。

真是個藏復活節彩蛋的好地方。

但是線民通常不會跟他約在費爾蒙飯店的酒吧裡碰面。而且老實說，他不在乎，其實還很喜歡這樣。

處理爆炸物的工作很有趣。他負責的部分，是不要讓爆炸物落到白痴或神經病的手上。他不是爆炸物管制官，那些傢伙是瘋子。割斷藍色電線。他也不是炸彈處理單位，那些人瘋得最嚴重。

他負責追捕那些不在乎一家工廠是否炸掉的笨蛋，以及那些想讓噴射客機在高空爆炸的壞心傢伙。他會在爆炸物被裝上引爆裝置之前，就先阻止。

一般大眾不太曉得自己周圍有多少爆炸物，而且就他所知，也不太了解爆炸物有多大的用處。開礦和拆除建築物。預防雪崩。滅火器、安全氣囊充氣機。煙火。特殊效果。

化學可以改善生活，只要爆炸物一概是在正確的時間觸發。

當上爆炸物專家的人，多半是有化學或電子學背景的。尚恩有化學的學位。他可以分析各種爆炸物質，從炸藥到高效爆炸物到黑色火藥、圓柱火藥、起爆藥、雷管、安全導火索、爆竹、引爆電線、點火索，以及點火器。這些物質，如果沒有執照或許可，是禁止運輸、收送的——儘管有些主權公民不以為然。

當然，組織犯罪、聖戰士、白人至上主義者，以及各式各樣的瘋子，都不理會這項禁令。於是在這個復活節星期日，他就得出門調查並阻止。

這個線報是他們局裡的舊金山調查站收到的。線民宣稱，有一些爆炸物質本來是要運到內華達山區，交給一家正在鋪設高速公路的營造公司，現在被偷運出來。主謀的兩個傢伙想把一種銨油炸藥和乳化炸藥的混合物，賣給一個非法摩托車幫派。通常摩托車騎士更常非法交易的是槍——尚恩的局裡老是在追查這類的——如果他們把目標轉移到炸藥，那就不妙了。

尚恩的一個同事已經跟這個線民聯繫了一個月，然後找尚恩加入。那個線民要求碰面討論報酬和豁免協議，而且指定今天下午。

尚恩開車經過幾家小工廠和倉庫，週末都關門沒營業。在遠處，奧克蘭港的裝貨吊車把貨物高高吊到碼頭上方，像是《帝國大反擊》裡的全地域裝甲運輸步行機。他循著金屬網圍籬深入這個園區，看到圍籬裡頭有一名男子站在一棟廠房外頭，靠牆正在抽菸，看到尚恩減速，那男子就把菸蒂扔了，匆忙走向他，一邊還四下張望。

尚恩把車靠著圍籬停下。他傳了簡訊給負責的主任探員——他的上司。碰面了。然後他降下乘客座的車窗。

那傢伙駝背縮頭，瞇眼看著圍籬外的尚恩。他的頭髮被吹得遮著眼睛，那個模樣像是在提防隨時會有喪屍出現。

「你不是裴瑞塔。」那男子說。

「裴瑞塔沒辦法來。她跟你說過我會來的。」

那傢伙若有所思地歪著頭。「怎麼？她昨天夜裡生小孩了？」

尚恩只是面無表情望著他。

那傢伙露出微笑。「好吧。」

「我姓羅林斯。」尚恩說。

「我是狄克斯。」

就是講好的那個人沒錯。他又四處張望了一下，像松鼠似的。

不遠處的圍籬上就有一道門，但是狄克斯說：「你不能從那裡進來，裡頭都裝了監視攝影機。你往前走到那棟廠房的角落，轉進去。」他指著倉庫間的那條長長的路。更遠處，在下午的明亮太陽下，一艘冒著煙的貨櫃船在舊金山灣內駛過。

「我會在那邊等你。」

尚恩開車到那個角落。檢查過沒有人跟蹤、沒有人監視、沒有任何可疑的行動。這是個廣大的工業園區，骯髒又破敗，而且在這個假日週末一片空蕩。這也很平常，他沒看到任何可疑的事物。

他在那個角落轉彎，往前走了兩百碼，狄克斯推開了一道滑動式閘門。沒錯，這種地方就是很適合存放贓物的。不過對於保存爆炸物的安全來說不太妙。尚恩把車停在門外，走進閘門內。

那棟廠房大概就像飛機的機棚那麼大，四四方方，毫無特色，而且似乎是已經廢棄了。上方的天空有海鷗在繞圈飛翔，發出刺耳的叫聲。他走過一堆生鏽的五十五加侖大桶，看起來似乎不符合職業安全衛生處的規定。那個線民打開門鎖，一邊東張西望著，活像是一隻受驚的草原犬鼠。尚恩摘下太陽眼鏡，跟著他走進去。

裡頭是空的，回音響亮，像個高中體育館。廠房裡原來的地板都拆掉了，但他還是看得出機械工具一度固定在地面的螺栓與錨點痕跡。

「他們就是要送貨到這個地方？」尚恩問。

「先來談談豁免吧。」

「你給我他們的送貨日期、使用車輛的外觀描述、名字、手機號碼。然後我們再來談豁免。」

狄克斯一手撫著肚皮，好像這個說法害他消化不良。「好吧——但是一件一件來。下次送貨會送到這邊的裝卸貨平台。」

「帶我去看。」

「在這棟廠房的另一頭。」他帶著尚恩走向廠房另一側。「不過要快。除非必要，我可不想在這裡多待一秒鐘。」

要追蹤炸彈製造物質的違禁品買賣並不容易。大部分是因為你打交道的都是那種容易受驚的人。不過這件事很嚴重。據說是硝酸銨加燃油，再加上硝化甘油炸藥，這是卡車炸彈。

隔著牆，海鷗的刺耳尖叫聲減弱了。在那些高高的、髒兮兮的窗子之外，白雲掠過亮藍的天空。到了下一個房間，尚恩看到一些被藍色防水布蓋住的棧板，以及一些五十五加侖的油桶沿牆堆放著。還有水管和一捲捲黃銅線，可能是從工地偷來的。狄克斯掏出鑰匙，打開了通往一道後走廊的門。

「等一下。」尚恩說。他看著那些油桶。

「別管那些了。繼續走吧。我知道今天是復活節星期日，但是那些傢伙照樣做這些事情。他們可不是虔誠的基督徒，隨時都有可能出現的。」

那個線民打開門鎖。走廊很暗，他按下一個電燈開關，但是毫無動靜。

「等一下。」狄克斯沿著走廊往前奔。

尚恩把門整個打開，跟出去。狄克斯又試了更前頭走廊上的一個開關，還是沒用。他繞過一個轉角，進入這棟廠房裡的昏暗角落。

「媽的搞什麼屁？」他問。

尚恩把外套往後翻，一手放在手槍的握把上。從那黑暗轉角傳來窸窣的腳步聲，然後是一個悶住的喊叫。空的桶子鏗鏘響著倒在水泥地上。

尚恩拔出槍。他迅速沿著走廊前行，停在角落前，沒聽到任何聲音。

這個不妙，非常不妙。這裡很黑，他又只有一個人。他側身走近那個角落。舉著槍逐步檢查整個走廊交叉口，呈扇形檢視過去，逐漸逼近轉角。什麼動靜都沒有。

上吧。他轉身繞過角落。眼前那條新的走廊中途有一道雙扇門。他走過去，勇敢地拉開那道門，又是呈扇形逐步檢視門內，然後進去。他發現了那些倒在地上的桶子，彷彿有個人像保齡球那樣砸過去。桶子上沾了血。一支砸碎的手機扔在水泥地上。沒有狄克斯的蹤跡。

他檢查過那個房間，停下腳步。周圍的牆上充滿了狂野的畫。

從地板往上八呎的牆上，用噴漆和粉筆塗畫了種種迷幻的畫面。惡魔折磨著坑裡的人。豬的長牙戳進尖叫的人們身上。生著女人臉的禿鷹，從哭泣的樹撕扯下肉。

牆上釘了一連串的釘子，形成一道痕跡。看起來像是電動釘槍打的。

這是埋伏，而他就直接踏進來了。

他手槍掃過房間，背靠著一面牆，掏出手機想請求支援。手機沒訊號，他看到自己之前傳給上司的簡訊是傳送失敗。

後退。他告訴自己，趕緊出去，找到有訊號的地方。

從建築物內更深處，狄克斯喊著：「媽的，停止，基督啊，不要……」

別想退出了。

尚恩穿過房間，循著釘子的路線，來到盡頭的一扇門前。他再度逐步檢查安全，穿過那扇門。他進入門後的房間，手槍掃過。沒看到任何人。那個線民已經被拖走了。風從缺了玻璃的空窗框吹進來，塑膠布拍打著牆壁。在房間遠端另一頭的塑膠布後方，有陰影移動。

先知者。

這個狗娘養的，當初設計他跑去一座空的體育場，自己在別處折磨並謀殺兩個女人。這個殺人兇手，想要摧毀凱特琳。

尚恩走過地板，舉著槍，掃過房間，然後把塑膠布往後拉。水泥地上有一個洞。洞的前方以噴漆噴著拋棄希望吧，所有進入此處者。

水泥地上的那個洞往下深深落入一條隧道。裡頭有呼嘯的風聲。

一記轟擊來自他剛剛走過的黑暗門口，擊中他的背部。

51

出了隆恩的房子，凱特琳把一個證物袋遞給一名鑑識人員，接著在證物監管鏈表格上簽了名。在街道上另一頭的路障外，圍觀的人群更多了。電視台新聞小組紛紛搶著卡位。一架新聞直升機在上空盤旋，還有另一架正朝這邊飛來。

小柄副隊長已經正式宣布，州警局正在尋找先知者連續殺人案的一名嫌犯。泰圖斯．隆恩的照片已經公告周知，還附上警語：警方搜尋中。切勿靠近。隆恩有武器，極度危險。

凱特琳的手機發出嗡響，顯示收到訊息。她從口袋掏出手機，看到一個不認得的電話號碼，開頭是九二五。那是普萊森頓的區域號碼，郡警局的轄區。她猶豫著。

主題：關於：水星。

她打開訊息，一段影片開始播放。

她雙腿發軟。「基督啊。」

陽光好烈，像是在朝她尖叫。螢幕上是尚恩。舉著手槍。

一個人從陰影裡撲出來，舉著一把氣動釘槍，朝他背部釘。兩次。

尚恩轉身，彎著身子，一臉痛苦。他瞄準那人影的中心點，開槍。

那個人繼續往前，舉著釘槍。他又朝尚恩的胸部釘，一次又一次。尚恩倒地。

那個人橫過螢幕衝向他。把尚恩手裡的槍踢掉，又踢他的頭。尚恩躺著不動。那個人抓住他一隻手臂，把他拖到水泥地上的一個洞邊。然後用工作靴的靴跟把尚恩踢進洞裡。

先知者的聲音從電話中透出。「我聽說你需要羅林斯的時候，他拋棄了你。背叛使得罪人們進入坑內的黑暗中。」

螢幕轉黑。

52

戰情室裡，凱特琳在凍結的螢幕畫面前方來回踱步。畫面中，光線從高高的窗子照入尚恩所在的那個房間。水泥地板、金屬浪板牆，應該是倉庫，或是飛機的機棚，也可能是廢棄的廠房。她按了播放鍵，再看一次。幾個陰影掠過窗外，她聽到海鷗的尖叫。那是在某個靠近水邊的地方。

整個灣區都靠近水邊。海岸線有幾百哩。尚恩有可能在聖荷西、瓦列霍，或是瑟遜灣。戰情室角落的大螢幕電視機被按了靜音，播放著國內新聞。搜尋先知者嫌犯。聯邦探員失蹤。

瑪麗和馬丁尼茲快步走過來又走過去，講電話，寫筆記，把便利貼往牆上貼。蓋舍里匆匆走過來，手機貼在耳邊。

尚恩，我們會找到你的。

但是他們需要更好的影片。他們得找到隆恩開的那輛偷來的道奇Ram小卡車。另外還要清查各個倉庫，查出他的手機和信用卡紀錄。目前都還沒有任何結果。

巡邏警員正在巡察街道。但是實在沒有什麼可以著手的線索。

「隨時通知我，」蓋舍里說，結束了通話。「菸酒槍炮及爆裂物管理局的那位主任探員說，從來沒收到過羅林斯跟他的線民已經碰面的確認消息。」

「他們約在哪裡碰面？」凱特琳問。

「東灣。她只知道這個。」

「有沒有他手機的定位？或者他的小卡車？」

「只有他今天一早的定位。是在他去跟線民碰面之前很久了。」

「一定是先知者入侵他的手機，把GPS設定解除了。」她說，「該死。」

「公路巡邏隊已經封鎖各橋梁，也設立檢查哨了。他們會搜查每一輛車。」蓋舍里說，「其實各個街道幾乎都一片空蕩，現在整個地區差不多是封城狀態了。」

瑪麗說：「他的那個線民是誰？他們是真的要碰面，或者其實是陷阱？」

蓋舍里說：「他們局裡正在查。」

凱特琳覺得胃裡翻騰著。回想起上次看到尚恩，是在這個分局的停車場裡，他抱著莎笛離去。當時他的臉轉向女兒，充滿深情與呵護。

她望著牆上的時鐘。下午六點四十五分。

她轉向攤在會議桌上的那些東西——之前去隆恩家的突襲行動中所帶回來的稀少證物。七個版本的《神曲》、一盒六十四色的彩色鉛筆，還有一疊手繪地圖。

隆恩的衣服和一雙健行靴已經送到鑑識實驗室去進行分析了。他屋子裡沒有筆記型電腦或桌上型電腦的痕跡，也沒有那輛裝了鍍鉻改裝輪圈的黑色小卡車。隆恩雖然住在他女兒家的客房，但是就像只住旅館一天的房客：帶著行李住進去，收拾行李離開，不留下任何痕跡。

不過他們在一塊臥室地板下頭找到了那個夾層，那些地圖就塞在裡面。

地圖捲起來放在一個裝海報的厚紙筒裡，一定是對隆恩有重要的意義。局裡已經送去採指紋、用紫外線燈檢視是否有隱藏的字樣，結果一無所獲。

這些地圖是沒有人能解的謎。

凱特琳辦公桌上的電話響了。來電顯示是蜜雪兒．費瑞拉。她的血壓往上飆高。

她接了電話，害怕極了。「蜜雪兒，你在哪裡？」

沉默。凱特琳聽到車聲，還有背景裡一個開朗的小聲音。「媽咪。」

蜜雪兒開口時，聲音很緊張。「我剛剛下了高速公路，在尤里卡南邊的一個卡車休息站。發生了什麼事？」

凱特琳覺得自己就要哭出來了。蜜雪兒還沒聽說。她一路開車，大概車上都在放兒歌專輯。

「你待在那裡別離開。我會請公路巡邏隊派一組人去你的位置。」

「凱特琳。」

她覺得好像吸不到空氣。「是尚恩。」

她簡單地告訴蜜雪兒。「每個人都在辦這個案子。阿拉米達郡警局、菸酒槍炮及爆裂物管理局、舊金山市警局，全州都發出了協尋通告。我們一定會找到他的，就算把整個灣區都翻爛也在所不惜。」

蜜雪兒顫抖地吸了口氣。

「你等著公路巡邏隊的人過去，」凱特琳說，「然後找家汽車旅館住進去，他們會護送你。打電話給你父母，請他們過去跟你會合，幫他們也訂一個房間。你入住後，就不要開門。」

「懂了。」

然後蜜雪兒沉默下來。在那段暫停中，凱特琳卻聽到她無言的恐懼和控訴。要不是凱特琳把尚恩帶進她瘋狂的軌道，這件事就不會發生……

蜜雪兒說：「你祈禱嗎？」

「我會的。」

「讓我來祈禱吧。你負責把這個狗雜種找到，帶尚恩回家。」

在背景裡，莎笛猛喘一口氣。「媽咪，你講髒話。」

凱特琳壓低聲音。「他媽的，我一定會帶他回家。」

她掛斷電話，覺得這輩子從來沒有這麼孤單過，又再度絕望地看著牆上的時鐘。

「先知者擄走被害人之後，從來不會讓他們活太久的。尚恩是在十二點三十分離開這裡。影片則是在四點三十七分傳送。」她自言自語。

釘槍的聲音在她腦海迴盪。時間分秒過去。一時之間，她覺得自己像是被人從一棟摩天大樓的屋頂推下去。

「他計畫了一個精采的節目，」她說，「但是我們毫無頭緒。」

她轉身把一個垃圾桶踢遠了。垃圾桶撞到牆壁反彈，翻倒在地上嘩啦響。每個人都轉頭過來瞪著她。

「轉個彎，會有幫助的。」她說。然後她把臉上的頭髮往後撥，回到會議桌邊。「這些地圖訴說了一個故事。我們得查出是什麼。」

蓋舍里走過來。「就像你說的，每個人都在辦這個案子。」

「我們不能增加時間。所以一定要增加人手。」

「眼前我們就只有這些人手了。」

她轉身。「不，並不是。」

凱特琳隔著玻璃看到他：她父親，站在分局的前櫃檯邊，一副蓄勢待發的模樣。他把訪客證夾在衣服上，進入辦公區。他雙手握拳，但她看得出他的手在顫抖。

她只能押寶在他身上了。

她很想上前擁抱他。但他的表情，雙眼中那種閃現的熱度，讓她知道不可以，時間和地點都不適合。他表情轉為滿臉不安，於是她知道自己的模樣：恐懼又憤怒得快崩潰了。

他一手攬著她往前走。「理清思緒，把這一切都搞清楚。」

她點點頭。「我們得把這個混蛋的想法完全摸透。」

他們走進戰情室，裡頭的談話聲停止。瑪麗和馬丁尼茲提防地看著梅克。蓋舍里走過來伸出一手。

「韓吉斯警探。謝謝你趕過來。」

梅克跟他握了手。「讓我看看你們掌握的資料。」

蓋舍里帶著他走向隆恩的那些地圖。梅克彎腰對著會議桌。

「這些大部分是舊地圖，」他說，「他很努力保存，但是紙張的邊緣發黃，鉛筆的字跡也模糊了。」

凱特琳遞給他一雙乳膠手套。「這些地圖是有意義的，我們來研究吧。」

梅克戴上手套，一邊繞著會議桌，花了幾分鐘察看。然後他說：「有些是作戰地圖，有些則是幻想的。」

他指著一張黑白地圖。「這個看起來像是個露天礦坑。有丘陵，有蜿蜒的道路，有拿著鶴嘴鋤的小人。還有那個機器，前端有旋轉的釘齒。」

「看起來像脫穀機。」瑪麗說。

「那是連續採煤機。挖煤用的。」

蓋舍里說：「我們跟隆恩的雇主弄到一張他護照上的照片。他生於西維吉尼亞州。」

梅克說：「那台挖煤機正在追逐礦工們。要把他們趕進一個坑裡，然後把他們碾碎。」

「地獄。」凱特琳說。

梅克拿起下一張地圖。「這張是灣區。半島、舊金山、幾座大橋。但是看起來非常……」

「詭異？」馬丁尼茲說。

「寓言風格。」

凱特琳看了一下。「又是另一個版本的地獄。」

「他把地球視為一個巨大的深淵。這些地圖所顯示的世界都只是表層，下頭有個骯髒的大坑，潛藏著邪惡。他會把人們送到裡頭，懲罰他們。」

他沿著會議桌往下走，來到一張地圖前，那張地圖上頭有很多線、圓圈，還有文字。兩條直線文字排成一個X形。

全宇宙的最底層（The bottom of all the universe）

坑內的黑暗深處（Deep in the darkness of the pit）

第一行從左上角開始，呈對角線到右下角。第二行則是從左下角到右上角。兩行文字在中間的a交叉。

「但丁的詩？」梅克問。

「第三十二首。第九層，」凱特琳說，「先知者在他的錄影訊息裡用到過第二行詩的一部分。『背叛使得罪人們進入坑內的黑暗中。』」

梅克整個人精神好極了。他緩緩繞著會議桌，陷入深思，然後又繞回去。他把地圖移來移去，然後抽出一張半壓在其他地圖底下的。那也是一張X形地圖。X的四臂扭彎而變形，而且用鮮明的顏色繪出：紅色、橘色、黃色、綠色、藍色。看起來有點像是染色體。

梅克指著那張地圖。「這是灣區捷運系統。」

凱特琳和蓋舍里都圍著桌子。

梅克舉起那張地圖。「這不光是一個X。每一個分支都有好幾條線。這些是鐵道的線路。」

他朝瑪麗點了個頭。「可以麻煩你找一張灣區捷運系統路線圖，投影在白板上嗎？」

瑪麗找到一張，投影出來。「他說得沒錯。」

馬丁尼茲說：「這表示什麼嗎？」

凱特琳腦袋深處有一種感覺，啃咬著她的意識。她想把那感覺轉成實際的圖像，但是一直無法確切掌握。快想，快想。

梅克彈著手指，盯著那些地圖，好像也有同樣的感覺。

「他為什麼要畫灣區捷運系統圖？這對他來說有什麼意義？」凱特琳問。

蓋舍里說：「他突襲過巴特・弗雷徹的公寓之後，利用這個系統逃掉。」

「進去，離開，」瑪麗說，「這樣他就融入了千萬個乘客之一，沒有特徵，可以去任何地方。」

「但是為什麼要自己畫出這個路線圖？」凱特琳說。

梅克說：「這張圖一定對他有特別的意義，否則他不會搬家到哪裡都帶著，也不會要藏起來。」

凱特琳後退，手指撫過頭髮。X。X表示地圖上的一個地點。X表示出局。快想。

她拿起那張有X圖樣的小地圖。這個地圖真的有關嗎？

向來有關。這是先知者。他的幻想就是一個大型的設計。

凱特琳退離桌邊，閉上眼睛，清除思緒。她站著不動，直到她可以聽到自己的呼吸聲，唯一能感覺到的就是她喉嚨口的心跳。她睜開眼睛，看著那些地圖。

那兩句交叉成X的文字，描繪的是第九層，地獄最底層。鐵道線所形成的X，對先知者有同樣的意義。

她想到先知者寄來的那段影片，攻擊尚恩的。

「在影片裡，『拋棄希望吧，所有進入此處者』是用噴漆噴在地上的一個洞前面。這表示那個洞是一個入口，是進入地下世界的門戶。而從我們在影片中可以看到的，那個洞往下通向一條廢棄的隧道。是地鐵隧道嗎？」

凱特琳看著那張灣區捷運系統圖，梅克靠近她，點著頭。

蓋舍里說：「大部分灣區捷運系統路線是在地面上的。隧道主要是在舊金山和奧克蘭市中心。」

「X交叉點在哪裡？」凱特琳走到投影的捷運系統圖前面。「舊金山灣東端。」她轉向蓋舍里。「我們需要一個捷運系統的略圖。」

瑪麗打了個電話，找到捷運系統的藍圖。此時的時鐘顯示是下午七點十七分。

從尚恩那段畫質很差的影片看來，他似乎是在一處工業廠房裡面遭到攻擊。影片中透露的線索很少，看得出來的只有建築物的結構，似乎是廢棄的廠房，以及畫面角落好像有棧板和油桶。這些線索實在不多，但是當他們把東灣工業園區疊在捷運系統路線上，就設法把搜尋範圍縮小了——只剩一長條從奧克蘭港到里奇蒙煉油廠的地區，長度大約三十二公里。

他們從中找到了二十一個廠區。小柄副隊長來了，跟菸酒槍炮及爆裂物管理局，以及奧克蘭、里奇蒙、康特拉科斯塔郡的各個執法單位協調。

蓋舍里通知阿拉米達郡的特別應變小組。有六個可能的廠區位於他們郡警局的轄區內。凱特琳看了時鐘。

蓋舍里召集手下人馬。「分成三組。警探搭配制服警員。」

「戰略小組呢？」瑪麗問。

「全都在待命中，只要我們其中一組找到羅林斯，他們就會趕到。一定要等我們確認找到他，戰略小組才會出動。他們不能冒險跑太遠，免得需要時趕不回來。」

他指著戰情室裡頭。「馬丁尼茲，你負責到梅里特湖那一組。我負責十二街那一組。」

接著他轉向凱特琳，雙眼充滿顧慮。

她朝他走近一步。「我要去。不要把我排除在外。」

「凱特琳，這是尚恩。」

「這就是為什麼你需要我。我把事情兜攏在一起了。我對這個案子比任何人都熟悉。我了解尚恩。我可以認出他的聲音，我可以——」

蓋舍里舉起一手。「好吧。你負責到碼頭區那一組。」

凱特琳點頭。腎上腺素大量分泌。

瑪麗說：「那我呢？」

「你跟凱特琳一組，」蓋舍里說，「先知者把目標對準她。你是——」

「保鏢？」瑪麗問。

「支援警力。沒有人腦袋後頭長了眼睛的。」

之前梅克靠牆蹲著，雙手從膝蓋垂下。這會兒他站起身。「我也要去。」

「不行。」

「你需要多一雙眼睛、多一雙手，而且你需要一個知道該注意什麼的人。我完全符合條件。」

蓋舍里暫停。他的表情是在說：我早知道會有這種事發生。「很好。」他看了梅克顫抖的雙手一眼。「但是你不能帶武器。」

「知道了。」

蓋舍里看著他們每一個人。「準備出發吧。」

凱特琳心跳如雷。她朝門走去，父親在她旁邊。他們經過窗子時，他慢下來。太陽下降到西邊的地平線上，照出一片金色的黃昏。

梅克盯著看。「今天晚上看得到水星嗎？」

「不知道。」

馬丁尼茲和蓋舍里走過他們。蓋舍里說：「梅克，你要穿防彈背心。來更衣室吧。馬丁尼茲、凱特琳──會有一個巡邏單位跟你們一起。」

凱特琳向梅克示意，要他去更衣室。梅克還是繼續盯著西方的天空。

「看得到嗎？」

他轉向她，雙眼充滿警戒。她停下腳步。在門邊，蓋舍里和馬丁尼茲回頭看著他們。

「等我一下。」她說。

她抓了一台筆電，彎腰對著鍵盤打。過了一會兒查到了資訊。她覺得自己四肢的血好像都被抽乾了。

「今天傍晚看得到水星。應該在日落之後。」她說。

「會有多久？」

「在下午八點三十四分落下。」她說。

她和梅克看著彼此，然後望向窗外。

「上帝啊，」她說，然後朝門跑去。「這是在倒數計時。」

53

他們在接近奧克蘭港的地方下了高速公路，沿著地面道路往前奔馳，駛向一個位於捷運線上方的工業區。凱特琳開第一輛車，梅克坐在她旁邊。他們後頭跟著一輛郡警局的警車，由制服警員駕駛，瑪麗坐在副駕駛座。

凱特琳的手錶發出警示叮聲：下午八點零四分。

倒數計時只剩半小時了。

她一腳踩著油門不放。街燈在車外急速閃過。收音機裡的主持人絮絮叨叨。梅克凝視著擋風玻璃外，表情陰鬱而緊繃。他又調整了一下警局發的防彈背心。

「在沒有武器的狀況下，絕對不要踏入一個可能發生槍戰的地方。」他雙手握拳，想止住明顯的顫抖。

凱特琳看了他一眼。「你是我的眼睛和耳朵，不是我的槍。」

「所以你不打算讓我用後行李廂的那把霰彈槍掩護你了？」

「我會掩護你。他們也會。」她朝後方的那輛車點了個頭。「懂嗎？」

「專心開車吧。」他說。

他們轉了個彎，進入一條巷子。那是一片昏暗而滿布塵土的荒地，碎玻璃被他們的輪胎輾得嘎吱作響。他們駛過黑暗的倉庫和工廠——兩輛車，開著燈，安裝在車側的探照燈掃過街道和建築物。夜幕已經降臨，夕陽在西方地平線上方留下一片蒸騰的紅光。

在建築物之間的空隙，凱特琳看到一眼天空的星星。一個低低的小白點，往海洋沉落。是水星。

梅克有灣區捷運系統圖，還有地下隧道的藍圖。「鐵道線在我們下方，以某個角度運行——再過將近一百碼。」

「將近？」她問。

「我頂多只能推測到這樣。」

凱特琳往前開了一百碼，來到一棟黑暗的倉庫。「窗子很高。我們進去吧。」

他們停好車下來。跟著的那輛巡邏車也停在他們後面，瑪麗和萊爾警員下車。今天稍早，在隆恩房子外頭的路障旁，萊爾表現得冷靜而不張揚。但今晚，他的模樣卻像個快要爆炸的鞭炮。

「我帶頭，」凱特琳說，「呈單排前進。我、萊爾、我爸，然後瑪麗。保持安靜。」

她和其他兩個警察檢查了裝在肩上的無線電。梅克抓著一支手電筒。凱特琳拿出她那把西格&紹爾手槍，拉動滑套讓子彈上膛，然後又插回槍套內。接著她打開汽車的後行李廂，拿出那把霰彈槍。

她把自己的警用手電筒裝在那把雷明頓八七〇霰彈槍上。輪流看著手電筒和霰彈槍，各自點了個頭。然後打了手勢。上。

他們發現倉庫的門被撞開了，一部分脫離了鉸鏈。凱特琳轉身進去。手電筒掃著裡面的空間。

「右邊安全了。」

「左邊安全了。」萊爾說。

凱特琳心跳得好厲害。倉庫裡面是空的。

水泥地板上沒有洞，沒有先知者留下的訊息。

「都安全了。」她的嘴巴發乾。「不是這裡。」

她的手錶發出叮聲。剩二十五分鐘了。

她覺得滿懷的憤怒和無助，用無線電告訴蓋舍里。「沒有收穫，我們在這裡撲空了。」

「到下一個地點。」他說。

這表示還沒有人發現尚恩的任何蹤跡。

「空中支援呢？」她問。

「就快到了。」

她咬牙朝著門外的組員打了個手勢。「我們繼續。」

他們清單上的下一個地點在將近五公里外，靠近奧克蘭競技場。他們回到車上，迅速開往那裡。

凱特琳的胃打結。梅克的表情堅定。她的手錶又發出叮聲。剩二十分鐘了。

那條巷子很狹窄，破裂的柏油路不斷有交叉的小巷、車道，甚至通往海灣的步道。路邊的電話亭像是一棵棵枯樹。

我發現自己置身於一片黑暗森林中／已然偏離正途，迷失方向。

「怎麼了？」

「沒事。這裡是個迷宮。」

「所以才會挑這裡吧。」

他們沿著一道金屬網圍籬往前行駛，圍籬內是一棟廢棄的廠房。凱特琳雙手緊握著方向盤，指節發白。

她猛然踩下煞車。

「凱特琳？」梅克說。

車子尖嘯著停下，後頭萊爾的巡邏車差點撞上。

「怎麼了？」梅克問。

她瞪著那廢棄廠房外頭的金屬圍籬。上頭掛著一面牌子。

危樓（CONDEMNED）。

54

危樓。那張牌子歪斜地掛在金屬的菱形網格圍籬上。

「就是這裡了。」凱特琳說。

「你確定——」

「來吧。」她跳下車，大步走向圍籬。

後頭警車的門也甩上。瑪麗小跑過來追上她。

「影片上的訊息說：『背叛使得罪人們進入坑內的黑暗中（Betrayal condemns sinners to the darkness of the pit.）。』」她說。

進入產業的滑動式閘門開了幾呎。

「還有那個，」凱特琳說，「那是邀請。」

她從手機裡找出這條巷子和這片產業的衛星放大地圖。「這是個廢棄的機械工具廠。鐵道沿著產業的西側延伸。兩棟建築物。每一棟長度大約一百碼，中間以辦公室連接起來，成為一個H字形。」她看著那道閘門裡頭。「大門就在正前方。裝卸貨物口在兩棟建築的另一頭，出口也在那邊。」她看著其他人。「內部的格局沒有情報，所以我們就只能彼此照應了。」

萊爾緊張極了。「是的，長官。」

「用無線電通報調度處。」

他點頭，跑向他的巡邏車。

他們整隊，穿過一片空蕩的柏油路面空地。月亮升起，冷光為建築物的邊緣鑲上一道白邊。凱特琳掃視著這片產業的外緣和屋頂，沒看到任何人影或動靜。沒有閃爍燈光顯示有攝影機的存在。但是先知者有可能潛伏在陰影中，像吸血鬼般蹲低身子在等待。

他們來到廠房前，呈單列靠在門旁。凱特琳把她裝在霰彈槍上的手電筒對準門和門框之間。沒看到任何引線，沒有爆炸物的跡象。

不過她還是不想冒任何險。她掏出自己的伸縮警棍，尾端綁上一隻乳膠手套以增加摩擦力。然後向其他人打手勢：上。他們全都點頭。

她利用那個警棍壓下門把，拉開了門。她等著會有扳機聲，會有人開火，會有機槍掃射的聲音。但結果什麼都沒有。

萊爾一手緊握著她的肩膀。她迅速進入，槍和手電筒掃過裡頭。

那是一片巨大的廠房地面。裡頭很暗。照進來的月光被髒兮兮的窗戶減弱了亮度。他們往前走，隨時察看，手電筒照著棧板和五十五加侖的油桶。

「全都安全了。」凱特琳說，聽到身後梅克的呼吸聲。

她的手錶發出叮聲。剩十五分鐘了。

走到房間的另一頭，他們碰到一扇門。進去後，又檢查過整個房間。然後發現自己面對著一條黑暗的走廊。

很不妙，但是也躲不掉。他們又排成一排。往前吧，凱特琳告訴自己。她迅速穿過那個門口，進入走廊，其他人緊跟在後。

到了一個T字形交叉口，凱特琳舉起一隻拳頭。停。她示意瑪麗繞到她前面，檢查走廊盡頭。

瑪麗迅速往前，雙手握著槍。幾秒鐘後她說：「安全了。」

凱特琳回頭看著剛剛經過的兩個房間。他們已經檢查過，全都安全了，但她還是覺得自己的背後完全暴露。她指著萊爾。

「你守在這個角落，掩護並監視。」

他點頭，雙手也拿著一把雷明頓霰彈槍。

凱特琳指著交會的那條走廊盡頭，帶著瑪麗和梅克繼續深入。

尚恩在這裡。一定是。

那條走廊往前的半途有一扇門。他們呈單排站在門旁，凱特琳打開門，迅速進入。

她的呼吸急速。裡頭是一個長條形的廠房空間。窗戶很高，照進來的月光昏暗。

梅克的手電筒掃過牆壁。瑪麗猛吸一口氣。

那些牆壁彷彿朝他們撲來，尖叫著亂抓。迷幻的夢魘，尖叫的嘴，爪子，頭被扯斷，血紅的噴漆噴濺過一個黑暗的坑。凱特琳往前。

「右邊安全了。」

「左邊安全了。」瑪麗的聲音粗啞。

「全部安全了。」

梅克的手電筒掃著四周。光線照到一道不鏽鋼釘所形成的痕跡，是用氣動釘槍打進牆裡的，痕跡通向房間遠端的那扇門。

在那裡，一扇打開的門透進月光。有個沉重的翻拍聲傳來。凱特琳舉起槍上的手電筒照向天花板。她沒有看到攝影機，沒有麥克風。但是電子設備有可能藏在一塊玻璃纖維末端的針孔中。

她緊握著手裡的雷明頓霰彈槍，帶著梅克和瑪麗走向那扇門。

她只聽到風吹得塑膠布拍打的聲音。她迅速穿過那個門洞，舉著霰彈槍。那塊破爛的塑膠布在夜晚的風中翻拍，像鬼魂的雙翅。那個房間狹長，地上是水泥地板。

凱特琳檢查過自己的那半邊，同時瑪麗檢查過她的那半邊。然後她忽然停止呼吸。

地板正中央有血淋淋的拖拉痕，通向水泥地上的一個洞。

洞前方漆著字。拋棄希望吧，所有進入此處者。

她緩緩走近那個洞。覺得自己下方是空的，底下是無底深淵。一陣怪異的微風迴旋著往上吹出洞外。潮濕，帶著酸味，還有濃濃的化學物質和汙濁死水的氣味。她往洞內看。

在那塊破掉的水泥洞內，一個垂直的隧道往下延伸大約十二呎。一道梯子靠著泥土牆而立。在底部，托樑和金屬支柱間有另一個洞，是以噴燈切割開頂部，通往另一個空間——一段地鐵隧道。

凱特琳湊近她肩膀上的無線電。「蓋舍里。我是凱特琳。我們找到了。」

她放開傳送鍵，只聽到靜電雜音。

「蓋舍里。」

還是靜電雜音。她張望四周。那些牆壁是石膏板和金屬浪板，都不是會阻斷無線電通訊的材質。

她拿出手機，手指顫抖地按了蓋舍里的號碼。

撥號失敗。

她拿下肩膀的無線電，調整頻率。還是只有靜電雜音。

恐懼降臨在她身上。「瑪麗，出去用警車無線電呼叫支援。請特別應變小組盡快趕來這裡。」

瑪麗猶豫著。「我討厭小組拆散。」

「我也討厭。但是我們得有人盯著這個房間，還有那個洞，等到支援警力趕來。」

「了解。」瑪麗離開了。

凱特琳彎腰湊向洞口。風從裡頭竄出來。她又試了手機，打去局裡的總機。撥不通。

「該死。」

她站著不動，撥九一一緊急專線。

撥號失敗。

這實在不太可能。她調高無線電的功率，還是沒有用。梅克也檢查了自己的手機。搖搖頭。

「沒有訊號。」

手機訊號是一回事，警方無線電則是另外一回事。

忽然間，她想起自己的電話有多常中斷。

她想起在黛若齡屍體被發現的地方，那個電話公司的人員在訊號塔那邊工作——而且先知者就曾把他的黑色小卡車停在附近。

「他有個無線電波頻率干擾器。」

她和梅克看著彼此。

他們轉身背靠背，掃視著那個房間。四下很黑，比黑更黑，窗子透進來充滿塵埃的白色月光，照到一半就沒了。地板完全在陰影中。

「他在這裡。」她說。

梅克低聲說：「撤退，等待支援警力。即使有萊爾和瑪麗，我們的人手都還是太少了。」

叮。只剩十分鐘。

「沒辦法。」她又轉向水泥地上的那個洞。「尚恩就在下頭。」

「你要我當你的眼睛？我也同時會提供另一個意見。你現在的想法缺乏謀略。我們需要更多火力支援。」

她蹲下來，手電筒再度照向洞內，然後開始沿著梯子往下爬。

「不。」梅克抓住她一隻手臂，把她往上拉回來。那個力道和靈活度讓她驚訝。

「我們會找到他的。但是要帶著我們所能弄到的每一支槍一起下去。不要去送死，凱特琳。聽我的話。」

他硬拉著她，兩人一起撤出房間。她掙扎，注視著那個洞，隨著他們撤退的每一步，她感覺自己的性命彷彿都在流失中。

「凱特琳。」梅克命令道。

他拉著她退出那個充滿壁畫和釘子的大房間。她氣呼呼地推開他，小跑到另一端的門。等到他們進入走廊，她望著之前吩咐萊爾守著的角落，但萊爾不在那裡。

她停下腳步。

「跟在我後頭。」她對梅克說。

他們走到那個T字形路口，停下來傾聽著，什麼都沒聽到。沒有無線電雜音，沒有拖拉的腳步，沒有呼吸聲。凱特琳覺得身體發冷，心臟猛跳，迅速走過轉角。

月光落在走廊，照著地上躺著的兩個形體。一個靠坐在牆邊，雙腿岔開。旁邊是另一個人，四肢大張，雙手張開舉到頭上方，閃爍的微光有如雪花般撒落在這個場景裡。

凱特琳走向他們兩人，霰彈槍瞄準另一端的門。沒有人走進門來。整棟廠房裡一片死寂。

她蹲下，腎上腺素在體內奔流。萊爾背靠牆垮坐著，雙手垂在身側，仰頭像個乞丐。他被割喉了，雙眼空茫望向她，目光卻好像穿透到更遠的地方。她兩根手指摸著他的脖子，想探脈搏。

他死了。

「耶穌啊，不。」

她七手八腳繞過他，跪在瑪麗旁邊。她被刀刺中脖子，就在防彈背心上方，刺了好多刀。

凱特琳忍住沒尖叫。她抓住瑪麗的防彈背心，把她拉起來，打她耳光，想把她喊醒，搖晃著想讓她復活。嚴酷的事實似乎把空蕩的走廊轉成一片耀眼的白。

起來。

那聲音在她腦袋裡，一開始感覺好遙遠。然後她感覺到了，聽到了，那是她父親的聲音。

「起來。」梅克說。

她站起來，看看走廊前後，霰彈槍對著出口。

叮。九分鐘。

「來吧，」她父親說，「我們需要支援警力。但是在此之前，我們得先出去。走吧，快點。」

她知道他說得沒錯，也知道留下來根本就是自殺。她覺得一股疼痛和恐懼擴散到全身。尚恩。

梅克一手放在她背部，推著她朝出口走。

然後一個聲音在走廊迴盪。從牆壁外頭傳來，比那些噴漆和釘子更遠。那是來自隧道的回音。

那聲音清楚無誤。是痛苦的喊叫。

父女兩人交換一個眼色。她抽出槍套裡的半自動手槍，遞給她父親。

他們回頭奔向水泥地上的那個洞，爬下地獄之門。

55

凱特琳提起槍帶，將霰彈槍斜揹在背後。她兩腳甩入洞內，開始沿著那把豎靠著牆、不結實的梯子往下。在她上方，梅克的手電筒往下照著洞內，同時她搖晃不穩地往下爬。隨著她愈往下，空氣就愈加悶熱。

那個聲音又傳來了——一種哀號，不光是呻吟而已，音調很高，被牆壁和回音給扭曲了。凱特琳覺得自己的喉嚨乾得像砂紙。

梅克隨後也爬下去，雙手緊握著梯子，小心翼翼地留意自己的腳踩在哪裡。凱特琳巴不得他快一點，但是看到他每一步都必須很專心，因而更緊張了。

他下了梯子。凱特琳蹲下來，對著那個以噴燈在隧道頂燒出來的洞往下看著。裡頭太黑了，什麼都看不到。她認真傾聽。

哀號聲停止了。

梅克的手電筒照進那個洞。在周圍的撐柱和橫樑環繞下，洞邊的血跡已經乾了。她腦袋抽痛，拿了一塊棒球大小的水泥塊，丟進洞內。啪噠一聲，水泥塊擊中底部。往下的高度並不深，而且底部鋪著木頭和石塊。

她的手錶發出叮聲。剩八分鐘了。

「我要下去。」

她扭動著身子鑽下那個洞，雙手抓著洞口懸吊著，然後落下。

她掉到一條鐵軌的路基上。有枕木，還有沿著路基堆積的石塊。她站起來，舉著霰彈槍。手電筒照得鐵軌微微反光。

「來吧。」她說。

梅克也掙扎著鑽過那個洞，笨拙地落下，剛好踩在一條軌道上而翻了個身。他站起來，牛仔褲扯破了，膝蓋在流血。他呼吸急促地檢查了那把西格&紹爾手槍，點了個頭。

「我沒事。你注意隧道裡頭吧。」他說。

凱特琳的霰彈槍沿著鐵軌前後兩邊掃過。

在她的右邊，隧道在五十碼之後終止，通到一面水泥牆。

「這是一條支線。」她說。

那面水泥牆是封住的，上頭滿布著青苔和滴流的水。他們兩人的手電筒又照向軌道的另一個方向，只看到隧道通往一片黑暗。

「而且是廢棄的。看起來建造完成後就沒使用過。」

他們沿著鐵軌往前跑，隧道頂部彷彿帶著上方所有泥土的重量往下壓。凱特琳看著頭上那些水泥，裂縫裡滲出了褐色污漬。灣區是地震帶，而且這條支線可能幾十年都沒有人來過。沒有燈，濕黏的空氣裡帶著一股隱隱的惡臭。

沒多久，隧道轉了個彎，接上另一條鐵軌。他們在岔路口停下。

「該死。」凱特琳說。

交叉口伸出兩條鐵軌，通往一片廣大的地下世界——幾哩長廢棄的、縱橫交錯的地鐵隧道和通行廊道。這裡以前一定是個建築工程中心。一陣疾風吹來，發出哨音。

「走哪條路？」梅克問。

叮。剩七分鐘。

凱特琳的胃裡發緊。那些隧道岔出的分支往前延伸，她的手電筒根本照不到那麼遠。

「一定就在附近。我們在地面上聽到了那個聲音。」

又是一陣疾風吹來。

梅克說：「是嗎？」

他們之前聽到的不可能是風聲。她不能這樣以為。她沿著主軌道奔跑，手電筒照到了隧道牆面上一片鮮紅色的漆。

「爸。」

牆上漆著一張鮮紅色的臉。眼睛就跟凱瑟琳的頭一樣大，狹長的瞳孔像蛇，額頭生出兩根尖利的黑角。

那張臉環繞著牆上一扇生鏽的門。

梅克走近。「是魔鬼。」

「不，是看守地獄最底圈的巨人之一。這就是入口。」

梅克伸手要去拉門。

「等一下。」

她從鐵軌路基上撿起一塊石頭，在牆上畫了個箭頭，標示著路線。

他們悄悄進門，經過一條通行廊道，來到另一條廢棄的隧道。她霰彈槍的槍管沿著鐵軌前後掃過，什麼都沒有。她又在牆上畫了個箭頭。

在充滿回音的黑暗中，他們沿著生鏽的鐵軌匆匆往前。儘管手裡有霰彈槍，凱特琳還是覺得自己好脆弱。牆上固定著沉重的電線。她看著通電軌。

「確定那些鐵軌沒電嗎？」她問。

「別碰到就是了。」梅克說。

他們轉了一個彎，感覺眼前豁然開朗。

叮。剩六分鐘。

梅克的手電筒往周圍掃過去，照到了一座廢棄的月台。他猛吸一口氣。在月台的牆上有站名。水星。

這是兇手的巢穴。

56

他們的手電筒照出一片黑暗，寒冷又潮濕，混亂又腐朽。他們爬上那個長長的鐵道月台。凱特琳把她固定在槍上的手電筒掃過前方，一吋接一吋，照出一個個充滿塵埃的橢圓形光線。此刻要是有人拿槍瞄準她，肯定會有一個精確的目標。但是在這個充滿回音的月台上，她可不打算在漆黑中踉蹌摸索。

梅克站在她右邊、往後約一步的距離，雙手握著手槍，指著軌道。

她的手電筒掃過月台。牆面充滿了圖畫。用螢光漆和噴漆描繪出一片宛如十五－十六世紀荷蘭畫家波希（Hieronymus Bosch）筆下的反烏托邦，但眼前的圖畫技巧拙劣且惡毒。那些影像彷彿在蠕動，彼此打架。

尚恩在哪裡？

凱特琳的手電筒照到一張塑膠椅、一個木櫥，以及一個煤渣磚搭的書架。裡頭放滿了書、工具、一捲捲黃銅電線，另外還有幾個玻璃罐，裡面裝滿了亮銀色的液體。凱特琳感覺到一股氣流。在她左邊，一個月台的出口在黑暗中隱約可見，有階梯通往一個從來沒使用過的售票大廳。

她的手電筒往頭上掃。天花板上有一道令人不安的閃電狀裂縫。

在前方，一輛獨輪手推車隨意停在牆邊。再遠些是一堆皺巴巴的防水布，還有一台大型手提音響，上頭覆蓋著厚厚的灰塵。她緩步向前，感覺梅克就在她身後，亦步亦趨跟上來。

走了十碼，手電筒的光線照到月台盡頭。另一個隨意棄置的形體躺在水泥地上。扭曲的，像破布，動也不動。

那是尚恩。

她的腎上腺素大量分泌，刺麻的感覺打開她的毛孔和視野，讓她好想尖叫著往前衝。但是她忍著沒有奔向他。

他完全靜止。格子法蘭絨襯衫從一邊肩膀上半脫落。裡面的白襯衫結著僵硬的血，已經從紅色轉為黑色。他沒穿防彈背心。

他的血在身子下方的水泥地上擴散開來。但是在手電筒的光線下並沒有發亮。顯然沒再流血了。她離得太遠，而且心跳得太厲害，無法判斷他的胸部是否有起伏。但他靜止不動，臉略微轉開，眼睛有反光。她猛吐出一口氣，像是被一根破城錘擊中。

不。不，不要是尚恩，不要是現在，不要像這樣。天堂的基督啊，不要——

梅克朝他走了一步。

凱特琳抓住她父親的手臂。「不要動。」

總是有第二階段的。一個縱火裝置，一條絆索，一個誘餌。

她把梅克拉回來，忍住大喊尚恩名字的衝動。她努力想找出陷阱在哪裡，如何佈置，要是他們穿過月台會如何踏入。

她關掉手電筒，梅克也是。黑暗沒有籠罩住他們，而是與他們融為一體，彷彿不存在，又無所不在。即使她的眼睛適應後，也沒看到任何影子。她聽到她父親沉重的呼吸聲就在旁邊。

叮。剩五分鐘。

「慢著。」她用氣音說。

從昏暗深處出現了一個沙啞的耳語，被回音放大了。「當水星降下時，你來到這裡。韓吉斯。來到了現場。」

凱特琳手上的霰彈槍抓得更緊了。她緩緩把槍管指向聲音的來源。在右邊幾吋，月台之外，就在他們剛剛前進方向的隧道更遠處。

先知者。活生生的，就在這裡。看不到，隱形的，是個鬼魂，連呼吸聲都沒有。但是就在附近，飢渴地把他們完全看在眼裡。梅克的呼吸聲喘得像是剛跑上一座山。

那個聲音又揚起。「你終於來到第九層了。」

一個沉重的開關按下，空氣中充滿電流的嗡響，然後一道冰冷的白光從隧道盡頭照在他們身上。凱特琳覺得全身寒毛都豎起來了。

「爸，軌道是通電的。」

她瞇著眼睛，臉歪向一側避開強光，霰彈槍靠在肩窩。梅克也舉起他的手槍。

那個聲音又傳來，遙遠，不見其人。「然後，我本來可以希望走其他的路。但在那吞沒猶大與路西法的深淵裡，他輕輕地把我們放下了。」

凱特琳靜止不動，霰彈槍平舉，雙眼適應著亮光，看到了軌道的陰影。沒別的了。隧道裡沒有動靜，沒有陰影移動。她站得更穩，仔細傾聽。

「藉由你們自己的行動，你們把自己帶到了這裡。」

她有一種錯亂的感覺。那聲音很刺耳，是他的聲音。回音無法掩飾，也無法阻止它滲透到隧道裡，或是燈光後方的空氣中。

梅克的手在顫抖，那把西格&紹爾手槍很重，他的種種感官似乎無法承受。他努力專注在燈光和聲音的來源。有那麼片刻，凱特琳心想——他太專注了。因為那是他唯一能看到的。他的周邊視覺很糟糕。

然後她看到了，在尚恩的後方，有個閃爍的紅燈。她聽到另一個新的嗶嗶聲。

她呼吸停止，那是計時器。

她緩緩向前，視野搏動。那個閃爍的紅燈數字符合她手錶上的數字。

那聲音說：「要描繪出整個宇宙的最底層，這事情可不會輕鬆容易。」

有個什麼很不對勁。先知者聲音的那個音質。那種平板、那種濁重，還夾著靜電爆擦音。從隧道深處傳來的那個聲音不……不對勁。不是……

他不在那裡。他們所聽到的——先知者的聲音，還有那些呻吟和喊叫，全部的一切，根本都不存在。都是錄音。

她才剛勉強轉頭，就聽到氣動釘槍的嗡聲和打出釘子的聲音。

梅克的身體忽然歪向一邊。

凱特琳轉身要開槍，舉著雷明頓，但是她的雙眼從明亮的聚光燈轉向角落的黑暗，一時之間什麼都看不到。

又一根釘子打出，然後又一根，擊中梅克的雙腿。他身體垮下。

兇手就在他們背後，手裡拿著釘槍發射。泰圖斯・隆恩，先知者，像個鬼魂般從黑暗中射出釘子。

梅克倒下，重重摔在地下，彎起一手去抓他弓起的背部，想去摸那根深深釘入他體內的四吋釘子。凱特琳繼續轉身，又把手電筒打開，槍管轉過去。

梅克喊道：「凱特琳——他是……」

來自陰影裡的一棍，擊中了她。

那一棍又猛又重又快。球棒或是二乘四吋的木板條。狠狠擊中她腦袋側邊。星星飛過她的視野。她覺得空氣歪斜，覺得被人一推、一撲。

鹼皂的氣味。

她摔在月台上。腦袋劇痛，黑暗與白色變成不規則的碎片，旋轉著，她舌頭變厚，嘴裡嚐到血的鐵味。一道熱流從她頭側滑下，流進耳朵裡。塵埃的氣味，臉撞在水泥地上，嘴唇上有泥土。

她父親那邊，又有釘槍開始發射，兩次、三次。梅克痛得大吼。

一個暗影掠過她上方，像影子或展開的船帆。一隻手抓住她的手腕，溫熱的肉，結了繭的。猛拽她的右臂，把她拖過月台。

右臂，右臂。有個什麼不對勁。

她手裡是空的。該死——她的霰彈槍。

她亂揮著左手，找到了霰彈槍的槍帶，想抓住。一隻腳踢走了槍。她想翻身，去抓那陰影中的腿。她的視線模糊，鮮明的黑白轉換，像頻閃燈似的，光與影交錯出現。她的臉再度垂在水泥地上，被拖著。她耳邊有個聲音，響個不停，像是火警的警報器，從她腦袋深處發出來，而且她沒被抓住的那隻手臂似乎無法抬起。太沉重，麻痹了，手指都無法緊握。她在做夢，沒辦法跑，而且她的頭劇痛。

她的右手臂被狠狠拖著。她覺得眼前的金星逐漸消失，嗡響聲漸小又漸大，接著又漸小。看到的東西有疊影，但是一個形狀在她上方，呼吸著，是人類。她設法縮起身子，抗拒那股拖著她的力量。

他把她推到牆邊，是一個角落的水泥地。她聞到木頭的氣味，想著是那個沉重的木櫥。她一手被緊緊抓住，舉到頭部上方。

氣動釘槍發動的聲音，釘子穿透她的手掌。一次、兩次、三次，把她釘在那裡。

她尖叫，想要掙脫。有那麼千分之一秒，手部神經發出的訊號尚未到達她的腦部。她看得出那些釘子穿入的力道很大，一路穿透她的手，釘頭深陷在她的肉裡。

然後那訊號到達她的腦部。疼痛狠狠擊中她，又猛又深，一種撕心裂肺的疼痛。

那疼痛讓她完全清醒了。她尖叫著，知道那是她的手，但是動不了，感覺到她的手臂，抬起頭來，感覺到自己的雙腿張開。就像走廊裡的瑪麗。

她睜開眼睛，看到白色的光、黑色的牆，還有影子。星星還在她的視野裡舞動，她搖搖頭。她抬起左手，麻痹，沉重，但是還可以動。她彎起雙腿，想撐起自己。那片黑色的船帆飛到她的視野邊緣。又是鹼皂的氣味，刺鼻，太強烈了，一種擦洗的氣味，想消除掉皮膚和塵土和一切東西。

她抬起頭，抗拒著劇烈的疼痛和刺眼的光線。一個男人走過她前方。高、精瘦，背著光只是一個剪影。*先知者。信使。水星。*

不。稱呼他真正的姓名吧。泰圖斯・隆恩。

水泥地上有一把長槍，就在她腳邊。黑色的槍管，核桃木槍托。隆恩把槍踢開。那槍旋轉著，刮過地面。只移動了兩呎，但是她抓不到了。

靠近月台邊緣，她父親面朝下，正在爬行。隆恩轉向他，瘦削，長長的手臂，稻草人似的微笑，雙眼像兩個黑洞，一綹綹頭髮垂下來遮著臉。他又舉起釘槍。

爸，小心。

出聲，說出聲。

「爸。」

她無法判斷他是不是聽到了。無法分辨她的話是不是傳送過去了，或到底是否形成了字句。但是梅克撐起一邊膝蓋。在那沒有顏色、只剩黑白的光線中，她看得到他流血流得很厲害。隆恩像一張負片，瘦削而強壯，大步橫過月台走向他，手裡的釘槍發出微光。

梅克撐起身子，像個短跑選手蹲在起跑器上，吼叫著撲向隆恩。

釘槍射出，發出一道道明亮的條紋。但是梅克已經飛在半空中，動能和二十五年的怒氣驅動著他，他肩膀結實地撞上隆恩的橫膈膜。聽起來像是骨頭撞上了肉。

隆恩的重心不穩，整個人往後跌。梅克撲倒他，兩個人摔在月台上，隆恩的後腦撞上水泥地。釘槍嘩啦一聲翻出月台，掉在軌道上。

他們朝月台邊緣翻滾，兇狠地打鬥著。出拳打、伸手抓、手肘頂，外加手指亂扒著對方的眼睛，膝蓋頂著對方的肚子。隆恩躺著，兩腳亂踢想找施力點，梅克壓在他上方，一手想去抓隆恩的脖子。他瞪大眼睛，眼神狂野，逼近死亡邊緣了。

凱特琳耳邊的嗡響逐漸變小，眼前的金星也逐漸褪去。一時之間，她感覺到了。

那把霰彈槍。

槍剛剛被踢離她腳邊。在她的左方，而她的左手還可以自由活動。

她逼自己的肌肉活動。光是要把這個想法傳送到胳臂、再傳到手上，似乎就要耗費超人的力氣，像是在一池石灰膠泥裡往前走。

那把霰彈槍離她三呎。凱特琳用左手去抓。

搆不到。

在那把槍的後方，紅燈閃著。計時器發出嗶嗶聲。四：一九。四：一八。四：一七。

她閉上一隻眼睛，瞇著另一隻眼，看著那個機械裝置——計時器，乾電池，紅與黃兩股電線一路拉出月台，上了鐵軌。那是爆破線路。

她吸了口氣，用力呼出，又深呼吸幾次。她身子在水泥地上滑，臀部摩擦著，雙腳亂扒，想湊近那把霰彈槍。她又伸手，差了六吋。她用盡全力再伸手，還是一樣。她沒辦法抓到那把槍。

不。

她知道：先知者已經殺了尚恩，現在正要殺掉梅克，然後他會來殺了她。等到她死了，他就會完成他的偉大計畫。

她現在知道了。他告訴過她——他傳送過一段影片，裡面是擁擠的捷運列車，還在影片中說，第九層的空間足夠容納所有人。他認為全世界都背叛了他。他想要把這個世界送到地獄深處，以資懲罰。

三：四四。三：四三。先知者計畫要在一條廢棄的捷運隧道內，引爆一批偷來的炸藥。他會炸出一個大坑，吞沒上方城市裡的人。

她得拿到那把霰彈槍。

她轉頭去看自己被釘在木櫥上的那片血肉模糊，視野裡又爆出新的一波星星。月台另一頭傳來悶哼聲、拳頭擊打聲、叫聲。梅克只能撐這麼久。那些打在他身上的釘子太深入了。

專注。她的頭定住不動，想讓視覺的疊影合併成一個。但是沒辦法。她看著自己的右手。搏動、被刺穿，鮮血沿著釘頭汩汩流下，已經腫得很厲害了，發白的手指像爪子。她得讓那隻手脫離才行。

她咬著牙，繃緊自己的手臂肌肉，用力拉，想讓右手掙脫那些釘子。疼痛更深、更劇烈了，像是有牙齒和爪子在抓咬，竄上她的手臂，深入她的腦子。她視野中的星星碎裂，轉為黃色和鏽紅色。接著她腦袋往後一歪，撞上了牆壁。

然後那搏動的嗡響又開始了，還有她父親的喊叫聲。

她不能痛暈過去，她得忍住。就算把自己的那隻手扯斷，也要掙脫。她大喊一聲以清除思慮。然後身體前傾，好取得最佳的槓桿效應。她在腦袋裡面數。一、二……

然後她聽到一個低語聲，小得幾乎聽不見。

恐懼逐漸傳遍她全身。那片黑色的船帆又回來了嗎？是不是有一個影子脫離了先知者，飛過來要悶死她？她轉向那聲音的來源。

鋼鐵刮過水泥地的聲音。她不敢吸氣。

尚恩正在看著她。

他躺在那裡，一隻手伸向她。他想要抬起手，嘴唇皺起，然後那隻手又落地。她明白他的意思了。噓。

尚恩極度痛苦地努力著，終於翻了身。他想爬，但是爬不動。他被電線纏住了——不，是被綁住了。他可以動的那隻手就靠近霰彈槍的槍托。三：一二。三：一一。

在月台的另一邊，隆恩一拳擊中梅克的臉，然後掙脫身子，趕緊爬向陰影處。

梅克可以拿到霰彈槍。梅克可以拿到槍。

凱特琳一邊伸手朝霰彈槍抓，一邊大叫，「爸！」

梅克呻吟著站起身，朝她踉蹌走來。在他身後的扭曲燈光中，隆恩出現了，手裡握著那把西格&紹爾手槍。

「夠了，」隆恩吼道。「不准動。」

他拉了手槍的滑套。一顆子彈進入膛室，光是那個聲音就達到效果了。彈匣是滿的。梅克僵住不動。

隆恩跛著腳朝他走一步，舉起那把手槍，跟肩膀同樣高度，瞄準梅克的背部。「轉過來。」

凱特琳保持不動，腦袋抽痛，視野裡的疊影合起又分開。她聽到左邊有個很小的刮擦聲，尚恩正一點接一點把那霰彈槍朝她推近。她設法不要轉動頭部，暗自觀察他。他看起來都沒動，隆恩應該沒看到他。

二：五〇。二：四九。她指尖摸得到槍管末端了。

梅克站在離她十五呎的地方，只看得到一個背光的剪影。先知者又在梅克的十五呎外，靠近月台邊緣。他們三個人剛好排成一直線，她心想。

她想抓住霰彈槍的槍管。尚恩的手指靠近燈光——如果他再動，先知者就會看到他。但他已經不再動了，那隻手看起來毫無生氣。

她的心臟彷彿偏離了原先的位置，痛苦和恐懼像一股電力，累積得愈來愈強。那把雷明頓霰彈槍的槍管是二十吋長，泛藍的鋼，末端有瞄準具。但那把槍的重量……她心裡沒有把握。超過三公斤。以她這個角度，手指沒法勾得動。她想伸展，想讓肩膀脫臼好去搆到槍。她吸了口氣告訴自己。*不要叫*，然後朝槍傾斜，扯著她被釘住的手，覺得整個世界變成一片亮黃。

在她的疼痛中，先知者的聲音傳來，在跟她父親講話。他口氣急促，不像他電話訊息中那麼冷靜，也不像打去廣播電台時那種挑釁、嘲笑的口氣，而是擺明了要攻擊。

「你以為可以脫身，」他說，「其實不行。即使你跑到出口，我也會朝你開槍。緊接著，我就會射殺你女兒。」

凱特琳看得出來，梅克竭力想打起精神。他的身子顫抖。她設法傳送訊號給他。用嘴型示意：*不要動*。

「砰砰。正中額頭。」隆恩一副享受其中的口氣。「你這一輩子真是徹底失敗，完全是個大災難。而現在，你又摧毀了一個本來可能比你活得更久的人。」

梅克閉上眼睛。

「而且每個人都會知道，」隆恩說，「我控制了電視與廣播、網際網路、報紙，讓人們嚇得尿濕褲子，做夢都會夢到我。我傳送訊息。我是墨丘利。」

他的重心轉向前。「公眾會知道梅克和凱特琳．韓吉斯把死亡帶到郡警局，把死亡帶給他們的同事，把死亡帶到這個城市，最後，也造成自己的死亡。你們會是這個案子的殘渣。永恆的輸家。」

凱特琳努力想抓住那霰彈槍的槍管，但是抓不到。

「或者……」先知者說。

凱特琳往上看。她只看得到她父親後方的一個影子，聲音從那個燈光的白洞裡發出。另外，她視覺邊緣看到了閃爍的紅色計時器。一：五五。一：五四。

「或者什麼？」梅克又張開眼睛。

他面對著凱特琳，很努力想保持不動。但是他開始搖晃了。血從他的牛仔褲大量湧出，滴在水泥地上。更糟糕的是，血也從他防彈背心裡面流出來。隆恩用釘槍擊中了他背心側邊的缺口，他連呼吸都很吃力。那些釘子可能刺進他的肺了。

他的影子落在她左手上，也落在那把霰彈槍上。她努力設法想再多爭取幾分之一吋，好去抓住槍管的末端，但是沒辦法。

「如果……」先知者說，拖長了音節。

基督啊，這個混蛋真愛講話。他跟他的被害人講話，跟他的家人講話。他使用字句就像使用一把戰鬥用的卡巴刀。從他嘴唇吐出的每個音節都令她反感。繼續講吧，混蛋。

一：三二。一：三一。拿到那把霰彈槍。擺平隆恩。拔出爆破線路裡的點火線。尚恩……她想朝他大叫，但忍住了，只是一手繼續往前搆。

「說出來吧。」梅克說。

「凱特琳。」

她聽到先知者說出她的名字。他的聲音柔滑、沙啞，帶著試探性。

凱特琳繼續去搆那霰彈槍。她的手指滑過槍管末端，看到梅克的表情從警戒到困惑到絕望。她用嘴型說：爸。

「我伸張正義。但是我也懂得慈悲，」隆恩說，「所以告訴我，凱特琳。誰有資格讓我開恩。你所愛的人，還是上面的那個城市？」

她看不見他的臉，但是聽得出他聲音中那種殘酷的喜悅。梅克僵住，試圖讓自己不再搖晃，雙眼盯著她。一：一七。一：一六。

隆恩說：「上一回，你選擇了你的家人，而不是你的朋友。現在誰比較重要？害你來到地底深處的這兩個男人，或是你宣誓過要保護的社區？」他暫停。「老實告訴我，你就可以活著離開了。」

梅克撐著不動。

凱特琳緊繃地搖了一下頭。「不。」

隆恩的聲音揚起。「告訴我，凱特琳。哪一個？你以為爬出第九層很容易嗎？以為可以毫無痛苦嗎？快點。告訴我吧。」

她痛苦地伸長手。「不。」

「懦夫。」

他後退一步，從月台上撿起一個東西。那是一捲銅線，跟煤渣磚書架上放的那些一樣。銅線從線圈拖曳出來，連到尚恩所在的那些陰影中。他身上就綁著那條銅線。

隆恩舉起線圈。「別再猶豫了，告訴我。否則我就要射殺梅克，把這個丟到導電軌上。」

凱特琳心臟跳得好厲害。：五八。：五七。

梅克看著她。「他這個笨蛋，還以為這個選擇很困難。別猶豫。」

凱特琳兩根手指搆到霰彈槍槍管末端的瞄準具。梅克看到她的掙扎。她心想：時間不夠。

「爸，對不起。」她說。

「是的，」隆恩說，「是的。梅克，轉過來吧。」

「不。」

梅克雙眼死盯著凱特琳。他晃動著，幾乎是搖搖欲墜，但是仍保持平衡，站在她和隆恩之間。他的目光銳利，似乎掌握了一切。他的命，還有她的、黛若齡的，所有死去的，以及那些被選定要死的。

「梅克．韓吉斯。我說，轉過來。」那把西格&紹爾手槍在隆恩的手裡搖晃。他穩住手肘，對準目標。

一個氣音從凱特琳左邊傳來。「你完了。去死吧。」

隆恩轉向尚恩。梅克又盯著凱特琳片刻，眼中充滿決心。

他轉身衝向隆恩，大吼著撲過去。

隆恩雙眼睜大，持槍的手轉過來。開槍聲震耳欲聾。梅克彎腰，跑到一半開始歪倒。隆恩又開槍，接著再一槍。梅克倒在他腳邊。

凱特琳前方的月台上，隆恩站在那裡低頭看著她父親，白光只照出一片剪影。她尖叫，左手拿起霰彈槍，開火。

那一槍擊中隆恩的肩膀。他旋轉，尖叫得像個報喪女妖，右臂胡亂揮動著。然後他穩住了。

他直起身子，雙眼兇殘。他廢掉的右臂血淋淋地下垂，那把手槍不見蹤影，但是他們兩人間沒有阻礙了。他扔下那捲銅線，踉蹌往前，左手像個爪子，要去抓那把霰彈槍。凱特琳慌忙地想把槍托頂住大腿，好滑動槍機，讓新的一發子彈進入膛室。那把槍滑了一下，她重新握住，撐著水泥地。

:〇七。:〇六。她只來得及再開一槍了。

她把霰彈槍轉向計時器開火。轟然一聲，牆上爆出一陣水泥塊。

隆恩大喊，「母狼婊子。」

計時器繼續倒數。:〇四。:〇三

她那槍沒擊中。:〇二。:〇一。她大喊一聲。

:〇〇。

她準備著會有爆炸，會有震波，會有火焰和飛濺的彈片。

結果完全沒有。

隆恩不敢置信地看著那計時器。上頭顯示：〇〇。他大叫，「不。」

他朝計時器走，臉上充滿困惑。然後他又停下來，轉向她。他眼睛看著那把霰彈槍，接著衝過來，伸出一手要抓槍。

但是他突然停住，像是撞上了一堵牆般。他的目光望著她後方的黑暗，似乎突然間恍然大悟，明白了某個醜陋而無可避免的真相，表情在憤怒和反常的滿足間徘徊。他的聲音降為一種刺耳的低語。

「地獄之王的旗幟正在向前邁進。」他朝她瞥了一眼，接著後退回到原處，抓起那捲銅線。

「不！」

凱特琳的槍拖朝水泥地頂，手扶著槍機滑動，讓子彈進入膛室。隆恩手臂往後拉，然後往前一揮，把那捲銅線拋向導電軌。

凱特琳舉起霰彈槍，覺得眼睛充滿星星，然後扣下扳機。

那一槍把隆恩轟下月台。他落在鐵軌上，火花飛起。她聽到一個啪噠聲和一陣嗡響，然後是一片黑暗。

57

霰彈槍開火的回音在隧道內迴盪。

黑暗吞沒了一切。凱特琳設法把霰彈槍舉高，瞄準最後一次看到隆恩的地方，手臂搖晃得好厲害。她等著他出現，爬上月台，貪婪地回來找她。一股氣味緩緩滲入她的鼻腔，像是有布料被火燒焦。然後更糟，是燒炙肉類的氣味。她手臂晃動。

「爸，」她大喊。沒有回應。「尚恩。」

在黑暗中某個看不到的地方，在她腦袋裡猛烈的嗡響聲底下，傳來滑動、快跑的聲音。可能是老鼠溜走，可能是蝙蝠展翅飛起。總之是某個不對勁的東西，匆匆跑掉，遠離她的槍管，逃進更深的黑暗。也或許其實是她想像出來的。

「爸！」

然後她又轉向尚恩。

她碰觸不到他們兩個。她又把霰彈槍拉到大腿上，手指扣著扳機。槍上的手電筒照出陰影和角落。

梅克側躺在接近月台邊緣的地方，一手朝她伸出，手指動著。

「爸。你撐著點。」

他在咻咻喘氣。他靠近右腰的身側一片黑，被血浸透了。大量出血，這是她唯一能想到的。

他沒法過來她身邊，她得過去才行。

「你撐著。我馬上過來。」

她從左邊口袋設法掏出手機。還是沒訊號。隆恩可能死了，但他的頻率干擾器似乎還在發揮作用。要不是這個原因，就是他們在地底下太深了，收不到訊號。她猶豫了一下，才試了肩上的警方無線電，心想：要是一個大型的電擊都沒能觸發那個炸彈，那麼應該任何事都不會觸發了。她按了傳送鍵。完全沒聲音。

「尚恩。」她喊道。

沒有回應。

唯一求援的方式，就是她必須先脫身。她想拿右後口袋的刀子，但是右手被釘住，她左手拿不到。她手電筒搖搖晃晃掃過周圍，想尋找可以當工具的東西。

靠近尚恩，就在先知者的書架上，有一把螺絲起子、一把鑿子，還有一根鐵撬棍。但是離她太遠了。

她望著霰彈槍的槍管，看起來又長又硬。她又設法想去拿口袋裡的刀。不可能。她頭往後靠著牆。轉動槍管，估計著。

她舉起槍，想看看該怎麼擺位置。

「不要。」

尚恩努力爬到她旁邊，臉色蒼白如冰，嘴唇泛藍。即使在黑暗裡，他的雙眼都睜得太大了。他一隻手放在她腿上。

「給我。」

「槍嗎？」

他點頭。

「隆恩的手槍射中你了嗎？」她問。

「那不重要。」

他的手冰冷。她覺得他沒剩多少時間了。他設法拖起身子，靠著木櫥跪著。他沒辦法爬到月台另一邊幫梅克，更別說離開隧道去求救了。他看著那槍管，跟凱特琳之前一樣。

「你的計畫是什麼？把自己的手轟爛？」他說。

她吞嚥著。

他準備好。「盡量大叫沒關係。接著你會很痛，痛得要命。」

他從書架上拿起那把螺絲起子。

他將螺絲起子塞進她手掌下方，抵著釘子釘入的木櫥。他用力撬，她尖叫又尖叫。一切都好痛，鮮紅又熱燙的痛，還有恐懼，老天停止吧——

隨著螺絲起子把手的最後一次撬動，她的手解脫了，落到水泥地上，釘子從她手背突出來。

「謝謝。耶穌啊。」她顫抖地看著自己的手，流著血，抽痛著，上頭有三根釘子，又長又尖，像瘋狂的爪子。她左手伸過去，想把釘子弄出來，但是沒辦法。尚恩一手放在她手腕上，搖搖頭。

「會流血的。」

她點頭，想站起來，但是沒辦法。她跪起身，左手撐地，把霰彈槍交給他。他點點頭，往後靠在牆上。

她爬向父親，右手歇在胸部。她聽到後頭的尚恩倒下，槍嘩啦落地。她繼續爬，手電筒的光照著月台，她的影子落在前方。她來到梅克身邊，在手電筒的光線下，她看到他傷得太重了。

她在他一側垮下身子。「爸。」

她小心翼翼地伸手，碰觸他的肩膀。他的頭斜靠在水泥地上，正在咻咻喘著。他吸氣時，她聽到了哨音。

她設法脫掉他的防彈背心，使勁扯開他的襯衫，幾顆釦子飛起來。他腰際有一個槍傷。而且腰部和上背部都被釘了釘子，顯然有幾根肋骨斷了。隨著每次心跳，都有鮮血從他的傷口流出來。

她一手按著他的側腰，想要對那個槍傷的傷口施壓止血。他發出呻吟。

「我們會去找人來幫你。你撐住。」

她回頭看尚恩。他腦袋下垂，霰彈槍已經從他手裡掉出來了。

而且眼前狀況還不安全。她不曉得隆恩是不是永遠倒下去了。她掃視著月台，沒有那把西格&紹爾手槍的蹤影。她掉頭爬回尚恩身邊，抓住那把霰彈槍，然後搖搖欲墜地起身。她單手滑動槍機，蹣跚地走向月台邊緣，顫抖的手臂把槍瞄準軌道。

隆恩橫躺在軌道上，手臂張開，手指彎成爪子，頭往後仰，像是在嚎叫。他的皮膚是鮮紅色。

他看起來很確定是死了，再也不會活過來了。一定是。但是她不相信，於是扭著身子下了月台，朝軌道走。雖然電力顯然沒有了，但她找到一根鋼筋，丟在軌道上，讓鋼筋同時碰觸主軌道和導電軌。完全沒有反應。

她小心翼翼地走近隆恩。那個氣味太可怕了。她作嘔，心想：這就是他的真正下場。一股臭味和熱流終於害死了他。她用手電筒照著他的臉。他的嘴唇破裂，雙眼圓睜，但是在手電筒的光線下毫無反應。

之前電力傳遍他全身，在他雙眼燒出星爆狀白色紋路。

她霰彈槍的槍管指著他胸前，那把西格&紹爾手槍就躺在他附近的鐵軌間。她把槍往月台的方向踢。那捲銅線之前已經滾到月台底部。她拿起來往後扔。然後她跪在隆恩的身邊，搜他的口袋，找到了那個頻率干擾器，像一塊肥皀那麼大，塞在他的襯衫口袋裡。

她撥了一個開關，把那機器關掉。然後踉蹌著離開隆恩的屍體。或許他的靈魂已經去了別的地方，再也回不來了。

她拿了那把西格&紹爾手槍，笨拙地放進腰間的槍套裡，然後霰彈槍依然指著隆恩，慢慢爬回月台上。

她肩上的無線電恢復運作，發出靜電雜音和說話聲。她按了傳送鍵。

「有警察倒下。重複，有警察倒下。」

她報上自己的位置，聽到對方確認。

「我一路用石頭在牆上畫了箭頭，」她說，「照著那些箭頭走，就會找到我們了。」

「我們馬上趕來，」那個調度員說，「撐著點，警探。」

她又爬回父親旁邊。她得按著他的傷口，等到急救人員趕來。

梅克往上看，抓住她的襯衫。他的嘴唇張開，但是沒有字句吐出來。

她一手按著他腹部的傷口。「我在這裡。」

他嘴型示意：愛你。

「我也愛你，」她哽咽著說，「撐住啊。」

咻咻的呼吸聲停止。他的手垂落在月台上。

她扔下霰彈槍，把父親翻身為仰躺姿勢。

「爸。」

她聽他的呼吸，探他的脈搏。「爸。」

她跪在他身旁，確認他的呼吸道暢通，然後開始單手按壓他的胸部。

「爸。梅克。等一下，看著我。」

她傾聽並觀察，同時繼續按壓胸部，她自己的聲音也持續壓迫他，穿過他，追逐某個已經逃過分水嶺的東西，她再也無法跟隨。她喊著，聲音逐漸變小，從召喚到希望，到破碎的祈禱，那是告別。但是他已經走了，再也聽不到了。

她的無線電又發出嗡響聲。「撐著點，警探。幫手已經上路了。」

58

凱特琳從坑裡出來，進入星光和閃燈照耀的夜晚。馬丁尼茲警探和兩名特別應變小組的警察帶著她走出廢棄工廠，外頭是一片冰冷刺目的泛光燈，以及群星閃爍的黑暗夜空。她受傷的右手始終舉在胸部。馬丁尼茲跑過來，幫她清出道路，還撐著她的手肘，以防萬一她暈過去。有腦震盪，她聽到他對著無線電說。

急救員會來照顧她。但首先，他們得把尚恩弄出來。之前在地鐵的月台上，她曾在他旁邊講話，不過他一直在昏迷邊緣，意識時斷時續。

不。她在他耳邊說，你哪裡都不准去，尚恩．羅林斯。她看著周圍的黑暗，黑色吞沒一切，她知道那黑暗不是因為缺乏燈光，而是意味著死亡。她好希望尚恩握著她的手，看著她。甚至她還有個不理性的思緒，想跟他咬耳朵，去找我爸，把他帶回來。

周圍有各路人馬。菸酒槍炮及爆裂物管理局、郡警局、緊急救護人員。拆彈小組在下頭的隧道裡。那個爆破線路顯然是故障了，但是他們不想冒險，正在拆除那些炸藥。她的視野恢復正常，然後又逐漸出現疊影。她看到小柄副隊長大步走過那道寬闊的滑動閘門，領帶和西裝外套飄飛，看起來堅定而憂心。

他走近時，馬丁尼茲舉起一隻手，像美式足球裡的中衛要阻擋對方的擒抱。

「長官，我要送韓吉斯警探上救護車。她傷得不輕。」

小柄好好打量她一番。他的半邊臉被泛光燈照得一片蒼白。她瞇著眼睛想對焦，他似乎看到了她那隻手的狀況。

「隆恩人呢？」他問。

「死了。」

她耳朵裡又出現嗡響，一時之間她覺得自己飄走了，沒有重量，飄到好高的地方，往下看著這個廠區。然後一隻手扶著她的手肘，她又回到現實。

小柄的聲音傳來，像是隔著一片鍍錫浪板。「你先去治療，我們以後再談。去吧。」

她可能說了謝謝。馬丁尼茲帶著她離開，一邊跟她說：「每個人都在看你。你這些釘子像爪子似的。你變成金剛狼了。」

他是想給她打氣，或者想讓她維持清醒。她走向閘門，走向地獄的出口，穿過一片萬花筒似的燈光隧道。她身後傳來一聲大喊，她想回頭看，結果腳下不穩。

馬丁尼茲扶住她。「急救員正要帶尚恩上來，他們動作很快。這是好跡象。」

「等一下。」她說。

那些急救員急忙走出建築物，抬著綁在擔架上的尚恩，他身上已經接了監視儀和一些裝置。大概有靜脈注射管、頸圈、心臟監視儀。一個女性急救員跟在擔架旁邊小跑，按壓著尚恩胸部的一個傷口。

凱特琳追上他們，想跟在旁邊跑。「尚恩，你出來了。你安全了。你會沒事的。」

那些急救員看著她，好像懷疑她發瘋了。凱特琳希望是因為她看起來的樣子，而不是因為尚恩的狀況。

「你聽到沒，尚恩？你會沒事的。」

他睜開眼睛，看著她，眨了眨眼，或許是表示聽到，或許是表示同意。

「你要努力奮戰，」她說，「像個男子漢。為了我們所有人。為了你，和我。」她的嗓子發啞。「為了莎笛，還有蜜雪兒。懂嗎？」

他又眨眼。她握住他的手。感覺他回握了。

天空傳來直升機的轟響。一架醫療直升機從舊金山灣俯衝過來，導航燈閃爍著。在馬路對面的一片空地上，郡警們已經標示出一個臨時的降落區。那架直升機往下降，噪音在建築物之間迴盪，下衝氣流捲起塵沙。地面上的急救員們朝擔架彎腰，保護著尚恩。那直升機的起落橇落在地面穩住，引擎轉速慢了下來。

凱特琳彎腰吻了尚恩，那些急救員抬著他奔向直升機。

馬丁尼茲說：「他們會好好照顧他的。」他帶著她走向救護車。「來吧。」

她走到一半，一輛郡警局的公務車迅速開進小巷來，擋風玻璃內的條狀燈發出刺眼的光。車子猛然停在救護車旁，蓋舍里跳出來。

在他們身後，直升機的門關上了，然後引擎加速。凱特琳轉身看著直升機準備升空，駕駛艙裡，飛行員正在對著麥克風講話，那張臉被儀表板的燈光照亮。她左手遮在臉前以阻擋飛揚的塵沙，希望直升機能飛快一點。直升機上升，螺旋槳在泛光燈中呼呼作響，然後機鼻朝下一沉又很快抬起，俯衝著轉了一個大彎，朝海灣飛去。它直直飛向水面另一邊的城市燈光密集處。她知道這表示什麼。

「舊金山綜合醫院。」她說。

「很好。」馬丁尼茲說。

她沒點頭。舊金山綜合醫院是一級創傷中心。要是他們載尚恩飛到那兒，就表示他需要最好的醫師，把他從最危險的狀況下救回來。

在海灣大橋的燈光中，她看不到那架直升機了，但她還是繼續望著，直到引擎聲融入她耳中的嗡響。她感覺很不安全，這個世界和另一個世界之間只有一層脆弱的薄紗，而她就站在邊緣。她感覺自己必須背對著工廠裡水泥地上的那個坑，擋著不讓其他人發現它，也擋著不讓坑裡的任何東西跑出來追殺尚恩。她要讓先知者的地獄魔爪再也不能伸出來。

「警探，」蓋舍里小心翼翼地走過來。「凱特琳。你還撐得住吧？」

「可以。」

他和馬丁尼茲陪她走向那輛正在等的救護車。更多汽車開到。一輛是尚恩在菸酒槍炮及爆裂物管理局的上司。另一輛聯邦單位的車是有著鞭形天線的黑色休旅車。駕駛人下來，是個面色嚴肅、目光銳利的男子。他穿著深色西裝，站在一段距離外觀察她。是聯邦調查局的人。

一名急救員從救護車打開的車門跳下來。他要她爬上車。但她只有辦法走到後門邊緣坐下。

「等一下。」她說。

那急救員用一根小手電筒照她的雙眼，要求她雙眼跟著他的手指移動，又檢查她的頭部，對她頭側那片巨大的、抽痛的瘀青進行觸診。

「你失去過意識嗎？」她問。

「或許吧。」

「頭痛？」

「痛得要命。」

「反胃？想吐？」

「還沒，但是我覺得眼冒金星，耳裡有嗡聲，還有——暈眩。」

幾秒鐘之後，暈眩逐漸消失了。那急救員一手放在她肩上。「我們得送你去急診室。」

「再等一下。先去舊金山綜合醫院。我男朋友……」

「馬上。」他輕輕轉動她的手檢查，想保持專業，但是忍不住說：「真要命啊。」

他幫著她站起來。她望著蓋舍里和馬丁尼茲，眼中湧上淚水，她眨掉了。「瑪麗。萊爾。」

蓋舍里點頭。馬丁尼茲盯著地上。

「他們……他們想要……」

「是啊。」蓋舍里說。

寒意似乎終於滲入她體內，然後穿透她全身。

在那棟廠房外頭，有個人吹了口哨，喊著馬丁尼茲。他湊近凱特琳低聲說：

「你做得很好。堅強點，小鬼。」

然後他離開了。

那個急救員說：「這些釘子我就先不去動。你會需要一個手部外科醫師幫你評估這個傷勢。」

來吧。」

她回頭看著廠房。「我爸還在裡面。我不想丟下他一個人。」

蓋舍里的肩膀垂下。「警探，現場鑑識工作得花好上好幾個小時。」他的聲音柔和。「法醫得來看現場。艾吉爾醫師會照顧你爸的。」

她喉頭哽咽地點點頭。「那就送我去舊金山綜合醫院吧。」

那位急救員說：「要到梅里特湖這邊的醫院。他們已經接到通知，曉得我們要送你過去。而且以你這個狀況，也幫不了你男朋友的。」

他幫著她爬上救護車，關上車門。然後他們駛離現場，那些閃爍的警燈逐漸遠去、消失。

59

星期四

在髑髏地墓園裡，舉行過墓旁安葬儀式後，凱特琳陪著她母親走向停車處。在鈷藍色的天空下，樹上開滿了粉紅色的繁花。在她們身後，白色的鮮花蓋滿了墓穴裡的棺材。

穿著深色西裝的人們靜靜走向自己的車。珊蒂一手緊攬著凱特琳的腰。凱特琳覺得自己強壯些了，但是右手臂包了石膏，用懸帶吊著，她手上的骨頭已經黏合回原處，手指也用鋼絲固定住。她臉上的瘀傷有如雷雨般。

來參加葬禮的人不多——忠實的朋友、珊蒂的同事，還有少數幾個郡警局來的人。馬丁尼茲打了領帶，凱特琳覺得異樣地感動。這位下巴鬆垂、姿勢無精打采的老警探，那一夜來敲她家的門，開啟了這一切；這會兒，他輕聲來致上他的哀悼。凱特琳和珊蒂都跟他道謝。

她們快走到車旁時，最後一個追上來的是蓋舍里警佐。

他穿著西裝，裡頭是筆挺的白襯衫，但是他看起來跟往常一樣憔悴而疲倦。「韓吉斯太太，凱特琳，很遺憾你們失去親人。」

「謝謝。」凱特琳說。

「梅克會很感謝你今天來的。」珊蒂說。

她回頭依依不捨地朝前夫的墓穴看了最後一眼。然後她吻了凱特琳的臉頰。

「我去車上等你。」她隔著太陽眼鏡望著蓋舍里。「五分鐘，警佐。她昨天才出院。」

「是的，夫人。」

他們站在樹下一會兒，然後凱特琳說：「我們走走吧。」

「你身體可以嗎？」

「我沒辦法站著不動。」他們緩緩走過草地，蓋舍里擔心地看著她。「尚恩的狀況怎麼樣？」

「還沒脫離險境。」

她能說的也只有這麼多。種種思緒她得藏在心裡，集中所有力氣，召喚天地間的所有力量，這樣她才有辦法回去看尚恩，握著他的手，即使他不時陷入半昏迷狀態，她也還是要跟他說話，盡力幫他打氣。一定要活下去。

蓋舍里刻意放慢速度，配合她緩慢的步伐。「公路巡邏隊找到那輛道奇Ram小卡車了，丟棄在舊金山的一道深溝裡。車子都擦乾淨了，沒有指紋。我們還沒發現尚恩約了碰面的那個線民。但是工廠地上的血跡不完全都是尚恩的。有可能就是那個線民的。」

「你們還是不曉得他真的是線民，或者是隆恩付錢找他去設計尚恩的。」

「我們正在查，」蓋舍里說，「順便說一聲，佩姫已經雇了律師。」

「她是個聰明的倖存者。」

他們慢下來，來到一棵櫟樹的低矮枝葉下方。

「那個廢棄的工廠。」她說。

「那是他的大結局，不是嗎？」蓋舍里說。

「是啊——但是跟他計畫的不同。」

雖然還在與自己的震驚和疼痛奮戰，但凱特琳仍試圖把整個拼圖的碎片湊在一起。她腦海裡浮現出梅克的聲音。

*連續殺人兇手從不放棄。*老爸這點說對了，唯一能夠阻止他們的事情，就是死亡或被捕。而這些從來就不是隆恩的計畫。

就像她打從星期天夜裡以來所做過無數次的那樣，她試著倒轉，回到自己往下進入那個隧道的時候——把先知者攻擊之前的那些時刻慢速播放，把每個畫面看清楚。她的回憶很模糊，像印象派畫家中的點描派。但是這會兒，當她和蓋舍里漫步時，她又試著把那些畫面在心裡頭理出頭緒。

「當時隆恩說：『你終於來到第九層了。』好像那是他大計畫的一部分，」她說，「但是當他用槍指著我爸……」記憶大量湧現，鮮明且醜惡。「那個時候，隆恩開始即興創作了。」

「或許他原先寫好了劇本，但是在那一刻的熱頭上，因為打鬥，讓他脫稿演出。」

「有可能。」她搖搖頭。「但是不合理。」

「什麼不合理？」蓋舍里說。

「在但丁的《地獄》裡，地獄的第九層是懲罰背叛的。」

「對隆恩來說，你是警察的這個事實，就是一種背叛了。在他心目中，你的每個行為都是刻意要背叛他。」他說，「他是精神變態，別想太多了。」

那就像是一台火箭滑車已經發射到空中，正在穿越大峽谷的中途，你還要求它踩下煞車。

「不是那樣的。隆恩本來想逼我背叛我爸或尚恩，或是背叛爆炸範圍內的人民。他說要是我挑出三者中哪個去死，他就會饒我一命。」

「他做的事情未必有邏輯，凱特琳。」

她轉向他。「這是先知者。他做的事情當然有邏輯。」

她腦袋開始急速運轉。「在但丁的《地獄》裡，地獄最深處不是火海，而是堅硬的寒冰。背叛者結凍在裡頭。」她努力回想著但丁如何將他們分類。「有殺害自己親屬的人——比方聖經中殺害弟弟的該隱，背叛亞瑟王的莫德雷德。然後是叛國者和變節者，他們背叛自己的族群或國家。然後是背叛客人的。最後，在地心……」她一手放在自己的額頭。「我講得亂七八糟。」

「繼續講，」蓋舍里說，「你快要推演出來了。」

一陣微風吹過樹梢，花瓣像遊行撒的碎紙般紛紛飄落。

凱特琳的目光飄向那些花瓣。「被關在地獄最深層的，是背叛恩人的人。謀殺凱撒的布魯特斯、卡西烏斯。出賣耶穌的猶大。而在最底下的，就是最大的背叛者，魔王撒旦，他背叛了上帝。他是個有三張臉的巨人，腰部以下結凍在寒冰裡，徒勞地揮動著翅膀。被困住了。」

「或許隆恩把自己視為撒旦，因為背叛了光明之神而被毀滅。」

「不，他把自己視為神。他認為他就是光明。」她吐出氣。「重點是——我不敢相信他會希望我們發現他的巢穴。我原先以為，他絕對不會引誘我們去那裡，而萬一我們進去了，他也不可能玩弄我們的。」

但他就是這麼做了。而且他成功了。他是死於霰彈槍或是一千伏特的高壓電都無所謂了。他殺了萊爾和瑪麗，還殺了她的父親。

痛苦的大浪湧起，打在她身上。感覺上好像她手臂的那些傷疤又被撕開，開始流血。淚水滑下她臉頰。她吸氣，發出一聲悶住的嗚咽。

蓋舍里一手放在她肩上。

「對不起。」她擦擦眼睛。「我不該……」

「別說了，小鬼。」他捏捏她的肩膀。「你終究是會受到影響的。要是沒有，那我就得強制你去看精神科了。」

他護送她穿過草坪，朝她母親的車子走去。「你慢慢來，花多少時間都沒關係。把事情想清楚，然後等到你準備好了，有些人想聽你說。」

「什麼意思？」

「我不是唯一想聽你彙報的人。」

他遞給她一張名片。她仔細看了。

「這跟停在那裡的那輛黑色休旅車有關嗎？」她朝路的前方點了個頭。「就是那輛有鞭形天線、裡頭的男人戴著雷朋墨鏡的。前幾天夜裡，我要上救護車之前，看到同一輛車開到那棟廢棄廠房外頭停下。」

那張名片上印著：希傑．艾默里奇，主任探員。聯邦調查局行為分析組。

「前陣子，」蓋舍里說，「你問過聯邦調查局會不會重新評估先知者的側寫檔案。現在他們想找你談。」他舉起一手。「不過要等到你恢復健康再說。先別急。」

她心中生出一股不安。筋疲力盡，悲慟。還有一種折磨人的想法，認定自己忽略了關鍵的連結。

「不，現在就談。或許他們可以幫我搞清，為什麼這個方程式似乎無法破解。」

那名探員從黑色休旅車下來，就是前幾天晚上打量過她的那名面色嚴肅、目光銳利的男子。他喀啦一聲關上沉重的車門，身上的黑色風衣在風中翻飛，像翅膀。

「韓吉斯警探，很高興認識你。真希望是在更好的狀況下。」

「艾默里奇探員，」凱特琳說，「我一直想拼湊出泰圖斯·隆恩最後抵抗的完整圖像，希望你能幫我看看我漏掉了什麼。」

「告訴我吧。」

她把地下鐵隧道裡發生的事情迅速描述了一遍。艾默里奇傾聽著，帶著一種飢渴的安靜。

「你朝計時器開槍後，他做了什麼？照時間順序講，任何細節都不要漏掉。」他說。

「他大叫，『母狼婊子。』然後看著那計時器倒數到零。結果沒爆炸，他看起來驚呆了。他朝計時器走，但是又停下來，轉身先來攻擊我。然後他——臉上有那種震驚的表情，又停下。他說：『地獄之王的旗幟正在向前邁進。』他抓起那捲銅線。接著我開出最後一槍。」

她腦中又再度浮現出自己在地鐵月台的畫面，一時之間百感交集。

「警探？」艾默里奇說。

「尚恩——羅林斯警探——要不是他把那霰彈槍推到我可以搆著的地方……」

蓋舍里的表情變得更嚴肅。「尚恩？」

「我自己絕對拿不到的。」

「羅林斯警探的說法恰恰相反。」

她皺眉。「不。」

「是的。」他看了艾默里奇一眼。「我們跟他短暫談過話。他記得的不多，但是這件事他記得。他說那把霰彈槍不在他能碰到的範圍，『但是凱特琳碰得到。』」他又看著她，聲音變得柔和些。「你當時頭部受傷了，當然不可能記得那麼清楚。」

「不。不是那樣……」

她閉上眼睛，回到那個地鐵隧道，手被釘住，看著她父親和隆恩打鬥。感覺到一片黑色的船帆降下，一個影子似乎脫離了先知者，飛過來籠罩著她。她聽到鋼鐵刮過月台的聲音，看到霰彈槍在她摸得著的地方發亮。

這會兒她睜開眼睛。

她腦海再度浮現出隧道裡電力短路，隨著啪噠一聲，眼前的白亮驟然轉黑，她聽到尚恩的呼吸，老鼠的聲音，蝙蝠展翅，那片黑帆往下撲，把他們全都帶走。

重重陰影揭開了。

「有第二個兇手。」她說。

艾默里奇和蓋舍里同時把頭轉向她。

「什麼？」蓋舍里問。

隧道裡的埋伏。冰冷的光，先知者的錄音聲音，隆恩從後頭攻擊她父親，然後……

她沒看到隆恩朝她父親開槍。她聽到了釘槍聲，看到了梅克往前踉蹌，然後……然後……然後是一根木條擊中她的頭。那黑帆朝她撲來。

現在她終於醒悟了。

她的腦袋側邊被狠狠敲了一記，眼冒金星又很痛，倒下去。一隻溫熱、結繭的手拖著她到木櫥，然後用釘槍把她的手釘在櫥子上。同時，在月台另一頭，她父親開始跟泰圖斯．隆恩拚命。

「有兩個男人。攻擊我們的有兩個男人。」她猛喘一口氣。「尚恩約了要碰面的那個線民。要是……」她摸著自己的額頭。「他們有兩個人。」

「第二個兇手，跟隆恩合作的？」艾默里奇問。

「不是模仿犯。而是搭檔。」

她的腦袋抽痛，但是她努力克服。「這就是為什麼很多事湊不起來。那些鞋印，兇手聲音的音調轉變，有時候他好像同時出現在兩個地方。」

「因為本來就是這樣？」

蓋舍里說：「凱特琳，你有腦震盪。」

「好吧。但是，警佐——這樣就解釋了整件事。引誘我們到那個工廠、進入廢棄隧道的，就是第二個兇手。」

「第二個兇手。」

「一個年輕人，迷上先知者。我明明看到了，但是當時沒有多往下想……」

艾默里奇說：「如果真是這樣，那麼他也迷上你了。」

「這個人之前設法聯絡上泰圖斯·隆恩。利用隆恩逮到我。」她看著他。「這個人引誘隆恩去赴死。」

「為什麼？」

「因為他想取代兇手的位置，而且超越他。」

艾默里奇銳利的目光變得更警覺了。「一個不明嫌犯。」

「在黑暗中，就是他把我的手釘在木櫥上。」

「如果是這樣——那後來他人呢？」

「一定是在我們雙方開槍時避開了。」

她耳邊彷彿又聽到那個聲音：拖著腳步，漸去漸遠。「我想他退到一旁觀察著。在隧道上方，或是通往售票大廳的台階上，或是躲在防水布底下，總之就在那裡。」

「他想看好戲。」艾默里奇說。

「他看到隆恩跌下月台——看到我握著霰彈槍——燈光熄滅後，他就溜了。」

「因為他認為你的彈匣裡還有子彈？」蓋舍里問。

冰冷的微風完全比不上她內心恍然大悟所帶來的寒意。「因為他達到自己去那裡的目的。隆恩被擊敗了。」

啊——她忽然懂了。

「那個爆破線路不是有缺陷。炸藥沒能引爆，是因為被不明嫌犯破壞掉了。」她說。

現在她明白，在自己開出最後一槍前，隆恩臉上那種恍然大悟和病態的滿足是什麼意思了。

「隆恩後來明白真相了。他看到了第二個兇手，知道自己被設計了。知道他的搭檔破壞了炸彈。知道自己註定會死了。」她手指摸著太陽穴。「耶穌啊。隆恩很自豪他的學生撂倒了地獄之王。」

「因為不明嫌犯完成了先知者的幻想？」艾默里奇問。

「因為不明嫌犯暗中破壞了計畫，還把整個計畫推到連先知者也不曾夢想過的極致。隆恩很欣賞這種詩意的諷刺。」

她看著他們，搖搖頭。「這就是為什麼那是第九層。門徒背叛了師父。」

蓋舍里的臉色變得陰沉，顯然在思索著。「如果真的是這樣，他希望你活著。為什麼？好讓你可以說出真相？我覺得這樣的理由似乎還不夠。」

起風了。凱特琳感覺像是有一根歪扭的釘子沿著她的脊椎往下刮。

「因為他還有別的計畫。」她說。

艾默里奇雙手垂在身側，看起來像個準備要拔槍的槍手。「我們得找到他。我希望你來跟我們一起工作。」

她朝蓋舍里揚起一邊眉毛。

他說：「我們一直在討論這事情。不過最後還是要看你的決定。」

一陣疾風吹得樹葉瑟瑟發抖。凱特琳覺得雙腳無法站穩，震驚又疲憊——但是全身充滿精力。

「好。我想抓住這個傢伙，但是不光是他而已。」她轉向艾默里奇。「告訴我要從哪裡開始吧。」

60

這個醫院的病房裡明亮得令人難受。早晨的陽光照進窗內，天花板的燈開著，心臟監視儀發出嗶嗶聲，同時在螢幕畫出心電圖。凱特琳坐在病房一角。

她一頭柔軟的紅髮沒有綁，之前沖澡後還沒全乾。蒼白的皮膚太白了，尚恩心想，雙眼太暗了，她左半邊臉的瘀傷像地圖，紫色逐漸轉為綠色。她的右臂懸著吊帶，開過刀的右手打了石膏、綁了鋼絲固定。她短期內不可能握住她的西格&紹爾手槍，或是打拳擊沙包，或是他欠揍時朝他比出中指了。

「嘿。」他說。

她微笑。「嘿。」

她起身走到床邊，好像全身每一吋都在痛。她伸出左手，手指撥開他額頭的頭髮。

「沒想到他們讓你出院了。」他說。

「想把金剛狼關太久，是不可能的。」

他知道現在接近週末了，但是不確定自從凱特琳和梅克找到他之後，到現在過了多少天。他只知道現在是白天。他抬起一手。

她握住了。「蜜雪兒在這裡。她幾乎一直守在這裡。」

他點頭。想到自己的前妻為了他——以及為了凱特琳——而在醫院奔走，一時讓他不知所措。

「莎笛現在由蜜雪兒的爸媽照顧。等你準備好了，我們可以打電話給她，讓你跟她講話。」

「太好了。」他說。

這幾個字是哽咽著說出來的。他知道自己會好起來。他知道凱特琳救了他。他知道不是每個人都能夠得到第二次機會的。

「你爸，」他說，「超出預期太多了。」

她抿緊嘴唇，把眼淚眨回去。「是啊，他就是那樣。」

他重重吐出一口氣。「還有你的同事……」

「我知道。」

接下來兩人都沉默了。凱特琳又站了一會兒，握著他的手，似乎欲言又止。

「還有什麼？」他問。

「隆恩有個搭檔。」

「耶穌啊。」

她簡單地解釋了一下。他搖搖頭。

「一個新的先知者。」他說。

「不。我認為這傢伙完全不同。」

她等著，臉上有一種少見的坦然。往後她會樹起新的障礙，他心想，但眼前這一刻，她脫下了她的情感防彈衣。

他用力握了一下她的手。「還有別的，我看得出來。是什麼？」

「聯邦調查局找我去行為分析組工作。我答應了。」

「老天。你要成為聯邦探員了？」

她把最新狀況告訴他。「這表示要去匡提科的學院受訓——」

「我很熟悉。」

「——而且在那邊工作，至少一開始是這樣。不過在我完全復元之前，這一切都不會發生。」她不安地看著自己的右手。

「你會完全復元的。」

她身體前傾，右手臂放在他胸膛，聲音變小。「但是在你可以起床之前，我哪裡都不會去的。」

「明天吧，最晚週末。」

「尚恩，我不會離開你的。」

「我知道。」他緩緩吸了口氣。「兩個聯邦探員？我們應付得來的。」

她深深望著他，不太放心。

「是啦，我注射太多止痛藥，腦袋都昏了，」他說，「不過這是你的使命，而且很重要。何況這種機會不會有第二次的。如果錯過了，你一輩子都不會原諒自己的。」

她一手放在他臉上，小心翼翼地吻了他。「我愛你。」

「你知道我是尚恩，對吧？不是暗影。」

她的表情轉為尖酸。「混蛋。」

「只是確認一下。因為你有腦震盪啊。」

「你學狗叫試試看，看我會怎麼對付你。」

「我也愛你，金剛狼。」

凱特琳牛仔褲口袋的手機發出鈴聲。她瑟縮了一下。尚恩注意到，聽到電話鈴聲就瑟縮，好像成了她的一種新的習慣，不過她自己沒發現。她走到窗邊講電話，聽了一下，然後按了結束鍵。

「是他們嗎？」他問。

陽光似乎環繞著她，向她注入能量。她蒼白的皮膚帶著一種光澤，深色的雙眼敏銳有神。她點頭。

「去吧。」他說。

「我會回來的。」

「很好，不然我就會去找你。」

然後她走出房門，只留下一片明亮的陽光。

尾聲

晚夏的樹葉在熱氣中發出閃爍的綠，樹上的蟬起勁地叫個不停。即使在早上八點，維吉尼亞州已經是一個截然不同於加州的世界。凱特琳把車停在匡提科的停車場，下車後撫平她那套簇新黑色套裝的外套，接著大步走進大廳。

牆上一個大大的聯邦調查局徽記。今天看到這個徽記，讓她站得更直，心臟也跳得更厲害。櫃檯的女人露出會意的微笑，她的耍酷就到此為止了。

「早安。」凱特琳說。

「歡迎來到聯邦調查局，韓吉斯探員。」

她刷卡進入通往辦公區的門時，努力想忍住不要笑。

艾默里奇主任探員的助理在門內等她。這位年輕女人伸出一手，好像準備要好好緊握，但是看到她的手臂護套，握手的力道就放輕了。

「復健過程狀況怎麼樣？」

「很慘，不過完成了。這個護套只是預防而已。」

「太好了。很高興你加入我們。」

她帶著凱特琳進入那個小隔間組成的迷宮，來到一張辦公桌，上面堆著檔案夾、辦公用具，還有一箱書。然後那助理拍拍檔案夾。

「這些是讓你溫習的。小組會議在九點。」她有效率而簡潔地點了個頭。「你適應一下。我們待會兒見了。」

凱特琳站在那裡，品味著這一刻。她傳了一則簡訊給尚恩：嘿，聯邦探員。我來到聯邦大本營了，寶貝。愛你。你的聯邦女探員敬上。她咧嘴笑著坐下，把那堆檔案拉到面前，桌上的電話響起鈴聲。

她接起來，開心享受著第一次這麼說的機會。「行為分析組，我是韓吉斯。」

一個沙啞的聲音說：「所以是真的了。凱特琳重新站起來了。」

那聲音說凱特琳，彷彿這個字眼是一條蛇，滑行著蛻掉舊皮，以新的外貌繼續前進。她的目光拉長，橫過辦公室，出了窗子，望著外頭起伏的維吉尼亞丘陵和發亮的天空。

「真是驚人，」那聲音說，「要摺倒你真難。」

她一手扶著桌子，撐住自己。「我是個該死的夢魘。」

那個聲音……年輕、刺耳、帶點沙啞，好像喉嚨曾被毆擊或割傷。她腦海中浮現出一名男子在摩托車騎士酒吧裡，漫步經過她桌旁，說：兩位小姐。或許我該說，一位小姐和一位緝毒組警探。

他曾經離她那麼近。

「不過困難並不表示不可能，」他說，「享受你的時光，還有你的禮物吧。」

電話掛斷了。她瞪著自己桌上的東西，抓起一把剪刀，劃開她本以為是裝了書的那個紙箱。在裡頭，包在發亮的玻璃紙裡頭的，是一束黑百合。

致謝

這本書能有現在的面貌，要多虧許多人的技巧、支持、努力。一如往常，我要謝謝Jessica Renheim、Ben Sevier、Ivan Held，以及Dutton出版的所有工作人員。還要感謝Don Winslow、Edward Tsai、David Koll，以及Story Factory經紀公司的團隊。尤其是Shane Salerno，在此致上我最深的謝意，感謝他的眼光、奉獻，以及對這個寫作計畫的信心。

另外，要謝謝Nancy Freund Fraser和Ann Aubrey Hanson堅定不移的鼓勵。感激Leslie Gardiner教導我關於阿拉伯馬的種種，感激David Lazo提供有關灣區的各種知識。最後，我的愛與感謝要獻給Paul Shreve，感激一切，從現在到永遠。

Storytella 142

不明嫌犯

UNSUB

不明嫌犯 / 梅格.嘉德納作 ; 尤傳莉譯. -- 初版. -- 臺北市 : 春天出版國際文化有限公司, 2022.10
面； 公分. -- (Storyella ; 142)
譯自 : UNSUB
ISBN 978-957-741-594-3(平裝)

874.57　　111014798

ISBN 978-957-741-594-3
Printed in Taiwan

作　者　梅格．嘉德納
譯　者　尤傳莉
總編輯　莊宜勳
主　編　鍾靈

出版者　春天出版國際文化有限公司
地　址　台北市大安區忠孝東路四段303號4樓之1
電　話　02-7733-4070
傳　眞　02-7733-4069
E－mail　bookspring@bookspring.com.tw
網　址　http://www.bookspring.com.tw
部落格　http://blog.pixnet.net/bookspring
郵政帳號　19705538
戶　名　春天出版國際文化有限公司
法律顧問　蕭顯忠律師事務所
出版日期　二〇二二年十月初版

定　價　510元

總經銷　楨德圖書事業有限公司
地　址　新北市新店區中興路二段196號8樓
電　話　02-8919-3186
傳　眞　02-8914-5524
香港總代理　一代匯集
地　址　九龍旺角塘尾道64號 龍駒企業大廈10 B&D室
電　話　852-2783-8102
傳　眞　852-2396-0050